Tarzan of the *Apes*

Ein Roman von

Edgar Rice
Burroughs

TARZAN
bei den
Affen

Illustriert von

Patric
Sandri

Übersetzt von

Ruprecht
Willnow

WALDE + GRAF
Verlag

TARZAN BEI DEN AFFEN

John Clayton oder Lord Greystoke, wie sein Adelstitel lautete, stellte jenen Typ des Engländers dar, der gern als Verkörperung siegreichen Heldentums auf unzähligen historischen Schlachtfeldern angesehen wird – eine kraftvolle männliche Erscheinung, und dies im geistigen, moralischen und physischen Sinn.

Er war überdurchschnittlich groß, hatte markante, regelmäßige Gesichtszüge und graue Augen. Sein ganzes Wesen verriet eine robuste, vollkommene Gesundheit, angeeignet in jahrelanger Armeedienstzeit.

Politische Ambitionen hatten ihn um seine Versetzung ans Kolonialministerium nachsuchen lassen, und so finden wir ihn, obwohl noch jung an Jahren, dennoch schon betraut mit einer delikaten und wichtigen Mission im Dienst der Königin.

Er sollte die Zustände in einer britischen Kolonie an der Westküste Afrikas untersuchen, deren einheimische Bevölkerung sich darüber beklagte, dass eine andere europäische Macht unter den Eingeborenen ständig Soldaten für ihre Kolonialarmee anwarb. Sie benutzte diese Truppe einzig und allein zum gewaltsamen Eintreiben von Kautschuk und Elfenbein bei den Stämmen entlang des Kongo und Aruwimi. Die jungen Männer ließen sich durch verlockende Versprechungen täuschen und folgten dem Aufruf, doch nur wenige kehrten je zu ihren Familien zurück.

Die in der Kolonie ansässigen Briten gingen sogar noch weiter und behaupteten, diese armen Eingeborenen würden praktisch wie Sklaven gehalten, da die weißen Offiziere ihre Unwissenheit ausnutzten und ihnen weismachten, dass sie über die vereinbarte Dienstzeit hinaus noch mehrere Jahre Soldat bleiben müssten.

So betraute das Kolonialministerium John Clayton mit einem neuen Amt in Britisch-Westafrika, doch die ihm erteilten vertraulichen Anweisungen konzentrierten sich auf eine gründliche Untersuchung der ungerechten Behandlung eingeborener britischer Untertanen durch Offiziere einer befreundeten europäischen Macht. Seine eigentliche Mission ist für diese Geschichte jedoch von geringem Belang, denn

er kam nie dazu, diese Recherchen anzustellen. Er erreichte nicht einmal den Bestimmungsort.
Die Erteilung des Auftrags erfüllte ihn mit Freude und Schrecken zugleich. Einesteils sah er darin eine wohlverdiente Belohnung für gewissenhafte und umsichtige Diensttätigkeit, die ihn bedeutsameren und verantwortungsvolleren Ämtern ganz bestimmt näher bringen würde, und das konnte nur als Vorzug gelten. Andererseits war es kaum drei Monate her, dass er die ehrenwerte Alice Rutherford geheiratet hatte, und allein die Vorstellung, diese hübsche junge Frau den Gefahren und der Einsamkeit des tropischen Afrika aussetzen zu müssen, flößte ihm Schrecken ein.
Er war bereit, den Auftrag ihretwegen abzulehnen, aber sie wollte dies nicht zulassen. Vielmehr bestand sie darauf, dass er annahm und sie ihn begleitete.
Die jeweiligen Mütter, Brüder und Schwestern, Tanten und Kusinen äußerten die verschiedensten Ansichten zu dem Problem, doch was sie im Einzelnen rieten, ist nicht bekannt.
Wir wissen nur, dass Lord Greystoke und Lady Alice an einem strahlenden Morgen im Mai 1888 von Dover mit Kurs Afrika in See stachen. Einen Monat später erreichten sie Freetown, wo sie ein kleines Segelschiff, die *Fuwalda*, charterten. Es sollte sie zu ihrem endgültigen Bestimmungsort bringen.
Hier verliert sich jede Spur von ihnen. Kein Mensch weiß mehr etwas über das weitere Schicksal von John, Lord Greystoke, und Lady Alice, seiner Gattin.
Ich hörte dies alles von jemandem, der eigentlich kein Recht hatte, es mir oder irgendwem sonst zu erzählen. Vielleicht war es die verführerische Wirkung eines alten Weines, die dem Erzähler die Zunge löste. In den Folgetagen veranlasste ihn dann wohl meine skeptische Ungläubigkeit, die seltsame Geschichte zu Ende zu bringen.
Als mein mitteilsamer Gast feststellte, dass er mir nun so viel berichtet und meine Zweifel dennoch nicht ausgeräumt hatte, brachte ihn sein törichter Stolz dazu, die unter dem Einfluss des Weins übernommene Aufgabe weiterzuführen, und so förderte er ein schriftliches Beweisstück in Gestalt eines halbvermoderten Manuskripts sowie trockene, offizielle Berichte des Britischen Kolonialministeriums

zutage, um viele der hervorstechendsten Charakterzüge dieser erstaunlichen Geschichte zu untermauern.
Ich will nicht sagen, dass sie wahr ist, da ich die geschilderten Ereignisse nicht selbst mit angesehen habe, doch beweist die Tatsache, dass ich den Hauptpersonen in meiner Schilderung ausgedachte Namen gegeben habe, wohl zur Genüge, wie sehr ich überzeugt war, dass alles so gewesen sein müsse.
Die vergilbten, mit Stockflecken behafteten Tagebuchseiten eines längst Verstorbenen sowie die Berichte des Kolonialministeriums stimmen genau mit der Erzählung meines mitteilsamen Gastes überein, und so gebe ich den Bericht so wieder, wie ich ihn gewissenhaft aus mehreren verschiedenen Quellen ermittelt habe. Sollte man ihn für unglaubwürdig halten, so wird man mir zumindest so weit zustimmen, dass er einzigartig, bemerkenswert und fesselnd ist.

Zwei Monate, nachdem die *Fuwalda* Anker gelichtet und den Hafen von Freetown verlassen hatte, durchfurchte ein halbes Dutzend britische Kriegsschiffe den Südatlantik nach irgendeiner Spur von Lord Greystoke oder seinem kleinen Schiff. Kurze Zeit später wurden an der Küste von St. Helena Wracktrümmer gefunden, die der Welt kundtaten, dass die *Fuwalda* mit Mann und Maus untergegangen war. So wurde die Suche aufgegeben, kaum dass sie begonnen hatte. Dennoch hoffte so manches Herz noch viele Jahre lang.
Die *Fuwalda*, eine Schonerbark von etwa hundert Tonnen, war ein Schiff jener Gattung, wie sie auf dem Südatlantik häufig anzutreffen ist. Ihre Besatzungen setzen sich zumeist aus dem Abschaum der Seefahrt zusammen – flüchtigen Mördern und Halsabschneidern jeglicher Rasse und Herkunft.
Die *Fuwalda* bildete da keine Ausnahme. Ihre Offiziere waren finstere Tyrannen, verhasst bei der Mannschaft, der sie selbst nur Hass entgegenbrachten. Der Kapitän, obwohl ein erfahrener Seemann, behandelte seine Männer auf brutalste Weise. Im Umgang mit ihnen kannte er nur zwei Argumente, zumindest bediente er sich nur dieser – eines Belegnagels und eines Revolvers. Allerdings ist wenig wahrscheinlich, dass der zusammengewürfelte Haufen, den er angeheuert hatte, anderen Argumenten zugänglich gewesen wäre.

So wurden John Clayton und seine junge Frau bereits am zweiten Tag nach dem Auslaufen aus Freetown Zeugen von Szenen an Deck der *Fuwalda*, von denen sie geglaubt hatten, dass sie sich allenfalls auf den Seiten von Seeromanen abspielen könnten.

Am Morgen des zweiten Tages wurde das erste Glied jener Kette von Umständen geschmiedet, die die Lebensbahn eines damals noch ungeborenen Wesens in einem Maße gestalten sollten, wie es in der Geschichte der Menschheit seinesgleichen sucht.

Zwei Seeleute wuschen die Decks der *Fuwalda*, der Erste Maat hatte die Wache übernommen, und der Kapitän stand bei John Clayton und Lady Alice und unterhielt sich mit ihnen.

Die beiden Männer bewegten sich während ihrer Tätigkeit auf die kleine Gruppe zu, die ihnen den Rücken zukehrte. Sie kamen immer näher, bis einer der beiden sich direkt hinter dem Kapitän befand. Gleich wird er an ihm vorbei sein, und dieser seltsame Bericht wird nie zu Papier gebracht werden.

Doch genau in diesem Augenblick wandte sich der Kapitän ab, um Lord und Lady Greystoke wieder sich selbst zu überlassen, prallte gegen den Seemann und fiel der Länge nach auf die Decksplanken, wobei er den Wassereimer umwarf und dessen schmutziger Inhalt sich über ihn ergoss.

Im ersten Moment wirkte das Ganze recht komisch, doch nur eine Sekunde lang. Wüste Flüche ausstoßend, das Gesicht purpurrot vor Wut und gekränkter Würde, sprang der Kapitän auf und schlug den Seemann mit einem furchtbaren Hieb zu Boden.

Der Mann war klein und schon älter, so dass die Brutalität dieser Handlungsweise besonders ins Auge sprang. Der zweite Seemann war jedoch von ganz anderer Statur – riesig wie ein Bär, mit furchteinflößendem schwarzen Schnurrbart und einem Stiernacken zwischen muskulösen Schultern.

Als er seinen Kameraden zu Boden gehen sah, fiel er mit wütendem Knurren über den Kapitän her und ließ ihn mit einem einzigen kraftvollen Faustschlag in die Knie gehen. Das zuvor purpurrote Gesicht des Kapitäns wurde weiß, denn das war Meuterei, und die hatte er in seiner brutalen Laufbahn mehrfach erlebt und stets niedergeschlagen. Noch im Knien riss er den Revolver aus der Tasche und

feuerte geradenwegs auf den riesigen Muskelberg, der vor ihm aufragte; indes, so schnell er auch war, John Clayton war es nicht minder, so dass die auf das Herz des Seemanns gerichtete Kugel in dessen Bein drang, denn Lord Greystoke hatte den Arm des Kapitäns nach unten geschlagen, als er den Revolver in der Sonne blinken sah.
Ein Wortwechsel zwischen ihm und dem Kapitän folgte, dem er rundheraus erklärte, die der Mannschaft gegenüber gezeigte Grausamkeit widere ihn an, und solange er und Lady Greystoke Passagiere an Bord dieses Schiffes seien, werde er dergleichen nicht mehr dulden.
Der Kapitän war drauf und dran, ihm zornig zu antworten, überlegte es sich jedoch, machte auf der Stelle kehrt und ging hochrot und mit finsterem Blick davon.
Ihm war keineswegs daran gelegen, sich einen englischen Kolonialbeamten zum Feind zu machen, denn der mächtige Arm der Königin verfügte über ein Strafmittel, das er sehr wohl einzuschätzen wusste und fürchtete – Englands weitreichende Kriegsflotte.
Beide Seeleute erhoben sich, wobei der ältere dem verwundeten Kameraden beim Aufstehen half. Der Hüne, den die anderen Black Michael nannten, versuchte behutsam, sein Bein zu belasten, und als er feststellte, dass es sein Gewicht trug, murmelte er, an Clayton gewandt, bärbeißig ein paar Dankesworte.
So unbeholfen sie klangen, sie waren ganz offensichtlich ehrlich gemeint. Kaum hatte er seine Danksagung an den Mann gebracht, wandte er sich um und humpelte Richtung Vorschiff davon in der eindeutigen Absicht, der weiteren Unterhaltung aus dem Wege zu gehen.
Mehrere Tage sahen sie ihn nicht, der Kapitän wiederum beschränkte sich auf kurze, mürrische Bemerkungen, wenn er nicht umhinkonnte, mit ihnen zu reden.
Nach wie vor nahmen sie ihre Mahlzeiten in seiner Kajüte ein, wie schon vor dem unglücklichen Zwischenfall. Der Kapitän wusste es jedoch jetzt stets so einzurichten, dass dienstliche Obliegenheiten ihn daran hinderten, zur gleichen Zeit zu essen.
Die anderen Offiziere waren grobe, ungebildete Burschen, unterschieden sich nur geringfügig von dem üblen Gesindel, das sie befehligten, und vermieden nach Möglichkeit jeglichen Umgang mit

dem gebildeten englischen Adligen und seiner Gattin, so dass die Claytons zumeist sich selbst überlassen blieben.
Dies entsprach voll und ganz ihren Wünschen, schloss sie jedoch in einem Maße vom Leben auf dem kleinen Schiff aus, dass ihnen die täglichen Geschehnisse völlig entgingen, die sehr bald schon in einer blutigen Tragödie enden sollten.
Die ganze Atmosphäre auf dem Schiff war erfüllt von dumpfer Vorahnung künftigen Unheils. Soweit die Claytons dies erkennen konnten, nahm alles an Bord den üblichen Verlauf, doch spürten beide, wie ein unsichtbarer Sog sie einer unbekannten Gefahr zutrieb; indes vermieden sie, miteinander darüber zu reden.
Am zweiten Tag nach Black Michaels Verwundung kam Clayton gerade noch rechtzeitig an Deck, um zu sehen, wie vier Leute von der Mannschaft den schlaffen Körper eines anderen Seemanns unter Deck trugen, während der Erste Maat, einen schweren Belegnagel in der Hand, drohend vor einer kleinen Gruppe finster blickender Matrosen stand.
Clayton stellte keine Fragen – er hatte nicht die geringste Neigung dazu –, und als am folgenden Tag die mächtigen Umrisse eines britischen Schlachtschiffs am fernen Horizont auftauchten, war er halb und halb entschlossen zu verlangen, dass man ihn und Lady Alice an Bord des Schiffes brachte, denn seine Furcht wuchs ständig, ihr weiterer Verbleib auf der von bedrückender, unheildrohender Atmosphäre erfüllten *Fuwalda* werde kein gutes Ende nehmen.
Gegen Mittag befanden sie sich in Ansprechweite des britischen Schiffes, doch als Clayton schon drauf und dran war, den Kapitän zu bitten, er möge sie übersetzen lassen, wurde ihm mit einem Mal die Lächerlichkeit eines solchen Ansinnens bewusst. Welche Begründung sollte er dem Offizier, der das Schiff Ihrer Majestät befehligte, für sein Verlangen liefern, er möge auf Gegenkurs gehen und ihn wieder nach Hause bringen!
Und wenn er ihnen berichtete, zwei ungehorsame Seeleute seien von ihren Offizieren allzu hart angefasst worden? Dann würde man sich heimlich über ihn lustig machen und den Wunsch, die *Fuwalda* zu verlassen, einzig und allein seiner Feigheit zuschreiben.

So unterließ er, um ein Übersetzen auf das britische Kriegsschiff zu bitten. Am späten Nachmittag sah er zu, wie dessen Aufbauten am Horizont verschwanden, doch noch ehe sie außer Sicht waren, erfuhr er etwas, das seine größten Befürchtungen bestätigte, so dass er den falschen Stolz verwünschte, der ihn wenige Stunden zuvor gehindert hatte, seine Frau in Sicherheit zu bringen, solange dies noch möglich war. Nun war ihm dieser Ausweg ein für alle Mal verwehrt.

Etwas später am Nachmittag war der ältere, kleine Seemann, den der Kapitän vor einigen Tagen niedergeschlagen hatte, mit dem Putzen der Messingbeschläge beschäftigt. Clayton und seine Gattin standen an der Reling und beobachteten, wie die Umrisse des großen Schlachtschiffs sich immer mehr auflösten. Als der Mann sich ihnen im Verlauf seiner Arbeit weit genug genähert hatte, sagte er mit gedämpfter Stimme zu Clayton:

»Auf dem Pott hier wird bald die Hölle losgeh'n, drauf könn'n Se Gift nehm', Sir. Die Hölle wird losgeh'n.«

»Was wollen Sie damit sagen, guter Mann?«, fragte Clayton.

»Was denn, ham' Se etwa noch nich gemerkt, was hier los is? Ham Se nich vernomm', wie diese Satansbrut von Käptn un' seine Offiziere einigen von der Mannschaft die Seele aus'm Leib prügeln? Zwei'n wurde gestern der Schädel eingeschlagen, heute drei anner'n. Black Michael is wieder ganz der Alte, un' der is nich der Typ, der sich so was länger mit ansieht. Denk'n Se an meine Worte, Sir.«

»Sie wollen andeuten, dass eine Meuterei plant ist, guter Freund?«

»Von wegen Meuterei!«, rief der alte Seemann. »Die plan'n 'nen Mord, Sir, denk'n Se an meine Worte, Sir.«

»Und wann?«

»Der passiert, Sir, der passiert, awer ich werd nich sagen wann, hab sowieso schon zu viel erzählt, nur ham' Se sich neulich so prima verhalt'n, dass ich mir dachte, 's is nur recht un billig, wenn ich Se warne. Awer halt'n Se Ihre Zunge im Zaum, un wenn Se schieß'n hör'n, dann geh'n Se unter Deck und bleib'n dort. Das is alles. Halt'n Se nur Ihre Zunge im Zaum, oder die jag'n Ihn'n 'ne Kugel zwischen de Ripp'n, denk'n Se an meine Worte, Sir.«

Damit setzte der Alte seine Arbeit fort und entfernte sich von der Stelle, wo die Claytons standen.

»Reizende Aussichten, Alice«, bemerkte Clayton.
»Du solltest den Kapitän sofort warnen. Vielleicht kann das Unheil noch abgewendet werden«, sagte sie.
»Vermutlich sollte ich das, aus rein egoistischen Motiven bin ich jedoch geneigt, ›de Zunge im Zaum zu halt'n‹. Was immer sie vorhaben, sie werden uns in Ruhe lassen, weil ich mich neulich für diesen Black Michael eingesetzt habe. Sollten sie jedoch entdecken, dass ich sie verraten habe, dann gnade uns Gott, Alice.«
»Du hast einzig und allein die Pflicht, dafür zu sorgen, dass die Autorität des Kapitäns gewahrt bleibt. Wenn du ihn nicht warnst, machst du dich mitschuldig an allem, was vielleicht auf uns zukommt. Es wäre, als würdest du bei der Vorbereitung und Durchführung des Aufruhrs mit Rat und Tat mitwirken.«
»Du verstehst nicht, meine Liebe«, entgegnete Clayton. »An deine Sicherheit zu denken – das ist meine Pflicht. Der Kapitän hat diese Situation selbst heraufbeschworen, warum also sollte ich riskieren, meine Frau durch den höchstwahrscheinlich vergeblichen Versuch, ihn vor den Folgen seines törichten, brutalen Vorgehens zu bewahren, unsagbaren Gräueln auszusetzen? Du kannst dir überhaupt nicht vorstellen, was geschehen würde, sollte diese Bande von Halsabschneidern die *Fuwalda* in ihre Gewalt bringen.«
»Pflicht ist Pflicht, John, daran können auch ausgeklügelte Spitzfindigkeiten nichts ändern. Was für eine erbärmliche Gattin eines englischen Lords wäre ich wohl, müsste ich mir die Schuld geben, dass er seine Pflicht vernachlässigt. Ich erkenne sehr wohl die Gefahr, die uns zwangsläufig droht, doch gemeinsam mit dir kann ich ihr ins Auge sehen.«
»Dann soll alles geschehen, wie du willst, Alice«, antwortete er lächelnd. »Vielleicht machen wir uns unnötige Sorgen. Zwar bin ich alles andere als erbaut über die Zustände an Bord dieses Schiffes, möglicherweise ist jedoch alles gar nicht so schlimm, entspringen die Äußerungen des ›Alten Fahrensmanns‹ eher einem Wunschdenken als den realen Tatsachen. Meuterei auf hoher See mag vor hundert Jahren gang und gäbe gewesen sein, jetzt aber schreiben wir das Jahr 1888, da ist dergleichen höchst unwahrscheinlich. Dort steuert der Kapitän gerade auf seine Kajüte zu. Wenn ich ihn jetzt warne,

habe ich die unangenehme Sache hinter mir. Am liebsten würde ich nämlich kein Wort mehr mit ihm reden.«
Nach dieser Bemerkung schlenderte er gemächlich zu dem Niedergang, durch den der Kapitän verschwunden war, und klopfte Sekunden später an dessen Tür.
»Herein!«, knurrte eine mürrische Stimme, und als Clayton dieser Aufforderung nachgekommen war und die Tür hinter sich geschlossen hatte:
»Was gibt's?«
»Ich möchte Ihnen die Hauptpunkte eines Gesprächs wiedergeben, das ich heute mit angehört habe. Vielleicht steckt nichts dahinter, doch es ist besser, Sie sind vorgewarnt. Kurzum, die Leute planen Meuterei und Mord.«
»Das ist eine Lüge!«, brüllte der Kapitän. »Und wenn Sie wieder die Disziplin auf diesem Schiff untergraben oder Ihre Nase in Dinge gesteckt haben, die Sie nichts angehen, dann werden Sie die Konsequenzen tragen, verdammt noch mal. Ich pfeif drauf, ob Sie ein englischer Lord sind oder nicht. Ich bin der Kapitän dieses Schiffes. Mischen Sie sich fortan nicht mehr in meine Angelegenheiten.«
Der Kapitän steigerte sich in derartige Wut, dass er purpurrot anlief und die letzten Worte mit sich überschlagender Stimme hervorstieß. Er unterstrich seine Erwiderung, indem er die eine Faust dröhnend auf den Tisch niedersausen ließ und die andere drohend vor Claytons Nase hin und her schwenkte.
Greystoke zuckte nicht mit der Wimper, sondern blickte dem aufgeregten Mann ruhig in die Augen.
»Kapitän Billings'«, sagte er schließlich gedehnt, »wenn Sie mir meine Offenheit verzeihen wollen, möchte ich bemerken, dass Sie ein rechter Esel sind.«
Sprach's, wandte sich um und verließ den Kapitän in der ihm eigenen ruhigen, gelassenen Art, die den Zorn eines Mannes vom Schlage Billings' jedoch ganz bestimmt mehr anstacheln musste als ein Schwall von Schimpfworten.
Hätte Clayton versucht, den Kapitän zu beschwichtigen, so wäre dieser vielleicht versucht gewesen, seine übereilte Erwiderung zu bedauern. Der Zustand, in dem Clayton ihn jetzt zurückließ, machte jedoch

auch die letzte Chance einer Zusammenarbeit zu gegenseitigem Vorteil zunichte.
»Das wär's, Alice«, sagte Clayton, als er wieder bei seiner Gattin war. »Ich hätte es mir sparen können. Der Kerl war höchst undankbar. Beinahe hätte er mich wie ein tollwütiger Hund angefallen. Soll er samt seinem vermaledeiten Schiff doch zum Teufel gehen, was kümmert's mich! Solange wir noch nicht von Bord und in Sicherheit sind, werde ich meine Energien nur noch darauf verschwenden, für unser Wohlbefinden zu sorgen. Und ich möchte meinen, der erste Schritt in dieser Richtung sollte darin bestehen, dass wir unsere Kajüte aufsuchen und ich nach meinen Revolvern sehe. Ich bedauere, dass wir die großkalibrigen Dinger samt Munition zuunterst eingepackt haben.«
Ihr Zimmer befand sich in einem schlimmen Zustand. Koffer und Reisetaschen waren geöffnet worden, überall im Raum lagen Kleidungsstücke verstreut, selbst ihre Betten waren aufgeschlitzt worden.
»Ganz offensichtlich war jemand noch mehr an unseren Habseligkeiten interessiert als wir selbst«, sagte Clayton. »Wir wollen mal genau nachsehen, was fehlt.«
Eine gründliche Durchsicht ergab, dass außer Claytons zwei Revolvern und dem dafür vorgesehenen kleinen Vorrat an Munition alles noch vorhanden war.
»Das sind genau die Dinge, von denen ich wünschte, sie hätten sie uns gelassen«, sagte Clayton. »Und die Tatsache, dass sie nur darauf aus waren, verheißt nichts Gutes.«
»Was sollen wir tun, John?«, fragte sie. »Vielleicht hast du recht mit deiner Ansicht, dass wir uns am besten völlig neutral verhalten. Wenn die Offiziere eine Meuterei verhindern können, haben wir nichts zu befürchten. Gewinnen jedoch die Meuterer die Oberhand, können wir unsere Hoffnung nur darauf setzen, dass wir nicht versucht haben, ihnen entgegenzuarbeiten oder sie uns zu Feinden zu machen.«
»Da hast du recht, Alice. Also halten wir uns schön in der Mitte der Straße.«
Als sie sich daran machten, ihre Kajüte wieder in Ordnung zu bringen, sahen beide gleichzeitig ein Stück Papier unter dem Türspalt hervorlugen. Als Clayton sich danach bückte, bemerkte er zu seiner

Verwunderung, dass es sich weiter ins Zimmer schob. Da dämmerte ihm, dass jemand von außen es ihnen zukommen lassen wollte. Lautlos und schnell trat er zur Tür, aber als er nach dem Türgriff langte, um sie zu öffnen, schlossen sich die Finger seiner Frau um sein Handgelenk.

»Nein, John«, flüsterte sie. »Sie wollen ungesehen bleiben, das müssen wir respektieren. Vergiss nicht, dass wir uns schön in der Mitte der Straße halten wollen.«

Er lächelte und ließ die Hand sinken. So verfolgten sie das Vorrücken des kleinen weißen Fetzens, bis er schließlich reglos diesseits der Tür liegen blieb. Nun bückte sich Clayton und hob ihn auf. Das schmutzige Papier war flüchtig einmal zusammengefaltet und enthielt eine fast unlesbare, ganz offensichtlich von ungeübter Hand verfasste Nachricht für sie mit der unverblümten Warnung, den Verlust der Revolver nicht an die große Glocke zu hängen und schön für sich zu behalten, was der alte Seemann ihnen gesteckt hatte – widrigenfalls sie des Todes gewärtig sein müssten.

»Ich denke, wir werden jetzt ganz brav sein«, sagte Clayton mit einem bekümmerten Lächeln. »Das Einzige, was wir tun können, ist, still zu sitzen und der Dinge zu harren, die da kommen werden.«

Sie brauchten nicht lange zu warten, denn als Clayton am nächsten Morgen an Deck kam, um wie gewohnt vor dem Frühstück einen Rundgang zu unternehmen, krachte ein Schuss, dann noch einer und ein dritter. Der Anblick, der sich ihm bot, bestätigte seine schlimmsten Befürchtungen. Die kleine Gruppe von Offizieren und die gesamte, bunt zusammengewürfelte Mannschaft der *Fuwalda* standen sich Auge in Auge gegenüber, Letztere angeführt von Black Michael. Bei der ersten Salve der Offiziere rannten die Leute in Deckung, dann erwiderten sie, geschützt durch Masten, Ruderhaus und Kajüte, das Feuer der fünf Männer, die auf diesem Schiff die verhasste Obrigkeit darstellten.

Zwei von der Mannschaft waren unter den Revolverschüssen des Kapitäns zusammengebrochen und lagen reglos zwischen den Kämpfenden. Aber dann fiel der Erste Maat mit dem Gesicht nach unten zu Boden, und auf einen lauten Befehl von Black Michael griffen die Meuterer die übriggebliebenen vier an. Die Mannschaft hatte nur für fünf Leute Feuerwaffen beschaffen können, deshalb waren die meisten mit Bootshaken, Äxten, Beilen und Brecheisen bewaffnet.

Der Kapitän hatte seinen Revolver leer geschossen und lud gerade neu, als der Angriff erfolgte. Die Waffe des Zweiten Maats hatte eine Ladehemmung, so dass sich den Meuterern nur zwei Läufe entgegenstreckten, als sie gegen die Offiziere vorstürmten.

Diese wichen nun vor dem wütenden Angriff ihrer Untergebenen zurück.

Beide Seiten stießen grausige Flüche und Verwünschungen aus. Im Verein mit dem Krachen der Schüsse und dem Schreien und Stöhnen der Verwundeten verwandelte dies das Deck der *Fuwalda* in ein Tollhaus.

Noch ehe die Offiziere auch nur ein Dutzend Schritte zurückgewichen waren, hatten die Männer sie erreicht. Eine Axt in den Händen eines stämmigen Negers spaltete den Schädel des Kapitäns vom Scheitel bis zum Kinn, und einen Augenblick später lagen auch die anderen am Boden, tot oder verwundet von zahllosen Schlägen und Kugeln.

In kürzester Zeit hatten die Meuterer der *Fuwalda* ihr grausiges Werk verrichtet. John Clayton hatte währenddessen teilnahmslos am Niedergang gelehnt und bedächtig seine Pfeife geschmaucht, als verfolge er lediglich ein mittelmäßiges Cricketspiel.
Als auch der letzte Offizier am Boden lag, hielt er es für besser, zu seiner Gattin zurückzukehren, damit sie nicht allein war, falls Leute von der Mannschaft nach unten kommen sollten.
Obwohl äußerlich ruhig und gelassen, war er innerlich aufgewühlt und besorgt, denn er bangte um die Sicherheit seiner Frau angesichts dieser ungebildeten Scheusale, denen das Schicksal sie so erbarmungslos überantwortet hatte.
Als er sich umwandte, um die schmale Eisenleiter hinabzusteigen, sah er seine Gattin fast neben ihm auf den Stufen stehen.
»Wie lange bist du schon hier, Alice?«
»Von Anfang an«, erwiderte sie. »Es ist grauenhaft, John, einfach grauenhaft! Was erwartet uns wohl, da wir diesen Leuten ausgeliefert sind?«
»Das Frühstück, hoffe ich«, antwortete er und lächelte tapfer im Bemühen, ihre Befürchtungen zu zerstreuen.
»Zumindest kann ich sie ja mal fragen. Komm mit, Alice. Sie sollen nicht glauben, dass wir etwas anderes von ihnen erwarten als höfliche Behandlung.«
Die Männer hatten sich inzwischen um die toten und verwundeten Offiziere versammelt und fingen an, Lebende wie Tote ohne jede Anteilnahme oder Mitgefühl über Bord zu werfen. Gleichermaßen herzlos verfuhren sie mit den eigenen Toten und Sterbenden.
Da sah einer von ihnen die Claytons herankommen und stürzte ihnen mit erhobener Axt und den Worten: »Hier sind noch zwei für die Fische!« entgegen.
Black Michael war jedoch schneller, so dass der Bursche mit einer Kugel im Rücken zu Boden sank, noch ehe er mehr als sechs Schritte zurückgelegt hatte.
Mit lautem Gebrüll zog Black Michael die Aufmerksamkeit der anderen auf sich und rief, wobei er auf Lord und Lady Greystoke deutete: »Die beiden hier sind meine Freunde, und sie werden in Ruhe gelassen! Kapiert?«

Und zu Clayton gewandt: »Ich bin jetzt Kapitän dieses Schiffes, und was ich sage, gilt. Bleiben Sie schön für sich, und niemand wird Ihnen ein Haar krümmen.« Dabei blickte er seine Kumpane drohend an.

Die Claytons hielten sich so streng an die Anweisungen von Black Michael, dass sie kaum jemanden von der Mannschaft sahen und keine Ahnung von den Plänen hatten, die diese schmiedete.

Ab und zu drang lautes Krakeelen und Gezänk von fern an ihre Ohren, und zweimal zerriss das Krachen von Schüssen unheildrohend die Stille. Aber Black Michael war genau der richtige Anführer für diese Bande von Halsabschneidern und vermochte sich bei ihnen jederzeit durchzusetzen.

Am fünften Tag nach der Ermordung der Offiziere meldete der Ausguck: »Land in Sicht!« Ob es eine Insel oder Festland war, wusste Black Michael nicht, doch er teilte Clayton mit: Sollte sich diese Gegend als bewohnbar erweisen, werde er sie beide mit ihren Habseligkeiten an Land setzen.

»Paar Monate werd'n Sie's dort schon aushalten«, erklärte er. »Inzwischen hab'n wir bestimmt irgendwo 'ne bewohnte Küste erreicht und könn'n uns in alle Winde zerstreu'n. Dann werd ich dafür sorg'n, dass Ihre Regierung über Ihr'n Aufenthaltsort informiert wird. Die schicken dann bestimmt ein Kriegsschiff, um Sie abzuhol'n. Würd'n wir Sie in 'ner zivilisiert'n Gegend an Land setz'n, dann würde man uns bestimmt 'ne Menge unbequeme Fragen stell'n, die keiner von uns überzeugend beantwort'n könnte.«

Clayton protestierte gegen das unmenschliche Verfahren, sie an einer unbekannten Küste an Land zu setzen, wo sie auf Gedeih und Verderb wilden Tieren oder vielleicht noch wilderen Eingeborenen ausgeliefert waren.

Aber seine Vorhaltungen waren nutzlos und höchstens geeignet, Black Michaels Ärger hervorzurufen, so war er gezwungen, klein beizugeben und aus der misslichen Situation das Beste zu machen.

Gegen drei Uhr nachmittags sichteten sie einen schönen, bewaldeten Küstenstreifen mit Einfahrt zu einem natürlichen Hafen, wie es den Anschein hatte.

Black Michael sandte ein paar Leute mit dem Boot aus. Sie sollten erkunden, ob die *Fuwalda* die Einfahrt sicher passieren konnte.

Etwa eine Stunde später kehrten sie mit der Nachricht zurück, überall tiefes Wasser vorgefunden zu haben, sowohl in der Durchfahrt als auch in der kleinen Bucht.
Noch vor Einbruch der Dunkelheit lag die Schonerbark friedlich in der stillen Bucht vor Anker, umgeben von einer spiegelglatten Wasserfläche.
Das Ufer ringsum war von üppiger, halbtropischer Vegetation bedeckt. Weiter landeinwärts sah man in der Ferne mehrere Berge und eine Hochebene, die fast überall mit Urwald bewachsen waren.
Nichts deutete darauf hin, dass das Land bewohnt war, obwohl es reichlich Nahrung zu bieten schien. Vom Deck der *Fuwalda* konnten sie immer wieder Vögel und anderes Getier beobachten. Ein kleiner Fluss ergoss sein Wasser in die Bucht und verhieß unbegrenzte Mengen an Süßwasser.
Als die Dunkelheit hereingebrochen war, standen Clayton und Lady Alice an der Reling und betrachteten schweigend ihren künftigen Aufenthaltsort. Aus den dunklen Tiefen des dichten Waldes drangen die Stimmen wilder Tiere – das tiefe Brüllen des Löwen und ab und zu der schrille Ruf des Panthers.
Die Frau schmiegte sich enger an den Mann in banger Vorahnung der Schrecknisse, die in der unheimlichen Finsternis künftiger Nächte ihrer harrten, wenn sie mutterseelenallein an diesem wilden und menschenleeren Gestade hausen würden.
Später am Abend gesellte sich Black Michael zu ihnen, doch nur so lange, um ihnen zu sagen, sie sollten ihre Vorbereitungen für das Ausschiffen am nächsten Morgen treffen. Sie versuchten, ihn zu überreden, dass er sie in eine gastlichere Gegend brächte, nicht so fern jeglicher Zivilisation, so dass Hoffnung bestand, dass hilfsbereite Menschen sich ihrer annehmen würden. Indes ließ er sich weder durch Bitten noch durch Drohungen oder die Zusage einer hohen Belohnung dazu bewegen.
»Ich bin der Einzige an Bord, der Sie beide nich' lieber tot seh'n würde, und während mir völlig klar ist, dass das der vernünftigste Weg wär, unser'n Hals zu retten, bin ich andererseits nich' der Mann, der 'ne erwiesene Hilfeleistung vergisst. Sie ham' mir mal das Leb'n gerettet, als Gegenleistung schenk ich Ihn'n nun Ihr's, aber das is'

alles, was ich für Sie tun kann. Mehr kann ich den Männern nicht abverlang'n, und wenn wir Sie nich' schleunigst an Land setz'n, überleg'n die's sich vielleicht anders und verweigern Ihn'n die Chance. Ich werd Ihr'n ganzen Kram samt Küchengerät un'n paar alten Segeln zum Zeltbau an Land bring'n, dazu noch so viel Lebensmittel, dass Sie damit hinkomm'n, bis Sie sich Früchte und Wild beschaffn könn'n. Die Revolver lass' ich Ihn'n zu Ihr'm Schutz, also sollten Sie in der Lage sein, hier auszuhalt'n, bis Hilfe kommt. Sobald ich 'n sich'res Versteck gefund'n hab', werd ich dafür sorgen, dass die britische Regierung erfährt, wo Sie steck'n. Zwar könnt ich ums Verrecken selbst nicht genau sagen, wo wir hier sind. Aber die werd'n Sie schon find'n.«

Nachdem er sie verlassen hatte, gingen sie schweigend nach unten, jeder von düsteren Vorahnungen erfüllt.

Clayton bezweifelte stark, dass Black Michael wirklich die Absicht hatte, die britische Regierung über ihren Aufenthaltsort zu informieren. Auch rechnete er fest damit, dass man falsches Spiel mit ihnen treiben würde, wenn sie morgen an Land gebracht würden. Schließlich würden ein paar Seeleute sie und ihre Habseligkeiten übersetzen müssen.

Einmal außer Sichtweite von Black Michael, konnten diese sie erschlagen, während er nichtsahnend ruhigen Gewissens mit ihnen weiterfahren würde.

Selbst wenn sie diesem Schicksal entrinnen sollten, würden sie dann nicht umso größeren Gefahren ausgesetzt sein? Allein auf sich gestellt, hätte er hoffen können, jahrelang zu überleben, denn er war ein starker, athletisch gebauter Mann.

Aber was sollte aus Alice und jenem kleinen Wesen werden, das bald schon inmitten der Mühsale und ernsten Gefahren urtümlicher Wildnis das Licht der Welt erblicken würde?

Er erschauerte, als er sich den tödlichen Ernst und die entsetzliche Ausweglosigkeit ihrer Situation vor Augen führte. Eine gütige Vorsehung verhinderte jedoch, dass er jene grässliche Wirklichkeit voraussah, die sie in den abschreckenden Tiefen des düsteren Waldes erwartete.

Frühzeitig am nächsten Morgen wurden ihre sämtlichen Kisten und Truhen an Deck gehievt und in kleine Boote hinabgelassen, die sie an den Strand befördern sollten.

Die Claytons hatten viel Gepäck mitgenommen, da sie damit rechneten, fünf bis acht Jahre an ihrem neuen Wirkungsort zu verbleiben. Neben zahlreichen unbedingt notwendigen Gegenständen des täglichen Bedarfs fanden sich auch viele Luxusartikel.

Black Michael überwachte mit Argusaugen, dass nichts an Bord blieb, was den Claytons gehörte. Ob aus Mitleid oder in Verfolgung eigener Interessen, lässt sich schwer sagen.

Stand doch außer Zweifel, dass das Vorhandensein von Eigentum eines vermissten britischen Beamten an Bord eines verdächtigen Schiffes in jedem zivilisierten Hafen der Welt Fragen aufgeworfen hätte, die zu beantworten schwierig gewesen wären.

Black Michael war peinlichst darauf bedacht, dass seinen Absichten Rechnung getragen wurde. So bestand er darauf, dass die Seeleute, die sich Claytons Revolver angeeignet hatten, sie ihm zurückgaben. In die kleinen Boote wanderten außerdem Pökelfleisch und Schiffszwieback, ein kleiner Vorrat Kartoffeln und Bohnen, Zündhölzer, Kochgeschirr, ein Werkzeugkasten und die alten Segel, die Black Michael ihnen zugesagt hatte.

Er schien Claytons Befürchtungen zu teilen, denn er geleitete sie an Land und blieb bei ihnen, bis die Wasserfässer des Schiffes mit Süßwasser gefüllt in die Boote geladen waren und diese mit Kurs auf die wartende *Fuwalda* ins Wasser gestoßen wurden.

Als die Boote langsam über die glatte Wasserfläche der Bucht glitten, sahen Clayton und seine Gattin schweigend zu, wie sie immer kleiner wurden – und eine Vorahnung drohenden Unheils und äußerster Hilflosigkeit bemächtigte sich ihrer.

Sie wiederum wurden hinter einem niedrigen Berggrat hervor von anderen Augen angesehen – engstehenden, bösen Augen, die unter struppigen Brauen funkelten.

Als die *Fuwalda* die schmale Durchfahrt zur offenen See passiert hatte und hinter einer vorspringenden Landzunge verschwunden war, schlang Lady Alice ihre Arme um Claytons Hals und brach in hemmungsloses Weinen aus.

Sie hatte den Gefahren der Meuterei furchtlos getrotzt und mit wahrem Heldenmut der unheildrohenden Zukunft entgegengesehen; da nun jedoch der Schrecken absoluter Einsamkeit über sie hereinbrach, gaben ihre überspannten Nerven nach, setzte die Gegenreaktion ein. Er versuchte gar nicht erst, ihre Tränenflut zu bändigen. Es war besser, die seit langem angestauten Empfindungen entluden sich auf diese Weise, und es dauerte einige Zeit, bis sie – fast noch ein Kind – sich wieder unter Kontrolle hatte.

»O John«, rief sie schließlich. »Das ist grauenvoll. Was sollen wir jetzt tun? Was sollen wir jetzt tun?«

»Wir können nur eines tun, Alice«, sagte er so ruhig, als säßen sie zu Hause in ihrem behaglichen Heim. »Wir müssen Hand anlegen. Darin liegt unsere Rettung. Jetzt düsteren Gedanken nachzuhängen wäre das Törichste, was wir tun könnten. Wir müssen zu Werke gehen und warten. Ich bin überzeugt, dass Hilfe kommt, und zwar schnell, sobald ruchbar wird, dass die *Fuwalda* überfällig ist. Selbst falls Black Michael das uns gegebene Wort brechen sollte.«

»Gut, John, wenn es nur uns beide beträfe, könnten wir es durchstehen, das weiß ich«, sagte sie schluchzend. »Aber ...«

»Ja, meine Liebe«, antwortete er sanft, »daran muss ich auch immer denken; aber wir müssen dem ins Auge sehen wie allem anderen, was uns erwartet, tapfer und voll Vertrauen in unsere Fähigkeit, mit den Umständen fertig zu werden, wie immer sie geartet sein mögen. Vor vielen hunderttausend Jahren haben unsere Vorfahren in einer dunklen, weit zurückliegenden Vergangenheit die gleichen Probleme zu bewältigen gehabt, die wir jetzt bewältigen müssen, möglicherweise in ebendiesen Urwäldern hier. Dass wir uns heute hier befinden, zeugt von ihrem Sieg. Sollten wir nicht auch schaffen, was sie geschafft haben? Sogar noch besser, oder stehen uns nicht Jahrhunderte überlegenen Wissens zur Verfügung, besitzen wir etwa keine Mittel zu unserem Schutz, unserer Verteidigung und unserem Unterhalt, die die Wissenschaft entwickelt hat, von denen sie jedoch keine Ahnung hatten? Was sie mit Werkzeugen und Waffen aus Stein und Knochen vollbracht haben, können wir ganz gewiss ebenfalls vollbringen, Alice.«

»Ach, John, ich wünschte, ich wäre ein Mann und dächte wie einer, aber ich bin nur eine Frau und betrachte die Dinge eher mit dem

Herzen als mit dem Kopf, und alles, was ich sehe, ist zu grauenvoll, zu unvorstellbar, als dass man es mit Worten ausdrücken könnte. Ich kann nur hoffen, du hast recht, John, und ich will mein Bestes tun, um so wie die Frauen der Urzeit zu sein, die passende Gefährtin des Mannes jener Zeit.«

Claytons erste Gedanken galten der Errichtung einer Schlafstatt für die Nacht; eines Unterschlupfs, der sie vor beutegierigen Raubtieren schützte.

Er öffnete die Kiste, die seine Gewehre und Munition enthielt, damit sie bei ihrer Arbeit gegen mögliche Angriffe gewappnet wären, dann suchten sie gemeinsam nach einer Stelle, die ihnen als Schlafplatz für die Nacht dienen konnte.

Etwa einhundert Meter vom Strand entfernt lag eine kleine, ebene, nahezu baumlose Fläche; sie beschlossen, in Kürze hier ein festes Haus zu bauen. Zum gegenwärtigen Zeitpunkt hielten sie es jedoch fürs Beste, hoch oben in den Bäumen außerhalb der Reichweite größerer wilder Tiere, in deren Revier sie sich befanden, eine kleine Plattform zu errichten.

Zu diesem Zweck wählte Clayton vier Bäume aus, die etwa acht Fuß voneinander entfernt ein Quadrat bildeten, sägte von anderen Bäumen lange Äste ab und errichtete zirka zehn Fuß über dem Boden eine Schlafstatt, indem er die Astenden mit Hilfe von Tauwerk, das Black Michael ihm aus dem Laderaum der *Fuwalda* mitgegeben hatte, fest mit den Baumstämmen verband.

Auf diese Plattform reihte er kleinere Äste dicht aneinander. Dann breitete er große Wedel von Elefantenohrfarn darüber, der ringsum in Hülle und Fülle wuchs, und legte schließlich ein großes, mehrfach zusammengefaltetes Segel darauf.

Sieben Fuß darüber befestigte er eine ähnliche, nur etwas leichtere Plattform, die das Dach darstellte. Das restliche Segeltuch bildete seitlich herabhängend die Wände.

Auf diese Weise kam ein recht behagliches kleines Nest zustande, in das er ihre Decken und leichtere Gepäckstücke beförderte.

Inzwischen war es später Nachmittag, und sie nutzten die restlichen Stunden Tageslicht, um eine grobe Leiter zurechtzuzimmern, über die Lady Alice ihr neues Heim erreichen konnte.

Den ganzen Tag über war der Wald um sie herum erfüllt von aufgeregten, buntschillernden Vögeln und kleinen tanzenden und schnatternden Affen, die die Ankömmlinge und die bewundernswerte Weise, in der sie ihr Nest errichteten, mit allen Anzeichen größten Interesses höchst fasziniert beobachteten.

Obwohl Clayton und seine Gattin ständig scharf Ausschau hielten, konnten sie keine größeren Tiere entdecken. Sie beobachteten zweimal, wie ihre Nachbarn, die kleine Affenschar, schreiend und keifend von einer nahen Bergkette herbeigeeilt kamen und immer wieder höchst verängstigt zurückblickten, wodurch sie eindeutiger als durch Worte zu verstehen gaben, dass sie vor einem schreckenerregenden Etwas davonliefen, das dort verborgen lag.

Kurz vor Einbruch der Dunkelheit hatte Clayton seine Leiter vollendet. Er und seine Gattin füllten ein großes Becken mit Süßwasser aus dem Fluss in der Nähe und kletterten in die relative Sicherheit ihres luftigen Gemachs.

Da es noch ziemlich warm war, hatte Clayton die Segeltuchbahnen an den Seiten nach oben geschlagen, und nun saßen sie nach Türkenart auf ihren Decken. Lady Alice starrte angespannt in die immer dunkler werdenden Schatten des Waldes, hob plötzlich die Hand und packte Clayton am Arm.

»Sieh nur, John!«, raunte sie. »Was ist das, ein Mensch?«

Als Lord Greystoke in die Richtung blickte, die seine Gattin ihm wies, sah er eine große Gestalt aufrecht auf dem Bergrücken stehen. Sie hob sich undeutlich von dem dahinterliegenden Halbdunkel ab. Einen Augenblick lang sah es aus, als lausche sie, dann wandte sie sich langsam um und tauchte in den Schatten des Dschungels.

»Was war das, John?«

»Ich weiß nicht, Alice«, antwortete er ernst. »Es ist schon zu dunkel, um so weit zu sehen. Womöglich war es nur ein Schatten, den der aufgehende Mond warf.«

»Nein, John, wenn es kein Mensch war, dann eine riesige, seltsame Nachahmung von ihm. Oh, ich hab Angst.«

Er nahm sie in seine Arme und raunte Worte der Ermutigung und Liebe in ihr Ohr.

Kurz darauf schlug er die Segeltuchbahnen herunter und band sie an den Bäumen fest, so dass sie beide jetzt völlig von der Außenwelt abgeschlossen waren, abgesehen von einer kleinen Öffnung zum Strand hin.
Da es in ihrer luftigen Behausung nun stockfinster war, legten sie sich auf ihre Decken und versuchten, durch Schlaf eine kurze Zeitspanne des Vergessens zu gewinnen.
Clayton lag mit dem Gesicht zur Öffnung, ein Gewehr und den Gurt mit den Revolvern griffbereit.
Kaum hatten sie die Augen geschlossen, drang der furchteinflößende Schrei eines Panthers aus dem Dschungel hinter ihnen. Er kam immer näher, bis sie das gewaltige Tier direkt unter sich spürten. Eine Stunde oder noch länger hörten sie es schnaufen und an den Bäumen kratzen, die ihre Plattform trugen, aber schließlich strich es Richtung Strand davon, wo Clayton es deutlich im hellen Mondschein sehen konnte – ein großes, prachtvolles Tier, das größte, das er je sah.
Während der langen Stunden der Dunkelheit sanken sie immer nur kurz in den Schlaf, denn die nächtlichen Geräusche des großen, von abertausend Lebewesen bewohnten Dschungels setzten ihren zum Zerreißen gespannten Nerven dermaßen zu, dass sie immer wieder auffuhren, geweckt von durchdringenden Schreien oder den unheimlichen Bewegungen großer Körper unter ihnen.

Am Morgen fühlten sie sich nur wenig ausgeruht, falls überhaupt, dennoch begrüßten sie den Tagesanbruch mit unendlicher Erleichterung. Kaum hatten sie ihr kümmerliches Frühstück, bestehend aus Pökelfleisch, Kaffee und Zwieback, vertilgt, begann Clayton mit der Errichtung ihres Hauses, denn ihm war klar geworden, dass sie sich erst dann sicher fühlen und einigermaßen zur Ruhe kommen würden, wenn vier solide Wände sie wirksam vor dem Dschungelleben abschirmen würden.

Es war ein mühsames Unterfangen und erforderte den größten Teil des Monats, obwohl er sich auf einen einzigen kleinen Raum beschränkte. Seine Hütte bestand aus etwa fünfzehn Zentimeter starken Baumstämmen. Die Fugen stopfte er mit Lehm aus, den er einige Fuß unter der obersten Erdschicht vorgefunden hatte. In einer Ecke errichtete er aus kleinen Steinen vom Strand eine Feuerstätte, die er ebenfalls mit Lehm verputzte, wie sämtliche Außenseiten des Hauses nach seiner Vollendung, so dass die Wände eine Stärke von zehn Zentimeter erlangten.

In die Fensteröffnung setzte er ein Gitter aus etwa drei Zentimeter starken Ästen, die senkrecht und waagerecht so fest miteinander verbunden waren, dass sie der Kraft auch eines starken Tieres widerstehen konnten. So hatten sie im Haus genügend Luft und der Herd den richtigen Zug, ohne dass die Sicherheit ihrer Behausung in irgendeiner Weise beeinträchtigt worden wäre.

Das spitzgieblige Dach bestand aus kleinen, dicht aneinandergereihten Ästen, die mit langfasrigem Dschungelgras und Palmenwedeln bedeckt und abschließend mit einer Schicht Lehm bestrichen waren.

Die Tür zimmerte er aus Teilen der Packkisten, die ihre Habseligkeiten enthalten hatten, wobei er eine Schicht auf die andere nagelte und darauf achtgab, dass die Maserung jeweils entgegengesetzt verlief, bis eine solide Platte, etwa acht Zentimeter stark, entstand, die so massig war, dass beide bei ihrem Anblick lachen mussten.

Die größte Schwierigkeit bestand für Clayton darin, dass er nicht wusste, wie er diese gewaltige Tür nach ihrer Fertigstellung einhängen sollte. In weiteren zwei Tagen harter Arbeit gelang es ihm jedoch, aus Hartholz zwei haltbare Angeln herzustellen. Damit hängte er die Tür so auf, dass sie sich leicht öffnen und schließen ließ.

Das Verputzen der Innenwände und andere Abschlussarbeiten erfolgten, nachdem sie das Haus bezogen hatten, und dies geschah gleich nach Fertigstellung des Daches. Nachts stapelten sie die Kisten an der Tür auf, so verfügten sie über eine einigermaßen sichere und gemütliche Behausung.

Ein Bett, Stühle, einen Tisch und Regale zusammenzunageln war relativ leicht, so dass sie sich am Ende des zweiten Monats ganz gut eingerichtet hatten. Davon abgesehen, dass sie ständig damit rechnen mussten, von wilden Tieren angegriffen zu werden, und dass die Einsamkeit ihnen immer mehr zusetzte, fühlten sie sich doch einigermaßen wohl und glücklich.

Des Nachts strichen große Tiere knurrend und brüllend um ihre winzige Hütte, indes gewöhnt sich der Mensch an sich oft wiederholende Geräusche, so dass sie bald kaum noch darauf achteten und die ganze Nacht fest schliefen.

Dreimal sahen sie flüchtig große, menschenähnliche Gestalten wie jene in der ersten Nacht, doch waren diese nie nahe genug, um genau festzustellen, ob es die Umrisse von Menschen oder Tieren waren.

Die buntschillernden Vögel und die kleinen Affen hatten sich an ihre neuen Nachbarn gewöhnt, und da sie offensichtlich nie zuvor menschliche Wesen gesehen hatten, kamen sie nun nach Überwindung ihrer Scheu immer näher, angetrieben von jener seltsamen Neugier, die typisch für die wilden Geschöpfe des Waldes, des Dschungels und der Ebene ist, so dass einige Vögel den Claytons bereits nach einem Monat kleine Brocken Futter aus der Hand fraßen.

Als Clayton eines Nachmittags an einem Anbau für ihre Hütte arbeitete, denn er plante, ihrer Behausung Räume hinzuzufügen, kamen einige ihrer drolligen kleinen Freunde schreiend und schimpfend von dem Höhenzug her durch die Baumwipfel geturnt. Bei ihrer Flucht blickten sie sich immer wieder angstvoll um, schließlich versammelten sie sich in der Nähe von Clayton und schnatterten aufgeregt auf ihn ein, als wollten sie ihn vor einer nahenden Gefahr warnen.

Schließlich erblickte er das Wesen, das den kleinen Affen solche Angst einflößte – ein menschenähnliches Tier, das die Claytons schon einige Male flüchtig gesehen hatten.

Halb aufgerichtet kam es durch den Dschungel auf sie zu, wobei es sich dann und wann mit der Rückseite der geballten Fäuste aufstützte – ein großer Menschenaffe –, und während er sich vorwärtsbewegte, stieß er tiefe, gutturale Laute und ab und zu dumpfes Gebell aus.

Clayton hatte sich etwas von der Hütte entfernt, um einen Baum zu fällen, der für sein Bauvorhaben besonders geeignet erschien. Monate ungestörter Sicherheit, in denen er tagsüber keine gefährlichen Tiere erblickt hatte, hatten ihn sorglos werden lassen, so dass er seine Gewehre und Revolver im Haus gelassen hatte. Nun sah er den riesigen Affen durch das Unterholz brechen. Er kam direkt auf ihn zu und aus einer Richtung, dass er ihm jeden Fluchtweg abschnitt. Clayton spürte, wie ihm ein Schauer den Rücken hinunterlief.

Ihm war klar, dass sein Chancen gegenüber diesem grausamen Ungeheuer äußerst gering waren, denn er war nur mit der Axt bewaffnet – und Alice? O Gott, dachte er, was wird aus ihr werden?

Eine schwache Möglichkeit bestand noch, die Hütte zu erreichen. Er wandte sich um und rannte darauf zu, wobei er seiner Frau angstvoll zurief, sie solle für den Fall, dass der Affe ihm den Rückweg abschnitt, ins Haus laufen und die schwere Tür schließen.

Lady Greystoke saß ein kleines Stück von der Hütte entfernt, blickte auf und sah den Affen mit fast unglaublicher Geschwindigkeit, die man der riesigen, massigen Gestalt nicht zugetraut hätte, in großen Sprüngen auf Clayton losgehen.

Mit einem unterdrückten Schrei stürzte sie zum Haus und warf beim Eintreten schnell einen Blick hinter sich. Was sie sah, erfüllte sie mit Grauen, denn die Bestie hatte ihren Gatten abgefangen, der nun abwehrbereit dastand, die Axt mit beiden Händen fest umklammernd und bereit, sie auf das ergrimmte Tier sausen zu lassen, sollte dies zum letzten Angriff vorstoßen.

»Schließ die Tür und verriegle sie, Alice«, rief er. »Ich kann den Burschen mit der Axt erledigen.«

Doch er wusste, dass ihm ein grauenvoller Tod bevorstand, und sie wusste es auch.

Der Affe war ein großes Männchen von wahrscheinlich dreihundert Pfund. Seine widerlichen, engstehenden Augen funkelten hasserfüllt unter struppigen Brauen, während er angesichts der Beute mit furchteinflößendem Knurren die mächtigen Eckzähne bleckte und einen Moment stehen blieb.

Clayton konnte keine zwanzig Schritte entfernt über der Schulter der Bestie die Hütte sehen, und eine Woge kalten Entsetzens brach über ihn herein, als er seine junge Frau in der Tür auftauchen sah, eines seiner Gewehre in den Händen.

Sie hatte sich stets vor Feuerwaffen gefürchtet und sie nie anrühren wollen, jetzt aber stürmte sie mit der Furchtlosigkeit einer Löwin, die ihre Jungen verteidigt, auf den Affen zu. »Zurück, Alice!«, rief Clayton. »Um Gottes willen, zurück!«

Aber sie wollte nicht hören, und genau da griff der Affe an, so dass Clayton nichts weiter sagen konnte. Er holte mit aller Macht aus, aber die übermächtige Bestie packte die Axt, entriss sie ihm und schleuderte sie zur Seite.

Mit widerlichem Knurren fiel sie über ihr Opfer her, aber ehe sie ihre Zähne in dessen Kehle schlagen konnte, ertönte ein lauter Knall, und eine Kugel drang dem Affen zwischen den Schultern in den Rücken. Er schleuderte Clayton zu Boden und wandte sich nach seinem neuen Feind um. Da stand diese verängstigte kleine Frau vor ihm und versuchte vergeblich, ihm eine weitere Kugel in den Leib zu jagen. Alice war jedoch mit dem Mechanismus von Feuerwaffen nicht vertraut, so traf der Schlagbolzen die leere Hülse.

Fast gleichzeitig sprang Clayton auf und stürmte, der völligen Nutzlosigkeit seiner Bemühung nicht achtend, vor, um den Affen von der kraftlos am Boden liegenden Gestalt wegzuzerren.

Es kostete ihn keine sonderlichen Anstrengungen, denn der große Fleischberg plumpste schwerfällig vor ihm ins Gras – der Affe war tot. Die Kugel hatte ihr Werk verrichtet.

Eine flüchtige Untersuchung ergab, dass Alice wohlauf war. Die riesige Bestie musste in dem Augenblick gestorben sein, als sie auf Alice losging.

Behutsam hob er seine noch ohnmächtige Frau auf und trug sie zu der kleinen Hütte, aber es dauerte noch zwei volle Stunden, ehe sie aus der Ohnmacht erwachte. Ihre ersten Worte erfüllten Clayton mit gewisser Besorgnis. Einige Zeit, nachdem sie zu sich gekommen war, ließ sie einen erstaunten Blick durch den Raum schweifen und bemerkte dann mit einem Seufzer der Erleichterung:

»Ach, John, es ist schön, wirklich daheim zu sein! Ich hatte einen schrecklichen Traum, mein Lieber. Ich glaubte, wir wären nicht mehr in London, sondern an einem grauenvollen Ort, wo große Tiere über uns herfielen.«

»Schon gut, Alice«, sagte er und strich ihr über die Stirn. »Versuche, weiterzuschlafen, und zerbrich dir nicht den Kopf wegen böser Träume.«

In jener Nacht wurde in der winzigen Hütte am Rand des Urwalds ein kleiner Junge geboren, während ein Leopard vor der Tür schrie und das tiefe Gebrüll eines Löwen über den Höhenzug drang.

Lady Greystoke erholte sich nie von dem Schock, den der Angriff des großen Affen ausgelöst hatte, und obwohl sie nach der Geburt ihres Sohnes noch ein Jahr lebte, hielt sie sich nie außerhalb der Hütte auf. Auch wurde ihr nie wieder voll bewusst, dass sie sich nicht in England befand. Manchmal erkundigte sie sich bei Clayton nach den seltsamen Geräuschen in der Nacht, wo denn ihre Diener und Freunde seien, und warum das Mobiliar ihres Zimmers so seltsam unbearbeitet erschien; jedoch erfasste sie nie richtig, was dies alles bedeutete, obwohl er es nicht darauf anlegte, ihr die Wahrheit vorzuenthalten.

In anderer Hinsicht war sie ganz vernünftig, und die Freude und Glückseligkeit, die ihr kleiner Sohn ihr bereitete, sowie die ständige Aufmerksamkeit, mit der ihr Gatte sie umgab, machten dieses Jahr zum glücklichsten ihres jungen Lebens.

Ihm war völlig bewusst, wie sehr sie von Ängsten und Sorgen gepeinigt würde, wäre sie im Vollbesitz ihrer geistigen Fähigkeiten; bereitete es ihm auch große Qual, sie in diesem Zustand zu sehen, so war er zuweilen um ihretwillen nachgerade froh darüber, dass sie dies alles nicht richtig erfasste.

Längst hatte er jegliche Hoffnung auf Rettung aufgegeben, die höchstens ein glücklicher Zufall herbeiführen konnte. Mit unermüdlichem Eifer ging er daran, das Innere der Hütte zu verschönen.

Löwen- und Pantherfelle bedeckten den Fußboden. An den Wänden standen Schränke und Bücherregale. Seltsame Vasen, die er eigenhändig aus dem Lehm dieser Gegend geformt hatte, waren mit schönen, tropischen Blumen gefüllt. Vorhänge aus Gras und Bambus verhüllten die Fenster. Die kniffligste Arbeit hatte darin bestanden, mit dem kümmerlichen Sortiment an Werkzeug Holz so zu bearbeiten, dass er Wände und Decke verkleiden und den Fußboden mit einem glatten Belag versehen konnte.

Dass er in der Lage war, derart ungewohnte Tätigkeiten zu verrichten, versetzte ihn immer wieder in Erstaunen. Aber er liebte diese Arbeit, denn sie galt seiner Gattin und jenem kleinen Wesen, das zu ihrer beider Freude auf die Welt gekommen war, obwohl es Claytons Verantwortung angesichts ihrer grauenvollen Lage verzehnfachte.

Während des folgenden Jahres wurde er mehrfach von großen Affen angegriffen, die die nähere Umgebung der Hütte immer öfters heimzusuchen schienen; da er diese jedoch nie mehr ohne sein Gewehr und die Revolver verließ, fürchtete er die mächtigen Tiere kaum noch. Er hatte die Fenstergitter verstärkt und die Tür mit einer einzigartigen hölzernen Verriegelung versehen, so dass er nicht befürchten musste, dass ein Tier in ihre Behausung einbrach, wenn er auf Jagd ging oder Früchte sammelte. Dies war ständig vonnöten, da er ihren Lebensunterhalt sichern musste.

Zuerst erlegte er viel Wild vom Fenster aus, aber schließlich lernten die Tiere, diese seltsame Höhle zu meiden, von der das schreckliche Krachen seines Gewehres ausging.

In Mußestunden las er seiner Gattin oft laut aus Büchern vor, von denen er sich einen kleinen Bestand mit an Land gebracht hatte. Darunter waren viele für Kinder – Bilderbücher, Fibeln, Lesebücher –, denn ihnen war klar gewesen, dass ihr Kind dafür alt genug sein würde, ehe sie hoffen konnten, nach England zurückzukehren.

Zu anderen Zeiten führte er sein Tagebuch weiter, auf Französisch, wie er es sich zur Gewohnheit gemacht hatte, und hielt darin alle Ereignisse ihres seltsamen Lebens fest. Das Buch bewahrte er unter Verschluss in einer kleinen Stahlkassette auf.

Ein Jahr, nachdem ihr kleiner Sohn geboren worden war, verschied Lady Alice friedlich eines Nachts. Ihr Leben endete so still, dass es

Stunden dauerte, ehe Clayton erwachte und sah, dass seine Gattin tot war.

Langsam nur dämmerte ihm das Entsetzliche seiner Lage, und es steht zu bezweifeln, dass ihm das ungeheuere Ausmaß seiner Pflichten und die furchtbare Verantwortung je richtig bewusst wurden, die der Sorge um das winzige Wesen entsprangen, das sein Sohn war, ein Säugling noch.

Die letzte Eintragung in das Tagebuch erfolgte am Morgen nach Alices Tod. In nüchternem Ton, der die tiefe Tragik umso deutlicher werden lässt, bringt Clayton die traurigen Geschehnisse zu Papier; aus den Zeilen spricht Erschöpfung und Gleichgültigkeit, erzeugt durch endlose Sorgen und Hoffnungslosigkeit, die selbst dieser grausame Schicksalsschlag nicht zu weiterem Dulden anspornen konnte.

Mein kleiner Sohn schreit nach Nahrung —
ach, Alice, Alice, was soll ich tun?

Als John Clayton die letzten Worte, die seine Hand je zu Papier bringen sollte, niedergeschrieben hatte, sank sein Kopf müde auf seine ausgestreckten Arme. Sie lagen auf dem Tisch, den er für diese Frau gezimmert hatte, die reglos und kalt im Bett neben ihm ruhte.

Lange Zeit störte kein Laut die Totenstille des Dschungelmittags außer dem kläglichen Weinen des winzigen Menschenkindes.

Im Wald auf der Hochebene, eine Meile von der Küste entfernt, ließ Kerchak, der Affe, an den Artgenossen seine Wut aus.

Die jüngeren und weniger beleibten Stammesmitglieder hatten sich in die Wipfel der großen Bäume geflüchtet, um seinem Zorn zu entrinnen; lieber riskierten sie ihr Leben auf Ästen, die ihr Körpergewicht gerade noch tragen konnten, als dass sie sich dem Alten bei einem seiner Anfälle von unbeherrschter Raserei aussetzten.

Die anderen Männchen hatten sich in alle Richtungen zerstreut, allerdings erst nachdem der ergrimmte Unhold die Wirbelknochen des einen von ihnen zwischen seinen mächtigen, vor Wut schäumenden Kinnladen hatte knacken lassen.

Ein vom Pech verfolgtes junges Weibchen verlor den Halt, rutschte von dem hohen Ast ab und schlug fast direkt vor Kerchak schwer auf den Boden.

Mit wildem Gebrüll fiel er über sie her, riss ihr mit seinen mächtigen Zähnen ein großes Stück Fleisch aus der Flanke und bearbeitete ihren Kopf und die Schultern derart heftig mit einem dicken Ast, bis ihr Schädel nur noch eine breiige Masse war.

Jetzt erst entdeckte er Kala, die mit ihrem Jungen von der Nahrungssuche heimkehrte und keine Ahnung vom Gemütszustand ihres riesigen Kusins hatte, bis die schrillen Warnungen ihrer Artgenossen sie veranlassten, sich in wahnwitziger Eile in Sicherheit zu bringen.

Aber Kerchak war ihr dicht auf den Fersen, so dicht, dass er sie beinahe am Fußgelenk gepackt hätte, hätte sie nicht einen wilden Sprung in die Lücke zwischen zwei Bäumen gemacht – ein gewagtes Unterfangen, das Affen wenn überhaupt, dann nur ganz selten auf sich nehmen, wenn die Gefahr so nahe ist, dass es keinen anderen Ausweg gibt.

Der Sprung gelang, aber als sie nach dem Ast des weiter entfernt stehenden Baumes griff, verlor das winzige Baby, das sich verzweifelt an ihren Hals klammerte, durch den plötzlichen Ruck den Halt, und sie sah das kleine Ding durch die Luft wirbeln und dreißig Fuß unter ihr auf den Boden schlagen.

Mit einem dumpfen Schreckensschrei ließ sich Kala kopfüber neben ihr Junges fallen, der Gefahr nicht achtend, die ihr von Kerchak drohte, aber als sie das winzige, übel zugerichtete Wesen an ihre Brust drückte, war schon kein Leben mehr in ihm.

Dumpf stöhnend hockte sie da und presste den toten Körper an sich; Kerchak ließ sie nun in Ruhe. Mit dem Tod des Jungen war sein Anfall dämonischen Zorns ebenso schnell verraucht, wie er über ihn gekommen war.

Kerchak war ein riesiger Königsaffe, der vielleicht dreihundertfünfzig Pfund wog. Seine fliehende Stirn war auffallend niedrig, die kleinen, blutunterlaufenen Augen standen eng über der groben, breitgedrückten Nase; die Ohren waren groß und dünn, jedoch kleiner als bei den meisten seiner Gattung.

Sein schreckliches Temperament und die unglaubliche Körperkraft verschafften ihm in der kleinen Schar, in der er vor etwa zwanzig Jahren geboren worden war, eine beherrschende Position.

Da er sich jetzt im Vollbesitz seiner Kräfte befand, gab es keinen anderen Affen in dem riesigen, von ihm durchstreiften Wald, der es gewagt hätte, seinen Herrschaftsanspruch anzufechten; auch die anderen größeren Tiere ließen ihn unbehelligt.

Von allen Tieren der Wildnis hatte lediglich Tantor, der alte Elefant, keine Angst vor ihm – und Kerchak fürchtete nur ihn. Wenn Tantor trompetete, flüchtete er samt seinen Artgenossen eilends in die Wipfel der zweiten Baumreihe.

Der Stamm der Menschenaffen, den Kerchak mit eiserner Faust und grimmigem Zähnefletschen regierte, zählte sechs bis acht Familien, wobei jede Familie wiederum aus einem erwachsenen Männchen mit seinen Weibchen und deren Jungen bestand, so dass insgesamt sechzig bis siebzig Affen zusammenkamen.

Kala war das jüngste Weibchen eines Männchens namens Tublat, was so viel wie ›gebrochene Nase‹ bedeutete, und das Junge, das sie zerschmettert am Boden hatte liegen sehen, war ihr erstes, denn sie zählte gerade neun oder zehn Jahre.

Ungeachtet ihres Alters war sie groß und kräftig – ein prachtvolles, wohlgebautes Tier mit hoher, gewölbter Stirn, die mehr Intelligenz verriet, als die meisten ihrer Artgenossen besaßen. Daher war sie in hohem Maße fähig, wie eine Mutter zu lieben und zu bangen.

Dennoch war sie ein Affe, ein gewaltiges, furchteinflößendes und schreckliches Geschöpf jener Gattung, die am ehesten mit dem Gorilla verwandt, jedoch intelligenter ist. Diese Intelligenz im Verein mit der Körperkraft ihres nahen Anverwandten machten ihresgleichen zu den furchtbarsten jener Ehrfurcht einflößenden Vorfahren des Menschen.

Als die Affenhorde sah, dass Kerchaks Zorn verraucht war, kehrte sie langsam von ihrer Zuflucht hoch in den Wipfeln zurück und ging wieder den verschiedenen Beschäftigungen nach, bei deren Verfolgung er sie gestört hatte.

Die Jungen spielten und tollten zwischen Bäumen und Büschen. Einige erwachsene Tiere lagen mit dem Gesicht nach unten auf dem weichen Teppich toter oder verfaulender Pflanzen, die den Waldboden bedeckten, während andere abgebrochene Äste oder Erdklumpen aufhoben und umdrehten und nach Insekten und kleinen Kriechtieren suchten, die einen Teil ihrer Nahrung darstellten.

Andere wiederum suchten die Bäume ringsum nach Früchten, Nüssen, kleinen Vögeln und Eiern ab.

Eine Stunde verstrich auf diese Weise, dann rief Kerchak alle zusammen und setzte sich Richtung Strand in Marsch, nachdem er sie angewiesen hatte, ihm zu folgen.

Wenn sie offenes Gelände vor sich hatten, blieben sie größtenteils auf der Erde, wobei sie dem Pfad der großen Elefanten folgten, die durch ihre Wanderungen die einzigen Wege durch das unentwirrbare Labyrinth von Buschwerk, Kriech- und Schlingpflanzen sowie Bäumen gebahnt hatten. Sie bewegten sich unbeholfen vorwärts, setzten die geballten Fäuste mit der Rückseite auf und schwangen die plumpen Körper nach vorn.

Führte der Weg durch niederen Baumwuchs, kamen sie schneller voran, da sie sich mit der Gewandtheit ihrer kleineren Vettern, der Meerkatzen, von Ast zu Ast schwangen. Die ganze Strecke hielt Kala ihr kleines, totes Junges eng an die Brust gedrückt.

Kurz nach Mittag erreichten sie eine Bergkette, von wo aus sie den Strand überblicken konnten. Vor ihnen lag Kerchaks Ziel, die winzige Hütte.

Er hatte viele seinesgleichen unter dem lauten Knall des kleinen, schwarzen Stockes sterben sehen, den der seltsame weiße Affe, der diese wundervolle Höhle bewohnte, in den Händen hielt, und Kerchak hatte sich in den Kopf gesetzt, das todbringende Gerät in seinen Besitz zu bringen und das Innere der rätselhaften Höhle zu erforschen. Er wollte unbedingt spüren, wie sich seine Zähne in den Hals des seltsamen Tieres gruben, das zu hassen und zu fürchten er gelernt hatte, deshalb kam er oft mit seinem Stamm hierher, um zu erkunden und eine Gelegenheit auszuspähen, wo der weiße Affe einmal unachtsam sein würde.

In letzter Zeit hatten sie ihre Vorstöße eingestellt und sich gar nicht mehr blicken lassen; denn wann immer sie hier aufgetaucht waren, hatte der kleine Stock einigen Mitgliedern des Stammes seine schreckliche Botschaft des Todes zukommen lassen.

Heute war weit und breit nichts von dem Menschen zu sehen, und von ihrem Beobachtungspunkt konnten sie erkennen, dass die Haustür offen stand. Langsam, vorsichtig und lautlos schlichen sie sich durch den Dschungel an.

Sie unterließen jegliches Knurren oder furchteinflößendes Gebrüll – der kleine schwarze Stock hatte ihnen beigebracht, sich leise zu verhalten, um ihn nicht zu wecken.

Immer näher kamen sie, bis Kerchak sich zur Tür vorgearbeitet hatte und hineinlugte. Ihm folgten zwei Männchen und dann Kala, die nach wie vor das kleine, tote Junge an die Brust gepresst hielt.

In der Höhle sahen sie den seltsamen weißen Affen mit dem Oberkörper auf dem Tisch liegen, den Kopf in den Armen vergraben, und auf dem Bett lag eine Gestalt unter einem Segeltuch, während aus einer winzigen, grob zusammengezimmerten Wiege das klagende Weinen eines Babys drang.

Kerchak trat lautlos ein und duckte sich zum Angriff; da sprang John Clayton plötzlich auf und starrte sie an.

Was er sah, hat ihm vor Entsetzen bestimmt das Blut in den Adern gerinnen lassen, denn in der Tür standen drei riesige, männliche Affen, während sich dahinter noch viele weitere drängten. Wie viele es waren, erfuhr er nie, denn seine Revolver hingen weit weg an der Wand neben dem Gewehr, und Kerchak griff ihn jetzt an.

Nachdem der Königsaffe die schlaffe Gestalt hatte aus seinen Armen gleiten lassen, die einmal John Clayton, oder Lord Greystoke, gewesen war, wandte er sich der kleinen Wiege zu, aber Kala kam ihm zuvor; als er nach dem Kind langen wollte, packte sie es selbst, und ehe er sie abfangen konnte, war sie durch die Tür hinausgeschossen und hatte sich auf einen hohen Baum geflüchtet.

Als sie Alice Claytons lebendes Baby aufgenommen hatte, ließ sie ihr eigenes totes in die leere Wiege fallen, denn das Weinen des lebenden hatte den Mutterinstinkt in ihr wachgerufen, den das tote nicht mehr brauchte.

Hoch oben in den Zweigen des mächtigen Baumes drückte sie das schreiende kleine Kind an die Brust, und sehr bald schon drang jener Instinkt, der dieses wilde weibliche Wesen ebenso beseelte wie vormals die zarte, schöne Mutter des Kindes – der Instinkt der Mutterliebe –, in das kaum entwickelte Verständnis dieses winzigen Menschenkindes, und es begann, sich zu beruhigen.

Dann beseitigte der Hunger die zwischen ihnen bestehende Kluft, und der Sohn eines englischen Lords und einer englischen Lady wurde von Kala, der gewaltigen Affenmutter, gestillt.

Inzwischen untersuchten die Affen in der Hütte behutsam die hier vorgefundenen seltsamen Gegenstände.

Nachdem Kerchak befriedigt festgestellt hatte, dass Clayton tot war, wandte er seine Aufmerksamkeit dem Ding zu, das dort unter einem Stück Segeltuch auf dem Bett lag.

Vorsichtig hob er eine Ecke des Tuchs auf, aber als er den Körper der Frau darunter erblickte, riss er das Segel wild von ihrer Gestalt und packte ihre weiße Kehle mit seinen großen, behaarten Händen. Einen Augenblick lang grub er seine Finger tief in das kalte Fleisch, dann wurde ihm bewusst, dass sie schon tot war. Er wandte sich ab und durchsuchte weiter den Raum. Fortan ließ er die Leichname Lady Alices und Sir Johns unbeachtet.

An erster Stelle interessierte ihn das an der Wand hängende Gewehr, war doch sein ganzes Trachten seit Monaten auf diesen seltsamen, todbringenden Donnerstock gerichtet gewesen. Nun befand sich dieser in seiner Reichweite, doch fehlte ihm der Mut, ihn anzufassen. Vorsichtig näherte er sich dem Ding, jederzeit bereit, Hals über Kopf davonzustürzen, sollte es wieder auf diese dumpf knallende Weise zu ihm sprechen, in der es neulich mit denjenigen seiner Artgenossen gesprochen hatte, die infolge Unwissenheit oder Tollkühnheit jenen erstaunlichen weißen Affen angegriffen hatten, der es getragen hatte. Eine innere Stimme sagte dem Tier, dass dieser Donnerstock nur dann gefährlich war, wenn er sich in den Händen von jemandem befand, der damit umgehen konnte. Dennoch brauchte er einige Minuten, ehe er sich durchringen konnte, es zu berühren.

Eine Zeitlang wanderte er vor dem Gewehr hin und her, wobei er den Kopf so drehte, dass er das Objekt seiner Begierde ständig im Blick hatte.

Der große Königsaffe benutzte die langen Arme wie ein Mensch seine Krücken, wälzte den mächtigen Leib bei jedem Schritt von einer Seite zur anderen, stampfte auf und ab und stieß ein tiefes Knurren aus, das dann und wann von einem ohrenbetäubenden Kreischen unterbrochen wurde, wie es schrecklicher im ganzen Dschungel nicht zu vernehmen war.

Endlich blieb er vor dem Gewehr stehen. Langsam hob er die riesige Hand, bis sie den glänzenden Lauf fast berührte, jedoch nur, um sie einmal mehr zurückzuziehen und sein eiliges Hin- und Herwandern wiederaufzunehmen.

Alles sah aus, als wolle sich die große Bestie durch Zurschaustellung von Furchtlosigkeit und durch wildes Geschrei Mut machen, um das Gewehr schließlich doch in die Hand zu nehmen.

Abermals blieb der Affe stehen, und diesmal zwang er sich, den kalten Stahl kurz zu berühren, jedoch nur, um die Hand sofort wieder wegzuziehen und das rastlose Umherwandern wiederaufzunehmen.

Viele Male wiederholte sich diese seltsame Zeremonie, jedoch mit ständig wachsendem Selbstvertrauen, bis die riesige Bestie das Gewehr schließlich vom Haken riss und in den Händen hielt.

Als Kerchak feststellte, dass es ihm keinen Schmerz zufügte, begann er, es genau zu untersuchen. Er betastete es von einem Ende zum anderen, blickte in das schwarze Loch der Mündung und berührte das Visier, den Verschluss, den Kolben und schließlich den Abzug.

Während all dieser Vorgänge saßen die anderen Affen eng zusammengedrängt bei der Tür und beobachteten ihr Oberhaupt, und diejenigen, die draußen waren, scharten sich im Bemühen um die Tür, wenigstens etwas von dem zu erhaschen, was innen vor sich ging.

Plötzlich krümmte sich Kerchaks Finger um den Abzug. Ein ohrenbetäubender Knall erfüllte den kleinen Raum, und die diesseits und jenseits der Tür hockenden Affen purzelten in wilder Panik übereinander, weil jeder davonstob.

Kerchak war gleichermaßen erschrocken, so sehr, dass er die Ursache dieses schrecklichen Krachens völlig vergaß und zur Tür stürzte, während er das Gewehr noch fest in den Händen hielt.

Beim Hinausjagen riss er mit dem über der Mündung befindlichen Korn die nach innen geöffnete Tür mit sich, und zwar so heftig, dass sie hinter ihm zufiel.

Als er ein kurzes Stück von dem Haus entfernt stehen blieb und entdeckte, dass er das Gewehr noch in den Händen hielt, ließ er es fallen wie glühendes Eisen und versuchte auch nie wieder, es an sich zu nehmen – der Knall war für seine Nerven zu viel gewesen; jedoch war er jetzt voll und ganz überzeugt, dass der schreckliche Stock ganz harmlos war, solange man ihn nur in Ruhe ließ.

Es dauerte eine Stunde, ehe sich die Affen wieder dazu aufraffen konnten, sich der Hütte zu nähern, um ihre Erkundung fortzusetzen, und als sie schließlich davorstanden, mussten sie zu ihrem Ärger feststellen, dass die Tür geschlossen und so sicher verriegelt war, dass sie sie auch nicht mit Gewalt öffnen konnten.

Die von Clayton sehr geschickt konstruierte Verriegelung war zugefallen, als Kerchak hinausgestürmt war. Die solide vergitterten Fenster machten den Affen den Zugang gleichermaßen unmöglich.

Nachdem sie einige Zeit in der näheren Umgebung umhergestrichen waren, zogen sie sich wieder in den tieferen Wald und ins Hochland zurück, von wo sie gekommen waren.

Kala war die ganze Zeit mit dem kleinen, von ihr angenommenen Baby oben auf dem Baum geblieben, aber nun forderte Kerchak sie auf, herunterzukommen und sich den anderen anzuschließen, und da seine Stimme gar nicht mehr zornig klang, schwang sie sich leichtfüßig von Zweig zu Zweig und gesellte sich zu den anderen, um den Heimweg anzutreten.

Diejenigen Affen, die sich ihr seltsames Junges genauer ansehen wollten, wurden durch Zähnefletschen, drohendes Knurren und Warnlaute zurückgescheucht.

Als sie Kala verständlich gemacht hatten, dass sie dem Kleinen nichts antun wollten, erlaubte sie ihnen, näher zu kommen, ließ jedoch nicht zu, dass sie es berührten.

Man hätte meinen können, sie habe erkannt, dass das kleine Wesen schwächlich und empfindlich war, und dass sie fürchtete, die groben Hände ihrer Artgenossen könnten ihm Schaden zufügen.

Etwas anderes machte die Wanderung für sie besonders beschwerlich. Eingedenk des Todes ihres eigenen Jungen hielt sie dieses neue mit einer Hand verzweifelt fest, wann immer sie sich fortbewegten. Die anderen kleinen Affen ritten auf dem Rücken ihrer Mütter, krallten die kleinen Arme fest in deren behaarten Nacken und umklammerten mit den Beinen den Oberkörper.

Anders bei Kala. Sie hielt die winzige Gestalt des kleinen Lord Greystoke fest an die Brust gepresst. Seine zierlichen Hände hatten das lange, schwarze Haar gepackt, mit dem jener Teil ihres Körpers bedeckt war. Sie hatte das eine Kind von ihrem Rücken in einen grauenvollen Tod stürzen sehen und wollte das Risiko nicht eingehen, dass diesem Gleiches widerfuhr.

Zärtlich umsorgte Kala ihr kleines Findelkind und wunderte sich im Stillen, warum es nicht schneller kräftig und gewandt wurde wie die kleinen Affen der anderen Mütter. Es dauerte nahezu ein Jahr, von dem Tag an gerechnet, als der kleine Kerl ihr in die Hände geriet, ehe er allein gehen konnte. Und wie unbeholfen er sich beim Klettern anstellte!

Kala unterhielt sich ab und zu voller Hoffnung mit den älteren Weibchen über ihr Junges, aber keine der anderen konnte sich erklären, warum dieses Kind so langsam war und sich so ungeschickt verhielt, als es lernen sollte, für sich selbst zu sorgen. Es konnte nicht einmal Nahrung für sich finden, dabei waren nun schon über zwölf Monate vergangen, seit Kala es gefunden hatte.

Hätten die Affen gewusst, dass das Kind schon dreizehn Monate alt war, als es in Kalas Hände fiel, so hätten sie diesen Fall als vollkommen aussichtslos erachtet, denn die kleinen Affen ihres eigenen Stammes waren in zwei, drei Monaten so weit entwickelt wie dieser kleine Fremde nach fünfundzwanzig.

Tublat, Kalas Gatte, fühlte sich tief gekränkt, und hätte seine Frau nicht ständig so gut aufgepasst, hätte er das Kind längst beseitigt.

»Es wird nie ein großer Affe werden«, hielt er ihr vor. »Du wirst es ewig mit dir herumschleppen und es beschützen müssen. Und was hat unsere Sippe davon? Gar nichts, es ist nur eine Belastung. Wir wollen es einfach im hohen Gras liegen lassen, wenn es schläft, dann kannst du andere und stärkere Affen zur Welt bringen, die uns im Alter beschützen werden.«

»Auf keinen Fall, Gebrochene Nase«, erwiderte Kala. »Und wenn ich es dauernd bei mir tragen müsste!«

Da ging Tublat zu Kerchak und drängte ihn, Kala kraft seiner Autorität zu zwingen, den kleinen Tarzan aufzugeben. Denn diesen Namen hatten sie dem winzigen Lord Greystoke gegeben, er bedeutete »Weißhaut«.

Aber als Kerchak Kala gegenüber davon anfing, drohte sie, den Stamm zu verlassen, falls man sie und das Kind nicht in Frieden lasse, und

da dies eines der unveräußerlichen Vorrechte der jungen Affen war, falls sie sich unter ihresgleichen nicht mehr wohl fühlten, behelligten sie Kala nicht länger, denn sie war ein schönes, wohlgebautes, junges Weibchen, und sie wollten sie nicht verlieren.
Als Tarzan heranwuchs, machte er schnellere Fortschritte, so dass er mit zehn Jahren als ausgezeichneter Kletterer galt, und auf dem Boden konnte er viele erstaunliche Dinge tun, zu denen seine kleinen Brüder und Schwestern nicht in der Lage waren.
Er unterschied sich in mancherlei Hinsicht von ihnen, und sie bewunderten oft seinen überlegenen Verstand, aber an Körperkraft und Größe stand er ihnen nach, denn mit zehn Jahren sind die großen Menschenaffen voll erwachsen und einige von ihnen über sechs Fuß groß, während der kleine Tarzan noch als kleiner Junge gelten konnte.
Aber was für einer!
Seit frühester Kindheit benutzte er seine Hände, um sich nach Art seiner hünenhaften Mutter von Ast zu Ast zu schwingen, und als er älter wurde, verwandte er viele Stunden des Tages darauf, mit seinen Brüdern und Schwestern durch die Baumwipfel zu jagen.
In schwindelerregender Höhe konnte er zwanzig Fuß durch die Luft zum nächsten Baumwipfel springen und mit unfehlbarer Genauigkeit und ohne erkennbaren Aufprall zugreifen, es sah aus, als wedle ein Ast auf der Bahn eines nahenden Tornados.
Er konnte sich zwanzig Fuß senkrecht von Ast zu Ast nach unten fallen lassen und mit der Leichtigkeit und Geschwindigkeit eines Eichhörnchens bis zur äußersten Spitze des imposantesten tropischen Baumriesen vordringen.
Obwohl erst zehn Jahre alt, war er ebenso kräftig wie der durchschnittliche Mensch mit dreißig und weit beweglicher, als der geübteste Sportler je werden kann. Und seine Körperkraft wuchs von Tag zu Tag.
Sein Leben unter diesen wilden Affen war glücklich, denn er kannte kein anderes, wie er auch nicht wusste, dass es im Universum noch etwas anderes gab als seinen kleinen Wald und die wilden Dschungeltiere, mit denen er vertraut war.
Erst mit zehn Jahren begann er, langsam zu begreifen, dass ein großer Unterschied zwischen ihm und seinen Spielgefährten bestand.

Sein kleiner Körper, durch die Sonnenstrahlen braungebrannt, weckte bei ihm plötzlich ein tiefes Schamgefühl, denn er erkannte, dass er völlig unbehaart war wie eine Schlange oder ein anderes Kriechtier. Er versuchte, dies zu verbergen, indem er sich von Kopf bis Fuß mit Schlamm bestrich, aber dieser trocknete und fiel ab. Außerdem fühlte er sich damit so unbehaglich, dass er schnell zu dem Entschluss kam, die Scham dem Unbehagen vorzuziehen.

In dem Hochland, das sein Stamm häufig aufsuchte, lag ein kleiner See, und hier erblickte Tarzan zum ersten Mal sein Spiegelbild im klaren, stillen Wasser einer Bucht.

Es war ein schwüler Tag in der Trockenzeit, so dass er und einer seiner Vettern zum Ufer gingen, um zu trinken. Als sie sich über die reglose Wasserfläche beugten, wurden ihre Gesichter widergespiegelt; die wilden und furchteinflößenden Gesichtszüge des Affen neben denen des aristokratischen Sprosses aus altem englischen Haus.

Tarzan war entsetzt. Nicht genug, dass er unbehaart war, dazu nun noch so eine Erscheinung! Er wunderte sich, dass die anderen Affen ihn überhaupt ansehen konnten.

Dieser winzige Schlitz von Mund und die kümmerlichen weißen Zähnchen! Wie jämmerlich wirkten sie neben den mächtigen Lippen und grimmigen Eckzähnen seiner glücklicheren Brüder!

Und die kleine, zerquetschte Nase! Sie war so dünn, dass sie wie verkümmert aussah. Er lief rot an, als er sie mit den prachtvollen, breiten Nasenlöchern seines Gefährten verglich. Was hatte der für eine beeindruckende Nase! Sie nahm fast die Hälfte seines Gesichts ein! Es muss bestimmt ein schönes Gefühl sein, so hübsch auszusehen, dachte der arme kleine Tarzan.

Aber als er dann noch seine Augen sah – gab ihm das den Rest! Winzige braune Punkte, graue Kreise und dann das blanke Weiß! Entsetzlich! Nicht einmal Schlangen hatten so hässliche Augen wie er.

Er war so mit der Eigenbewertung seiner Gesichtszüge beschäftigt, dass er nicht hörte, wie sich das hohe Gras hinter ihm teilte und ein großer Körper sich durch den Dschungel stahl. Sein Gefährte, der Affe, hörte auch nichts, denn er trank, und das Geräusch der schmatzenden Lippen und sein befriedigtes Gurgeln übertönten das leise Anschleichen des fremden Wesens.

Sie duckte sich keine dreißig Schritt hinter den beiden – Sabor, die große Löwin – und peitschte ihre Flanken mit dem Schweif. Behutsam schob sie die große, weiche Pranke nach vorn und setzte sie lautlos auf, ehe sie die nächste anhob. So kam sie vorwärts, tief geduckt, mit dem Unterleib fast die Erde berührend – eine große Katze, drauf und dran, ihre Beute anzuspringen.
Sie war jetzt etwa zehn Fuß von den zwei ahnungslosen kleinen Spielgefährten entfernt und zog sachte die Hinterbeine unter den Leib, wobei die großen Muskeln unter dem schönen Fell wogten.
Sie duckte sich so niedrig, dass sie flach auf dem Boden zu liegen schien, sieht man von der Aufwärtskrümmung des glänzenden Rückens ab, als er sich zum Sprung anspannte.
Ihr Schweif bewegte sich nicht mehr, sondern lag still und gerade hinter ihr.
Sie wartete einen Augenblick wie versteinert und sprang dann mit entsetzlichem Gebrüll.
Sabor, die Löwin, war eine erfahrene Jägerin. Jemand, der über weniger Kenntnis verfügte, hätte dieses wilde Gebrüll während des Sprunges vielleicht als töricht erachtet, denn hätte sie ihre Opfer nicht mit größerer Sicherheit überfallen können, wenn sie lautlos gesprungen wäre, ohne das markerschütternde Brüllen?
Sabor kannte die erstaunliche Schnelligkeit des Dschungelvolks und sein fast unglaublich feines Gehör jedoch nur zu gut. Das plötzliche Rascheln von Gras war eine ebenso wirksame Warnung wie der lauteste Schrei, und Sabor wusste, dass sie den mächtigen Sprung nicht völlig geräuschlos vollziehen konnte.
Ihr wildes Gebrüll war keine Warnung. Sie wollte erreichen, dass ihr armes Opfer vor Schreck wie gelähmt war, zumindest für jenen Bruchteil einer Sekunde, der ausreichte, damit sie ihre furchtbaren Krallen in das weiche Fleisch schlagen und es festhalten konnte, so dass keine Hoffnung auf Entrinnen bestand.
In Bezug auf den Affen waren Sabors Überlegungen richtig. Der kleine Kerl duckte sich zitternd einen kurzen Augenblick, der jedoch lang genug war, um sein Fehlverhalten offensichtlich werden zu lassen.
Anders sah die Sache jedoch bei Tarzan, dem Menschenkind, aus. Sein Leben inmitten der Gefahren des Dschungels hatten ihn gelehrt,

plötzlichen Gefahren mit Selbstvertrauen zu begegnen, und seine höhere Intelligenz verhalf ihm zu einer Geistesgegenwart, die der der Affen weit überlegen war.

Das Gebrüll von Sabor, der Löwin, spornte Hirn und Muskeln des kleinen Tarzan zu sofortiger Aktion an.

Vor ihm lag das tiefe Wasser des kleinen Sees, hinter ihm lauerte der sichere Tod, ein grausamer Tod unter zerfleischenden Krallen und reißenden Fangzähnen.

Tarzan hatte Wasser stets nur als ein Mittel angesehen, seinen Durst zu stillen. Sonst war es ihm verhasst, weil er es zumeist mit der Kälte und den Unannehmlichkeiten mächtiger Regengüsse verband, außerdem fürchtete er es wegen des Donnern und Blitzens und des Windes, dem ständigen Begleiter der Unwetter.

Seine wilde Mutter Kala hatte ihn gelehrt, das tiefe Wasser des Sees zu meiden. Außerdem, hatte er nicht erst vor wenigen Wochen das kleine Affenmädchen Neeta in dem stillen Wasser untergehen sehen, so dass sie niemals mehr zu ihrem Stamm zurückkehren konnte?

Sein schneller Verstand wählte jedoch das Geringere der beiden Übel, und noch ehe Sabors Gebrüll in der Stille des Dschungels richtig eingesetzt und das mächtige Tier die Hälfte seines Sprunges hinter sich gebracht hatte, fühlte Tarzan das kalte Wasser über sich zusammenschlagen.

Er konnte nicht schwimmen, und das Wasser war tief; indes hatte er noch kein Quäntchen seines Selbstvertrauens und seiner Findigkeit verloren, die beide Kennzeichen seines überlegenen Wesens waren. Schnell bewegte er Hände und Füße im Bemühen, nach oben zu kommen, und dabei verfiel er, möglicherweise mehr durch Zufall als mit Absicht, in den Schwimmschlag, den ein Hund anwendet, so dass seine Nase binnen weniger Sekunden aus dem Wasser ragte, und er entdeckte, dass er sich durch Weiterführung der Schwimmbewegungen nicht nur oben halten, sondern an der Oberfläche auch fortbewegen konnte.

Er war äußerst überrascht und befriedigt über diese neue Erkenntnis, die ihm so plötzlich zuteilgeworden war, doch er hatte keine Zeit, länger darüber nachzudenken.

Er schwamm jetzt parallel zum Ufer und sah das furchtbare Raubtier, das auch ihn packen würde, sich dort über der reglosen Gestalt seines kleinen Spielgefährten ducken.
Die Löwin beobachtete Tarzan gespannt, wohl in der Erwartung, er werde ans Ufer zurückkehren, aber der Junge hatte nicht die geringste Absicht, dies zu tun.
Stattdessen erhob er seine Stimme zu jenem Hilfeschrei, der bei seinem Stamm üblich war, wobei er eine Warnung nachschickte, die verhindern sollte, dass mögliche Retter in Sabors Krallen endeten.
Fast augenblicklich kam aus der Ferne die Antwort, und kurze Zeit später schwangen sich vierzig oder fünfzig große Affen schnell und majestätisch in Richtung des Schauplatzes der Tragödie durch die Bäume.
Kala führte sie an, denn sie hatte die Stimme ihres heißgeliebten Kindes erkannt, und neben ihr war die Mutter des kleinen Affen, der jetzt tot unter der grausamen Löwin lag.
Obwohl sie weitaus kräftiger und für einen Kampf besser gerüstet war als die Affen, hatte sie kein Verlangen, diesen ergrimmten ausgewachsenen Tieren zu begegnen, und mit hasserfülltem Knurren sprang sie schnell ins Gestrüpp und verschwand.
Tarzan schwamm schnell ans Ufer und kletterte hurtig aufs Trockene. Das Empfinden der Frische und Gelöstheit, das sich ihm im kalten Wasser mitgeteilt hatte, erfüllte sein kleines Wesen mit dankbarer Überraschung. Fortan ließ er sich keine Gelegenheit entgehen, wenigstens einmal täglich in einen See, Fluss oder ins Meer zu springen, wann immer dies möglich war.
Kala konnte sich lange Zeit nicht an diesen Anblick gewöhnen, denn obwohl sie und ihre Artgenossen schwimmen konnten, wenn sie dazu gezwungen waren, verabscheuten sie jedoch, ins Wasser zu gehen, und taten es stets nur unfreiwillig.
Das Abenteuer mit der Löwin gab Tarzan Nahrung für angenehme Erinnerungen, denn solche Vorfälle brachen die Monotonie des Tagesablaufs auf – die ewige Routine von Nahrungssuche, -aufnahme und Schlafen.
Das Affenvolk, dem er angehörte, durchstreifte ein Gebiet, das sich etwa fünfundzwanzig Meilen entlang der Küste erstreckte und rund

fünfzig Meilen landeinwärts reichte. Sie durchzogen es fast ständig, blieben manchmal monatelang an einer Stelle, aber wenn sie sich mit großer Geschwindigkeit durch die Baumwipfel schwangen, hatten sie es oft in sehr wenigen Tagen durchwandert.

Viel hing vom Nahrungsangebot, den Wetterbedingungen und dem Auftreten von Tieren ab, die ihnen gefährlich werden konnten, doch Kerchak scheuchte sie oft auch aus keinem anderen Grund zu langen Märschen auf, als dass er es leid war, länger an ein und demselben Ort zu verweilen.

Nachts schliefen sie, wo die Dunkelheit sie überraschte, auf der blanken Erde, wobei sie nur manchmal ihre Köpfe, noch seltener ihre Körper mit den großen Blättern des Elefantenfarns bedeckten. Es kam auch vor, dass sich zwei oder drei eng aneinanderkuschelten, zumal wenn die Nacht kühl war, damit sie sich gegenseitig wärmten. Tarzan schlief so all die Jahre in Kalas Armen.

Dass dieses wilde Tier das Kind einer anderen Rasse ins Herz geschlossen hatte, stand außer Frage, und auch er gab dem großen, behaarten Affenweibchen die ganze Zuneigung, die er sonst seiner jungen, blonden Mutter gewidmet hätte, wäre diese am Leben geblieben. Wohl knuffte Kala ihn, wenn er einmal nicht hören wollte, aber sie war niemals grausam zu ihm und liebkoste ihn eher, als dass sie ihn züchtigte.

Tublat, ihr Gatte, hasste Tarzan nach wie vor und war bei mancher Gelegenheit drauf und dran, dessen jugendliche Lebensbahn zu beenden.

Tarzan ließ sich wiederum keine Gelegenheit entgehen zu zeigen, dass er seines Pflegevaters Empfindungen voll und ganz erwiderte, und wann immer er ihn mit einiger Sicherheit ärgern, ihm Fratzen schneiden, aus der sicheren Deckung in den Armen seiner Mutter Schmähungen zurufen oder von höheren Bäumen kleine Zweige nach ihm schleudern konnte, tat er dies.

Seine überlegene Intelligenz und seine Schlauheit ließen ihn tausend teuflische Streiche ersinnen, mit denen er Tublat das Leben schwermachte.

Schon früh in der Kindheit hatte er gelernt, Seile zu winden, indem er lange Grashalme zusammendrehte und miteinander verknüpfte.

Damit versuchte er immer wieder, Tublat Fußangeln zu legen oder ihn an einem überhängenden Ast hochzuziehen.
Da er ständig damit spielte und Versuche durchführte, lernte er schließlich, grobe Knoten zu schürzen und Laufschlingen herzustellen. Er und die jüngeren Affen hatten ihren Spaß daran. Was immer er tat, versuchten sie gleichfalls, aber nur er ersann Neues und erlangte Fertigkeiten.
Bei solchem Spiel warf Tarzan eines Tages das Seil nach einem flüchtenden Spielgefährten und behielt das andere Ende in der Hand. Zufällig fiel die Schlinge dem davonschießenden Affen genau um den Hals und brachte ihn zu jähem und überraschendem Halt.
Großartig, ein neues Spiel, ein feines Spiel, sagte sich Tarzan und versuchte unverzüglich, den Trick zu wiederholen. So lernte er durch mühsames und mehrfaches Üben die Kunst, mit Seilen umzugehen.
Fortan wurde Tublats Leben zum Alptraum. Im Schlaf, auf dem Marsch, am Tag oder in der Nacht – nie wusste er, wann die Schlinge sich lautlos um seinen Hals legen und ihn fast zu Tode würgen würde.
Kala strafte, Tublat schwor finstere Rache, der alte Kerchak vermerkte es und warnte und drohte, aber nichts fruchtete.
Tarzan setzte sich über alle hinweg, und die dünne, feste Schlinge schloss sich weiterhin um Tublats Hals, wann immer er es am wenigsten erwartete.
Die anderen Affen hatten unendlich viel Spaß an seinem Martyrium, denn Gebrochene Nase war ein unangenehmer alter Bursche, den ohnedies niemand mochte.
Tarzans kleiner, kluger Verstand entwickelte viele Gedanken, und Grundlage dafür war die ihm von Gott verliehene Gabe des Verstands.
Wenn er mit dem langen Arm aus vielen Grashalmen seine Gefährten, die anderen Affen, fangen konnte, warum dann nicht auch Sabor, die Löwin?
Es war vorerst nur der Keim eines Gedankens, der sich jedoch in seinem Bewusstsein und Unterbewusstsein fest einnistete, bis er schließlich auf großartige Weise in die Tat umgesetzt wurde.
Aber das geschah Jahre später.

Die Wanderzüge des Affenvolks führten sie oft in die Nähe der verschlossenen, stillen Hütte bei der kleinen, von Land umrahmten Hafenbucht. Für Tarzan schien von ihr stets etwas unendlich Geheimnisvolles und zugleich Erfreuliches auszugehen.
Immer wieder spähte er durch die verhängten Fenster, oder er kletterte aufs Dach, um durch den schwarzen Schlund des Rauchfangs nach unten zu schauen im Bestreben, die unbekannten Wunderdinge zu enträtseln, die von den dicken Wänden umschlossen wurden.
Seine kindliche Phantasie malte ihm aus, dass dort erstaunliche Geschöpfe hausten, und allein die Tatsache, dass es unmöglich war, sich Zugang zu verschaffen, steigerte sein Verlangen danach um das Tausendfache.
Stundenlang kletterte er auf dem Dach umher und untersuchte die Fenster im Bemühen, Möglichkeiten zum Einstieg zu entdecken. Der Tür schenkte er weniger Aufmerksamkeit, sie schien ihm ebenso solid wie die Mauern zu sein.
Bei seinem nächsten Aufenthalt in dieser Gegend, nach dem Abenteuer mit der alten Sabor, bemerkte er, als er auf die Hütte zuging, dass die Tür, aus einiger Entfernung betrachtet, ein gesonderter Teil der Mauer zu sein schien, in die sie eingesetzt war, und so kam ihm zum ersten Mal der Gedanke, dass sie jene Möglichkeit des Zugangs bieten würde, nach der er so lange gesucht hatte.
Er war allein wie schon so oft, wenn er die Hütte aufsuchte, denn die Affen mochten sie nicht; die Geschichte mit dem Donnerstock hatte in den zehn Jahren nichts von ihrer Aussagekraft verloren und umgab die verlassene Wohnstatt des weißen Mannes für die Affen mit einem Nimbus des Unheimlichen und Schrecklichen.
Welche Beziehung zwischen ihm und der Hütte bestand, hatte man ihm nie mitgeteilt. Der Wortschatz der Affen war so begrenzt, dass sie nur wenig über die Vorgänge in der Hütte reden konnten, da ihnen die Worte fehlten, um die seltsamen Bewohner und deren Habseligkeiten genau zu beschreiben, und so kam es, dass das Affenvolk das Ganze vergessen hatte, noch ehe Tarzan alt genug war, um zu begreifen.

Kala hatte ihm nur auf nebelhafte, unklare Weise zu verstehen gegeben, dass sein Vater ein seltsamer weißer Affe gewesen sei, aber er wusste nicht, dass sie nicht seine Mutter war.
An diesem Tag ging er jedenfalls geradeswegs zur Tür und verbrachte Stunden damit, sie zu untersuchen und sich mit den Angeln, dem Türgriff und der Verriegelung zu befassen. Schließlich stieß er zufällig auf die richtige Kombination, und die Tür öffnete sich knarrend vor seinem erstaunten Blick.
Einige Minuten wagte er nicht, einzutreten, aber als sich seine Augen schließlich an das Dämmerlicht im Inneren gewöhnt hatten, schlich er sich langsam und vorsichtig hinein.
Mitten auf dem Fußboden lag ein Skelett. An den Knochen, an denen keine Faser Fleisch mehr zu sehen war, hingen die vermoderten und stockigen Überbleibsel dessen, was einmal Kleidung gewesen war. Auf dem Bett lag ein gleichermaßen abstoßendes Gerippe, nicht ganz so groß, und in einer kleinen Wiege daneben ein drittes, ganz winziges.
Tarzan schenkte diesen Zeugnissen der schrecklichen Tragödie eines langen Tages des Todes nicht einmal flüchtige Aufmerksamkeit. Das wilde Dschungelleben hatte ihn unempfindlich gemacht für den Anblick von toten oder sterbenden Tieren, und hätte er gewusst, dass er die sterblichen Überreste seines Vaters und seiner Mutter vor sich hatte, wäre er deshalb nicht betroffener gewesen.
Das Mobiliar und die anderen Gegenstände im Raum waren es, die seine Aufmerksamkeit fesselten. Er untersuchte viele Dinge genauestens – seltsame Werkzeuge und Waffen, Bücher, Papier, Kleidungsstücke – alles, was dem Zahn der Zeit in der feuchten Atmosphäre der Dschungelküste widerstanden hatte.
Er öffnete Truhen und Schränke, sofern seine geringe Erfahrung es ihm ermöglichte, und entdeckte, dass deren Inhalt weitaus besser erhalten war.
Unter anderem fand er ein scharfes Jagdmesser, mit dem er sich prompt in den Finger schnitt. Dennoch setzte er seine Experimente unbekümmert fort und fand heraus, dass er mit diesem neuen Spielzeug Holzspäne von Tisch und Stühlen hacken und abhobeln konnte.
Lange Zeit vergnügte er sich köstlich damit, bis er es schließlich satthatte und seine Erkundungen fortsetzte. In einem Schrank voller

Bücher stieß er auf eines mit schönen, bunten Abbildungen. Es war das Alphabet in Bildern, für Kinder gedacht.
Die Bilder interessierten ihn außerordentlich.
Sie zeigten viele Affen, deren Gesichter dem seinen glichen, und weiter hinten im Buch fand er unter M einige kleine Meerkatzen, wie er sie täglich durch die Bäume seines Urwalds flitzen sah. Nirgendwo jedoch war ein Mitglied seines Stammes abgebildet. Im ganzen Buch gab es keine Darstellung, die ihn an Kerchak, Tublat oder Kala erinnerte.
Zuerst versuchte er, die kleinen Figuren von den Seiten abzuklauben, aber da entdeckte er, dass sie nicht anzufassen waren, und zerbrach sich den Kopf, was mit ihnen los sei. Auch fehlten ihm die Worte, sie zu beschreiben.
Die Schiffe, Eisenbahnzüge, Rinder und Pferde hatten keinerlei Bedeutung für ihn und waren nicht halb so verwirrend wie die seltsamen kleinen Gebilde, die unter und zwischen den bunten Bildern zu sehen waren – und die er zunächst für eine seltsame Art von Käfern hielt, denn viele von ihnen hatten Beinchen, indes konnte er keines mit Augen und Mund entdecken. Das war seine erste Begegnung mit den Buchstaben des Alphabets, und er war über zehn Jahre alt.
Natürlich hatte er nie zuvor einen gedruckten Text gesehen oder mit einem Lebewesen gesprochen, das auch nur die geringste Ahnung von so etwas wie geschriebener Sprache hatte. Ebenso wenig hatte er jemanden je lesen sehen.
So muss man sich nicht wundern, dass dieser kleine Junge sich keinen Reim darauf machen konnte, was diese seltsamen Gebilde wohl darstellten.
Etwa in der Mitte des Buches stieß er auf seine alte Feindin Sabor, die Löwin, und etwas weiter hinten auf die zusammengerollte Histah, die Schlange.
Oh, war das spannend! In all den zehn Jahren seines Lebens hatte ihn nie etwas dermaßen begeistert. Er war so vertieft, dass er nicht bemerkte, wie die Dunkelheit hereinbrach, bis sie ihn völlig eingehüllt hatte und er die winzigen Gebilde kaum noch erkennen konnte.
Er stellte das Buch wieder in den Schrank und schloss die Tür, denn er wollte nicht, dass jemand anders seinen Schatz fand und womög-

lich vernichtete, und als er in die zunehmende Dunkelheit trat, schloss er die große Haustür auf ebendie Weise, wie er sie vorgefunden hatte, ehe er das Geheimnis der Verriegelung ergründet hatte. Doch beim Verlassen des Hauses sah er das Jagdmesser auf dem Fußboden liegen, wo er es hatte fallen lassen. Er hob es auf und nahm es mit, um es seinen Stammesgenossen zu zeigen.

Kaum hatte er ein paar Schritte auf den Dschungel zugetan, tauchte aus dem Schatten eines niedrigen Busches vor ihm eine riesige Gestalt auf. Zuerst hielt er sie für ein Mitglied seines Affenvolkes, aber einen Augenblick später erkannte er, dass es Bolgani war, der mächtige Gorilla.

Er war ihm schon so nahe, dass keine Fluchtmöglichkeit mehr bestand, und nun wusste der kleine Tarzan, dass er hierbleiben und um sein Leben kämpfen musste, denn diese großen Bestien waren die Todfeinde seines Stammes, und keiner von beiden kannte oder erwartete jemals Gnade.

Wäre Tarzan ein ausgewachsener männlicher Affe von der Art seines Stammes gewesen, so hätte er es mit dem Gorilla sehr wohl aufnehmen können, aber da er nur ein kleiner englischer Junge war, wenn auch mit ansehnlichen Muskeln ausgestattet, hatte er keine Chance gegen diesen grausamen Gegner. In seinen Adern strömte jedoch auch das Blut der besten einer Rasse verwegener Kämpfer, außerdem verfügte er über ein gewisses Training während des kurzen Lebens unter den wilden Tieren des Dschungels.

Wir wissen, dass er keine Furcht kannte; wohl schlug sein Herz schneller, aber eher vor Erregung und Abenteuerlust. Hätte sich die Möglichkeit geboten, so wäre er geflüchtet, aber nur, weil sein Urteilsvermögen ihm sagte, dass er sich mit der riesigen Gestalt vor ihm nicht messen konnte. Da sein Verstand ihm jedoch auch gesagt hatte, dass eine Flucht aussichtslos war, trat er dem Gorilla tapfer und entschlossen entgegen, ohne dass ein Muskel zuckte oder Panik ihn lähmte.

Tatsächlich fing er den Angriff der Bestie auf halbem Weg ab, indem er die geballten Fäuste in den massigen Körper stieß, doch ebenso gut hätte eine Fliege einen Elefanten attackieren können. In der einen Hand hielt er jedoch noch das Messer, das er in der Hütte seines

Vaters gefunden hatte, und als die Bestie sich schlagend und beißend auf ihn stürzte, war die Messerspitze zufällig auf ihre behaarte Brust gerichtet. Tief drang das Messer dem Gorilla in den Leib, der vor Schmerz und Wut wild aufschrie.

Im Bruchteil einer Sekunde hatte der Junge diese Anwendungsmöglichkeit für das scharfe und blinkende Spielzeug erfasst, und als das reißende und auf ihn einschlagende Tier ihn zu Boden warf, stieß er ihm die Klinge mehrfach bis zum Heft in die Brust.

Der Gorilla kämpfte nach seiner Art, indem er mit der offenen Hand mächtige Schläge austeilte und mit den furchtbaren Eckzähnen dem Jungen am Hals und auf der Brust tiefe Wunden beibrachte.

Einen Augenblick wälzten sich beide von wildem Kampfeseifer erfüllt auf dem Boden. Immer kraftloser stieß der aufgerissene und blutende Arm mit der langen, scharfen Klinge zu, dann spannte sich die kleine Gestalt in einem krampfhaften Zucken, und Tarzan, der junge Lord Greystoke, rollte bewusstlos über die tote oder welkende Vegetation, die den Boden seines heimatlichen Dschungels bedeckte.

Sein Affenvolk hatte eine Meile weiter hinten im Wald den wilden Kampfruf des Gorillas gehört. Daraufhin hatte Kerchak seine Schar zusammengerufen, wie er es stets zu tun pflegte, wenn Gefahr drohte, teils zum gegenseitigen Schutz vor einem gemeinsamen Feind, zumal dieser Gorilla möglicherweise nur ein Einzelgänger war, teils um zu sehen, ob alle Angehörigen seines Stammes zugegen waren.

Sehr bald wurde offenkundig, dass Tarzan fehlte. Tublat widersetzte sich nachdrücklich, ihm zu Hilfe zu eilen. Auch Kerchak hatte für das seltsame kleine Findelkind nicht viel übrig, deshalb schenkte er Tublat Gehör und begab sich schulterzuckend wieder zu dem Haufen Blätter, der ihm als Lagerstatt diente.

Aber Kala dachte anders darüber; in der Tat hatte sie nur gewartet, um sich zu vergewissern, dass Tarzan fehlte. Nun flog sie nachgerade durch das Gewirr von Ästen und Zweigen in die Richtung, aus der die Schreie des Gorillas noch deutlich zu hören waren.

Unterdessen herrschte völlige Dunkelheit, nur ein zeitiger Mond schickte sein schwaches Licht aus, um unter dem dichten Blattwerk des Waldes seltsame Schatten zu werfen.

Hier und dort drangen seine hellen Strahlen bis zur Erde, zumeist dienten sie jedoch nur dazu, das düstere Schwarz des tiefen Dschungels noch hervorzuheben.
Wie ein riesiges Phantom schwang sich Kala lautlos von Baum zu Baum. Bald lief sie behänd einen dicken Ast entlang, bald sprang sie am Ende eines anderen hoch in die Luft, jedoch nur, um bei ihrer raschen Fortbewegung zum Schauplatz des Geschehens den eines weiter entfernt stehenden Baumes zu ergreifen. Ihre Kenntnis des Dschungellebens sagte ihr, dass sich die Tragödie gar nicht weit entfernt abspielen musste.
Das Gebrüll des Gorillas deutete darauf hin, dass er sich in einem Kampf auf Leben und Tod mit einem anderen Bewohner des Urwalds befand. Plötzlich brach es ab, und im ganzen Dschungel herrschte Todesstille.
Kala begriff nicht. Bolganis Stimme hatte zuletzt große Schmerzen und Todesahnung ausgedrückt, jedoch hatte sie keinen Laut vernommen, aus dem sie Rückschlüsse über seinen Gegner hätte ziehen können.
Dass ihr kleiner Tarzan einen mächtigen Gorilla zur Strecke bringen konnte, war für sie völlig ausgeschlossen, deshalb näherte sie sich dem Ort, von wo der Kampfeslärm hergedrungen war, besonders wachsam und schließlich ganz langsam. Mit größter Vorsicht arbeitete sie sich durch die untersten Zweige und spähte scharf in die vom Mondlicht gesprenkelte Finsternis, ob sie Anzeichen von den Kämpfern entdeckte.
Kurz danach stieß sie auf sie. Beide lagen auf einer kleinen, hell vom Mond beschienenen Lichtung – der kleine Tarzan übel zugerichtet und blutig, und daneben ein riesiger männlicher Gorilla, mausetot.
Mit einem unterdrückten Schrei sank sie neben Tarzan zu Boden, nahm den armen, blutbedeckten Jungen in die Arme, drückte ihn an sich und forschte nach einem Lebenszeichen. Kaum hörbar vernahm sie den schwachen Schlag seines kleinen Herzens.
Behutsam trug sie ihn durch den dunkelblauen Dschungel zum Lagerplatz ihres Volkes, saß viele Tage und Nächte bei ihm, umsorgte ihn, brachte ihm Nahrung und Wasser und verscheuchte Fliegen und andere Insekten von den schweren Wunden.

Das arme Wesen hatte keine Ahnung von Medizin oder Chirurgie. Sie konnte die Wunden nur lecken, hielt sie dadurch sauber und ermöglichte es der Natur, ihr Werk schneller zu verrichten.
Tarzan wollte zuerst nichts essen, sondern wälzte sich im wilden Fieberwahn hin und her. Er verlangte immer nur nach Wasser, und sie brachte ihm welches auf die einzige Art und Weise, die sie kannte – in ihrem Mund.
Keine menschliche Mutter hätte diesem kleinen, elternlosen Findelkind, das das Schicksal ihr überantwortet hatte, mehr uneigennützige Hingabe und Selbstaufopferung entgegenbringen können als dieses arme, wilde Tier.
Schließlich ließ das Fieber nach, und der Junge genas langsam. Kein Wort der Klage kam über seine zusammengepressten Lippen, obwohl seine Wunden maßlos schmerzen mussten.
An einer Stelle der Brust lagen die Rippen bloß, drei waren unter den mächtigen Schlägen des Gorillas gebrochen. Ein Arm war von den riesigen Fangzähnen fast zerrissen worden, und am Hals fehlte ein großes Stück Fleisch, so dass die Schlagader deutlich zu sehen war. Die furchtbaren Kiefer hatten sie wie durch ein Wunder verfehlt.
Er ertrug die Schmerzen still und mit der Gelassenheit der Tiere, die ihn aufgezogen hatten, hielt sich lieber abseits von den anderen und lag zusammengerollt im hohen Gras, als dass er sein Elend vor ihnen zur Schau gestellt hätte.
Er freute sich nur, wenn Kala bei ihm war, aber jetzt, da es ihm besserging, blieb sie auf der Suche nach Nahrung oft länger weg, denn das ihm ergebene Tier hatte in der Zeit, als es ihm schlechtging, selbst nicht genug gefressen, um bei Kräften zu bleiben, und war kaum mehr ein Schatten seines früheren Selbsts.

Nach einer Zeit, die dem kleinen Leidenden wie eine Ewigkeit vorkam, war er endlich wieder imstande umherzugehen, und von da an machte seine Genesung so schnelle Fortschritte, dass er einen Monat später stark und tatkräftig wie immer war.

Während er genas, hatte er im Geist viele Male den Kampf mit dem Gorilla nachvollzogen, und sein erster Gedanke war, die erstaunliche kleine Waffe wiederzubeschaffen, die ihn aus einem hoffnungslos unterlegenen Schwächling zum Überwinder des mächtigen Dschungelherrschers gemacht hatte.

Auch war er erpicht, zur Hütte zurückzukehren, um deren wundersames Innere weiter zu erkunden.

Also brach er eines Morgens allein zu seinen Nachforschungen auf. Nach einigem Suchen entdeckte er die kahlgefressenen Knochen seines damaligen Widersachers und dicht daneben, teilweise unter gefallenen Blättern verborgen, das Messer, nun rostrot, weil es der Feuchtigkeit des Bodens ausgesetzt war, und schwarz vom angetrockneten Blut des Gorillas.

Diese Veränderung der vorher hellen und blinkenden Oberfläche missfiel ihm, dennoch war es noch immer eine wirksame Waffe, und er beabsichtigte, sie zu seinem Vorteil zu nutzen, wann immer sich Gelegenheit dazu gab. So nahm er sich vor, nicht länger vor den wilden Angriffen des alten Tublat davonzulaufen.

Einen Moment später stand er vorm Haus. Nach kurzer Zeit hatte er die Verriegelung geöffnet und trat ein. Zuerst bemühte er sich, deren Mechanismus zu ergründen, und zwar bei geöffneter Tür, so dass er herausfinden konnte, wie sie verriegelt wurde, und was er tun musste, damit sie den Eintritt freigab.

Da entdeckte er, dass er sie von innen schließen und verriegeln konnte, und tat dies, so dass er seine Nachforschungen fortsetzen konnte, ohne von jemandem belästigt zu werden.

Er begann mit einer systematischen Durchsuchung der Hütte, aber seine Aufmerksamkeit wurde bald von den Büchern gefesselt, die eine seltsame und unüberwindliche Macht auf ihn auszuüben schienen, so dass er kaum Sinn für anderes hatte. Sie stellten für ihn ein großes Rätsel dar, und er wollte unbedingt herausfinden, wozu sie eigentlich dienten.

Unter anderen Büchern standen dort eine Fibel, einige Lesebücher für Kinder, zahllose Bilderbücher und ein großes Wörterbuch. Er sah alles gründlich durch, doch am meisten regten die Bilder seine Phantasie an, obwohl er immer wieder über die seltsamen kleinen Käfer nachgrübeln musste, die jene Seiten bedeckten, wo keine Bilder waren. Er brütete lange darüber.

Wie er so in der Hütte, die sein Vater gebaut hatte, mit untergeschlagenen Beinen auf dem Tisch saß – den geschmeidigen, kleinen Körper über das Buch gebeugt, das er mit seinen schlanken, starken Händen hielt, während sein langer, schwarzer Haarschopf immer wieder über die wohlgeformte Stirn und die hellen, intelligenten Augen fiel – bot Tarzan von den Affen, der kleine, primitive Mensch, ein Bild, das Pathos und Verheißung zugleich ausstrahlte – eine allegorische Darstellung urzeitlichen Vorwärtstastens durch die schwarze Nacht der Unwissenheit zum Licht der Erfahrung.

Sein kleines Gesicht war gespannt vor Eifer, denn er erfasste bruchstückhaft und in verschwommener, nebelhafter Weise die Rudimente eines Gedankens, der sich als Schlüssel und Lösungsweg für das verwirrende Problem der seltsamen kleinen Käfer herausstellen sollte.

Er hatte die Fibel an einer Stelle aufgeschlagen, wo ein kleiner Affe ähnlich ihm selbst abgebildet war, der jedoch bis auf die Hände und das Gesicht mit seltsamem, buntem Fell bedeckt war. Als solches erschienen ihm die Jacke und die Hosen. Unter dem Bild standen fünf Käfer **J U N G E**.

Ihm fiel auf, dass diese fünf im Text dieser Seite mehrmals in derselben Reihenfolge wiederholt wurden.

Er lernte noch etwas anderes: dass es vergleichsweise wenig individuelle Käfer gab, und dass diese sehr oft wiederholt wurden, manchmal allein stehend, häufiger jedoch in Gesellschaft anderer.

Langsam blätterte er weiter und erforschte Bilder und Text, ob er irgendwo eine Wiederholung der Käfergruppe **J U N G E** fand.

Bald entdeckte er sie auch unter der Abbildung eines weiteren kleinen Affen und eines seltsamen Tieres, das auf vier Beinen ging wie der

Schakal und diesem stark ähnelte. Unter diesem Bild erschienen die Käfer **EIN JUNGE UND EIN HUND**.

Da waren sie wieder, die fünf Winzlinge, die stets bei dem kleinen Affen standen.

Unendlich langsam kam er voran, denn es war eine schwere und mühselige Aufgabe, die er da auf sich genommen hatte, ohne sie zu kennen – eine Aufgabe, die dem Leser oder mir unmöglich erscheinen mag –, nämlich lesen zu lernen ohne die geringste Kenntnis von Buchstaben oder geschriebener Sprache, ja, nicht einmal ahnend, dass es so etwas überhaupt gab.

Er vollbrachte es nicht an einem Tag, oder in einer Woche, oder in einem Monat, oder in einem Jahr; aber langsam, ganz langsam kam er voran, nachdem er die Möglichkeiten erfasst hatte, die in den kleinen Käfern verborgen lagen, so dass er im Alter von fünfzehn Jahren die verschiedenen Kombinationen der Buchstaben kannte, die in der kleinen Fibel und in ein oder zwei Bilderbüchern neben den Abbildungen standen.

Von der Bedeutung und Verwendung der Artikel, Konjunktionen, Verben, Adverbien und Pronomen hatte er nur eine ganz schwache Vorstellung.

Als er etwa zwölf Jahre alt war, fand er eines Tages in einem bislang übersehenen Schubkasten des Tisches eine Anzahl Bleistifte, und als er mit einem davon auf dem Tisch kratzte, entdeckte er voller Begeisterung den schwarzen Strich, den er hinterließ.

Er beschäftigte sich so hingebungsvoll mit dem neuen Spielzeug, dass die Tischplatte sehr bald von einer Unmenge krakeliger Schleifen und unregelmäßiger Linien bedeckt und die Bleistiftspitze bis zum Holz abgeschliffen war. Daraufhin nahm er einen anderen Bleistift, aber diesmal hatte er ein bestimmtes Ziel im Auge.

Er wollte versuchen, einige der kleinen Käfer nachzuzeichnen, die über die Seiten seines Buches krabbelten. Es war eine schwierige Aufgabe, denn er hielt den Stift wie den Griff eines Dolches. Dies trug nicht gerade zu einer leichten Führung des Schreibgeräts oder zur Lesbarkeit des Ergebnisses bei.

Aber er gab nicht auf und kam monatelang immer wieder zur Hütte, wenn er es ermöglichen konnte, bis er schließlich durch wiederholtes

Üben eine Handhaltung fand, mit der sich der Stift am besten führen und seine Bewegung kontrollieren ließ, so dass er schließlich jeden der kleinen Käfer in grober Weise wiedergeben konnte.

Das waren seine ersten Schritte im Schreiben.

Durch das Kopieren der Käfer lernte er noch etwas anderes kennen – ihre Anzahl, und obwohl er nicht zählen konnte, wie wir es tun, hatte er doch eine Vorstellung von Menge, wobei ihm die Finger einer Hand als Grundlage seiner Rechenkünste dienten.

Das Durcharbeiten der verschiedenen Bücher brachte ihn zu der Überzeugung, dass er die verschiedenen Arten von Käfern, deren Kombinationen am meisten vorkamen, alle erfasst hatte. Es bereitete ihm keine besondere Mühe, sie in der richtigen Reihenfolge zu ordnen, weil er das faszinierende alphabethische Bilderbuch so oft und so gründlich durchgelesen hatte.

Die Erweiterung seiner Kenntnis machte Fortschritte, wobei sich das große, illustrierte Wörterbuch als nachgerade unerschöpfliche Fundgrube erwies, denn er lernte mehr durch Bilder als durch Text, selbst nachdem er die Bedeutung der Käfer begriffen hatte.

Als er entdeckte, dass die Wörter in alphabetischer Reihenfolge aufgeführt waren, bereitete es ihm besonderen Spaß, nach ihm vertrauten Kombinationen zu suchen, und die dabeistehenden Wörter, die Definitionen, führten ihn noch weiter in das Labyrinth der Belesenheit.

Im Alter von siebzehn Jahren hatte er gelernt, die einfache Kinderfibel zu lesen, außerdem hatte er den wahren und erstaunlichen Zweck der kleinen Käfer nun voll erfasst.

Er schämte sich auch nicht länger seines unbehaarten Körpers oder seiner menschlichen Gesichtszüge, denn sein Verstand sagte ihm jetzt, dass er einer anderen Rasse angehörte als seine wilden und behaarten Gefährten. Er war ein **MENSCH**, sie waren **AFFEN**, und die kleinen Affen, die durch den Wald schossen, waren **MEERKATZEN**. Er wusste auch, dass die alte Sabor eine **LÖWIN** war, Histah eine **SCHLANGE** und Tantor ein **ELEFANT**. So lernte er lesen.

Von nun an machte er schnelle Fortschritte. Mit Hilfe des großen Wörterbuchs und ausgestattet mit der lebhaften Intelligenz eines gesunden Geistes, der ihm nebst außergewöhnlichen Verstandeskräften vererbt worden war, erriet er vieles, was er nicht richtig verstehen konnte, und meist kamen seine Vermutungen der Wahrheit sehr nahe.

Durch die unsesshafte Lebensweise seines Stammes erlitt sein Bildungsprozess häufig Unterbrechungen, doch selbst wenn er die Bücher nicht bei der Hand hatte, befasste sich sein lebhafter Verstand unaufhörlich mit den Rätseln dieser faszinierenden Nebenbeschäftigung.

Rindenstücke, glatte Blätter und sogar ebene Flecken blanker Erde lieferten ihm Schreibflächen, in die er mit der Spitze seines Jagdmessers die Lektionen kratzen konnte, die er gerade erlernte.

Wenn er der Neigung nachging, das Geheimnis seiner Bibliothek zu erkunden, vernachlässigte er darüber nicht die ernsteren Pflichten des Lebens.

Er übte mit dem Seil und spielte mit dem Messer, dessen Schärfe er zu erhalten gelernt hatte, indem er es auf einem flachen Stein wetzte.

Das Affenvolk war größer geworden, seit Tarzan zu ihm gestoßen war, denn unter der Führung von Kerchak hatten sie es geschafft, die anderen Stämme aus ihrem Teil des Dschungels zu vertreiben, so dass sie jetzt reichlich Nahrung hatten und durch räuberische Überfälle von Nachbarn nur geringe oder gar keine Verluste erlitten.

Deshalb fanden es die jüngeren Männchen, als sie erwachsen wurden, auch bequemer, sich Lebensgefährtinnen aus dem eigenen Stamm zu erwählen, oder, wenn sie das Weibchen eines anderen Affenvolks gefangen hatten, es mit zu Kerchaks Horde zu bringen und lieber in Freundschaft mit ihm zu leben, als zu versuchen, einen eigenen Stamm zu gründen oder mit dem fürchterlichen Kerl womöglich gar um die Führung in seinem zu kämpfen.

Gelegentlich versuchten ungestümere Artgenossen, sich auf letztgenannte Alternative einzulassen, indes war noch niemand aufgetaucht, der dem wilden und brutalen Affen den ersten Rang des Sieges hatte streitig machen können.

Tarzan nahm im Stamm eine Sonderstellung ein. Sie schienen ihn einerseits als einen der Ihren zu betrachten, andererseits als etwas Besonderes. Die älteren Männchen ignorierten ihn völlig oder hassten

ihn so gründlich, dass sie ihn längst ins Jenseits befördert hätten, wäre er nicht so außergewöhnlich schnell und gewandt gewesen, und hätte er nicht unter dem zuverlässigen Schutz der mächtigen Kala gestanden.
Tublat war sein beharrlichster Widersacher, aber gerade ihm war es zu danken, dass Tarzan im Alter von etwa dreizehn Jahren von seinen Feinden plötzlich nicht mehr verfolgt, vielmehr völlig in Ruhe gelassen wurde, sieht man von jenen Fällen ab, da einer von ihnen in jenen seltsamen, wilden Anfällen irrsinniger Raserei, die viele Männchen unter den wilden Tieren des Dschungels urplötzlich befällt, Amok lief. Dann war niemand sicher.
An dem Tag, als Tarzan sein Recht auf Achtung geltend machte, hatte sich das Affenvolk in einem kleinen, natürlichen Theaterhalbrund versammelt, das der Dschungel in einer Aushöhlung zwischen niedrigen Bergen dadurch hatte entstehen lassen, dass er sein Gewirr von Schling- und Kriechpflanzen fernhielt.
Der offene Raum war fast kreisrund. An allen Seiten ragten Baumriesen des unberührten Waldes, wobei das Gewirr des Unterholzes sich so dicht zwischen die mächtigen Stämme keilte, dass der einzige Zugang zu der kleinen, ebenen Fläche durch die oberen Zweige der Bäume bestand.
Das Affenvolk versammelte sich häufig hier, wo niemand es störte. In der Mitte des Halbrunds stand eine jener seltsamen tönernen Trommeln, die die Menschenaffen für ihre absonderlichen Riten geschaffen und deren Dröhnen die Menschen von sicheren Orten im Dschungel aus vielleicht vernommen hatten, deren Betätigung jedoch niemand je mit angesehen hatte.
Viele Reisende haben Trommeln der großen Affen gesehen, und manche haben auch ihren Klang und den Lärm der wilden Riten jener ersten Herren des Dschungels vernommen, aber Tarzan, oder Lord Greystoke, ist zweifellos das einzige menschliche Wesen, das je in diese wilde, wahnwitzige, mitreißende Orgie des Dum-Dum einbezogen wurde.
In diesen primitiven Handlungen haben alle Gestaltungsformen und Riten der modernen Kirche und des Staates ohne Zweifel ihren Ursprung, denn in abertausend Menschenaltern, schon weit jenseits der

äußersten Grenzen einer sich allmählich herausbildenden Menschheit, tanzten unsere wilden, behaarten Vorfahren gemäß den Riten des Dum-Dum zum Klang ihrer tönernen Trommeln im hellen Schein des Tropenmondes tief im mächtigen Dschungel, der noch heute so unberührt steht, wie er in jener längst vergangenen Nacht einer nebelhaften, unvorstellbar langen Kette toter Vergangenheit stand, als unser erster zottiger Urahn sich von einem schwankenden Ast fallen ließ und sanft auf der weichen Rasendecke des ersten Versammlungsortes landete.

An jenem Tag, an dem Tarzan sich ein für alle Mal jegliche Verfolgung vom Hals schaffte, der er in zwölf seiner dreizehn Lebensjahre gnadenlos ausgesetzt war, rückte das Affenvolk, jetzt ein volles Hundert Köpfe zählend, schweigend durch die unteren Zweige der Dschungelbäume und ließ sich lautlos auf den Boden des Halbrunds fallen.

Die Riten des Dum-Dum kennzeichneten bedeutende Ereignisse im Leben des Stammes – einen Sieg, eine Gefangennahme, das Töten eines großen, wilden Dschungelbewohners, den Tod oder die Ernennung eines Königs – und liefen nach einem vorgezeichneten Plan ab. Heute galten sie der Tötung eines riesigen Affen, des Mitglieds eines anderen Volkes, und als Kerchaks Stamm die Arena betrat, sah man zwei hünenhafte Männchen den Körper des Besiegten herbeischleppen.

Sie legten ihre Last vor der tönernen Trommel nieder und hockten sich als Wächter daneben, während die anderen Mitglieder der Gemeinschaft sich in grasbedeckten Ecken zusammenrollten, um zu schlafen, bis der aufsteigende Mond das Zeichen für den Beginn ihrer wilden Feierlichkeit gab.

Mehrere Stunden herrschte absolute Stille auf der kleinen Lichtung, sieht man von dem misstönenden Geschrei buntgefiederter Papageien oder dem Kreischen und Zwitschern Tausender von Dschungelvögeln ab, die unaufhörlich zwischen den leuchtenden Orchideen und der üppigen Blütenpracht umherschwirrten, welche die Abertausende moosbedeckter Zweige uralter Baumriesen zierte.

Als die Abenddämmerung sich schließlich auf den Dschungel senkte, kam Bewegung unter die Affen, und bald saßen sie in einem großen

Halbrund um die tönerne Trommel. Die Weibchen und Jungen hockten in einer dünnen Reihe am äußersten Rand des Kreises, während sich die erwachsenen Männchen vor ihnen niederließen. Vor der Trommel saßen drei alte Weibchen, jede mit einem knorrigen, dreißig bis vierzig Zentimeter langen Ast bewaffnet.
Als die ersten schwachen Strahlen des aufgehenden Mondes die Baumspitzen ringsum in silbernes Licht tauchten, begannen sie, die widerhallende Oberfläche der Trommel langsam und sanft mit den Schlägeln zu bearbeiten.
In dem Maße, wie das Licht im Halbrund zunahm, steigerten sie den Rhythmus und die Kraft ihrer Schläge, bis kurze Zeit später ein wildes, gleichmäßiges Dröhnen den riesigen Dschungel meilenweit in jede Richtung durchdrang. Die großen wilden Tiere unterbrachen ihre Jagd, hoben die Köpfe und lauschten mit aufgestellten Ohren auf das dumpfe Gedröhn, das vom Dum-Dum der Affen kündete.
Ab und zu stieß eines von ihnen einen schrillen Schrei oder donnerndes Gebrüll aus als trotzige Antwort auf den wilden Lärm der Menschenaffen, aber keines näherte sich, um zu stören oder anzugreifen, denn die in Vielzahl und in all ihrer Macht versammelten großen Affen flößten den Dschungelgenossen tiefen Respekt ein.
Als der Lärm der Trommel nahezu ohrenbetäubende Ausmaße erreicht hatte, sprang Kerchak in den offenen Raum zwischen den Männchen und den Trommlerinnen.
Aufrecht stehend, warf er den Kopf weit zurück, blickte ins Auge des aufsteigenden Mondes, hämmerte sich mit den großen, behaarten Fäusten auf die Brust und stieß einen furchtbaren, durch Mark und Bein gehenden Schrei aus.
Einmal, zweimal, dreimal drang dieser markerschütternde Schrei hinaus in die endlose Einsamkeit jener unsagbar lebendigen, jedoch unvorstellbar toten Welt.
Sodann schlich Kerchak tief geduckt lautlos in dem offenen Kreis umher, wobei er um den toten Köper, der vor der Altartrommel lag, einen weiten Bogen beschrieb, doch wann immer er daran vorbeikam, heftete er die kleinen, bösen, roten Augen auf das tote Tier.
Ein anderes Männchen sprang in die Arena, wiederholte die grauenvollen Schreie seines Königs und folgte ihm leise. Weitere taten es

ihm in schneller Folge nach, bis der Dschungel von ihren nunmehr fast unaufhörlichen blutdürstigen Schreien widerhallte.

Es war die Herausforderung und die Jagd.

Sie begann, als sich alle erwachsenen Männchen dem dünnen Kreis der Tänzer angeschlossen hatten.

Kerchak ergriff einen großen Knüppel von dem Stapel, der zu diesem Zweck bereitlag, fiel wütend über den toten Affen her, versetzte ihm einen furchtbaren Schlag, fletschte die Zähne und stieß gleichzeitig Knurrlaute des Kampfes aus. Die Trommel wurde nun lauter geschlagen, der Rhythmus gesteigert, und jeder Krieger näherte sich dem Opfer der Jagd und versetzte ihm einen Schlag mit dem Knüppel, wonach er sich in den wahnwitzigen Wirbel des Totentanzes stürzte.

Auch Tarzan gehörte zu der wilden, springenden Horde. Sein brauner, schweißüberströmter, muskulöser Körper glänzte im Mondschein und wirkte geschmeidig und graziös inmitten der linkischen, tölpelhaften, behaarten Tiere um ihn herum.

Keiner stahl sich unauffälliger heran bei der imitierten Jagd, keiner übertraf ihn bei seinem wilden Angriff, keiner sprang so hoch in die Luft beim Tanz des Todes.

Als der Donner und Wirbel der Trommelschläge weiter zunahm, gerieten die Tänzer bei dem wilden Rhythmus und den gellenden Schreien offensichtlich in einen Zustand der Verzückung. Ihre Sprünge, das Umherschnellen nahmen zu, sie bleckten die Zähne, von denen Speichel troff, und ihre Lippen und die Brust waren fleckig von Schaum.

Eine halbe Stunde währte dieser irrsinnige Tanz, bis der Lärm der Trommeln auf ein Zeichen von Kerchak verstummte und die Trommlerinnen eilig durch die Reihe der Tänzer zum äußersten Rand der am Boden hockenden Zuschauer hasteten. Sodann stürzten sich die Tänzer wie ein Mann auf jenes Etwas, das ihre furchtbaren Schläge in eine haarige, breiige Masse verwandelt hatten.

Selten bekamen sie in genügender Menge Fleisch zwischen die Zähne, so dass der Geschmack des frischen, toten Körpers das angemessene Finale ihrer wilden Orgie darstellte. Demzufolge wandten sich nunmehr alle der alleinigen Aufgabe zu, den ehemaligen Feind zu verschlingen.

Mächtige Fangzähne drangen in den toten Körper und rissen riesige Fleischbrocken heraus, wobei der Stärkste die saftigsten Stücke erhielt, während die Schwächeren am Außenrand des sich balgenden, knurrenden Haufens auf eine Gelegenheit lauerten, sich hineinzukeilen und einen Brocken zu erhaschen, den die Großen hatten fallen lassen, oder einen übriggebliebenen Knochen zu stibitzen, ehe alles weggeputzt war.

Tarzan war noch mehr auf Fleisch erpicht als die Affen, und er benötigte es auch. Da er einer Rasse von Fleischessern entstammte, war ihm, als habe er seinen Appetit auf tierische Nahrung nie im Leben richtig befriedigen können, und nun schlängelte sich sein geschmeidiger kleiner Körper tief in die Masse sich knäulender, Fleisch zerreißender Affen im Kampf um einen Anteil, zu dessen Erringung es ihm einfach an Körperkraft fehlte.

An seiner Seite hing jedoch das Jagdmesser seines unbekannten Vaters in einer Scheide, die er sich in Nachahmung einer solchen, wie er sie in seinem unschätzbaren Buch abgebildet gesehen hatte, selbst angefertigt hatte.

Endlich erreichte er den schnell kleiner werdenden Fleischberg und trennte mit seinem scharfen Messer eine größere Portion ab, als er erhofft hatte, einen ganzen behaarten Unterarm, der zwischen den Beinen des mächtigen Kerchak aufragte. Dieser war dermaßen damit beschäftigt, das königliche Vorrecht auf maßloses Fressen durchzusetzen, dass ihm dieser Akt von Majestätsbeleidigung völlig entging. So entwand sich der kleine Tarzan der sich balgenden Menge, wobei er seine graubehaarte Beute fest an die Brust drückte.

Zu denen, die vergeblich außerhalb des Knäuels der Schmausenden umherhuschten, gehörte auch der alte Tublat. Er war unter den Ersten gewesen, die sich auf das Fressen stürzten, hatte sich dann mit einem ansehnlichen Brocken zurückgezogen, um ihn in Ruhe zu verzehren, und bahnte sich nun einen Weg, um noch mehr zu ergattern. So geschah es, dass er Tarzan genau in dem Moment entdeckte, als dieser, den behaarten Unterarm fest an die Brust gepresst, aus dem sich balgenden Gedränge auftauchte.

Tublats engstehende, blutunterlaufene Augen blitzten hasserfüllt, als sie den Gegenstand ihres Abscheus erblickten. Sie drückten jedoch auch Gier auf den schmackhaften Leckerbissen aus, den der Junge trug.

Tarzan hatte seinen Erzfeind jedoch ebenso schnell entdeckt, und da er ahnte, was diese gewaltige Bestie vorhatte, huschte er gewandt zu den Weibchen und den Jungen in der Hoffnung, sich bei ihnen verbergen zu können. Tublat war ihm jedoch zu dicht auf den Fersen, so dass er keine Zeit mehr hatte, nach einer Zuflucht Ausschau zu halten, andererseits jedoch sehr wohl einsah, dass er unbedingt eine haben musste, um seine Haut zu retten.

Schnell rannte er zu den am nächsten stehenden Bäumen, bekam durch einen behänden Sprung mit einer Hand den unteren Ast zu fassen, klemmte seine Beute zwischen die Zähne und kletterte schnell nach oben, dicht gefolgt von Tublat.

Immer höher stieg er in den schwankenden Wipfel eines mächtigen Baumriesen, wohin sein schwergewichtiger Verfolger ihm nachzusetzen nicht wagte. Dort ließ er sich nieder und bedeckte das wutschäumende, ergrimmte Tier fünfzig Fuß unter ihm mit Schmähreden und Beleidigungen.

Da geriet Tublat außer sich.

Mit markerschütterndem Geschrei und Gebrüll stürzte er zu Boden, mitten unter die Weibchen und Jungen, schlug seine großen Fangzähne in unzählige zarte Hälse und riss große Stücke aus den Rücken und Brüsten der Weibchen, die ihm zwischen die Krallen gerieten.

Im hellen Mondlicht konnte Tarzan das wilde Massaker der Wut deutlich verfolgen. Er sah die Weibchen und ihre Jungen in die Sicherheit der Baumwipfel flüchten. Nun bekamen auch die großen Männchen im Zentrum der Arena die scharfen Fangzähne ihres wahnsinnig gewordenen Kumpans zu spüren, und wie auf Absprache tauchten sie in die schwarzen Schatten des überhängenden Waldes.

Außer Tublat befand sich nur noch ein Geschöpf im Halbrund. Ein Weibchen, das den Anschluss verpasst hatte, rannte schnell zu dem Baum, auf dem Tarzan saß, dichtauf gefolgt von dem furchtbaren Berserker.

Es war Kala, und kaum erkannte Tarzan, dass Tublat sie einholte, ließ er sich mit der Geschwindigkeit eines herabstürzenden Steins von Zweig zu Zweig fallen, hin zu seiner Pflegemutter.

Sie befand sich jetzt unter überhängenden Zweigen, und dicht über ihr hockte Tarzan und wartete, wie der Wettlauf ausgehen würde.
Kala sprang nach oben und griff nach einem tiefhängenden Zweig, jedoch fast schon über Tublats Kopf, so dicht war er ihr auf den Fersen. Sie hätte in Sicherheit sein können, aber da ertönte ein Knacken und Bersten, der Ast brach und schleuderte sie genau auf Tublats Kopf, so dass er zu Boden fiel.
Im Nu waren beide wieder auf den Beinen, aber Tarzan war schneller, so dass der ergrimmte Affe jetzt das Menschenkind vor sich hatte, das zwischen ihm und Kala stand.
Nichts kam der Bestie gelegener, und mit triumphierendem Gebrüll fiel er über den kleinen Lord Greystoke her. Doch seine Eckzähne drangen nie in dessen nussbraunes Fleisch.
Eine muskulöse Hand schoss nach vorn und packte den behaarten Hals, und eine andere stieß ein scharfes Jagdmesser mehrere Male in Tublats breite Brust. Diese Stöße erfolgten blitzartig und hörten erst auf, als Tarzan spürte, wie der schlaffe Körper vor ihm zusammensackte.
Als er zu Boden gefallen war, setzte Tarzan von den Affen seinem Todfeind, der ihn sein Leben lang verfolgt hatte, den Fuß ins Genick, blickte zum Vollmond empor, warf ungestüm sein junges Haupt zurück und stieß den wilden und furchteinflößenden Ruf seines Volkes aus.
Nacheinander ließen sich die Stammesmitglieder von ihrer Zuflucht in den Baumwipfeln herunterfallen und bildeten einen Kreis um Tarzan und seinen besiegten Feind. Als alle beisammen waren, wandte er sich zu ihnen.
»Ich bin Tarzan«, rief er. »Ich bin ein großer Töter. Mögen alle Tarzan von den Affen und Kala, seiner Mutter, mit Achtung begegnen. Es soll niemanden unter euch geben, der so mächtig wie Tarzan ist. Mögen seine Feinde sich in Acht nehmen.«
Der junge Lord Greystoke blickte Kerchak gerade in die bösen, roten Augen, hämmerte sich mit den Fäusten auf die mächtige Brust und stieß noch einmal den schrillen, herausfordernden Schrei aus.

Am Morgen nach dem Dum-Dum zog das Affenvolk gemächlich durch den Wald wieder zur Küste.

Tublat blieb liegen, wo er lag, denn Kerchaks Volk verzehrte die eigenen Toten nicht.

Der Marsch war nichts anderes als eine geruhsame Nahrungssuche. Sie fanden Gemüsepalmen, Scharlachpflaumen, Paradiesfeigen und andere Leckerbissen in Hülle und Fülle, dazu wilde Ananas, gelegentlich kleinere Säugetiere, Vögel, Eier, Kriechtiere und Insekten. Nüsse knackten sie mit ihren kräftigen Kiefern oder, falls sie zu hart waren, zwischen Steinen.

Einmal kreuzte die alte Sabor ihren Weg und schickte sie eilends in die Sicherheit der oberen Äste, denn wenn sie auch vor ihrer Anzahl und den scharfen Eckzähnen Respekt hatte, war die Affenschar von Sabors grausamer und gebieterischer Wildheit nicht minder beeindruckt.

Tarzan saß auf einem tief herabhängenden Zweig direkt über dem majestätischen, geschmeidigen Körper der Löwin, als dieser sich lautlos durch den dichten Dschungel zwängte. Er schleuderte eine Ananas nach der alten Feindin seines Volkes. Das große Tier blieb stehen, wandte sich um und musterte die seiner spottende Gestalt über sich.

Zornig mit dem Schwanz die Flanken peitschend, bleckte sie die gelben Zähne, schürzte widerlich knurrend die dicken Lippen, so dass sich die schnurrbärtige Schnauze mit dichtstehenden Falten überzog, und verengte die bösen Augen zu zwei schmalen Schlitzen, die Hass und Wut sprühten.

Mit anliegenden Ohren blickte sie Tarzan von den Affen gerade in die Augen und ließ ihren furchteinflößenden durchdringenden Kampfesruf erschallen.

Vom sicheren Ort des überhängenden Astes antwortete das Affenkind in der trotzigen Art seiner Gattung.

Einen Augenblick lang musterten die zwei sich schweigend, dann wandte sich die große Katze dem Dschungel zu, der sie verschluckte, wie der Ozean einen ihm zugeworfenen Kieselstein verschwinden lässt. Doch in Tarzans Kopf reifte ein gewaltiges Vorhaben. Er hatte den furchtbaren Tublat getötet, war er demnach nicht ein mächtiger Kämpfer? Nun würde er die verschlagene Sabor aufspüren und sie gleichfalls erlegen. Er wollte auch ein mächtiger Jäger werden.

Tief in seinem Herzen regte sich der große Wunsch, seine Blöße mit *Kleidung* zu bedecken, denn er hatte den Bilderbüchern entnommen, dass alle Menschen so verhüllt waren, während Meerkatzen und Affen sowie jedes andere lebende Wesen nackt umherliefen.

Demnach musste *Kleidung* ein wahrhaft gültiges Zeichen für Erhabenheit sein; die Insignien für die Überlegenheit des Menschen über die anderen Tiere. Welchen anderen Grund sollte es sonst geben, das hässliche Zeug zu tragen?

Vor vielen Monden, als er viel kleiner war, hatte er sich das Fell von Sabor, der Löwin, oder Numa, dem Löwen, oder Sheeta, dem Leoparden, gewünscht, um seinen unbehaarten Körper zu verhüllen, so dass er nicht länger der hässlichen Schlange Histah glich; jetzt aber war er stolz auf seine glatte Haut, denn sie bezeugte, dass er einer mächtigen Rasse entstammte, und die widerstreitenden Wünsche, einesteils nackt zu gehen zum stolzen Beweis seiner Herkunft, andererseits sich den Bräuchen seiner Artgenossen anzupassen und hässliche und unbequeme Hüllen zu tragen, gewannen abwechselnd die Oberhand.

Während der Stamm nach der Begegnung mit Sabor seinen langsamen Marsch durch den Wald fortsetzte, waren Tarzans Gedanken ständig in Anspruch genommen von dem gewaltigen Vorhaben, seinen Feind zu töten, und tagelang dachte er an nichts anderes.

An diesem Tag hatte er es jedoch sehr bald mit anderen und näherliegenden Erscheinungen zu tun, die seine Aufmerksamkeit in Anspruch nahmen.

Plötzlich verfinsterte sich der Himmel, als wäre es Mitternacht. Die Geräusche des Dschungels erstarben, die Bäume standen reglos wie gelähmt in Erwartung eines großen, unmittelbar bevorstehenden Unheils. Die ganze Natur wartete – aber nicht lange.

Aus weiter Ferne tönte ein tiefes, trauriges Stöhnen. Es kam immer näher und nahm an Stärke zu.

Die großen Bäume neigten sich einmütig, als drücke eine riesige Hand sie zu Boden. Immer tiefer beugten sie sich, und noch war nichts anderes zu vernehmen als das dumpfe und furchteinflößende Jammern des Windes.

Plötzlich federten die Baumriesen des Dschungels zurück und schwenkten ihre mächtigen Wipfel in zornigem, betäubendem Protest. Ein greller, blendender Lichtstrahl zuckte aus den wirbelnden, dunkelgrauen Wolken über ihnen. Das tiefe Brüllen des Donners ertönte wie ein schrecklicher Kampfruf. Dann kam der Regenguss – und die Hölle brach über den Dschungel herein.

Das Affenvolk zitterte unter dem kalten Regen und drängte sich zu Füßen der großen Bäume zusammen. Der Blitz keilte sich durch die schwarze Finsternis und ließ wild wedelnde Zweige, peitschende Regengüsse und sich krümmende Bäume sichtbar werden.

Ab und zu barst solch ein alter Patriarch des Waldes, durch einen Blitz gespalten, zwischen den anderen Bäume in tausend Stücke und riss zahllose Äste und viele seiner kleinen Nachbarn zu Boden, um sie dem Gewirr des tropischen Dschungels hinzuzufügen.

Große und kleine Zweige wurden von dem rasenden Tornado abgebrochen, durch das wild umherschwingende Grün geschleudert und brachten zahllosen unglücklichen Bewohnern der dichtbevölkerten Welt unter ihnen Tod und Verderben.

Der Sturm wütete mehrere Stunden ohne Unterlass, und noch immer drängte sich das Affenvolk, zitternd vor Angst, zusammen. In ständiger Gefahr, von umstürzenden Bäumen und herabfallenden Ästen erschlagen zu werden und wie gelähmt von den grell zuckenden Blitzen und dem krachenden Donner, hockten sie kläglich und mitleiderregend am Boden, bis der Sturm vorüber war.

Er endete so plötzlich, wie er begonnen hatte. Der Wind hörte auf, die Sonne schien – die Natur lachte wieder.

Die tropfnassen Blätter und Zweige und die feuchten Blüten der Blumen blitzten in der Pracht des zurückkehrenden Tages, und so, wie die Natur vergaß, taten es auch ihre Kinder. Das geschäftige Leben nahm seinen Fortgang wie vor der Finsternis und dem Schrecken.

Tarzan aber dämmerte eine Erkenntnis. Er konnte sich das Geheimnis der Kleidung nunmehr erklären. Wie behaglich würde er sich jetzt

in der dicken Hülle von Sabor fühlen! Damit war ein weiterer Ansporn zu seinem Vorhaben gegeben.
Der Stamm blieb einige Monate in der Nähe des Strandes, wo Tarzans Hütte stand, so dass er die meiste Zeit mit seinen Studien verbrachte. Doch wenn sie durch den Wald wanderten, hielt er sein Seil stets griffbereit, und groß war die Zahl der kleineren Tiere, die in die hurtig geworfene Schlinge gerieten.
Einmal glitt sie um den kurzen Hals von Horta, dem Eber. Er versuchte mit einem kräftigen Ruck, sich zu befreien, und riss Tarzan von dem überhängenden Zweig, wo er auf Lauer gelegen und von wo er seine tückische Schlinge geworfen hatte.
Der mächtige Keiler wandte sich um, als er etwas zu Boden fallen hörte, und da er nur leichte Beute in Gestalt eines jungen Affen sah, senkte er den Kopf und rannte wie von Sinnen auf den verblüfften Jungen los.
Dieser hatte sich zum Glück durch den Sturz nicht verletzt, da er nach Art von Katzen Arme und Beine nach vorn gestreckt hatte, um den Aufprall zu mildern. Im Nu stand er auf den Füßen und sprang mit der Behändigkeit des kleinen Affen, der er war, in die Sicherheit eines tiefhängenden Zweiges, während Horta, der Eber, unter ihm in nutzlosem Angriff vorbeischoss.
So lernte Tarzan durch Erfahrung die Grenzen wie auch die Möglichkeiten seiner seltsamen Waffe einzuschätzen.
Bei dieser Gelegenheit ging ihm sein langes Seil verloren, aber ihm war klar: Hätte Sabor ihn so von seinem Hochsitz gerissen, so wäre die Sache möglicherweise ganz anders ausgegangen, hätte er bei diesem Unterfangen bestimmt das Leben eingebüßt.
Er brauchte mehrere Tage, um ein neues Seil zu winden, aber als er es schließlich fertig hatte, ging er damit ganz bewusst auf Jagd und legte sich im dichten Laub eines dicken Astes genau über dem ausgetretenen Pfad auf Lauer, der zum Wasser führte.
Er ließ einige kleinere Tiere unbehelligt unter sich vorbeiziehen, da er es nicht auf solch unbedeutendes Wild abgesehen hatte.
Schließlich erschien sie, auf die Tarzan wartete. Geschmeidige Sehnen bewegten sich unter einem glänzenden Fell. Glatt und wohlgenährt trat sie hervor – Sabor, die Löwin.

Ihre großen, weichen Pranken tappten sanft und lautlos den schmalen Weg entlang. Sie hob den Kopf in stets gespannter Aufmerksamkeit, ihr langer Schweif vollführte abgerundete, graziöse Wellenbewegungen.

Immer näher kam sie der Stelle, wo Tarzan von den Affen auf dem Ast hockte, die Schlingen seines langen Seils wurfbereit in der Hand. Wie eine Bronzefigur saß er regungslos, während Sabor unter ihm hindurchlief. Sie tat einen Schritt, dann einen zweiten, dritten, da schwebte die Seilrolle lautlos zu ihr herab.

Einen Augenblick hing die sich weitende Schlinge wie eine große Schlange über ihrem Kopf, und als sie nach oben blickte, um zu ergründen, wo das surrende Geräusch herrührte, legte sie sich um ihren Hals. Tarzan zog sie mit einem jähen Ruck um die glänzende Kehle der Löwin fest, gab dann Seil nach und hielt es zu seiner Unterstützung mit beiden Händen fest.

Sabor saß in der Falle.

Mit einem jähen Satz wollte sie im Dschungel verschwinden, aber Tarzan dachte nicht daran, ein weiteres Seil auf dieselbe Weise zu verlieren wie das erste. Er hatte aus der Erfahrung gelernt. Die Löwin wollte gerade zu einem zweiten Sprung ansetzen, als sie spürte, wie sich die Schlinge um ihren Hals zuzog. Sie drehte sich in der Luft um die eigene Achse und fiel schwer aufschlagend rücklings zu Boden. Tarzan hatte das andere Ende des Seils nämlich am Stamm des großen Baumes festgebunden, auf dem er saß.

Sein Plan war so weit prächtig gediehen, aber als er das Seil ergriff und sich hinter einer Astgabel einstemmte, musste er entdecken, dass es eine ganz andere Sache war, dieses kraftvolle, sich mit Krallen und Zähnen wehrende, vor Wut fauchende Muskelpaket am Baum hinaufzuziehen und aufzuhängen.

Sabor wog unerhört viel, und wenn sie die riesigen Pranken irgendwo einkrallte, hätte höchstens Tantor, der Elefant, sie von der Stelle bewegen können.

Die Löwin stand nun wieder auf dem Weg, von wo aus sie den Urheber der Schmach, die ihr zugefügt worden war, sehen konnte. Brüllend vor Wut griff sie plötzlich an und sprang hoch in die Luft auf

Tarzan zu. Aber als ihr großer Körper gegen den Ast schlug, auf dem er gesessen hatte, war dieser schon nicht mehr da.

Stattdessen hockte er federleicht auf einem kleineren Zweig zwanzig Fuß über seiner wütenden Gefangenen. Einen Augenblick lang hing Sabor halb über dem Ast, während Tarzan sie verspottete und ihr dünne Zweige und Äste ins ungeschützte Gesicht warf.

Da ließ sich die Bestie wieder zu Boden fallen. Tarzan wollte schnell nach dem Seil greifen, doch Sabor hatte inzwischen herausgefunden, dass nur eine dünne Leine sie hielt, nahm sie zwischen ihre mächtigen Kiefer und zertrennte sie, noch ehe Tarzan die würgende Schlinge ein zweites Mal zuziehen konnte.

Er war tief gekränkt. Sein wohldurchdachter Plan war gescheitert, und so blieb ihm nur, weiter dort oben zu hocken, die tobende Kreatur unter sich anzuschreien und ihr Grimassen zu schneiden.

Stundenlang wanderte Sabor unter dem Baum hin und her. Viermal duckte sie sich und sprang zu dem umherhüpfenden Kobold über ihr hoch, aber ebenso gut hätte sie nach dem unsteten Wind greifen können, der in den Wipfeln raunte.

Schließlich war Tarzan des Spaßes müde. Mit einem herausfordernden Abschiedsgebrüll und einer wohlgezielten reifen Frucht, die weich und klebrig im wutfauchenden Gesicht seiner Feindin zerplatzte, schwang er sich hundert Fuß über dem Erdboden rasch durch die Bäume und war kurze Zeit später wieder bei seinen Stammesgenossen.

Hier berichtete er mit geschwollener Brust und maßlos übertreibend in allen Einzelheiten von seinem Abenteuer, so dass er selbst seine bittersten Feinde beeindruckte, während Kala vor Freude und Stolz regelrecht tanzte.

Mehrere Jahre führte Tarzan von den Affen sein wildes Dschungelleben, das wenig Veränderungen aufwies, abgesehen davon, dass er stärker und klüger wurde und aus seinen Büchern immer mehr über die seltsamen Welten erfuhr, die irgendwo weit außerhalb seines Urwalds liegen mussten.

Er empfand das Leben nie als eintönig oder fade. In den vielen Flüssen und kleinen Seen war ständig Pisah, der Fisch, zu fangen, außerdem war da noch Sabor mit ihren wilden Vettern, die dafür sorgten, dass man ständig auf der Hut sein musste und jedem auf dem Erdboden verbrachten Moment besondere Spannung verliehen.

Oft jagten sie ihn, noch häufiger verfolgte er sie, doch obwohl sie ihn nie völlig mit den furchtbaren, scharfen Krallen erreichten, gab es Momente, da hätte man zwischen ihren Klauen und seiner glatten Haut kaum ein dickeres Blatt hindurchschieben können.

Schnell war Sabor, die Löwin, und schnell waren Numa und Sheeta, aber Tarzan von den Affen war wie ein Blitz.

Mit Tantor, dem Elefanten, war er gut Freund. Wie das kam? Man frage besser nicht. Doch wissen die Dschungelbewohner genau, dass Tarzan von den Affen und Tantor, der Elefant, in vielen Mondnächten zusammen spazieren gingen, und wo der Weg frei war, ritt Tarzan, hoch oben auf Tantors mächtigem Rücken thronend.

Er verbrachte während dieser Jahre viele Tage in der Hütte seines Vaters, wo noch immer die Gebeine seiner Eltern und das Skelett von Kalas Baby unberührt lagen. Mit achtzehn las er fließend und verstand nahezu alles, was er in den zahlreichen und verschiedenartigen Bänden auf den Regalen gelesen hatte.

Auch konnte er jetzt schnell und einfach in Druckbuchstaben schreiben. Die Schreibschrift beherrschte er nicht, denn obwohl unter seinen Schätzen auch mehrere Schreibhefte waren, fand sich so wenig geschriebenes Englisch in der Hütte, dass er keinen Nutzen darin sah, sich mit dieser Schriftform zu befassen, zumal er Geschriebenes, wenn auch mit Mühe, gleichfalls lesen konnte.

So sehen wir ihn mit achtzehn Jahren als einen kleinen englischen Lord, der zwar kein Englisch sprechen, jedoch Texte in seiner Muttersprache lesen und schreiben kann. Nie hatte er ein anderes menschliches Wesen gesehen, denn das kleine Gebiet, in dem sein Stamm umherwanderte, wurde von keinem größeren Fluss durchquert, der Eingeborene aus dem Inneren hätte zu ihm führen können.

Hohe Berge schlossen es von drei Seiten ein, auf der vierten lag der Ozean. Es war von Löwen, Leoparden und Giftschlangen bevölkert. Das unberührte Labyrinth dichten Dschungels hatte bislang noch keinen kühnen Pionier von den menschlichen Wesen jenseits seiner Grenzen angelockt.

Aber als Tarzan von den Affen eines Tages in der Hütte seines Vaters saß und sich in die Geheimnisse eines neuen Buches vertiefte, wurde die jahrhundertealte, schutzspendende Sicherheit seines Dschungels mit einem Mal für alle Zeit zunichtegemacht.

Weit entfernt am Ostrand ihres Gebiets zog eine seltsame Menschenkette über den Kamm eines nicht allzu hohen Berges.

Voran schritten fünfzig schwarze Krieger, bewaffnet mit dünnen Holzspeeren, deren Spitzen über Feuer langsam gehärtet waren, sowie mit langen Bogen und Giftpfeilen. Sie trugen ovale Schilde auf dem Rücken, große Ringe in der Nase, und aus ihren gekräuselten Haaren ragten lustige Federbüsche.

Auf der Stirn hatten sie sich drei parallele bunte Linien eintätowiert und auf der Brust drei konzentrische Kreise. Ihre gelben Zähne waren spitz gefeilt, und ihre dicken, vorgestülpten Lippen unterstrichen das Gemeine und Tierische ihrer Erscheinung noch besonders.

Ihnen folgten mehrere Hundert Frauen und Kinder, wobei Erstere auf den Köpfen große Lasten schleppten, bestehend aus Kochtöpfen, Hausgerät und Elfenbein. Einhundert Krieger bildeten die Nachhut, sie glichen in jeder Weise den an der Spitze marschierenden.

Die Marschordnung deutete darauf hin, dass sie weit mehr einen Angriff von hinten fürchteten als den unbekannter Feinde, die vor ihnen auf der Lauer liegen könnten. Das entsprach den Tatsachen, denn sie flüchteten vor Soldaten des weißen Mannes, die ihnen wegen Kautschuk und Elfenbein dermaßen zugesetzt hatten, dass sie sich eines Tages gegen ihre Unterdrücker erhoben und einen weißen Offizier

samt einer kleinen Abteilung seiner farbigen Soldaten niedergemetzelt hatten.
Viele Tage lang hatten sie sich reichlich an Fleisch gesättigt, aber schließlich war eine stärkere Truppe gekommen und hatte ihr Dorf bei Nacht überfallen, um den Tod ihrer Kameraden zu rächen.
In jener Nacht hatten nunmehr die schwarzen Soldaten des weißen Mannes Fleisch die Fülle, nur dieser kümmerliche Rest eines einmal mächtigen Stammes war unbemerkt auf der Suche nach Freiheit und Unbekanntem in den Dschungel entwichen.
Aber was diese wilden Eingeborenen unter Freiheit und Erlangung von Glückseligkeit verstanden, bedeutete für viele Bewohner ihrer neuen Heimat Schrecken und Tod.
Drei volle Tage war die kleine Kolonne langsam mitten durch dieses unbekannte und unwegsame Waldgebiet marschiert, bis sie schließlich in der Frühe des vierten Tages am Ufer eines schmalen Flusses eine Stelle erreichten, die weniger dicht bewachsen war als jedes Gelände, das sie bisher durchquert hatten.
Hier machten sie sich daran, ein neues Dorf zu erbauen, und binnen eines Monats hatten sie eine große Lichtung gerodet, Hütten und Palisaden errichtet, Wegerich, Yamswurzeln und Mais angepflanzt und in dieser neuen Heimat ihr altes Leben wiederaufgenommen.
Einige Monate verstrichen, ehe sich die Leute weiter in die Umgebung ihres neuen Dorfes wagten. Ein paar waren bereits der alten Sabor zum Opfer gefallen, und weil der Dschungel stark von solch wilden, blutdürstigen Katzen wie Löwen und Leoparden bevölkert war, zögerten die ebenholzfarbenen Krieger, sich allzu weit von den sicheren Palisaden zu entfernen.
Eines Tages drang Kulonga, ein Sohn des alten Königs Mbonga, im dichten Dschungellabyrinth weit nach Westen vor. Er trat vorsichtig auf, hielt die dünne Lanze stets stoßbereit und den langen, ovalen Schild mit der linken Hand fest an den geschmeidigen, ebenholzfarbenen Körper gepresst.
Auf dem Rücken trug er einen Bogen und in dem Köcher über seinem Schild viele dünne Pfeile, die sorgfältig mit einer dicken, schwarzen, teerartigen Substanz eingeschmiert waren, so dass die geringste von ihnen verursachte Wunde zum Tod führte.

Die Nacht überraschte Kulonga weit entfernt von den Palisaden des väterlichen Dorfes, aber noch immer auf dem Weg nach Westen. Er kletterte in die Gabelung eines großen Baumes, errichtete dort eine primitive Lagerstatt und rollte sich zusammen, um zu schlafen.
Drei Meilen weiter westlich schlief der Stamm von Kerchak.
Die Affen waren schon früh am nächsten Morgen auf den Beinen und zogen auf der Suche nach Nahrung durch den Dschungel. Tarzan tat dies seiner Gewohnheit entsprechend auf dem Weg zur Hütte, so dass er dort mit vollem Magen ankam, da er unterwegs immer wieder etwas erjagt hatte.
Die Affen zerstreuten sich einzeln, zu zweit und zu dritt in alle Richtungen, jedoch stets in Hörweite des Alarmsignals.
Kala war langsam auf einem Elefantenpfad Richtung Osten vorangekommen und emsig beschäftigt, unter vermoderten Ästen und Baumstämmen nach dicken Käfern und Pilzen zu suchen, als ein kaum vernehmbares Geräusch sie auffahren und Umschau halten ließ.
Der Elefantenpfad führte hier fünfzig Meter geradeaus, und sie sah deutlich die Umrisse einer seltsamen und bedrohlichen Gestalt sich den Blättertunnel entlangbewegen.
Das war Kulonga.
Kala wartete nicht, um ihn sich genauer anzusehen, sondern wandte sich um und bewegte sich schnell den Pfad zurück. Sie rannte nicht, suchte vielmehr, der Gewohnheit ihrer Art folgend, wenn sie nicht aufgescheucht worden waren, der Gefahr eher auszuweichen, als vor ihr davonzulaufen.
Kulonga folgte ihr dichtauf. Hier war Fleisch. Er konnte töten und sich an diesem Tag zu einem Festmahl verhelfen. Er stürmte weiter, den Speer wurfbereit haltend.
Nach einer Biegung des Pfads sah er sie auf einer etwas geraderen Strecke abermals vor sich. Die Hand mit dem Speer langte weit nach hinten, die Muskeln zuckten blitzartig unter der glatten Haut. Der Arm schoss nach vorn, und der Speer eilte auf Kala zu.
Ein kümmerlicher Wurf. Aber er verwundete sie an der Seite.
Vor Schmerz und Wut brüllend, wandte sich das Affenweibchen seinem Peiniger zu. Einen Augenblick später prasselte es in den Bäumen unter dem Gewicht der herbeieilenden Artgenossen, die auf

Kalas Gebrüll schnell dem Schauplatz des Geschehens zustrebten.
Als sie angriff, riss Kulonga mit fast unvorstellbarer Schnelligkeit den Bogen über den Kopf und setzte einen Pfeil auf die Sehne. Er zog sie weit zurück und jagte dem großen Menschenaffen das vergiftete Geschoss direkt ins Herz.
Kala kippte vor den Augen ihrer verblüfften Stammesgenossen mit einem Entsetzensschrei nach vorn und fiel mit dem Gesicht nach unten zu Boden.
Brüllend und schreiend setzten die Affen Kulonga nach, aber der schlaue Krieger jagte wie eine aufgescheuchte Antilope den Pfad entlang.
Er wusste, wie wild diese ungestümen, behaarten Menschen waren, und hatte nur den einen Wunsch, möglichst viele Meilen zwischen sich und sie zu legen.
Sie folgten ihm in wilder Jagd über eine lange Strecke durch die Bäume, aber dann gab einer nach dem anderen die Verfolgung auf und kehrte zum Schauplatz der Tragödie zurück.
Keiner von ihnen hatte je einen anderen Menschen als Tarzan gesehen, so stellten sie unklare Vermutungen an, welch seltsame Wesen wohl in ihren Dschungel eingedrungen waren.
Am fernen Ufer bei der kleinen Hütte hatte Tarzan das schwache Echo des Zusammenstoßes vernommen, der ihm sagte, dass bei seinem Stamm etwas Schlimmes vorgefallen war. Also rannte er in die Richtung, aus der der Lärm drang.
Als er ankam, sah er das ganze Affenvolk jammernd um den leblosen Körper seiner getöteten Mutter versammelt.
Sein Schmerz und sein Zorn waren unbeschreiblich. Immer wieder stieß er seinen furchterregenden Kampfruf aus. Er hämmerte sich mit geballten Fäusten auf die breite Brust, sank dann über Kalas Köper zusammen und weinte, das Herz erfüllt von tiefer Trauer.
Das einzige Geschöpf in der ganzen Welt zu verlieren, das ihm je Liebe und Zuneigung entgegengebracht hatte, bedeutete für ihn die größte Tragödie seines bisherigen Lebens.
Was war Kala doch für ein wildes und Entsetzen einflößendes Affenweibchen gewesen! Ihm war sie jedoch freundlich und schön erschienen. Er hatte ihr, ohne sich dessen bewusst zu sein, all die Ehrfurcht,

Hochachtung und Liebe entgegengebracht, die ein normaler englischer Junge für seine Mutter empfindet. Er hatte keine andere kennengelernt, und so hatte er ihr, wenngleich unbewusst, all das gegeben, was der schönen und lieblichen Lady Alice gegolten hätte, wäre sie am Leben geblieben.

Nach dem ersten Ausbruch von Schmerz gewann er seine Fassung wieder, und durch Befragen derjenigen Stammesgenossen, die Kalas Ermordung mit angesehen hatten, erfuhr er das wenige, das sie ihm mit ihrem kümmerlichen Wortschatz vermitteln konnten.

Es genügte jedoch, mehr brauchte er nicht zu wissen. Sie berichteten ihm von einem seltsamen, unbehaarten, dunkelhäutigen Affen, dem Federn aus dem Kopf wuchsen, der aus einem dünnen Zweig den Tod ausgesandt hatte und danach mit der Behändigkeit von Bara, dem Hirsch, der aufsteigenden Sonne entgegengeeilt war.

Tarzan zögerte nicht länger, sprang hinauf in die Zweige der Bäume und jagte durch den Wald. Er kannte jede Windung des Elefantenpfads, auf dem Kalas Mörder floh, schlug den geraden Weg durch den Dschungel ein und schnitt dem dunkelhäutigen Krieger, der offensichtlich den ermüdenden Windungen des Pfades folgte, den Weg ab.

An seiner Seite baumelte das Jagdmesser seines unbekannten Erzeugers, und schräg über die Schulter geschlungen trug er das lange Seil.

Nach einer Stunde stieß er wieder auf den Pfad, ließ sich hinab und untersuchte den Boden gründlich.

Im weichen Uferschlamm eines winzigen Flüsschens entdeckte er Fußabdrücke, wie nur er sie überall im Dschungel hinterlassen hatte, aber sie waren viel größer als seine. Sein Herz schlug schneller. Könnte es sein, dass er einem **MENSCHEN** nachspürte – einem Angehörigen seiner Rasse?

Er sah zwei Reihen von Fußabdrücken, die in verschiedene Richtungen wiesen. Demnach war sein Opfer auf seinem Rückweg an dieser Stelle schon vorbeigekommen. Bei der Untersuchung der neuen Spur entdeckte er, dass ein winziges Bröckchen Erde vom Außenrand eines Fußabdrucks in die flache Vertiefung gefallen war – die Spur war demnach sehr frisch, sein Opfer musste soeben erst vorbeigekommen sein.

Er schwang sich wieder in die Bäume und folgte dem Pfad lautlos und schnell in der Höhe.

Kaum hatte er eine Meile zurückgelegt, sah er den dunkelhäutigen Krieger auf einer kleinen Lichtung stehen. Er hielt den dünnen Bogen in der Hand und hatte einen seiner todbringenden Pfeile aufgesetzt. Ihm gegenüber am anderen Rand der Lichtung stand Horta, der Keiler, mit gesenktem Kopf und schaumbedeckten Hauern, bereit zum Angriff.

Tarzan musterte staunend das seltsame Wesen unter sich, dessen Gestalt der seinen so ähnlich war, das jedoch ein ganz anderes Gesicht und eine andere Hautfarbe hatte. Wohl hatte er in seinen Büchern auch Abbildungen des Negers vorgefunden, doch wie sehr unterschied sich die schematische, ausdruckslose Darstellung von diesem geschmeidigen, ebenholzfarbigen Wesen, in dem das Leben pulsierte. Wie dieser Mensch mit gespanntem Bogen dort stand, erinnerte er Tarzan weniger an den Neger, als vielmehr an den Bogenschützen im Buch, denn da hieß es: B steht für Bogenschütze.

Sieh mal an! Fast hätte er in seiner großen Aufregung ob dieser Entdeckung sein Versteck preisgegeben.

Unterdessen entwickelten sich die Dinge unter ihm schnell. Der sehnige, schwarze Arm hatte den Bogen weit gespannt; Horta, der Keiler, griff an, aber da ließ der Dunkelhäutige den kleinen, vergifteten Pfeil abschwirren, und Tarzan sah ihn blitzschnell fliegen und sich in den struppigen Hals des Ebers bohren.

Kaum hatte der Pfeil seinen Flug angetreten, hatte Kulonga schon einen weiteren auf die Sehne gesetzt, aber Horta, der Keiler, war schon so dicht bei ihm, dass er keine Zeit fand, ihn abzuschießen. Da sprang der Dunkelhäutige in einem Riesensatz über das angreifende Wildschwein weg, wandte sich mit unglaublicher Schnelligkeit um und jagte diesem einen zweiten Pfeil in den Rücken.

Dann schnellte er auf einen in der Nähe stehenden Baum.

Horta wirbelte herum, um seinen Feind ein weiteres Mal anzugreifen, machte noch ein paar Schritte, taumelte und fiel auf die Seite. Einen Augenblick wurden seine Muskeln ganz steif und zuckten krampfhaft, dann lag er still.

Kulonga stieg von seinem Baum.

Mit einem Messer, das an seiner Seite hing, schnitt er mehrere große Stücke aus dem Körper des Keilers, entfachte mitten auf dem Weg ein Feuer, garte das Fleisch und aß so viel, wie er wollte. Den Rest ließ er einfach liegen.
Tarzan hatte alles gespannt mit angesehen. In seiner Brust brannte ein wildes Verlangen zu töten, doch seine Lernbegierde war stärker. Er wollte diesem wilden Wesen eine Weile folgen, um herauszufinden, woher es kam. Schließlich konnte er ihn in aller Ruhe später töten, wenn er den Bogen und die todbringenden Pfeile beiseitegelegt hatte. Als Kulonga seine Mahlzeit beendet hatte und hinter der nächsten Biegung des Wegs verschwunden war, ließ sich Tarzan leise zu Boden fallen. Er schnitt mehrere Streifen Fleisch aus Hortas Körper, aß sie jedoch roh.
Wohl hatte er schon Feuer gesehen, aber nur wenn Ara, der Blitz, einen großen Baum vernichtet hatte. Dass ein Geschöpf des Dschungels die rot-gelben Fangzähne erzeugen konnte, die Holz verzehrten und nichts weiter übrig ließen als feinen Staub, verwunderte ihn sehr, und dass der dunkelhäutige Krieger seine köstliche Speise verdorben hatte, indem er sie der sengenden Hitze ausgesetzt hatte, ging über seinen Verstand. Wahrscheinlich war Ara ein Freund des Bogenschützen, so dass dieser seine Nahrung mit ihm teilte.
Wie immer es sein mochte, Tarzan gedachte nicht, das treffliche Fleisch auf so törichte Weise zu verderben. Vielmehr schlang er es in großen Mengen roh hinunter und vergrub den Rest des toten Keilers neben dem Weg, so dass er ihn bei der Rückkehr mitnehmen konnte. Danach wischte Lord Greystoke die blutbeschmierten Finger an den nackten Schenkeln ab und nahm die Spur Kulongas, des Sohnes von König Mbonga, wieder auf, während im fernen London ein anderer Lord Greystoke, der jüngere Bruder von Lord Greystokes richtigem Vater, in seinem Klub die Koteletts zurückgehen ließ mit der Begründung, sie seien nicht richtig durchgebraten, und als er sie dann verzehrt hatte, tauchte er die Fingerspitzen in eine silberne Schüssel mit wohlduftendem Wasser und trocknete sie an einem Stück schneeweißen Damasts.
Tarzan folgte Kulonga den ganzen Tag, er hing ständig über ihm in den Bäumen wie ein böser Geist. Zweimal noch sah er ihn seine

Pfeile der Vernichtung abschießen – einmal auf Dango, die Hyäne, das andere Mal auf Manu, die Meerkatze. In beiden Fällen starben die Tiere fast auf der Stelle, denn Kulongas Gift war sehr frisch und absolut tödlich.

Tarzan dachte viel über diese wundersame Methode, Wild zu erlegen, nach, während er sich in sicherer Entfernung hinter seinem Opfer bedächtig durch die Wipfel schwang. Ihm leuchtete ein, dass die winzige Pfeilspitze allein nicht ausreichen konnte, diese wilden Geschöpfe des Dschungels, die bei Kämpfen mit anderen Dschungelbewohnern oft zerfleischt, zerkratzt und anderweitig übel zugerichtet wurden und sich dennoch im Nu wieder erholten, so schnell vom Leben zum Tod zu befördern.

Nein, diesen kleinen Holzstäbchen, die durch einen bloßen Kratzer den Tod bringen konnten, haftete ein Geheimnis an. Und das musste er ergründen.

In der Nacht schlief Kulonga in der Gabelung eines mächtigen Baumriesen, während Tarzan von den Affen über ihm hockte.

Als Kulonga erwachte, musste er feststellen, dass Pfeile und Bogen verschwunden waren. Der dunkelhäutige Krieger war wütend und erschrocken zugleich, aber Letzteres mehr als Ersteres. Er suchte sorgfältig den Boden unter dem Baum ab und danach den Baum über der Erde, konnte jedoch keine Spur von dem Bogen, den Pfeilen oder dem nächtlichen Räuber entdecken.

Nun packte ihn Entsetzen. Den Speer hatte er nach Kala geworfen und danach nicht wiedergeholt, und da Bogen und Pfeile verschwunden waren, konnte er sich jetzt nur mit dem Messer verteidigen. Seine einzige Hoffnung bestand darin, in sein Dorf zu gelangen, so schnell die Beine ihn tragen konnten.

Er war überzeugt, dass er nicht mehr weit von Mbongas Dorf entfernt war, also rannte er eiligst weiter den Pfad entlang.

Aus der riesigen Masse undurchdringlichen Blattwerks wenige Meter entfernt tauchte Tarzan von den Affen auf, um ihm in aller Ruhe zu folgen, sich von Baum zu Baum schwingend.

Kulongas Bogen und Pfeile hingen wohlverwahrt im höchsten Wipfel eines Baumriesen, an dem er kurz über dem Boden mit dem scharfen Messer ein Stück Rinde entfernt hatte. Etwa fünfzig Fuß höher hatte er einen Zweig halb durchgeschnitten, so dass er etwas herabhing. Auf diese Weise hatte er seinen Weg im Wald markiert und sein Versteck gekennzeichnet.

Während Kulonga seinen Marsch fortsetzte, holte Tarzan ihn ein, bis er sich fast genau über dem Kopf des Dunkelhäutigen befand und ihm nun folgte. Das Seil hielt er zusammengerollt in der rechten Hand. Er war bereit zu töten.

Der Zeitpunkt verzögerte sich nur, weil Tarzan unbedingt herausfinden wollte, wo es den dunkelhäutigen Krieger hinzog. Seine Geduld wurde bald belohnt, denn sie kamen plötzlich in Sichtweite einer großen Lichtung, an deren einem Ende viele seltsame Höhlen lagen.

Tarzan hing direkt über Kulonga, als er diese Entdeckung machte. Der Wald endete urplötzlich, dann kamen zweihundert Meter bestellter Felder zwischen dem Dschungel und dem Dorf.

Er musste schnell handeln, sonst würde sein Opfer entkommen, aber für sein Überleben war stets wenig Raum zwischen Entscheidung und Handlung vonnöten. Er war auf blitzschnelles Reagieren trainiert. So geschah es, dass sich eine dünne Seilrolle vom untersten Zweig eines mächtigen Baums direkt am Rande von Mbongas Feld löste, als Kulonga aus dem Schatten des Dschungels trat, und ehe der Königssohn auch nur sechs Schritt auf die Lichtung getan hatte, zog sich eine Schlinge fest um seinen Hals zusammen.

Tarzan von den Affen riss sein Opfer so geschwind zurück, dass Kulonga der Alarmruf in der Kehle steckenblieb. Hand über Hand hisste Tarzan den widerstrebenden Dunkelhäutigen auf, bis er am Hals in der Luft hing; dann kletterte Tarzan auf einen größeren Ast hinauf und zog das noch immer um sich schlagende Opfer in den Schutz des dichten Grüns der Blätter.

Hier befestigte er das Seil fest an einem dicken Zweig, stieg hinunter und stieß sein Jagdmesser Kulonga ins Herz. Kala war gerächt.

Tarzan untersuchte den Dunkelhäutigen gründlich, denn er hatte noch nie ein anderes menschliches Wesen gesehen. Da sah er an dessen Gürtel das Messer in der Scheide. Er nahm alles an sich.

Ein kupferner Fußring tat es ihm an, also steckte er ihn an seinen Fuß. Voll Bewunderung begutachtete er die Tätowierung auf der Stirn und Brust des Toten. Auch staunte er über die spitzgefeilten Zähne.

Danach untersuchte er den Kopfschmuck aus Federn und nahm ihn mit, um schließlich zu praktischen Dingen überzugehen, denn er hatte Hunger, und hier war Fleisch, Fleisch eines Toten, und die im Dschungel herrschende Moral erlaubte ihm, es zu verzehren.

Wie könnten wir diesen Affenmenschen mit dem Herz, dem Kopf und Körper eines englischen Gentleman und der Ausbildung eines wilden Tieres deshalb verurteilen, nach welchen Maßstäben?

Er hatte Tublat, den er gehasst und der ihn gehasst hatte, im fairen Kampf getötet, und dennoch war ihm nie der Gedanke gekommen, dessen Fleisch zu verzehren. Er hätte es als ebenso empörend empfunden wie wir den Kannibalismus.

Wer aber war Kulonga, dass er ihn nicht mit ebensolcher Berechtigung verzehren konnte, wie dieser von Horta, dem Keiler, oder Bara, dem Hirsch, gegessen hatte? Gehörte er nicht auch zu den unzähligen wilden Geschöpfen des Dschungels, die einander auflauerten, um den nagenden Hunger zu stillen?

Plötzlich beschlich ihn ein seltsamer Zweifel. Hatten die Bücher ihn nicht gelehrt, dass er ein Mensch war? Und war dieser Bogenschütze nicht auch einer?

Aßen Menschen Menschen? Leider wusste er es nicht. Warum dann dieses Zögern? Erneut machte er sich ans Werk, da packte ihn ein Anfall von Übelkeit. Er verstand nicht.

Er wusste nur, dass er das Fleisch dieses dunkelhäutigen Mannes nicht essen konnte, und so übernahm ein ihm in Jahrhunderten vererbter Instinkt die Funktionen seines unausgebildeten Denkens und bewahrte ihn davor, ein in der ganzen Welt gültiges Gesetz zu verletzen, von dessen Existenz er keine Ahnung hatte.

Schnell ließ er Kulongas Körper zu Boden gleiten, nahm ihm die Schlinge ab und kletterte wieder in die Baumwipfel.

Aus luftiger Höhe betrachtete Tarzan die Ansammlung strohgedeckter Hütten jenseits der Anpflanzungen.

Er sah, dass der Wald an einer Stelle direkt an das Dorf stieß, und machte sich dorthin auf den Weg, angelockt durch fieberhafte Neugier, Lebewesen seinesgleichen zu beobachten, mehr über ihr Tun und Lassen zu erfahren und sich die seltsamen Höhlen anzusehen, in denen sie wohnten.

Das raue Leben unter den wilden Tieren des Dschungels schloss jeden Gedanken aus, diese Leute könnten etwas anderes als Feinde sein. Die Ähnlichkeit ihrer Gestalt verleitete ihn keineswegs zu falschen Schlussfolgerungen über die Art und Weise, wie sie mit ihm verfahren würden, sollten sie ihn entdecken. Dennoch waren diese die Ersten seiner Art, die er je gesehen hatte.

Tarzan von den Affen besaß kein sentimentales Gemüt. Er wusste nichts von Menschenliebe. Alle Wesen außerhalb seines Stammes waren Todfeinde, von wenigen Ausnahmen wie Tantor, dem Elefanten, abgesehen.

Er erkannte dies alles ohne Bosheit oder Hass. Töten – so lautete das Gesetz der wilden Welt, die er kannte. Die Zahl seiner primitiven Zerstreuungen war nicht groß, aber an der Spitze stand das Jagen und Töten, deshalb räumte er anderen das Recht ein, denselben Wünschen zu huldigen wie er, auch wenn er selbst Zielobjekt ihrer Jagd sein sollte.

Sein seltsames Leben hatte ihn weder verdrossen noch blutdürstig werden lassen. Dass er beim Töten Freude empfand und dass er mit einem fröhlichen Lachen auf den Lippen tötete war kein Zeichen angeborener Grausamkeit.

Zumeist tötete Tarzan, um Nahrung zu erlangen, aber da er ein Mensch war, tötete er zuweilen auch aus Vergnügen, wozu kein anderes Tier fähig ist; denn unter allen Kreaturen blieb es allein dem Menschen vorbehalten, sinnlos und mutwillig zu töten, um des bloßen Vergnügens willen, andere Schmerzen und den Tod erleiden zu lassen.

Und wenn er aus Rache oder in Selbstverteidigung tötete, so tat er das ohne Hysterie, denn es war eher eine geschäftsmäßige Prozedur, die keine Leichtfertigkeit duldete.
So war er auch jetzt, als er sich wachsam dem Dorf von Mbonga näherte, ganz darauf vorbereitet, zu töten oder getötet zu werden, sollte man ihn entdecken. Er bewegte sich ganz besonders vorsichtig, denn Kulonga hatte ihm großen Respekt vor den kleinen spitzen Holzstäbchen eingeflößt, die einen so schnellen und unentrinnbaren Tod herbeiführten.
Schließlich kam er zu einem großen Baum mit dichtem, üppigem Blattwerk, von dem die Schlingen mächtiger Kletterpflanzen herabhingen. Er kroch in die fast undurchdringliche Laube über dem Dorf, blickte auf die Vorgänge unter sich und staunte über jeden Vorgang dieses neuen, ihm fremden Lebens.
Nackte Kinder spielten auf der Dorfstraße, Frauen zerrieben in groben Steinmörsern getrockneten Wegerich, während andere aus dem puderartigen Mehl Kuchen formten. Draußen auf den Feldern sah er weitere Frauen, die hackten, jäteten oder ernteten.
Alle trugen seltsame, abstehende Gürtel aus getrocknetem Gras um die Hüften, und viele waren mit bronzenen und kupfernen Fuß- und Armringen sowie Armbändern behangen. Manch dunkelhäutigen Hals zierten seltsam gewundene Stränge von Draht, während andere Dorfbewohner mit riesigen Nasenringen umherliefen.
Tarzan von den Affen schaute sich die seltsamen Geschöpfe mit wachsender Verwunderung an. Mehrere Männer saßen dösend im Schatten, während am äußersten Rand der Lichtung ab und zu bewaffnete Krieger zu sehen waren, die das Dorf offensichtlich gegen Überraschungsangriffe von Feinden schützen sollten.
Ihm fiel auf, dass nur die Frauen arbeiteten. Nirgends war ein Mann bei Feldarbeiten oder anderen dörflichen Verrichtungen zu entdecken.
Sein Blick blieb schließlich an einer Frau direkt unter ihm haften.
Auf einem mäßig lodernden Feuer vor ihr stand ein kleiner Kessel, in dem eine dicke, rötliche, teerartige Masse brodelte. Links von ihr lag ein Haufen Holzpfeile, deren Spitzen sie in die siedende Masse tauchte. Dann legte sie sie auf ein schmales Gestell aus Zweigen, das auf der anderen Seite stand.

Er war fasziniert. Darin also lag das Geheimnis der furchtbaren Vernichtungskraft der winzigen Geschosse des Bogenschützen. Ihm fiel auf, wie sorgfältig die Frau darauf achtete, dass ihre Hände nicht mit der Masse in Berührung kamen, und als sie einmal einen Spritzer davon abbekam, sah er, wie sie den Finger sofort in ein Gefäß mit Wasser tauchte und den winzigen Fleck mit einer Handvoll Blätter geschwind abrieb.

Tarzan hatte keine Ahnung von Gift, aber sein scharfer Verstand sagte ihm, dass es dieses schwarze Zeug sein musste, das den Tod brachte, und nicht der kleine Pfeil. Er war nur das Mittel, um die Substanz in den Körper des Opfers zu befördern.

Wie gern hätte er noch mehr von diesen todbringenden kleinen Stäben an sich gebracht! Wenn die Frau ihren Arbeitsplatz für einen Moment verlassen würde, könnte er hinunterspringen, eine Handvoll an sich raffen und wieder auf dem Baum sein, ehe sie dreimal durchgeatmet hätte.

Er versuchte, sich etwas auszudenken, womit er ihre Aufmerksamkeit ablenken könnte, da hörte er einen wilden Schrei von der anderen Seite der Lichtung. Er schaute hinüber und sah einen dunkelhäutigen Krieger genau unter dem Baum stehen, in dem er vor einer Stunde Kalas Mörder getötet hatte.

Der Bursche brüllte und schwang wild seinen Speer über dem Kopf. Ab und zu wies er auf etwas auf der Erde vor ihm.

Im Nu war das Dorf in Aufruhr. Aus vielen Hütten kamen bewaffnete Männer gestürzt und rannten wild über die Lichtung zu der aufgeregten Wache, gefolgt von den alten Männern, den Frauen und Kindern, bis das Dorf binnen kurzem menschenleer war.

Tarzan von den Affen sagte sich, dass sie den Leichnam seines Opfers gefunden hatten, aber das kümmerte ihn weit weniger als die Tatsache, dass kein Mensch mehr im Dorf war, der ihn daran hindern konnte, einige von den Pfeilen, die da unten lagen, an sich zu nehmen. Schnell und lautlos ließ er sich neben dem Kessel mit Gift zu Boden gleiten. Einen Moment stand er reglos, und seine hellen Augen schweiften blitzschnell über die von den Palisaden umzäunte Fläche.

Nirgends eine Menschenseele. Sein Blick fiel auf die offene Tür der ihm am nächsten stehenden Hütte. Ich werde mal einen Blick hinein-

werfen, sagte er sich, und näherte sich vorsichtig dem niedrigen, strohgedeckten Bauwerk.
Einen Augenblick stand er gespannt lauschend davor. Nichts war zu hören, also glitt er ins Halbdunkel des Inneren.
An den Wänden hingen Waffen – lange Speere, seltsam geformte Messer, eine Anzahl schmaler Schilde. In der Mitte des Raums stand ein Kochtopf, und in einer Ecke war Heu aufgeschüttet worden, über das man gewebte Matten gebreitet hatte.
Offensichtlich diente dies den Bewohnern als Lagerstatt. Auf der Erde lagen mehrere menschliche Schädel herum.
Tarzan von den Affen betastete jeden Gegenstand, prüfte das Gewicht der Speere und beroch sie, denn er »sah« auch mit seinem feinen und hochentwickelten Geruchssinn. Gern hätte er einen dieser langen, zugespitzten Stöcke besessen, aber er konnte keinen mitnehmen, weil er ja die Pfeile zu tragen hatte.
Jeden Gegenstand, den er von den Wänden nahm, legte er in der Mitte des Raumes ab. Oben darauf stülpte er den umgekehrten Kochtopf und darauf pflanzte er einen der grinsenden Totenschädel, an dem er den Kopfschmuck des toten Kulonga befestigt hatte.
Dann trat er zurück, überblickte sein Werk und schmunzelte.
Tarzan von den Affen trieb gern Schabernack.
Aber nun vernahm er von draußen den Klang vieler Stimmen, langgezogenes, schmerzerfülltes Heulen und lautes Klagen. Er war erschrocken. Hatte er sich zu lange hier aufgehalten? Schnell trat er zur Tür und blickte die Dorfstraße entlang zum großen Tor.
Noch waren die Bewohner nicht in Sicht, obwohl er deutlich hören konnte, wie sie durch die Anpflanzungen näher kamen.
Gleich mussten sie auftauchen.
Blitzschnell überquerte er die offene Fläche, bis er wieder bei dem Haufen Pfeile war. Er sammelte so viele, wie er unter den Arm klemmen konnte, stieß den siedenden Kessel mit dem Fuß um und verschwand im dichten Laub des Baumes über ihm, als der Erste der zurückkehrenden Bewohner am Ende der Dorfstraße gerade durchs Tor trat. Dann verharrte er wieder, um zu sehen, was nun unten vor sich gehen würde, jedoch sprungbereit wie ein wilder Vogel, der sich beim ersten Anzeichen von Gefahr in die Lüfte schwingen will.

Die Bewohner kamen in einem langen Zug die Straße herunter, vier trugen Kulongas Leichnam. Dahinter folgten die Frauen, die laute Schreie ausstießen und langgezogen wehklagten. Sie langten vor Kulongas Hütte an, es war genau die, die Tarzan soeben heimgesucht hatte.
Kaum war ein halbes Dutzend von ihnen durch die Tür getreten, kamen sie laut schnatternd in wilder Verwirrung wieder herausgestürzt. Die anderen sammelten sich eilends um sie. Man gestikulierte aufgeregt, redete gleichzeitig und wies auf die Hütte. Dann traten einige der Krieger näher heran und blickten hinein.
Schließlich betrat ein älterer Mann mit viel Metallschmuck an Armen und Beinen und einer Kette aus getrockneten Menschenhänden um den Hals die Hütte.
Das war König Mbonga, Kulongas Vater.
Eine Weile war alles still. Dann kam er wieder heraus, einen Ausdruck wilden Zorns und abergläubischer Furcht auf dem hässlichen Gesicht. Er sagte einige Worte zu den versammelten Kriegern, die einen Augenblick später durch das kleine Dorf stürmten und jede Hütte und jeden Winkel innerhalb der Palisaden gründlich durchsuchten. Kaum hatten sie damit begonnen, entdeckten sie den umgestoßenen Kessel und den Diebstahl der vergifteten Pfeile. Mehr fanden sie nicht, und kurze Zeit später hockte eine zu Tode erschrockene und völlig verängstigte Gruppe von Eingeborenen um ihren König.
Auch er fand keine Erklärung für die seltsamen Vorgänge, die hier stattgefunden hatten. Die Entdeckung des noch warmen Körpers von Kulonga – dicht am Rand ihrer Felder und in Hörweite des Dorfes – erstochen und ausgeplündert neben dem Eingangstor des väterlichen Dorfes – war rätselhaft genug, doch die weiteren schrecklichen Entdeckungen mitten im Dorf, ja, selbst in Kulongas eigener Hütte flößten ihnen Entsetzen ein und ließen sie die grauenvollsten und abergläubischsten Erklärungen finden.
Sie standen in kleinen Gruppen zusammen, sprachen in gedämpftem Ton miteinander, und jeder warf mit großen, rollenden Augen ängstliche Blicke hinter sich.
Tarzan von den Affen beobachtete sie eine Weile aus luftiger Höhe in dem großen Baum. Vieles in ihrem Verhalten war ihm unverständlich,

denn er kannte keinen Aberglauben und hatte nur eine unklare Vorstellung von jeder Art Furcht.

Die Sonne stand hoch am Himmel. Er hatte den ganzen Tag nichts mehr gegessen, und bis zu den Überresten von Horta, dem Keiler, waren noch viele Meilen zurückzulegen.
Also kehrte er Mbongas Dorf den Rücken und tauchte in das üppige Grün des Waldes.

Er erreichte seinen Stamm noch vor Einbruch der Dunkelheit, obwohl er sich unterwegs aufgehalten hatte, um sich die Reste des tags zuvor vergrabenen Ebers zu Gemüte zu führen, und dann noch einmal, um Kulongas Bogen und Pfeile aus dem Baumwipfel zu holen, in dem er sie versteckt hatte.

So war er ganz schön beladen, als er sich aus den Zweigen mitten in Kerchaks Stamm fallen ließ.

Mit geschwollener Brust berichtete er von seinem ruhmreichen Abenteuer und stellte die Ausbeute seines Vorstoßes zur Schau.

Kerchak brummte und wandte sich ab, denn er war neidisch auf dieses seltsame Mitglied seiner Horde. Sein kleines Gehirn suchte verzweifelt nach einem Anlass, dem angestauten Hass auf Tarzan Luft zu verschaffen.

Am nächsten Tag übte sich Tarzan schon beim ersten Strahl der Morgensonne, mit Pfeil und Bogen zu schießen. Zuerst ging fast jedes Geschoss verloren, aber schließlich lernte er, die kleinen Stäbe mit ziemlicher Genauigkeit zu lenken, und noch vor Ablauf eines Monats hatte er sich zu einem recht guten Schützen entwickelt. Allerdings hatte ihn diese Fertigkeit fast seinen ganzen Vorrat an Pfeilen gekostet.

Der Stamm war weiterhin der Ansicht, dass sich in der Nähe des Strandes gut jagen ließ, so verband Tarzan von den Affen seine Bogenschießübungen damit, den zwar kleinen, aber ausgewählten Bücherbestand seines Vaters weiter durchzuarbeiten.

In dieser Zeit fand der junge englische Lord ganz hinten in einem der Schränke der Hütte eine kleine Kassette. Der Schlüssel steckte, und nach einigem Herumprobieren gelang es ihm, das Behältnis zu öffnen.

Es enthielt das verblasste Foto eines jungen Mannes mit glattem Gesicht, eine kleine Goldkette mit einem ebenfalls goldenen, diamantenbesetzten Medaillon, einige Briefe und ein kleines Buch.

Tarzan untersuchte alles gründlich.

Besonders tat es ihm das Foto an, denn der Mann hatte ein offenes, freundliches Gesicht und lachende Augen. Es war sein Vater.

Das Medaillon erregte gleichermaßen seine Phantasie, und er hängte sich die Kette in der Weise um, wie er es anlässlich seines Besuches bei den dunkelhäutigen Männern gesehen hatte. Die funkelnden Steine strahlten seltsam auf seiner glatten, braunen Haut.
Die Briefe konnte er kaum entziffern, denn er besaß höchst geringfügige Kenntnisse von der Schreibschrift, deshalb verwahrte er sie wieder samt der Fotografie in der Kassette und richtete seine Aufmerksamkeit nun auf das Buch.
Nahezu alle Seiten waren mit feiner Schrift bedeckt, aber während die kleinen Käfer ihm alle vertraut waren, stellten ihn die Anordnung und die Kombinationen, in denen sie auftraten, vor ein völliges Rätsel. Seit langem schon wusste er mit dem Wörterbuch umzugehen, aber zu seinem Kummer und nicht geringem Erstaunen war es ihm in diesem Falle überhaupt keine Hilfe. Er konnte kein Wort von alle dem wiederfinden, was in dem kleinen Buch verzeichnet war. So legte er es in die Kassette zurück, jedoch fest entschlossen, sein Geheimnis zu einem späteren Zeitpunkt zu ergründen.
Wie hätte er auch wissen können, dass dieses Buch den Schlüssel über seine Herkunft enthielt – die Antwort auf das seltsame Rätsel seines seltsamen Lebens? Es war Lord Greystokes Tagebuch – auf Französisch geführt, wie er es stets zu tun pflegte.
Tarzan stellte die Kassette wieder in den Schrank zurück, hatte jedoch fortan ständig das markante, lachende Gesicht seines Vaters vor Augen und hegte den festen Entschluss, das Geheimnis der seltsamen Wörter in dem kleinen schwarzen Buch zu entschlüsseln.
Vorerst hatte er eine wichtigere Sache zu erledigen. Sein Vorrat an Pfeilen war erschöpft, also musste er unbedingt wieder ins Dorf der dunkelhäutigen Männer, um ihn aufzufüllen.
Frühzeitig machte er sich am nächsten Morgen auf den Weg, und da er sich nicht aufhielt, erreichte er die Lichtung noch vor dem Mittag. Abermals bezog er in dem großen Baum Position, und wie ehedem erblickte er Frauen auf dem Feld und auf der Dorfstraße und den brodelnden Kessel mit dem Gift genau unter sich.
Stundenlang lauerte er auf eine Gelegenheit, unentdeckt herunterzusteigen und die Pfeile aufzusammeln, um derentwillen er gekommen war, aber diesmal ereignete sich nichts, was die Dorfbewohner

aus ihren Hütten gelockt hätte. Der Tag verging, und noch immer lauerte Tarzan von den Affen über der ahnungslosen Frau beim Kessel.
Da kehrten die Arbeiterinnen vom Feld zurück. Die auf die Jagd gegangenen Krieger tauchten aus dem Wald auf, und als alle innerhalb der Palisaden waren, wurde das Tor geschlossen und verriegelt.
Viele Kochtöpfe waren jetzt zu sehen. Bald hockte vor jeder Hütte eine Frau bei einem brodelnden Fleischgericht, und jedermann hielt kleine Kuchen aus Wegerich oder Maniokmehl in der Hand.
Plötzlich ertönte von einem Ende der Lichtung ein lauter Ruf.
Tarzan schaute hin.
Ein verspäteter Trupp von Jägern kehrte aus nördlicher Richtung zurück, halb trugen, halb führten sie ein widerstrebendes Wesen mit sich.
Als sie sich dem Dorf näherten, wurde das Tor wieder geöffnet, um sie einzulassen. Beim Anblick der Jagdbeute stießen die Bewohner ein wildes Geschrei aus, denn das Opfer war ein Mensch.
Während man den weiterhin Widerstand Leistenden die Dorfstraße entlangschleppte, setzten Frauen und Kinder ihm mit Stöcken und Steinen zu, und Tarzan von den Affen, dieses junge und wilde Geschöpf des Dschungels, wunderte sich über die grausame Brutalität von Wesen seinesgleichen.
Von allen Dschungelbewohnern quälte nur Sheeta, der Leopard, seine Beute. Die sittlichen Auffassungen aller anderen ließ sie ihren Opfern einen schnellen und schmerzlosen Tod bereiten.
Tarzan hatte aus seinen Büchern nur bruchstückhafte Erkenntnisse über die Lebensweise der menschlichen Wesen geschöpft.
Als er Kulonga durch den Wald gefolgt war, hatte er erwartet, zu einer Stadt mit seltsamen Häusern auf Rädern geführt zu werden, von denen eines aus einem großen Baumstamm, der im Dach steckte, Wolken schwarzen Rauchs ausstieß, oder zu einer See, die mit gewaltigen schwimmenden Bauwerken bedeckt war. Er hatte gelernt, dass man sie auf verschiedene Weise bezeichnete, nämlich als Schiffe, Boote, Dampfer und Seefahrzeuge.
Das armselige kleine Dorf der Dunkelhäutigen, das verborgen in seinem Dschungel lag, wo kein Bauwerk so groß war wie sein Haus an dem fernen Strand, hatte ihn bitter enttäuscht.

Nun sah er, dass diese Leute bösartiger waren als seine Stammesgenossen, die Affen, und genauso wild und grausam wie Sabor, die Löwin. Seine Wertschätzung für die eigene Gattung erlitt eine starke Einbuße.

Inzwischen hatten die Krieger ihr armes Opfer fast in der Mitte des Dorfes direkt vor Mbongas Hütte an einen großen Pfahl gebunden. Die Krieger tanzten mit wildem Geschrei im Kreis um ihn herum und schwangen dabei drohend ihre Speere und die blitzenden Messer.

Die Frauen bildeten einen zweiten, größeren Kreis, schrien gleichfalls und schlugen auf Trommeln. Das Ganze erinnerte Tarzan an das Dum-Dum, also konnte er sich denken, was jetzt folgen würde, und er fragte sich, ob sie wohl über dieses Fleisch herfallen würden, während es noch lebte. Affen taten dergleichen nie.

Der Kreis der Krieger verengte sich, sie rückten dem sich windenden Gefangenen immer näher, während sie sich in wilder, abstoßender Weise dem aufreizenden Rhythmus der Trommeln hingaben. Da schoss ein Speer nach vorn und stach das Opfer. Das war das Signal für fünfzig andere.

Sie stachen in Augen, Ohren, Arme und Beine; jeder Zentimeter des armen, sich krümmenden Körpers, der kein lebenswichtiges Organ enthielt, wurde zum Ziel der grausamen Lanzen.

Frauen und Kinder jauchzten begeistert.

Die Krieger leckten sich die hässlichen Lippen im Vorgeschmack auf das bevorstehende Festmahl und wetteiferten miteinander, wer den Gefangenen, der noch immer bei Bewusstsein war, am abscheulichsten und grausamsten peinigen konnte.

Da sah Tarzan von den Affen seine Chance. Aller Augen waren auf das fesselnde Schauspiel am Marterpfahl gerichtet. Das Tageslicht war der Dunkelheit einer mondlosen Nacht gewichen, nur die Feuer in unmittelbarer Nähe der Orgie wurden unterhalten, um dem beunruhigenden Schauspiel unruhiges Licht zu spenden.

Federnd ließ sich der geschmeidige Junge am Ende der Dorfstraße auf die weiche Erde fallen. Im Nu hatte er die Pfeile aufgesammelt – diesmal alle, denn er hatte mehrere lange Fäden mitgebracht, um sie zu einem Bündel zu schnüren.

Ohne Hast wickelte er sie fest ein, da packte ihn, als er schon weggehen wollte, ein teuflisches Verlangen. Er hielt nach einer Möglichkeit Ausschau, diesen seltsamen, grotesken Geschöpfen einen wilden Streich zu spielen, damit sie sahen, dass er wieder bei ihnen gewesen war.

Er legte das Bündel Pfeile am Fuße des Baumes ab und stahl sich im Schatten einer Straßenseite weiter, bis er an jener Hütte anlangte, die er schon bei seinem ersten Besuch heimgesucht hatte.

Innen war es ganz dunkel, aber seine tastenden Hände fanden sehr bald den Gegenstand, nach dem er suchte, und ohne weitere Verzögerung wandte er sich wieder zur Tür.

Kaum hatte er jedoch einen Fuß vorgesetzt, erfasste sein feines Ohr das Geräusch sich nähernder Schritte ganz dicht bei der Tür.

Einen Augenblick später verdunkelte die Gestalt einer Frau die Türöffnung.

Er trat lautlos zur gegenüberliegenden Wand, und seine Hand tastete nach dem langen, scharfen Jagdmesser seines Vaters. Die Frau huschte schnell zur Mitte der Hütte. Hier suchte sie einen Augenblick nach irgendetwas, das offensichtlich nicht an seinem üblichen Platz war, denn sie rückte immer näher auf die Wand zu, wo Tarzan stand.

Sie war jetzt so dicht bei ihm, dass er die tierische Wärme ihres nackten Körpers spürte. Er zückte das Messer, aber da wandte sich die Frau zur Seite und stieß ein gedämpftes »Aha!« aus zum Zeichen, dass sie den gesuchten Gegenstand gefunden hatte.

Sie machte sofort kehrt und verließ die Hütte, und als sie durch die Tür trat, sah Tarzan, dass sie einen Kochtopf in den Händen hielt.

Er folgte ihr dichtauf, und als er aus dem Türschatten heraus Ausschau hielt, bemerkte er, wie alle Frauen des Dorfes zu den verschiedenen Hütten rannten und mit Töpfen und Kesseln zurückkehrten. Diese füllten sie mit Wasser und stellten sie über mehrere Feuer in der Nähe des Pfahls, wo das sterbende Opfer jetzt hing, eine schlaffe und blutige Verkörperung des Leidens.

Tarzan passte einen Moment ab, als niemand in der Nähe zu sein schien, und rannte zu dem Bündel Pfeile unter dem großen Baum am Ende der Dorfstraße. Wie bei früherer Gelegenheit stieß er den Kessel um, ehe er sich geschmeidig wie eine Katze auf die unteren Zweige des Baumriesen schwang.

Lautlos kletterte er so hoch, dass er durch eine Lücke im Blattwerk das Geschehen unter ihm verfolgen konnte.

Die Frauen bereiteten den Gefangenen jetzt für ihre Kochtöpfe vor, während die Männer herumstanden und sich nach der Anstrengung des wahnwitzigen Tanzes ausruhten. Im Dorf herrschte vergleichsweise Ruhe.

Tarzan holte weit mit dem Gegenstand aus, den er in der Hütte hatte mitgehen lassen, und schleuderte ihn mit einer Zielsicherheit, die er sich durch jahrelange Übungen mit Früchten und Kokosnüssen erworben hatte, in die Gruppe der Eingeborenen.

Er schlug mitten unter ihnen ein, traf einen der Krieger voll auf den Kopf und warf ihn zu Boden. Dann rollte er zwischen die Frauen und blieb neben dem halb dahingemetzelten Geschöpf stehen, das sie gerade fürs Festmahl zurichten wollten.

Alle starrten ihn einen Augenblick verdutzt an, dann stürzten sie wie auf Kommando davon und rannten zu ihren Hütten.

Es war ein menschlicher Schädel, der sie vom Erdboden angrinste. Sein Niederfallen aus dem offenen Himmel war für sie ein Wunder, das ihren abergläubischen Ängsten weitere Nahrung gab.

So ließ Tarzan von den Affen sie von Entsetzen gepackt zurück angesichts dieses erneuten Beweises für das Vorhandensein einer unsichtbaren, überirdischen bösen Macht, die in den ringsum liegenden Wäldern auf sie lauerte.

Als sie später den umgestürzten Kessel entdeckten und wieder die Pfeile vermissten, die er hatte mitgehen lassen, dämmerte ihnen die Erkenntnis, dass sie offensichtlich irgendeinen großen Gott erzürnt hatten, als sie ihr Dorf in diesem Teil des Dschungels errichteten, ohne ihn sich geneigt zu machen. Fortan wurde ihm täglich unter dem großen Baum, wo die Pfeile verschwunden waren, ein Opfer in Gestalt von Speisen dargebracht, um den Mächtigen versöhnlich zu stimmen.

Aber die Saat der Furcht war tief in ihre Herzen gefallen, und was Tarzan von den Affen nicht wusste war, dass er so die Grundlage viel künftigen Leids für sich und seinen Stamm geschaffen hatte.

Er verbrachte die Nacht im Wald nicht weit vom Dorf entfernt und machte sich am nächsten Morgen früh auf den Heimmarsch, wieder gemächlich, da er unterwegs jagte. Seine Nahrungssuche wurde jedoch nur durch einige Beeren und ab und zu eine Raupe belohnt, und als er einmal halbverhungert von einem umgestürzten Baum aufblickte, dessen Unterseite er abgesucht hatte, sah er Sabor, die Löwin, keine zwanzig Schritt von ihm entfernt mitten auf dem Weg stehen.

Ihre großen, gelben Augen funkelten ihn böse und unheildrohend an, die rote Zunge fuhr über die gierigen Lefzen, als sie sich duckte und vorsichtig näher kroch, den Unterleib flach gegen die Erde gepresst.

Tarzan versuchte gar nicht erst zu entrinnen. Er begrüßte vielmehr diese Gelegenheit, nach der er in den vergangenen Tagen mehrfach Ausschau gehalten hatte, jetzt, da er über eine wirksamere Waffe verfügte als ein Seil aus Gras.

Blitzschnell nahm er den Bogen ab, setzte einen gut eingeschmierten Pfeil auf die Sehne, und als Sabor sprang, traf das dünne Geschoss sie mitten in der Luft. Im gleichen Augenblick sprang Tarzan von den Affen zur Seite, und als die große Katze hinter ihm aufschlug, drang ein weiterer Pfeil mit todbringender Spitze tief in ihre Lenden.

Die Bestie drehte sich mit mächtigem Gebrüll um und griff ein weiteres Mal an, nur um einen dritten Pfeil voll ins Auge zu bekommen; diesmal war sie dem Affenmenschen jedoch schon zu nahe, als dass er dem anstürmenden Koloss hätte ausweichen können.

Tarzan von den Affen sank unter dem erdrückenden Gewicht seiner Feindin zu Boden, konnte jedoch sein Messer ziehen und mehrfach zustechen. Einen Augenblick lagen beide, dann erkannte er, dass die reglose Masse über ihm außerstande war, jemals wieder einen Menschen oder Affen zu reißen.

Mühsam arbeitete er sich unter der großen Last hervor, und als er aufrecht stand und auf das triumphale Ergebnis seiner Fertigkeiten herabblickte, überkam ihn eine Welle unbändiger Begeisterung.

Mit geschwollener Brust setzte er einen Fuß auf den Körper seiner mächtigen Feindin, warf den prächtigen Kopf zurück und stieß den furchterregenden Kampfruf des siegreichen Affenmännchens aus.

Der Wald hallte wider von dem wilden und triumphierenden Lobgesang. Die Vögel verstummten, und die größeren Lebewesen und Raubtiere stahlen sich behutsam davon, denn es gab im ganzen

Dschungel nur wenige, die mit den großen Menschenaffen Händel suchten.
In London aber sprach ein anderer Lord Greystoke im Oberhaus zu seinesgleichen, aber niemand zitterte beim Klang seiner sanften Stimme.
Sabor erwies sich als höchst unschmackhafte Speise selbst für Tarzan von den Affen, aber Hunger ist das wirksamste Mittel gegen zähes Fleisch und ranzigen Geschmack, und sehr bald schon war der Affenmensch mit wohlgefülltem Magen bereit, wieder zu schlafen. Zuerst musste er Sabor jedoch das Fell abziehen, hatte er es doch in erster Linie deshalb darauf abgesehen, sie zu töten.
Geschickt entfernte er den großen Pelz, denn er hatte häufig genug an kleineren Tieren geübt. Als sein Werk beendet war, schleppte er seine Beute in die Gabelung eines hohen Baumes. Dann rollte er sich in einer anderen dicht daneben zusammen, wohl darauf bedacht, dass er nicht herabstürzen konnte, und sank alsbald in tiefen, traumlosen Schlaf.
Aufgrund des Schlafmangels, der Anstrengung und des vollen Magens schlief er eine ganze Sonnenbahn lang und erwachte erst gegen Mittag des folgenden Tages. Er begab sich geradeswegs zu Sabors totem Kadaver, musste jedoch zu seiner Verärgerung feststellen, dass andere Dschungelbewohner die Knochen säuberlich abgenagt hatten. Nachdem er eine halbe Stunde gemächlich durch den Wald gestreift war, erblickte er einen jungen Hirsch, und ehe das kleine Wesen gewahr wurde, dass ein Feind in seiner Nähe war, hatte sich ein dünner Pfeil in seinen Hals gebohrt.
Das Gift wirkte so schnell, dass das Wild nach wenigen Sätzen kopfüber ins Unterholz stürzte, mausetot. Abermals aß sich Tarzan richtig satt, aber diesmal schlief er nicht.
Vielmehr eilte er zu der Stelle, wo er seinen Stamm verlassen hatte, und als er ihn gefunden hatte, zeigte er allen stolz das Fell von Sabor, der Löwin.
»Seht her, Affen von Kerchak!«, rief er. »Seht, was Tarzan, der mächtige Todbringer, vollbracht hat. Wer von euch hat je einen von Numas Volk getötet? Tarzan ist der Mächtigste unter euch, denn Tarzan ist kein Affe. Tarzan ist ...« Hier hielt er inne, denn in der Sprache der

Menschenaffen gab es kein Wort für Mensch, und Tarzan konnte dieses Wort zwar auf Englisch schreiben, es jedoch nicht aussprechen.
Das Affenvolk hatte sich um ihn versammelt, um sich den Beweis für seine erstaunlichen Kräfte anzuschauen und seinen Worten zu lauschen.
Nur Kerchak hielt sich im Hintergrund und nährte seinen Hass und seinen Zorn.
Plötzlich schnappte etwas in dem bösen, kleinen Gehirn dieses Menschenaffen. Mit furchteinflößendem Gebrüll sprang er mitten unter die Versammelten.
Durch Bisse und Schläge mit seinen gewaltigen Händen tötete und zermalmte er ein Dutzend Artgenossen, ehe die Übrigen in die höchsten Wipfel des Waldes flüchten konnten.
Wutschäumend und rasend vor Zorn, stieß Kerchak gellende Schreie aus und hielt nach seinem verhasstesten Gegner Ausschau, und da sah er ihn in der Nähe auf einem Ast sitzen.
»Komm herunter, du großer, todbringender Tarzan!«, brüllte er. »Komm herunter und mach mit den Fangzähnen eines noch Größeren Bekanntschaft! Fliehen mächtige Kämpfer bei einer nahenden Gefahr etwa in die Bäume?« Danach stieß er den herausfordernden Kampfruf seiner Gattung aus.
Tarzan sprang gelassen zu Boden. Das ganze Affenvolk beobachtete atemlos aus luftiger Höhe, wie Kerchak, weiterhin brüllend, auf die relativ kleine Gestalt losging.
Er maß auf seinen kurzen Beinen nahezu sieben Fuß. Seine gewaltigen Schultern wölbten und rundeten sich ob seiner riesigen Muskeln. Der kurze Nacken war ein einziger Strang eisenharter Sehnen, die unter der Schädelbasis hervorquollen, so dass sein Kopf wie ein kleiner Ball aus einem ungeheuren Fleischberg herausragte.
Er zog knurrend die Lippen zurück und fletschte die mächtigen, kampferprobten Zähne, und seine kleinen, bösen, blutunterlaufenen Augen funkelten in gräulicher Widerspiegelung seiner Raserei.
Tarzan erwartete ihn stehend, selbst ein mit gewaltigen Muskeln ausgestattetes Lebewesen, das jedoch bei seiner Größe von sechs Fuß und trotz der festen, geschmeidigen Sehnen der bevorstehenden schweren Prüfung kaum gewachsen zu sein schien.

Sein Bogen und die Pfeile lagen etwas entfernt, wo er sie hingelegt hatte, als er seinen Artgenossen Sabors Fell zeigte, so dass er jetzt Kerchak nur mit dem Jagdmesser bewaffnet entgegentrat, jedoch ausgestattet mit einem überlegenen Intellekt, der es ihm ermöglichte, die grauenerregende Kraft seines Gegners auszugleichen.

Als sein Widersacher brüllend auf ihn zukam, zog Lord Greystoke das lange Messer aus der Scheide, antwortete mit einem Kampfruf, der ebenso furchterregend und markerschütternd wie der jener Bestie war, und stürzte nach vorn, um den Angriff abzufangen. Er war zu schlau, als dass er sich von den langen, behaarten Armen umfassen ließ, und kurz bevor ihre Körper aufeinanderprallten, packte Tarzan von den Affen eines der gewaltigen Handgelenke seines Gegners, sprang leicht zur Seite und stieß Kerchak das Messer knapp unter dem Herzen bis zum Heft in den Leib.

Noch ehe er die Klinge wieder herausziehen konnte, hatte die riesige Bestie in dem Bemühen, Tarzan in seine schrecklichen Arme zu schließen, ihm die Waffe blitzschnell entwunden.

Kerchak gedachte, dem Affenmenschen mit der flachen Hand einen furchtbaren Schlag auf den Kopf zu versetzen, der, wäre er zur Ausführung gelangt, Tarzans Schädel ohne weiteres an der Seite eingedrückt hätte.

Aber der Mensch war zu schnell, duckte sich nach unten weg und versetzte Kerchak mit geballter Faust selbst einen mächtigen Schlag in die Magengrube.

Der Affe taumelte und wäre mit der tödlichen Wunde an seiner Seite fast zusammengesunken, hätte er sich nicht mit einer gewaltigen Anstrengung noch einmal aufgerafft, gerade lange genug, um seinen Arm Tarzans Griff zu entreißen und den drahtigen Widersacher in eine furchtbare Umarmung zu schließen.

Er drückte den Affenmenschen fest an sich und suchte mit dem riesigen Rachen dessen Kehle, aber die sehnigen Finger des jungen Lords packten seine eigene, noch ehe die furchtbaren Zähne die glatte, braune Haut durchbeißen konnten.

So kämpften sie, der eine bemüht, das Leben seines Gegners durch einen grauenvollen Biss auszulöschen, der andere bestrebt, dessen

Luftröhre mit kräftigem Griff zuzudrücken, während er den knurrenden Rachen von sich weghielt.
Langsam gewann die größere Körperkraft des Affen die Oberhand, und die Zähne der wütenden Bestie waren kaum mehr einen Zentimeter von Tarzans Hals entfernt, als ihr gewaltiger Körper plötzlich krampfhaft zitterte, einen Augenblick ganz steif wurde und schließlich schlaff zu Boden sank.
Kerchak war tot.
Tarzan von den Affen riss das Messer an sich, das ihm so oft schon die Überlegenheit über weitaus stärkere Muskeln als die seinen verschafft hatte, setzte den Fuß dem besiegten Feind ins Gesicht, und abermals hallte der furchtbare, wilde Schrei des Siegers laut durch den Wald.
So erlangte der junge Lord Greystoke die Königswürde unter den Affen.

In Tarzans Stamm gab es einen, der seine Autorität in Frage stellte, und das war Terkoz, Sohn des Tublat. Doch dieser fürchtete das scharfe Messer und die tödlichen Pfeile seines neuen Herrn so sehr, dass er seine Einwände nur durch gewissen Ungehorsam und aufreizendes Gebaren zum Ausdruck brachte; dennoch wusste Tarzan, dass Terkoz auf eine Gelegenheit wartete, ihm durch einen heimtückischen Streich die Königswürde zu entreißen; deshalb wappnete er sich ständig gegen Überraschungsangriffe.

Monatelang nahm das Leben der kleinen Horde den üblichen Verlauf, sieht man davon ab, dass Tarzans größere Intelligenz und seine Fertigkeiten als Jäger allen reichlichere Nahrung verschafften als je zuvor. Die meisten von ihnen waren deshalb mit dem Regierungswechsel mehr als zufrieden.

Tarzan führte sie nachts zu den Feldern der dunkelhäutigen Menschen, und dort verzehrten sie, eingeschüchtert durch die überragende Weisheit ihres Häuptlings, nur, was sie wirklich brauchten. Auch vernichteten sie nicht, was sie nicht essen konnten, wie es Manu, die Meerkatze, und die meisten Affen sonst zu tun pflegten.

Waren die Dunkelhäutigen auch ergrimmt über die fortwährende Plünderung ihrer Felder, wurden sie dennoch nicht entmutigt, den Boden weiter zu bebauen, was bestimmt der Fall gewesen wäre, hätte Tarzan zugelassen, dass sein Volk die Anpflanzungen mutwillig verwüstete.

In dieser Zeit stattete er dem Dorf viele nächtliche Besuche ab, wobei er seinen Vorrat an Pfeilen häufig erneuerte. Er hatte die Speisen längst bemerkt, die stets am Fuße das Baumes standen, der seine Eingangspforte zu dem umzäunten Bereich darstellte, und nach einer gewissen Zeit begann er zu verzehren, was die Dunkelhäutigen ihm hingestellt hatten.

Als die von Ehrfurcht gepackten Eingeborenen sahen, dass die Lebensmittel über Nacht verschwanden, erfüllten sie Verwirrung und Schrecken, denn es ist eine Sache, Nahrung anzubieten, um einen Gott oder Teufel versöhnlich zu stimmen, und eine ganz andere,

zu entdecken, dass der Geist wirklich in ihr Dorf kam und den Speisen zusprach. Das war eine unerhörte Sache und weckte in ihrem abergläubischen Gemüt alle möglichen verworrenen Befürchtungen.
Und das war nicht alles. Das regelmäßige Verschwinden der Pfeile und die seltsamen Streiche, die unsichtbare Hände verübten, versetzten sie in einen Zustand, dass sie das Leben in ihrer neuen Heimat als wahre Bürde erachteten, und fortan redeten Mbonga und seine Hauptleute davon, dass sie das Dorf besser verlassen und lieber ein Stück Land im Inneren des Dschungels suchen sollten.
Ab sofort begannen die dunkelhäutigen Krieger, weiter südlich in den Wald vorzustoßen, wenn sie auf Jagd gingen, und nach einem Platz für ein neues Dorf Ausschau zu halten.
Als Folge wurde Tarzans Stamm immer häufiger von diesen wandernden Jägern belästigt. Auch wurde die stille, wilde Einsamkeit des Urwalds nunmehr durch neue, fremde Schreie gestört. Was da kreucht und fleucht, war auf einmal nicht mehr sicher.
Der Mensch war gekommen.
Strichen andere Tiere Tag und Nacht im Dschungel umher – wilde, grausame Tiere –, dann zogen sich die schwächeren Mitbewohner einfach aus deren unmittelbaren Umgebung zurück, um an die gewohnte Stelle zurückzukehren, sobald die Gefahr vorüber war.
Beim Menschen war das anders. Wenn er auftaucht, verlassen viele größere Tiere das entsprechende Gebiet instinktiv für immer und kehren selten zurück. Das gilt besonders für die großen Menschenaffen. Sie meiden den Menschen wie dieser die Pest.
Tarzans Stamm verweilte kurze Zeit in der Umgebung des Strandes, weil ihr neuer Häuptling den Gedanken hasste, die unschätzbaren Werte in der kleinen Hütte für immer aufzugeben.
Aber als ein Stammesmitglied die Dunkelhäutigen eines Tages in großer Zahl am Ufer eines kleinen Flusses entdeckte, der ihnen seit Generationen als Tränke diente, und zusehen musste, wie sie eine Fläche im Dschungel rodeten und viele Hütten errichteten, wollten die Affen nicht länger bleiben; so führte Tarzan sie in vielen Märschen landeinwärts zu einer Stelle, die bislang noch keines Menschen Fuß betreten hatte.

Monatlich einmal kehrte er, sich hurtig durch die Baumwipfel schwingend, zu dem alten Ort zurück, um den Tag wieder mit seinen Büchern zu verbringen oder seinen Vorrat an Pfeilen zu erneuern. Letzteres wurde immer schwieriger, denn die Dunkelhäutigen hatten sich angewöhnt, ihre Vorräte nachts in Vorratskammern oder Wohnhütten zu verwahren.

Also musste sich Tarzan am Tage auf die Lauer legen, um herauszufinden, wo die Pfeile versteckt wurden.

Zweimal war er nachts in Hütten eingedrungen, deren Bewohner schlafend auf ihren Matten lagen, und hatte die Pfeile aus der unmittelbaren Nähe der Krieger entwendet. Indes war ihm klar, dass dieses Verfahren zu gefahrvoll war, also begann er, einzelnen Jägern mit seiner langen, tödlichen Schlinge aufzulauern, ihnen die Waffen und den Schmuck abzunehmen und ihre Leichen in stillen Nachtstunden von einem hohen Baum auf die Dorfstraße zu werfen.

Solcherart Unternehmungen jagten den Dunkelhäutigen wieder derartigen Schrecken ein, dass sie auch dieses neue Dorf bald verlassen hätten, hätte Tarzan seine Besuche nicht im Abstand von einem Monat durchgeführt. Dadurch hatten sie Gelegenheit, immer wieder Hoffnung zu schöpfen, der neuerliche Überfall werde der letzte gewesen sein.

Noch hatten sie Tarzans Haus an dem fernen Strand nicht entdeckt, aber er lebte in ständiger Sorge, dies könne geschehen, während er mit seinem Stamm weit entfernt war, und sie könnten seine Schätze vernichten. So kam es, dass er immer mehr Zeit in der Nähe der letzten Heimstatt seines Vaters verbrachte und immer weniger beim Stamm. Bald schon litten die Mitglieder seiner kleinen Gemeinde unter dieser Vernachlässigung, weil es zwischen ihnen ständig zu Streit und Zänkereien kam, die nur der König friedlich beilegen konnte.

Schließlich redeten einige ältere Affen Tarzan ins Gewissen, worauf er einen Monat lang ständig bei seinem Stamm blieb.

Die der Königswürde unter den Menschenaffen entspringenden Aufgaben sind so zahlreich oder zermürbend auch wieder nicht.

Da kommt zum Beispiel eines Nachmittags Thaka, um sich zu beschweren, dass der alte Mungo seine neue Frau gestohlen hat. Dann muss Tarzan alle zu sich beordern, und sollte er feststellen, dass die

Frau ihrem neuen Herrn den Vorzug gibt, verfügt er, dass die Dinge so bleiben, wie sie sind. Unter Umständen muss Mungo Thaka eben eine seiner Töchter als Ersatz geben.
Wie seine Entscheidung auch ausfallen mag, die Affen akzeptieren sie als endgültig und wenden sich zufrieden wieder ihren täglichen Verrichtungen zu.
Oder Tana kommt laut schreiend angerannt, die Hand an die Seite gepresst, die stark blutet. Gunto, ihr Gatte, hat sie böse gebissen! Dieser, zur Rede gestellt, erklärt, Tana sei faul und wolle ihm keine Nüsse oder Käfer bringen und ihm auch nicht den Rücken kratzen. Also schilt Tarzan beide aus und droht Gunto, er werde ihn den todbringenden Holzstab kosten lassen, falls er Tana weiterhin so zurichte. Ihr wiederum wird das Versprechen abverlangt, künftig ihren hausfraulichen Pflichten besser nachzukommen.
Und so ging es weiter. Zumeist waren es kleine Familienstreitigkeiten, die, wurden sie nicht bereinigt, letztendlich zu größeren Gruppenfehden und womöglich zur Auflösung des Stammes führen konnten.
Tarzan war es jedoch bald leid, als er herausfand, dass die Königswürde seine Freiheit weitgehend einschränkte. Er sehnte sich nach dem kleinen Haus und der sonnenbeschienenen See – nach der Kühle in der solid gebauten Hütte und den nie endenden Wunderdingen in den vielen Büchern.
Als er älter wurde, entdeckte er, dass er sich seinem Volk entfremdet hatte. Dessen Interessen und die seinen waren weit entfernt voneinander. Sie hatten mit ihm nicht Schritt gehalten, auch konnten sie die vielen seltsamen und wundervollen Träume nicht verstehen, die ihrem menschlichen König durch den Kopf gingen.
Ihr Wortschatz war derart begrenzt, dass er sich mit ihnen nicht über die vielen neuen Erkenntnisse und die weiten Perspektiven unterhalten konnte, die die Lektüre seinen sehnsuchtsvollen Gedanken erschlossen hatte. Desgleichen konnte er ihnen nicht von den ehrgeizigen Plänen berichten, die sein Innerstes bewegten.
Er hatte im Stamm auch keine Freunde mehr wie in alten Zeiten. Ein kleines Kind kann sich sehr leicht mit vielen seltsamen und einfachen Geschöpfen anfreunden, ein Erwachsener sucht jedoch nach einem

Mindestmaß an Übereinstimmung in intellektueller Hinsicht als Grundlage für eine fruchtbringende Beziehung.
Wäre Kala noch am Leben, so hätte Tarzan alles aufgegeben, um in ihrer Nähe zu bleiben, aber jetzt, da sie tot war und die Spielgefährten seiner Kindheit zu wilden, mürrischen Tieren geworden waren, spürte er, dass der Friede und die Einsamkeit seines Häuschens ihm weit mehr am Herzen lagen als die lästigen Pflichten einer Führerschaft in einer Horde wilder Tiere.
Der Hass und die Eifersucht von Terkoz, Sohn des Tublat, wirkte Tarzans Verlangen, der Königswürde unter den Affen zu entsagen, jedoch in hohem Maße entgegen, denn als der eigensinnige junge Engländer, der er war, konnte er es nicht über sich bringen, vor einem so bösartigen Feind zurückzuweichen.
Ihm war völlig klar, dass man Terkoz an seiner Statt zum Führer wählen würde, denn diese wilde Bestie hatte immer wieder ihre physische Überlegenheit über die wenigen männlichen Affen, die gewagt hatten, seiner rohen Tyrannei die Stirn zu bieten, unter Beweis gestellt.
Gern hätte Tarzan den hässlichen Störenfried ohne Zuhilfenahme von Messer oder Pfeilen zur Räson gebracht. Nachdem er zum Mann gereift war, hatten seine Körperkraft und seine Gewandtheit dermaßen zugenommen, dass er zu der Überzeugung gelangt war, den berüchtigten Terkoz im Kampf Mann gegen Mann besiegen zu können, hätten die gewaltigen Fangzähne des Menschenaffen diesem nicht einen beträchtlichen Vorteil über den kärglich bewaffneten Tarzan verschafft.
Die Umstände nahmen Tarzan eines Tages die Entscheidung ab, und die Zukunft lag fortan offen vor ihm, so dass es ihm überlassen war, zu bleiben oder wegzugehen, ohne dass sein Wappenschild einen Flecken zeigte.
Das Ganze kam so:
Der Stamm hatte sich über eine beträchtliche Fläche verteilt und suchte gemächlich nach Nahrung. Tarzan lag auf dem Bauch in einem klaren Bach und versuchte, mit den Händen schnell einen Fisch zu erhaschen, der ihm immer wieder entglitt. Da hörte er etwas weiter östlich ein großes Geschrei.

Wie auf Kommando eilte der Stamm schnellstens zu der Stelle, wo das entsetzliche Schreien herkam. Da sahen sie Terkoz, wie er ein altes Weibchen an den Haaren hielt und unbarmherzig mit seinen großen Händen verprügelte.
Tarzan hob schon von weitem die Hand, um Terkoz Einhalt zu gebieten, denn das Weibchen gehörte nicht ihm, sondern einem armen, alten Affen, dessen kämpferische Tage längst vorüber waren und der seine Familie deshalb nicht schützen konnte.
Terkoz wusste genau, dass er den Gesetzen seiner Art zuwiderhandelte, wenn er das Weibchen eines anderen schlug, aber da er ein Tyrann war, hatte er die Schwäche des Gatten dieses Weibchens ausgenutzt, um sie zu züchtigen, weil sie sich geweigert hatte, ihm ein zartes, junges Nagetier abzuliefern, das sie gefangen hatte.
Als Terkoz sah, dass Tarzan seine Pfeile nicht bei sich hatte, fuhr er fort, das arme Weibchen zu misshandeln, wobei er es nachgerade darauf anlegte, seinen verhassten Anführer herauszufordern.
Tarzan wiederholte sein Warnzeichen nicht noch einmal, sondern stürmte auf den wartenden Terkoz zu.
Seit jenem längst vergangenen Tag, als Bolgani, der große Königsgorilla, ihn so schrecklich zugerichtet hatte, ehe das kurz zuvor gefundene Messer rein zufällig das Herz der Bestie getroffen hatte, war der Affenmensch nie mehr in einen so furchtbaren Kampf verwickelt worden wie diesen hier.
Tarzans Messer glich bei der heutigen Gelegenheit allenfalls die blitzenden Fangzähne von Terkoz aus, und der geringe Vorteil, den der Affe durch seine Körperkraft gegenüber dem Menschen hatte, wurde nahezu aufgehoben durch dessen erstaunliche Gewandtheit und Schnelligkeit.
Insgesamt gesehen standen die Chancen für den Menschenaffen jedoch ein wenig besser, und hätte es keine anderen persönlichen Faktoren gegeben, die den Ausgang des Kampfes beeinflussen konnten, so wäre Tarzan von den Affen, der junge Lord Greystoke, gestorben, wie er gelebt hatte – als unbekanntes wildes Tier in Äquatorialafrika.
Indes gab es etwas, das ihn hoch über seine Dschungelgefährten stellte – jenen kleinen Funken, der den gewaltigen Unterschied zwischen

Mensch und Tier ausmacht – den Verstand. Er war es, der ihn vorm Tod zwischen den eisernen Muskeln und reißenden Zähnen von Terkoz rettete.

Nach wenigen Sekunden wälzten sie sich schon am Boden und schlugen, bissen und rissen sich – zwei große, wilde Tiere im Todeskampf. Terkoz hatte ein Dutzend Stichwunden am Kopf und in der Brust, und Tarzans Haut war an mehreren Stellen aufgerissen und blutete, seine Kopfhaut war an einer Stelle halb vom Schädel getrennt, so dass ein großes Stück ihm über das eine Auge hing und seine Sicht behinderte.

Soweit hatte der junge Engländer die furchtbaren Zähne jedoch von seiner Halsschlagader fernhalten können, und als beide jetzt einen Augenblick lang weniger erbittert kämpften, um wieder zu Atem zu kommen, kam ihm eine kluge Idee. Er wollte versuchen, dem Gegner auf den Rücken zu klettern, sich dort mit Zähnen und Fingernägeln festzukrallen und sein Messer in Terkoz' Leib zu stoßen, bis er tot war. Er konnte dieses Vorhaben leichter ausführen, als er erwartet hatte, denn das dumme Tier ahnte nicht, was er vorhatte, und machte keine besonderen Anstrengungen, ihn an der Durchführung dieses Plans zu hindern.

Doch als Terkoz schließlich erkannte, dass sein Gegner sich an ihn gehängt hatte, wo seine Zähne und Fäuste ihm nichts anhaben konnten, warf er sich so heftig auf dem Boden hin und her, dass Tarzan sich nur verzweifelt an dem springenden, sich windenden und drehenden Körper festklammern konnte, und noch ehe er mit dem Messer zustoßen konnte, wurde es ihm bei einem heftigen Aufprall auf die Erde aus der Hand geschleudert, so dass er sich jetzt nicht mehr damit verteidigen konnte.

Während sie sich in den nächsten Minuten umherwälzten und sich drehten und wanden, verlor Tarzan mehrmals den Halt, bis er schließlich bei diesen schnellen und ständig wechselnden Manövern durch Zufall mit der rechten Hand wieder zupacken konnte, ohne dass Terkoz diese hätte erreichen können.

Sein Arm lag von hinten unter dem seines Gegners, und seine Hand und sein Unterarm umspannten fest Terkoz' Hals. Es war der im modernen Ringkampf als halber Nelson bezeichnete Griff, den der

Affenmensch rein zufällig anwandte, doch sein überlegener Verstand zeigte ihm im Nu, was für eine nützliche Sache er da entdeckt hatte. Für ihn bedeutete sie den Unterschied zwischen Leben und Tod.
Nun bemühte er sich, gleichzeitig einen ähnlichen Griff mit der linken Hand anzuwenden, und kurze Zeit später knackte Terkoz' Stiernacken unter einem vollen Nelson.
Sie wälzten sich jetzt nicht mehr umher, sondern lagen völlig ruhig auf der Erde, Tarzan auf Terkoz' Rücken.
Tarzan wusste, wie die Sache ausgehen würde. Einen Moment später würde er Terkoz das Genick brechen. Aber nun kam diesem derselbe Faktor zu Hilfe, der ihn eben erst in die ausweglose Situation gebracht hatte – die Verstandeskraft des Menschen.
Was habe ich davon, wenn ich ihn töte?, überlegte Tarzan. Werde ich dem Stamm dann nicht einen großartigen Kämpfer nehmen? Außerdem: Ein toter Terkoz wird nichts von meiner Überlegenheit wissen, ein lebender indes wird den anderen ein Beispiel sein.
»Ka-goda?«, zischte er Terkoz ins Ohr, das in der Affensprache so viel bedeutete wie: »Ergibst du dich?«
Einen Augenblick lang folgte keine Antwort, so verstärkte Tarzan den Druck noch ein wenig, bis das gewaltige Tier entsetzt aufbrüllte.
»Ka-goda?«, wiederholte Tarzan.
»Ka-goda!«, schrie Terkoz.
Tarzan lockerte den Griff ein wenig, ohne ihn völlig zu lösen. »Hör zu, ich bin Tarzan, König der Affen, ein gewaltiger Jäger, ein gewaltiger Kämpfer. Im ganzen Dschungel gibt es niemanden, der so groß ist. Du hast ›Ka-goda‹ zu mir gesagt, und alle haben es gehört. Also streite nicht mehr mit deinem König oder deinem Volk, denn nächstes Mal werde ich dich töten. Hast du verstanden?«
»Huh«, bestätigte Terkoz.
»Und du bist jetzt zufrieden?«
»Huh«, sagte der Affe.
Tarzan ließ ihn los, und binnen weniger Minuten gingen alle wieder ihren Beschäftigungen nach, als wäre nie etwas geschehen, das die Stille ihrer urzeitlichen Zuflucht in diesem Wald hätte stören können.
In den Köpfen der Affen hatte sich jedoch die Überzeugung eingenistet, dieser Tarzan sei ein mächtiger Kämpfer, aber auch ein

seltsames Geschöpf. Seltsam, weil es in seiner Macht gestanden hatte, seinen Feind zu töten, er aber hatte ihm gestattet weiterzuleben – unverletzt.

Als der Stamm am Nachmittag zusammenkam, wie es ihre Gewohnheit war, ehe die Dunkelheit sich auf den Dschungel senkte, rief Tarzan, nachdem er seine Wunden im Wasser des Flusses ausgewaschen hatte, die alten Männchen zu sich.

»Ihr habt heute gesehen, dass Tarzan von den Affen der Größte unter euch ist«, erklärte er.

»Huh«, entgegneten sie einstimmig. »Tarzan ist groß.«

»Tarzan ist jedoch kein Affe«, fuhr er fort. »Er ist nicht wie seine Stammesgenossen. Seine Wege sind nicht ihre Wege, und so wird Tarzan zur Höhle von seinesgleichen am Wasser des riesigen Sees zurückgehen, der keine weiteren Küsten hat. Ihr müsst einen anderen wählen, der euch regieren soll, denn Tarzan wird nicht zurückkehren.«

So tat der junge Lord Greystoke den ersten Schritt auf das Ziel zu, das er sich gestellt hatte – andere weiße Menschen zu finden, die ihm gleich waren.

Am nächsten Morgen machte sich Tarzan, noch lahm und zerschunden nach seinem Kampf mit Terkoz, Richtung Westen und Küste auf den Weg.
Er kam sehr langsam voran, schlief nachts im Dschungel und erreichte sein Haus erst am späten Vormittag.
Einige Tage rührte er sich kaum vom Fleck und ging nur Früchte und Nüsse sammeln, um seinen Hunger zu stillen.
Nach zehn Tagen war er ausgeheilt, sah man von der tiefen, halbverheilten Schramme ab, die, über dem linken Auge beginnend, sich quer über den Kopf bis zum rechten Ohr zog, eine Hinterlassenschaft von Terkoz, als er ihm die halbe Kopfhaut wegriss.
Während seiner Genesung versuchte er, aus Sabors Fell, das die ganze Zeit im Haus gelegen hatte, eine Art Mantel herzustellen. Er musste jedoch feststellen, dass es hart wie ein Brett geworden war, und da er vom Gerben keine Ahnung hatte, musste er den Plan leider aufgeben.
Dann beschloss er, sich von einem der dunkelhäutigen Männer aus Mbongas Dorf so viel an Kleidungsstücken zu beschaffen, wie er konnte, denn Tarzan von den Affen war fest entschlossen, seine Höherentwicklung von den niederen Arten auf jede mögliche Weise unter Beweis zu stellen, und nichts erschien ihm als äußeres Merkmal des Menschseins geeigneter denn Schmuck und Kleidung.
Zu diesem Zweck sammelte er von den dunkelhäutigen Kriegern, die seiner schnellen und lautlosen Schlinge zum Opfer gefallen waren, die verschiedenen Arm- und Beinschmuckstücke und legte sie auf dieselbe Weise an, wie die anderen sie getragen hatten.
Um den Hals hängte er die goldene Kette mit dem diamantverzierten Medaillon seiner Mutter, Lady Alice. Auf seinem Rücken baumelte an einem ledernen Schultergurt, einem weiteren Beutestück von einem besiegten Dunkelhäutigen, ein Köcher voll Pfeile.
Aus dünnen Streifen roher Tierhaut hatte er sich einen Gürtel hergestellt, an dem die selbstgefertigte Scheide mit seines Vaters Jagdmesser hing. Kulongas langer Bogen ragte über seiner linken Schulter.

Der junge Lord Greystoke war in der Tat eine seltsame und kriegerische Erscheinung. Sein dichter, schwarzer Haarschopf fiel ihm hinten auf die Schultern. Über der Stirn hatte er ihn mit dem Jagdmesser zu einem groben Pferdeschwanz gestutzt, damit die Haare ihm nicht in die Augen fielen.

Seine aufrechte und vollkommene Gestalt, ebenso mit Muskeln ausgestattet, wie die besten der alten römischen Gladiatoren gewesen sein mussten, und dennoch weich und fließend modelliert wie eine griechische Gottheit, bezeugte auf den ersten Blick die erstaunliche Kombination beträchtlicher Körperkraft mit Geschmeidigkeit und Schnelligkeit.

Tarzan von den Affen war die Personifizierung des primitiven Menschen, des Jägers und Kriegers.

Mit seiner vornehmen Kopfhaltung, den breiten Schultern und den schönen, klaren Augen, in denen das Licht des Lebens und großer Verstandeskraft loderte, hätte er durchaus für den Halbgott eines wilden, längst vergangenen Kriegervolks in diesem uralten Wald gelten können.

Doch er dachte nicht an dergleichen Dinge. Ihn beschäftigte, dass er keine Kleidung hatte, um allen Dschungelbewohnern zu zeigen, dass er ein Mensch war und kein Affe, deshalb beschlichen ihn oft schwere Zweifel, ob er womöglich doch noch ein Affe werden könnte.

Wuchs ihm das Haar nicht allmählich ins Gesicht? Alle Affen hatten Haare im Gesicht, nur die dunkelhäutigen Männer waren völlig unbehaart, von wenigen Ausnahmen abgesehen.

Zwar hatte er auf den Bildern in seinen Büchern Männer mit sehr viel Haar um die Lippen und auf Wangen und Kinn gesehen, dennoch hegte er bestimmte Befürchtungen. Fast täglich wetzte er sein scharfes Messer und schabte und schnitzelte an seinem jungen Bart herum, um dieses entwürdigende Merkmal des Affentums zu beseitigen.

So lernte er, sich zu rasieren – zwar grob und mit Schmerzen –, aber doch wirkungsvoll.

Als er sich nach dem blutigen Kampf mit Terkoz wieder kräftig genug fühlte, machte er sich eines Morgens auf den Weg zu Mbongas Dorf. Sorglos ging er einen gewundenen Dschungelpfad entlang, statt

sich durch die Bäume zu schwingen, als er sich plötzlich einem dunkelhäutigen Krieger gegenübersah.
Der Ausdruck der Überraschung im Gesicht des Eingeborenen war fast komisch, und noch ehe Tarzan seinen Bogen von der Schulter reißen konnte, hatte der Bursche kehrtgemacht und flüchtete den Pfad entlang, wobei er laut schrie, wohl um andere hinter sich zu warnen.
Tarzan nahm die Verfolgung durch die Baumwipfel auf und erspähte wenige Augenblicke später mehrere Menschen, die verzweifelt zu entkommen suchten.
Sie waren ihrer drei und stürmten wie wild hintereinander durch das dichte Unterholz.
Tarzan überholte sie spielend. Weder sahen sie ihn bei seiner lautlosen Fortbewegung durch die Wipfel, noch entdeckten sie die Gestalt, die geduckt auf einem niedrigen Zweig vor ihnen hockte, unter dem der Weg entlangführte.
Tarzan ließ die ersten beiden vorbei, aber als der Dritte schnell herankam, fiel lautlos die Schlinge um die dunkelhäutige Kehle. Ein heftiger Ruck zog sie zusammen.
Ein qualvoller Schrei entrang sich dem Opfer, seine Gefährten wandten sich um und sahen, wie sein widerstrebender Körper langsam wie von Geisterhand im dichten Blattwerk der Bäume über ihm verschwand.
Sie schrien entsetzt auf, machten kehrt und stürmten davon, was das Zeug hielt.
Tarzan erledigte seinen Gefangenen schnell und lautlos und nahm ihm die Waffen, Schmuckstücke und – nein, war das eine Freude! – ein hübsches Lendentuch aus Rehleder ab, das er unverzüglich anlegte.
Jetzt war er in der Tat nach Menschenart gekleidet. Auch gab es niemanden, der seine erhabene Herkunft hätte anzweifeln können. Wie gern wäre er zu seinem Affenvolk zurückgekehrt, um sich in all dieser Pracht vor den neidischen Blicken zur Schau zu stellen.
Er nahm den Toten über die Schulter und bewegte sich nun langsamer durch die Bäume auf das kleine, von Palisaden umgebene Dorf zu, denn er benötigte wieder Pfeile.
Als er der Umzäunung ganz nahe war, sah er eine aufgeregte Gruppe um die beiden Entflohenen stehen, die kaum in der Lage waren,

die Einzelheiten ihres unglaublichen Abenteuers wiederzugeben, so zitterten sie vor Angst und Erschöpfung.
Sie erklärten, Mirando sei ihnen ein kurzes Stück vorausgegangen, dann plötzlich schreiend zurückgekommen und habe berichtet, ein schrecklicher weißer, unbekleideter Krieger verfolge ihn. Daraufhin seien sie alle drei so schnell, wie ihre Beine sie tragen konnten, zum Dorf zurückgelaufen.
Abermals habe Mirandos schriller, von tödlichem Entsetzen erfüllter Schrei sie veranlasst, sich umzuschauen, und da hätten sie etwas ganz Furchtbares gesehen – der Körper ihres Gefährten schwebte hinauf in die Bäume, wobei seine Arme und Beine in die Luft schlugen und die Zunge aus dem weit aufgerissenen Mund ragte. Er gab keinen weiteren Laut von sich, auch war niemand in seiner Nähe zu sehen.
Die Dorfbewohner verfielen in einen Zustand der Angst, der an Panik grenzte, aber der weise alte Mbonga hegte beträchtliche Zweifel, was den Bericht der beiden anbetraf, und schrieb die ganze Schilderung ihrer Furcht angesichts einer wirklichen Gefahr zu.
»Ihr erzählt uns diese beeindruckende Geschichte, weil ihr nicht wagt, die Wahrheit zu sagen«, erklärte er. »Ihr wollt einfach nicht zugeben, dass ihr weggelaufen seid, als ein Löwe Mirando ansprang, und ihn im Stich gelassen habt. Ihr seid Feiglinge.«
Kaum hatte Mbonga seine Rede beendet, veranlasste ein gewaltiges Prasseln in den Bäumen die Dunkelhäutigen, in erneutem Entsetzen nach oben zu schauen. Der Anblick, der sich ihnen bot, ließ selbst den weisen alten Mbonga erschaudern, denn da kam Mirandos toter Körper durch die Luft geflogen. Er drehte sich um die eigene Achse und wand sich, um schließlich mit einem widerlichen, dumpfen Geräusch zu ihren Füßen aufzuschlagen.
Im Nu waren die Dunkelhäutigen auf und davon. Sie blieben nicht eher stehen, als bis der Letzte von ihnen im dichten Schatten des sie umgebenden Dschungels verschwunden war.
Abermals sprang Tarzan hinunter zwischen die Hütten, erneuerte seinen Vorrat an Pfeilen und aß von den Lebensmitteln, die die Bewohner hingestellt hatten, um seinen Zorn zu besänftigen.
Ehe er das Dorf verließ, trug er Mirandos Leiche zum Tor und lehnte sie dort auf eine Weise an die Palisade, dass dessen Gesicht hinter

dem Torpfosten hervor den Weg entlangzublicken schien, der zum Dschungel führte.
Danach kehrte er, ständig jagend, zu seinem Haus am Strand zurück.
Die zu Tode erschrockenen Dunkelhäutigen setzten mindestens ein dutzend Mal an, in ihr Dorf zurückzukehren, wobei sie ja an der schrecklich grinsenden Fratze ihres toten Dorfgenossen vorbeimussten, und als sie die fehlenden Pfeile und Lebensmittel entdeckten, wurde ihnen klar, was sie nur zu sehr befürchtet hatten: Dass Mirando den bösen Geist des Dschungels erblickt hatte.
Das schien ihnen eine logische Erklärung zu sein. Nur diejenigen starben, die den furchtbaren Gott des Dschungels erblickt hatten. Oder stimmte es etwa nicht, dass kein lebender Dorfbewohner ihn je zu Gesicht bekommen hatte? Also mussten diejenigen, die unter seinen Händen starben, ihn erblickt und diesen Frevel mit dem Leben bezahlt haben.
Solange sie ihn mit Pfeilen und Nahrung versorgten, würde er ihnen nichts antun, es sei denn, sie sahen ihn an. Mbonga ordnete daher an, dass diesem Munango-Keewati außer Nahrungsmitteln künftig noch Pfeile als Opfer dargebracht wurden, und so geschah es.
Sollte jemand zufällig durch dieses abgelegene afrikanische Dorf kommen, so wird er noch heute vor einer winzigen, strohgedeckten Hütte, die etwas außerhalb des Dorfes errichtet wurde, einen kleinen eisernen Topf mit einer gewissen Menge Nahrung und daneben einen Köcher voll Pfeile mit dick eingeschmierten Spitzen entdecken.
Als Tarzan sich dem Strand so weit genähert hatte, dass er sein Haus sehen konnte, bot sich ihm ein seltsamer und ungewöhnlicher Anblick.
Auf der spiegelglatten Wasserfläche des vom Land eingeschlossenen Hafens lag ein großes Schiff, und am Strand war ein kleines Boot aus dem Wasser gezogen worden.
Das Erstaunlichste war jedoch, dass eine Anzahl weißer Menschen, wie er selbst einer war, zwischen dem Strand und seinem Haus hin- und herliefen.
Er bemerkte, dass sie in vielerlei Hinsicht den Menschen aus seinen Bilderbüchern glichen, und schlich sich durch die Baumwipfel näher, bis er dicht über ihnen hockte.

Es waren zehn Männer mit dunklen, sonnengebräunten Gesichtern. Sie machten keinen besonders vertrauenerweckenden Eindruck. Jetzt hatten sie sich am Boot versammelt und redeten laut und zornig miteinander, wobei sie wild gestikulierten und die Fäuste schüttelten.
Da legte einer von ihnen, ein kleiner Bursche mit schwarzem Bart, dessen widerlicher Gesichtsausdruck Tarzan an Pamba, die Ratte, erinnerte, die Hand auf die Schulter des Hünen, der neben ihm stand und mit dem alle anderen gestritten und diskutiert hatten.
Der Kleine wies landeinwärts, so dass der Hüne sich von den anderen abwenden musste, um in die angezeigte Richtung zu blicken. Als er dies tat, zog der mit dem abstoßenden Gesicht einen Revolver aus dem Gürtel und schoss dem Hünen in den Rücken.
Der große Bursche warf die Arme nach oben, knickte in den Knien ein und fiel lautlos nach vorn in den Sand, mausetot.
Das Krachen des Revolvers, das Tarzan zum ersten Mal im Leben hörte, erfüllte ihn mit Verwunderung, aber selbst dieser ungewohnte Laut konnte sein gesundes Nervensystem nicht einmal annähernd in Panik versetzen.
Das Verhalten dieser weißen Fremden war es, das ihn am meisten empörte. Er runzelte die Brauen und verfiel in tiefes Grübeln. Nur gut, dass ich nicht dem ersten Impuls nachgegeben habe, hervorzustürmen und die weißen Männer als meine Brüder zu begrüßen, dachte er.
Sie unterschieden sich offensichtlich nicht von den dunkelhäutigen Menschen, waren nicht zivilisierter als Affen und nicht weniger grausam als Sabor.
Einen Augenblick lang sahen die anderen abwechselnd den Kleinen mit dem widerlichen Gesicht und den am Boden liegenden Hünen an. Dann lachte einer und schlug dem Kleinen auf die Schulter. Sie redeten noch viel und gestikulierten, stritten sich aber weniger.
Kurz darauf schoben sie das Boot ins Wasser, sprangen hinein und ruderten auf das große Schiff zu, wo Tarzan andere Gestalten an Deck umherlaufen sah.
Als sie an Bord geklettert waren, ließ sich Tarzan hinter einem großen Baum zu Boden fallen und kroch zu seinem Häuschen, wobei er darauf achtete, dass er vom Schiff aus nicht gesehen werden konnte.

Er glitt durch die Tür und sah, dass alles durchwühlt worden war. Seine Bücher und Bleistifte lagen verstreut auf dem Fußboden. Die Waffen, Schilde und anderen kleinen Schätze waren durcheinandergeworfen worden.
Als er sah, was hier angerichtet worden war, überkam ihn eine mächtige Zorneswallung, und die frische Narbe auf seiner Stirn schwoll plötzlich zu einem Streifen Karmesinrot auf dunkelbrauner Haut.
Mit einem Satz war er am Schrank und stöberte im hintersten Winkel des unteren Fachs. Aha! Mit einem Seufzer der Erleichterung holte er die kleine Kassette hervor, öffnete sie und sah, dass seine größten Schätze unberührt waren.
Das Foto von dem jungen Mann mit dem markanten, lächelnden Gesicht und das kleine, schwarze Buch mit den rätselhaften Schriftzeichen waren unversehrt.
Was war das?
Sein feines Gehör erfasste ein schwaches, jedoch ungewohntes Geräusch.
Er lief zum Fenster und blickte Richtung Hafen. Da sah er, dass auf dem großen Schiff ein Boot zu Wasser gelassen wurde. Ein anderes schaukelte bereits auf den Wellen. Bald sah er viele Leute über die Bordwand des größeren Schiffes klettern und in die Boote steigen. Sie kamen in voller Stärke zurück.
Tarzan schaute noch eine Weile zu, wie eine Anzahl Kisten und Bündel in die wartenden Boote verfrachtet wurden, und als diese vom Schiff ablegten, nahm er ein Stück Papier und malte eine Weile emsig darauf herum, bis er mehrere Zeilen dicker, sorgfältig ausgeführter und fast normgerechter Druckbuchstaben zustande gebracht hatte.
Er befestigte die Nachricht mit einem kleinen, spitzen Holzsplitter an der Tür. Dann nahm er die wertvolle Kassette, seine Pfeile und so viele Bogen und Speere, wie er tragen konnte, an sich, huschte durch die Tür ins Freie und verschwand im Wald.
Als die beiden Boote in den glitzernden Sand des Ufers stießen, entstieg ihnen ein höchst merkwürdiges Sammelsurium von Vertretern des Menschengeschlechts.
Sie waren ihrer zwanzig, wobei fünfzehn einen groben, abstoßenden Eindruck machten und offensichtlich zur Mannschaft gehörten.

Die restlichen fünf waren von verschiedener Art.

Der eine war ein älterer Mann mit weißem Haar und einer großen, eingefassten Brille. Er ging leicht vorgebeugt und trug einen schlechtsitzenden, jedoch makellosen Gehrock und einen seidig glänzenden Zylinder, der das Unangemessene dieser Kleidung hier im afrikanischen Dschungel noch hervorhob.

Das zweite Mitglied der an Land gekommenen Gruppe war ein großer, junger Mann in weißen Segeltuchschuhen, dichtauf gefolgt von einem anderen älteren Mann mit sehr hoher Stirn und nervösem aufgeregten Gebaren.

Nach diesen kam eine große Negerin, die farbenprächtig wie Salomon gekleidet war. Sie rollte erschrocken mit den großen Augen und blickte zuerst auf den Dschungel und dann auf die fluchende Bande von Seeleuten, die die Kisten und Ballen aus den Booten luden.

Das letzte Mitglied der Gruppe war eine junge Frau von etwa neunzehn Jahren, und der junge Mann blieb am Bug des Bootes stehen, um sie auf die Arme zu nehmen und trocken an Land zu bringen. Sie lächelte ihm zum Dank tapfer und liebenswürdig zu, aber beide sprachen kein Wort miteinander.

Die Gruppe ging schweigend zum Haus. Was immer ihre Absichten waren, es war deutlich zu erkennen, dass alle Entscheidungen bereits vor Verlassen des Schiffes getroffen worden waren. So erreichten sie die Tür, zunächst die Seeleute, die die Kisten und Ballen trugen, gefolgt von den fünf derart unterschiedlichen Personen. Die Männer setzten ihre Last ab, da entdeckte einer die Nachricht, die Tarzan an die Tür geheftet hatte.

»He, Leute!«, rief er. »Was ist das? Vor einer Stunde hing das noch nicht da, oder ich will den Koch fressen!«

Alle drängten sich um ihn und reckten die Hälse, um über die vor ihnen Stehenden zu blicken, aber da nur wenige von ihnen lesen konnten, und das auch nur mühselig, wandte sich einer schließlich an den kleinen alten Mann im Zylinder und Gehrock.

»He, Professer, komm doch mal her un' lies den komisch'n Zettel hier«, rief er.

Der solcherart Angeredete trat bedächtig zu den Seeleuten, gefolgt von den anderen Mitgliedern der Gruppe. Er rückte seine Brille zurecht, betrachtete den Anschlag eine Weile, wandte sich dann ab und ging davon, während er vor sich hin murmelte: »Bemerkenswert – höchst bemerkenswert!«

»He, du altes Fossil!«, rief der Mann, der ihn zuerst zu Hilfe gerufen hatte. »Denkst du vielleicht, wir wollt'n, dass du dies'n komischen Anschlag nur für dich selbst liest? Komm wieder her und lies laut vor, alter Knacker!«

Der alte Mann blieb stehen, wandte sich um und sagte: »O ja, verzeihen Sie vielmals, mein lieber Herr. Es war wirklich gedankenlos von mir – ja, sehr gedankenlos. Höchst bemerkenswert – höchst bemerkenswert!«

Abermals betrachtete er den Zettel und las ihn durch, und zweifellos hätte er sich wieder abgewandt, um darüber zu grübeln, hätte der Seemann ihn nicht grob am Kragen gepackt und ihm ins Ohr geschrien: »Lies es laut vor, du dämlicher alter Trottel!«

»Ach so, ja, freilich«, antwortete der Professor sanft, rückte abermals seine Brille zurecht und las laut:

> **Dies ist das Haus von Tarzan, der wilde Tiere und viele dunkelhäutige Menschen getötet hat. Beschädigt die Sachen nicht, die Tarzan gehören. Tarzan sieht alles.**
>
> **Tarzan von den Affen**

»Wer zum Teufel ist Tarzan?«, rief der Seemann, der schon vorher gesprochen hatte.

»Er spricht offensichtlich Englisch«, stellte der junge Mann fest.

»Aber was bedeutet ›Tarzan von den Affen‹?«, fragte die junge Frau.

»Ich weiß es nicht, Miss Porter«, erwiderte der junge Mann. »Es sei denn, wir haben es mit einem entlaufenen Menschenaffen aus dem Londoner Zoo zu tun, der europäische Bildung in seine Dschungelheimat mit zurückgebracht hat. Was halten Sie davon, Professor Porter?«, fügte er, an den alten Mann gewandt, hinzu.

Professor Archimedes Q. Porter rückte seine Brille zurecht.

»O ja, freilich! Ja, freilich – höchst bemerkenswert, höchst bemerkenswert!«, sagte der Professor. »Aber ich kann dem nichts weiter hinzufügen, was ich bereits zur Aufhellung dieser wahrhaft bedeutsamen Erscheinung gesagt habe.« Sprach's und ging langsam in Richtung Dschungel von dannen.

»Aber Papa!«, rief die junge Frau. »Du hast doch noch gar nichts gesagt.«
»Aber, aber, Kind!«, antwortete Professor Porter in freundlichem und nachsichtigem Ton. »Zerbrich dir doch nicht dein hübsches Köpfchen über solche schwerwiegenden und verwickelten Probleme.« Damit wanderte er wieder gemächlich davon, diesmal in anderer Richtung, starr vor sich hin blickend, die Hände auf dem Rücken unter den wehenden Schößen seines Gehrocks verborgen.
»Ich denk' mir, der verrückte alte Trottel weiß auch nicht mehr wie wir, was das hier soll«, knurrte der Seemann mit dem Rattengesicht.
»Drücken Sie sich gefälligst höflicher aus!«, rief der junge Mann und wurde ganz blass vor Zorn angesichts der beleidigenden Worte. »Sie haben unsere Offiziere ermordet und uns ausgeraubt. Wir sind Ihnen voll und ganz ausgeliefert, aber Sie werden Professor Porter und Miss Porter mit Achtung behandeln, oder ich werde Ihnen mit bloßen Händen das Genick brechen – ob Sie Schießeisen haben oder nicht!« Damit trat er so dicht an den Seemann mit dem Rattengesicht heran, dass dieser betroffen zurückwich, obwohl er zwei Revolver und ein tückisch aussehendes Messer im Gürtel stecken hatte.
»Sie verdammter Feigling«, rief der junge Mann. »Sie würden ja nicht einmal wagen, auf einen Mann zu schießen, der Ihnen den Rücken zukehrt. Zum Beispiel wie ich es jetzt tue.« Damit kehrte er ihm mit Vorbedacht den Rücken zu und ging gleichgültig davon, als wollte er ihn auf die Probe stellen.
Die Hand des Seemanns glitt zum Griff eines seiner Revolver, und seine tückischen Augen folgten, rachsüchtig funkelnd, der sich entfernenden Gestalt des jungen Engländers. Die Blicke seiner Kumpane waren erwartungsvoll auf ihn gerichtet, aber noch zögerte er. Im Grunde war er ein noch größerer Feigling als Mr William Cecil Clayton glaubte.
Zwei scharfe Augen verfolgten jede Bewegung der Gruppe aus dem Blattwerk eines in der Nähe stehenden Baumes. Tarzan hatte beobachtet, welche Überraschung sein Zettel hervorgerufen hatte, und obwohl er kein Wort der gesprochenen Rede dieser seltsamen Leute verstanden hatte, sagten ihm ihre Gesten und ihr Mienenspiel sehr viel.

Die Art und Weise, wie der kleine Seemann mit dem Rattengesicht einen seiner Gefährten getötet hatte, hatte bei Tarzan tiefen Abscheu hervorgerufen, und da er ihn jetzt mit dem gutaussehenden jungen Mann streiten sah, wuchs seine Erbitterung noch mehr.

Tarzan hatte die Auswirkungen einer Feuerwaffe noch nie miterlebt, obwohl seine Bücher ihn einiges darüber gelehrt hatten, aber als er das Rattengesicht jetzt den Revolvergriff befingern sah, musste er an die Szene denken, die er vor kurzem mit angesehen hatte, und befürchtete zwangsläufig, den jungen Mann ebenso hingemeuchelt zu sehen wie den hünenhaften Seemann am frühen Morgen.

So setzte er einen vergifteten Pfeil auf die Bogensehne und zielte auf den Seemann mit dem Rattengesicht, aber der Baum war so dicht belaubt, dass der Pfeil durch die Blätter oder einen kleinen Zweig leicht abgelenkt werden konnte, deshalb schleuderte er einen schweren Speer aus seiner luftigen Höhe.

Clayton hatte inzwischen nur wenige Schritte zurückgelegt und der Seemann den Revolver erst halb gezogen. Die anderen Seeleute verfolgten die Geschehnisse angespannt.

Professor Porter war bereits im Dschungel verschwunden, gefolgt von dem nervösen Samuel T. Philander, seinem Sekretär und Assistenten.

Esmeralda, die Negerin, war damit beschäftigt, die Gepäckstücke ihrer Herrin aus dem Stapel von Ballen und Kisten neben dem Haus herauszusortieren, und Miss Porter hatte sich abgewandt, um Clayton zu folgen, als etwas sie veranlasste, sich wieder dem Seemann zuzuwenden.

Dann geschahen drei Dinge fast zu gleicher Zeit. Der Seemann zog seine Waffe und zielte auf Claytons Rücken, Miss Porter schrie warnend auf, und ein langer Speer mit Eisenspitze kam wie ein Bolzen von oben angeschwirrt und durchstieß die rechte Schulter des Mannes mit dem Rattengesicht, dass die Spitze auf der anderen Seite herauskam.

Der Revolver entlud sich harmlos in die Luft, und der Seemann brach mit einem Schrei des Entsetzens und Schmerzes zusammen.

Clayton wandte sich um und kehrte zum Schauplatz des Geschehens zurück. Die Seeleute standen erschrocken dicht zusammengedrängt

mit schussbereiten Waffen und starrten gespannt in den Dschungel. Der Verwundete wand sich schreiend am Boden.
»Wer mag das gewesen sein?«, wisperte Jane Porter, und der junge Mann blickte zur Seite und sah sie mit großen, staunenden Augen dicht neben sich stehen.
»Ich möchte sagen, Tarzan von den Affen sieht wirklich alles«, antwortete er unsicher. »Nun frage ich mich, für wen der Speer gedacht war. Wenn für Snipes, dann ist unser Affenfreund tatsächlich ein Freund. Mein Gott, wo treiben sich dein Vater und Mr Philander schon wieder herum? Da hockt jemand dort im Dschungel und ist bewaffnet, wer oder was immer es sein mag. Hallo! Professor! Mr Philander!«, rief der junge Clayton. Keine Antwort.
»Was sollen wir jetzt tun, Miss Porter?«, fuhr der junge Mann fort, und sein Gesicht verdüsterte sich in Sorge und Unschlüssigkeit. »Ich kann Sie doch hier nicht mit diesen Halsabschneidern allein lassen. Sie wiederum können unmöglich mit mir in den Dschungel vordringen. Aber jemand muss Ihren Vater suchen. Er bringt es fertig, ziellos umherzuwandern, ohne auf irgendwelche Gefahren oder die Richtung zu achten, und Mr Philander ist nur ein Quäntchen weniger unpraktisch als er. Bitte verzeihen Sie mir meine Direktheit, aber unser aller Leben ist hier äußerst gefährdet, und wenn wir Ihren Vater wieder bei uns haben, muss etwas unternommen werden, damit er die Gefahren erkennt, denen er Sie wie sich selbst durch seine Geistesabwesenheit aussetzt.«
»Da stimme ich Ihnen voll und ganz zu«, erwiderte die junge Frau. »Sie kränken mich durchaus nicht. Mein lieber alter Papa würde sein Leben für mich opfern, ohne nur einen Augenblick zu zögern, vorausgesetzt, man könnte ihn veranlassen, seinen Intellekt einen Augenblick lang einer so profanen Sache zuzuwenden. Es gibt nur einen Weg, jede Gefahr von ihm abzuwenden, und das wäre, ihn an einen Baum zu fesseln. Der arme Mann ist derart unpraktisch!«
»Ich hab es!«, rief Clayton plötzlich. »Sie können doch mit einem Revolver umgehen?«
»Ja, warum?«
»Ich besitze einen. Sie und Esmeralda werden damit in diesem Haus relativ sicher sein, während ich nach Ihrem Vater und Mr Philander

suche. Kommen Sie, rufen Sie die Frau, dann will ich mich auf den Weg machen. Die beiden können nicht weit sein.«
Jane ging auf seinen Vorschlag ein, und als er sah, wie sich die Tür sicher hinter den beiden Frauen geschlossen hatte, wandte er sich dem Dschungel zu.
Ein paar Seeleute zogen dem Rattengesicht den Speer aus der Wunde. Clayton trat zu ihnen und fragte, ob jemand ihm einen Revolver borgen könne, da er im Dschungel nach dem Professor suchen wolle. Das Rattengesicht hatte inzwischen entdeckt, dass es noch am Leben war, und seinen früheren Gemütszustand wiedererlangt.
Mit einem Schwall von Flüchen an Claytons Adresse verbot er seinen Kumpanen, dem jungen Mann irgendwelche Feuerwaffen mitzugeben.
Dieser Snipes hatte nach Ermordung ihres früheren Anführers dessen Funktion übernommen, und seither war zu wenig Zeit verstrichen, als dass einer seiner Kumpane seine Autorität hätte in Frage stellen können.
Claytons einzige Antwort war ein Schulterzucken, doch im Weggehen hob er den Speer auf, der Snipes durchbohrt hatte. Solchermaßen höchst primitiv bewaffnet, drang der Sohn des damaligen Lord Greystoke in den dichten Dschungel.
Alle paar Minuten rief er laut die Namen der Verschwundenen. Die beiden Frauen in dem Häuschen am Strand hörten seine Rufe immer schwächer werden, bis sie schließlich in den millionenfachen Geräuschen des Urwalds untergingen.
Als Professor Archimedes Q. Porter und sein Assistent, Samuel T. Philander, nach langem beharrlichen Zureden seitens des Letzteren ihre Schritte schließlich wieder dem Lager zulenkten, hatten sie sich in dem wilden und verzweigten Labyrinth des Dschungels dermaßen verlaufen, wie zwei menschliche Wesen dies nur tun konnten, obwohl sie sich dessen gar nicht bewusst waren.
Einer bloßen Laune des Schicksals ist es zu verdanken, dass sie die Richtung auf Afrikas Westküste einschlugen, statt sich Sansibar auf der anderen Seite des schwarzen Kontinents zuzuwenden.
Als sie kurze Zeit später die Küste erreichten, allerdings ohne dass sie das Lager entdeckten, war Philander fest überzeugt, dass sie sich

nördlich ihres eigentlichen Marschziels befanden, während sie in Wirklichkeit etwa zweihundert Meter südlich waren.
Keiner dieser zwei unpraktischen Theoretiker kam auf die Idee, laut zu rufen, um auf diese Weise vielleicht die Aufmerksamkeit ihrer Freunde auf sich zu ziehen. Stattdessen packte Mr Samuel T. Philander Professor Archimedes Q. Porter mit der ganzen Gewissheit, die deduktives Denken einer falschen Hypothese entnimmt, fest am Arm und schleppte den schwach protestierenden alten Herrn in Richtung des fünfzehnhundert Meilen südlich liegenden Kapstadt.
Als Jane und Esmeralda die Tür der Hütte fest hinter sich geschlossen hatten, war der erste Gedanke der Negerin, den Zugang von innen zu verbarrikadieren. In dieser Absicht suchte sie nach Gegenständen, die für das Vorhaben geeignet waren, aber kaum ließ sie ihren Blick durch das Innere des Hauses schweifen, stieß sie einen Schrei des Entsetzens aus, dann barg die große Frau ihren Kopf an der Schulter ihrer Herrin wie ein eingeschüchtertes Kind.
Jane hatte sich bei diesem Aufschrei umgewandt und sah sofort die Ursache. Auf dem Fußboden vor ihnen lag das ausgebleichte Skelett eines Menschen. Sie forschte weiter und entdeckte ein zweites Skelett auf dem Bett.
»An was für einen Schreckensort sind wir geraten?«, murmelte die junge Frau angsterfüllt. Indes lag keine Panik in ihrer Stimme.
Schließlich befreite sich Jane aus der heftigen Umklammerung der noch immer schreienden Esmeralda und durchquerte den Raum, um in die kleine Wiege zu blicken. Sie ahnte schon, was sie dort sehen würde, noch ehe sich das winzige Skelett in seiner armseligen und erschütternden Zerbrechlichkeit ihren Blicken darbot.
Was für eine entsetzliche Tragödie bezeugten diese kläglichen, stummen Gebeine! Das Mädchen erschauderte bei dem Gedanken an die möglichen Ereignisse, die dieses vom Schicksal verfolgte Haus, Heimstatt geheimnisvoller, vielleicht feindlicher Wesen, für sie und ihre Freunde bereithalten mochte.
Sie stampfte ungeduldig mit dem Fuß auf, um die düsteren Ahnungen ganz schnell abzuschütteln, wandte sich sodann an Esmeralda und befahl ihr, das Gejammer sein zu lassen.

»Hör auf damit, Esmeralda, hör sofort auf!«, rief sie. »Du machst alles nur noch schlimmer«, fügte sie schwach hinzu, und ihre Stimme zitterte ein wenig bei dem Gedanken an die drei Männer, auf deren Schutz sie angewiesen war und die jetzt in diesem tiefen, furchteinflößenden Wald umherstreiften.

Kurz danach entdeckte sie, dass die Tür innen mit einem schweren Holzriegel versehen war, und nach einiger Anstrengung gelang es beiden mit vereinten Kräften, ihn einrasten zu lassen, das erste Mal wieder seit zwanzig Jahren.

Dann setzten sie sich eng umschlungen auf eine Bank und warteten.

Als Clayton im Dschungel verschwunden war, begann unter den Seeleuten – Meuterern der *Arrow* – ein allgemeiner Streit, was als Nächstes zu tun sei. In einer Hinsicht waren sich alle einig – dass sie so schnell wie möglich zu der vor Anker liegenden *Arrow* zurückfahren sollten, wo sie zumindest vor den Speeren ihres unsichtbaren Feindes sicher waren. Während Jane Porter und Esmeralda sich im Haus verbarrikadierten, ruderte dieses feige Gesindel von Halsabschneidern in den zwei Booten, mit denen sie an Land gekommen waren, was das Zeug hielt zum Schiff zurück.

Tarzan hatte an diesem Tag so viel gesehen, dass sein Kopf schwirrte. Am tiefsten hatte sich bei ihm jedoch das Gesicht der schönen weißen Frau eingeprägt.

Hier war endlich jemand von seiner Art, davon war er fest überzeugt. Der junge Mann und die zwei älteren Männer gehörten auch dazu. Sie entsprachen gleichfalls dem Bild, das er sich von seinesgleichen gemacht hatte.

Aber zweifellos waren sie ebenso wild und grausam wie die anderen Menschen, die er gesehen hatte. Die Tatsache, dass von der ganzen Gruppe sie allein unbewaffnet waren, könnte darauf hindeuten, dass sie niemanden getötet hatten. Mit Waffen versehen, waren sie vielleicht ganz anders.

Tarzan hatte beobachtet, wie der junge Mann den Revolver, der dem verwundeten Snipes entfallen war, aufgehoben und unter seinem Hemd versteckt hatte; später hatte er ihn unbemerkt der Frau zugesteckt, als sie ins Haus gehen wollte.

Er hatte keine Ahnung von den Motiven, die all diesen Geschehnissen zugrunde lagen, fühlte sich jedoch rein intuitiv zu dem jungen Mann und den zwei Älteren hingezogen, und für die Frau hegte er eine seltsame Zuneigung, die er sich nicht erklären konnte. Die große, dunkelhäutige Frau war offensichtlich auf irgendeine Weise mit dem Mädchen verbunden, also mochte er sie gleichfalls.

Für die Seeleute und besonders Snipes empfand er abgrundtiefen Hass. Ihren wütenden Gesichtern und den drohenden Gebärden war

zu entnehmen, dass sie den anderen Mitgliedern der Gruppe nicht gewogen waren, deshalb beschloss er, ein Auge auf sie zu haben.
Er fragte sich, was die Männer im Dschungel verloren hatten.
Auch kam ihm der Gedanke gar nicht, jemand könne sich im dichten Gewirr des Unterholzes verirren, das ihm ebenso vertraut war, wie unsereinem die Hauptstraße der Heimatstadt.
Als er die Seeleute zurück zum Schiff rudern sah und die junge Frau und ihre Begleiterin im Haus in Sicherheit wusste, beschloss er, dem jungen Mann in den Dschungel zu folgen und herauszufinden, was er dort wollte. Schnell schwang er sich in der Richtung, die Clayton eingeschlagen hatte, durch die Bäume, und kurze Zeit später hörte er ihn in einiger Entfernung dann und wann schwach nach seinen Freunden rufen.
Bald darauf sah er den weißen Mann fast erschöpft an einem Baum lehnen und sich den Schweiß von der Stirn wischen. Der Affenmensch versteckte sich gut hinter einem dichten Schirm von Blättern, setzte sich und betrachtete diesen neuen Vertreter seiner Rasse genau.
Clayton rief ab und zu laut, und schließlich dämmerte es Tarzan, dass er den alten Mann suchte.
Schon wollte er sich auf den Weg machen, um nach diesem Ausschau zu halten, da sah er ein Stück glattes, gelbes Fell sich vorsichtig durch den Dschungel auf Clayton zubewegen.
Das war Sheeta, der Leopard. Nun konnte Tarzan auch das weiche Rascheln des Grases hören, und er wunderte sich, warum dies den jungen Mann nicht warnte. Konnte es sein, dass ihm dieses laute Geräusch entging? Tarzan konnte sich nicht entsinnen, dass Sheeta je so ungeschickt gewesen war.
Nein, der weiße Mann hörte nichts. Sheeta duckte sich zum Sprung, da zerriss der durchdringende und furchterregende Kampfruf eines Affen jählings die Stille des Dschungels. Sheeta machte kehrt und verschwand prasselnd im Unterholz.
Clayton sprang sofort auf. Das Blut gerann ihm in den Adern. Sein Lebtag hatte er keinen so schrecklichen Laut an sein Ohr dringen hören. Er war kein Feigling, aber wenn je ein Mensch spürte, wie sich die eisigen Finger der Angst um sein Herz krallten, dann war dies William Cecil Clayton, ältester Sohn von Lord Greystoke in England,

an jenem Tag im undurchdringlichen Dickicht des afrikanischen Dschungels.
Das Geräusch eines massigen Körpers, der ganz in seiner Nähe prasselnd durchs Unterholz brach, und der durch Mark und Bein gehende Schrei von oben stellten seinen Mut auf eine harte Probe. Schließlich konnte er nicht wissen, dass er ebendieser Stimme sein Leben verdankte und dass das Geschöpf, das sich auf diese Weise vernehmen ließ, sein leibhaftiger Vetter, der wahre Lord Greystoke, war.
Der Nachmittag neigte sich dem Abend zu, Clayton war völlig entmutigt und befand sich in einem schrecklichen Zwiespalt, da er nicht wusste, wie er weiter vorgehen sollte. Würde er die Suche nach Professor Porter fortsetzen, so ging er mit großer Sicherheit das Wagnis ein, selbst im Dschungel nachts den Tod zu finden. Oder sollte er zum Haus zurückkehren, wo er sich zumindest nützlich machen und Jane vor den Gefahren schützen konnte, die sie von allen Seiten umgaben?
Er wollte nicht ohne ihren Vater zurückkommen, mehr noch schreckte ihn jedoch der Gedanke, sie allein und ohne Schutz den Meuterern der *Arrow* oder den tausend unbekannten Gefahren des Dschungels ausgesetzt zu sehen.
Vielleicht waren der Professor und Philander auch schon längst wieder im Lager. Ja, das war mehr als wahrscheinlich. Zumindest wollte er zurückkehren und sich vergewissern, ehe er eine anscheinend höchst nutzlose Suche fortsetzte. So machte er sich auf den Weg und stolperte durch das dichte Gewirr des Unterholzes in die Richtung, wo seiner Ansicht nach das Häuschen stand.
Zu Tarzans Überraschung drang der junge Mann weiter in den Dschungel, etwa in der Richtung, wo Mbongas Dorf liegen musste, und der kluge junge Affenmensch war überzeugt, dass der andere sich verlaufen hatte.
Das war ihm unbegreiflich; sein Urteilsvermögen sagte ihm, dass kein Mensch es wagen würde, nur mit einem Speer bewaffnet das Dorf der grausamen Dunkelhäutigen aufzusuchen. Außerdem deutete die ungeschickte Art, in der der weiße Mann die Waffe hielt, darauf hin, dass er nicht gewöhnt war, damit umzugehen. Auch folgte er nicht der Spur der alten Männer. Sie hatten sie gekreuzt und schon

lange hinter sich gelassen, obwohl sie für Tarzan ganz frisch und deutlich erkennbar gewesen war.
Er war beunruhigt. Dieser schutzlose Fremde würde in kurzer Zeit zu einer leichten Beute des grimmigen Dschungels werden, wenn niemand ihn schnellstens zur Küste geleitete.
Da war Numa, der Löwe, der dem weißen Mann ein paar Schritte rechts von ihm sogar jetzt noch folgte.
Clayton hörte, dass ein mächtiger Körper parallel zu ihm durch den Wald brach, und jetzt stieg auch das donnernde Gebrüll dieser Bestie in die abendliche Luft. Der Mensch blieb mit erhobenem Speer stehen und blickte auf den Busch, aus dem das markerschütternde Brüllen kam. Die Schatten verdichteten sich, Dunkelheit setzte ein.
O Gott! Hier allein zu sterben, von den Zähnen dieser wilden Bestien zerfleischt und zerrissen zu werden! Den heißen Atem des Tieres im Gesicht zu spüren, während die große Pranke seine Brust niederdrückte!
Einen Moment war alles still. Clayton stand reglos, mit erhobenem Speer. Kurz darauf sagte ihm ein schwaches Rascheln des Busches, dass sich etwas unbemerkt heranstahl. Es duckte sich zum Sprung. Schließlich sah er den, keine zwanzig Fuß entfernten langen, geschmeidigen, muskulösen Körper und den dunkelbraunen Kopf eines riesigen Löwen mit schwarzer Mähne.
Das Tier lag fast auf dem Bauch und bewegte sich ganz langsam vorwärts. Als sein Blick dem Claytons begegnete, verharrte es und zog die Hinterbeine bedächtig unter sich.
Der Mensch sah in Todesangst zu, zu furchtsam, den Speer zu werfen, außerstande zu fliehen.
Er vernahm ein Geräusch in dem Baum über ihm. Eine neue Gefahr, dachte er, wagte jedoch nicht, den Blick von den gelb-grünen Augen zu wenden. Dann folgte ein scharfes Surren, als reiße eine Banjosaite, und im gleichen Augenblick steckte auch schon ein Pfeil im gelben Fell des kauernden Löwen.
Die Bestie sprang mit einem Gebrüll, das Schmerz und Wut ausdrückte. Clayton brachte es irgendwie fertig, zur Seite zu stolpern, und als er sich umwandte, um dem ergrimmten König der Tiere wieder ins Auge zu sehen, war er entsetzt über den Anblick, der sich ihm bot.

Fast im gleichen Moment, als der Löwe sich umwandte, um den Angriff zu erneuern, ließ sich ein halbnackter Hüne aus dem Baum darüber genau auf seinen Rücken fallen.

Ein von mächtigen Muskelsträngen umspannter Arm schlang sich blitzartig um den riesigen Hals der Bestie, die plötzlich von hinten hochgehoben wurde, brüllte und mit den Pranken die Luft zerkeilte. Sie wurde so leicht aufgehoben, wie Clayton einen Schoßhund auf den Arm genommen hätte.

Dieses Schauspiel im Zwielicht des tiefen afrikanischen Dschungels brannte sich auf ewig in das Gedächtnis des Engländers ein.

Der Mensch vor ihm war die Verkörperung physischer Vollkommenheit und riesenhafter Stärke; doch nicht darauf hatte er sich bei seinem Kampf mit der großen Katze verlassen, denn so kraftvoll seine Muskeln auch waren, niemals hätten sie sich mit denen Numas messen können. Er verdankte seine Überlegenheit der Gewandtheit, seinem Gehirn und dem langen, scharfen Messer.

Während er den Hals des Löwen mit dem rechten Arm umfasste, stieß er mit der linken Hand das Messer immer wieder in die ungeschützte Flanke hinter der linken Schulter. Das ergrimmte Tier krümmte den Rücken und richtete sich nach hinten auf, bis es auf den Hinterbeinen stand und in dieser unnatürlichen Haltung ohnmächtig um sich schlug.

Hätte der Kampf einige Sekunden länger gedauert, so wäre er möglicherweise anders ausgegangen, aber alles vollzog sich so schnell, dass dem Löwen keine Zeit blieb, seine Verwirrung und Überraschung zu überwinden, er vielmehr schon leblos zu Boden sank.

Dann stellte sich das seltsame Wesen, welches das Tier besiegt hatte, auf den toten Körper, warf den schönen, wilden Kopf zurück und stieß jenen furchterregenden Schrei aus, der Clayton vor einigen Augenblicken so erschreckt hatte.

Er sah die Gestalt eines jungen Mannes vor sich, der bis auf ein Lendentuch und einige barbarische Schmuckstücke an Armen und Beinen völlig nackt war. Auf seiner Brust blitzte ein wertvolles, mit Diamanten besetztes Medaillon auf der glatten, braunen Haut.

Der Mann hatte das Jagdmesser wieder in die selbstgefertigte Scheide gesteckt und hob Bogen und Köcher auf. Er hatte beides fallen lassen, als er zum Angriff auf den Löwen ansetzte.

Clayton sprach den Fremden auf Englisch an, dankte ihm für seine tapfere Rettungstat und äußerte sich beifällig über die erstaunliche Körperkraft und Geschicklichkeit, die er gezeigt hatte, aber die einzige Antwort war ein steter Blick und ein schwaches Zucken der mächtigen Schultern, das man als Herunterspielen der erwiesenen Hilfeleistung oder Unkenntnis von Claytons Sprache auffassen konnte.
Als der wilde Mensch – denn dafür hielt ihn Clayton jetzt – Bogen und Köcher wieder auf seinem Rücken befestigt hatte, zog er abermals sein Messer und schnitt geschickt mehrere großen Streifen Fleisch aus der Flanke des Löwen. Dann hockte er sich hin und begann zu essen, wobei er Clayton mit einer Handbewegung aufforderte, es ihm gleichzutun.
Die kräftigen, weißen Zähne drangen in das rohe, bluttriefende Fleisch, der Fremde ließ es sich ganz offensichtlich schmecken, doch Clayton konnte sich nicht überwinden, das unzubereitete Gericht mit seinem seltsamen Gastgeber zu teilen; stattdessen beobachtete er ihn, und da dämmerte ihm, dass er Tarzan von den Affen vor sich hatte, dessen Anschlag er am Morgen an der Tür der Hütte entdeckt hatte.
War dem so, dann musste er Englisch sprechen.
Wieder versuchte Clayton, sich dem Affenmenschen verständlich zu machen. Aber die Antworten, die dieser hervorbrachte, bestanden aus seltsamen Lauten, die eher an das Geschnatter von Affen erinnerten, vermischt mit dem Knurren eines wilden Tieres.
Nein, das konnte Tarzan von den Affen nicht sein, denn es war offensichtlich, dass er von Englisch keine Ahnung hatte.
Als Tarzan seine Mahlzeit beendet hatte, erhob er sich, wies in eine ganz andere Richtung als jene, die Clayton eingeschlagen hatte, und machte sich zu dem angegebenen Ziel auf den Weg durch den Dschungel.
Clayton war verwirrt und beunruhigt und zögerte, ihm zu folgen, denn er glaubte, man wolle ihn noch tiefer in das Dickicht des Waldes führen. Aber als der Affenmensch sah, dass Clayton ihm nicht folgen wollte, kam er zurück, packte ihn am Jackett und zog ihn mit sich, bis er überzeugt war, dass Clayton begriffen hatte, was man von ihm verlangte. Dann ließ er ihn los, da er freiwillig mitkam.

Der Engländer war zu der Überzeugung gelangt, dass er ein Gefangener sei, und sah keine andere Möglichkeit, als seinem Wächter zu folgen. So durchquerten sie langsam den Dschungel, während die Nacht den undurchdringlichen Wald ringsum in ihren Mantel hüllte und die leisen Tritte weicher Pfoten sich mit dem Knacken von Zweigen und den wilden Geräuschen jenes Lebens vermischten, das allmählich von Clayton Besitz ergriff, wie er deutlich spürte.
Plötzlich hörte er den schwachen Knall einer Feuerwaffe – ein einzelner Schuss krachte, dann herrschte wieder Stille.
In dem Haus am Strand kauerten zwei zu Tode verängstigte Frauen eng aneinandergeschmiegt in der zunehmenden Dunkelheit auf einer niedrigen Bank.
Die Negerin schluchzte hysterisch und verwünschte den schlimmen Tag, an dem sie ihr geliebtes Maryland verlassen hatte, während die junge weiße Frau, äußerlich ruhig und ohne zu weinen, innerlich von Ängsten und bösen Vorahnungen gepeinigt wurde. Sie bangte weniger um sich selbst als um die drei Männer, die, wie sie wusste, in den undurchdringlichen Tiefen des wilden Dschungels umherstreiften, aus dem ihr jetzt fast unaufhörlich Geschrei und Gebrüll, Gebell und das Knurren der schrecklichen und furchteinflößenden Bewohner der Wildnis entgegenscholl.
Jetzt hörten sie deutlich einen schweren Körper an der einen Seite des Hauses entlangschleifen. Sie vernahmen weiche Tritte mächtiger Pranken. Einen Augenblick lang herrschte Stille, selbst der Lärm des Waldes erstarb zu einem schwachen Murmeln.
Dann hörten sie das Tier draußen deutlich an der Tür schnüffeln, keine zwei Fuß von der Stelle entfernt, wo sie hockten. Jane erschauderte und schmiegte sich instinktiv enger an die dunkelhäutige Frau.
»Still!«, wisperte sie. »Still, Esmeralda!«, denn das Schluchzen und Greinen der Negerin schien das Lebewesen herbeigelockt zu haben, das jenseits der dünnen Wand umherstrich.
Ein sanftes Kratzen an der Tür ließ sich vernehmen. Das Tier versuchte, sich Zutritt zu verschaffen; kurz darauf brach das Geräusch ab, dann hörten sie wieder große Pranken leise um die Hütte tappen. Abermals hielten sie inne – diesmal unter dem Fenster, auf das sich die entsetzten Augen der jungen Frau jetzt richteten.

»O Gott!«, murmelte sie, denn gegen den vom Mondlicht erhellten Himmel konnte sie im winzigen Quadrat der vergitterten Fensteröffnung deutlich den Kopf einer riesigen Löwin erkennen.

Die glühenden Augen musterten sie starr und wild.

»Sieh doch, Esmeralda!«, wisperte sie. »Um Gottes willen, was sollen wir tun? Sieh doch! Schnell! Am Fenster!«

Esmeralda drängte sich noch enger an ihre Herrin und warf kurz einen verängstigten Blick auf das kleine, vom Mondlicht erhellte Quadrat, gerade als die Löwin ein tiefes, wildes Knurren von sich gab.

Was die Augen der armen Frau sehen mussten war zu viel für die bereits überbeanspruchten Nerven.

»Oh, Gaberelle!«, schrie sie und sank als schlaffe, gefühllose Gestalt zu Boden.

Das große Tier schien eine ganze Ewigkeit dort zu stehen, die Vorderpranken auf dem Fensterbrett, und in den kleinen Raum zu starren. Dann prüfte es, ob das Gitter seinen Krallen standhalten würde.

Das Mädchen hatte fast aufgehört zu atmen, als der Kopf zu ihrer Erleichterung verschwand und sie hörte, wie das Tapsen des Tieres sich vom Fenster entfernte. Aber jetzt ging es wieder zur Tür und hub erneut an, daran zu kratzen, diesmal mit vermehrter Kraft, bis es schließlich in einem wahren Anfall von Begierde, sich der hilflosen Opfer zu bemächtigen, an der massiven Verkleidung riss.

Hätte Jane gewusst, wie unerhört stark die Schicht für Schicht aufeinander genagelte Tür war, so hätte sie weniger befürchtet, die Löwin könne auf diesem Wege ins Haus dringen.

Als John Clayton diese grobgezimmerte, jedoch solide Tür anfertigte, hätte er sich wiederum schwer vorstellen können, dass sie eines Tages, zwanzig Jahre später, eine zu seiner Zeit noch ungeborene, hübsche, junge Amerikanerin gegen die Zähne und Krallen eines menschenmordenden Tieres schützen würde.

Geschlagene zwanzig Minuten machte sich das Tier an der Tür zu schaffen, wobei es immer wieder Witterung aufnahm und gelegentlich ein wüstes, markerschütterndes Gebrüll ausstieß, weil seine Bemühungen noch immer vergebens waren. Schließlich gab es jedoch

seine Versuche auf, und Jane hörte, wie es zum Fenster zurückkehrte, dort einen Moment innehielt und sodann sein ganzes Gewicht gegen das Gitter warf, das in den Jahren morsch geworden war.
Die junge Frau hörte die Holzstangen unter dem Aufprall ächzen, jedoch standhalten, und der massige Körper fiel wieder zu Boden.
Die Löwin erneuerte ihre Taktik jedoch, bis die entsetzte Gefangene innen sah, wie ein Teil des Gitterwerks nachgab und einen Augenblick später eine große Pranke und der Kopf des Tieres ins Zimmer ragten.
Langsam drückten der mächtige Hals und die Schultern die Stangen auseinander, und der geschmeidige Körper schob sich immer weiter herein.
Die junge Frau erhob sich wie in einem Trancezustand, die eine Hand auf der Brust, und starrte mit weitgeöffneten Augen entsetzt auf das knurrende Gesicht der kaum zehn Fuß von ihr entfernten Löwin. Ihr zu Füßen lag lang ausgestreckt die Negerin. Wenn sie sie nur aufwecken konnte! Durch gemeinsame Anstrengung wäre es vielleicht möglich, den wilden, blutdürstigen Eindringling zurückzustoßen.
Jane bückte sich, um die dunkelhäutige Frau bei der Schulter zu packen. Sie schüttelte sie grob.
»Esmeralda! Esmeralda!«, rief sie. »Hilf mir, oder wir sind verloren.«
Esmeralda schlug langsam die Augen auf. Das Erste, was sie sah, waren die triefenden Fangzähne der hungrigen Löwin. Mit einem entsetzten Aufschrei stellte sich die arme Frau auf alle viere, rutschte in dieser Haltung durch den Raum und schrie aus Leibeskräften: »O Gaberelle! O Gaberelle!«
Esmeralda wog gut ihre zweihundertachtzig Pfund, und die außerordentliche Eile im Verein mit ihrer außerordentlichen Korpulenz erzeugten ein höchst verblüffendes Ergebnis, wenn es ihr beliebte, auf allen vieren zu kriechen.
Die Löwin verhielt sich einen Augenblick ruhig und beobachtete die dahinwieselnde Esmeralda gespannt, deren Ziel der Schrank zu sein schien, in den sie ihren massigen Körper hineinzwängen wollte. Da der Abstand zwischen den Fächern jedoch nur fünfundzwanzig oder dreißig Zentimeter betrug, konnte sie gerade einmal den Kopf hineinstecken, worauf sie mit einem endgültigen Aufkreischen,

das die Dschungelgeräusche zur Bedeutungslosigkeit schrumpfen ließ, abermals in Ohnmacht sank.

Mit dem Verstummen von Esmeralda erneuerte die Löwin ihre Bemühungen, den gewaltigen Körper durch das nachgebende Gitter zu zwängen.

Das Mädchen stand totenblass und reglos an der gegenüberliegenden Wand und suchte mit wachsender Verzweiflung nach einer Möglichkeit des Entrinnens.

Plötzlich berührte ihre Hand, die sie gegen die Brust presste, die harte Kante des Revolvers, den Clayton ihr vor einigen Stunden zugesteckt hatte.

Schnell zog sie ihn aus seinem Versteck, richtete ihn genau auf das Gesicht der Löwin und drückte ab.

Eine Flamme blitzte auf, die Waffe entlud sich krachend, und ein Gebrüll des Schmerzes und der Wut war die Antwort.

Jane Porter sah die riesige Gestalt vom Fenster verschwinden, dann sank sie gleichfalls in Ohnmacht, und der Revolver fiel neben ihr zu Boden.

Aber Sabor war nicht tot. Die Kugel hatte ihr nur eine schmerzhafte Wunde in der gewaltigen Schulter zugefügt. Es war eher die Überraschung angesichts des blendenden Feuerscheins und ohrenbetäubenden Knalls, der sie zu einem überhasteten, aber nur zeitweiligen Rückzug gezwungen hatte.

Einen Augenblick später war sie wieder am Gitter und riss mit erneuerter Wut, doch verringerter Kraft an der Öffnung, da sie die verwundete Vorderpranke fast gar nicht mehr gebrauchen konnte.

Sie sah ihre Beute – zwei Frauen – reglos auf dem Boden liegen und musste auch keinen Widerstand mehr überwinden. Vor ihr lag Fleisch, und sie hatte sich nur durch das Gitter zu zwängen, um es an sich zu reißen.

Langsam, Zentimeter für Zentimeter, schob sie sich durch die Öffnung. Schon war ihr Kopf durch, nun die eine gewaltige Vorderpranke und die Schulter.

Behutsam zog sie das verwundete Bein an den Körper, um es möglichst schmerzlos durch die zurückfedernden Gitterstäbe zu bringen. Einen Augenblick später hing sie mit beiden Schultern im Raum, der

lange, sehnige Körper und die schmalen Hüften würden sich schnell nachziehen lassen.
Genau dieser Anblick bot sich Jane Porter, als sie die Augen aufschlug.

Als Clayton den Schuss krachen hörte, befiel ihn entsetzliche Angst und Besorgnis. Wohl wusste er, dass einer der Seeleute geschossen haben könnte, aber die Tatsache, dass er Jane den Revolver zugesteckt hatte, ließ ihn, zumal bei seinen überbeanspruchten Nerven, zu der krankhaften Überzeugung gelangen, ihr drohe eine große Gefahr. Vielleicht versuchte sie gerade, sich gegen einen verwilderten Menschen oder ein wildes Tier zu verteidigen.

Über die Gedanken seines seltsamen Wächters oder Führers konnte er nur unklare Vermutungen anstellen, aber dass dieser den Schuss gehört hatte und auf seine Weise davon beeinflusst wurde, war offensichtlich, denn er beschleunigte sein Tempo so spürbar, dass Clayton, der blindlings hinter ihm dreinstolperte, im vergeblichen Bemühen, mit ihm Schritt zu halten, alle paar Minuten auf die Nase fiel und bald hoffnungslos zurücklag.

Aus Furcht, sich wieder gewaltig zu verlaufen, rief er laut nach dem wilden Menschen vor ihm und sah ihn zu seiner Freude einen Moment später leichtfüßig aus den Zweigen über ihm zu Boden springen. Tarzan blickte den jungen Mann scharf an, als überlege er, was die beste Lösung sei. Dann bückte er sich tief vor ihm, gab ihm durch eine Geste zu verstehen, er solle seinen Hals umfassen, und schwang sich mit dem weißen Mann auf dem Rücken wieder in die Wipfel.

Die nächsten Minuten vergaß der junge Engländer sein Lebtag nicht. Hoch in den hin und her schwingenden Zweigen wurde er mit einer ihm unglaublich erscheinenden Geschwindigkeit davongetragen, während es Tarzan verdross, dass sie so langsam vorankamen.

Dieses behände Geschöpf schwang sich mit Clayton von einem hoch aufragenden Ast in einem schwindelerregenden Bogen zu einem benachbarten Baum und lief anschließend vielleicht hundert Meter sicher ein Gewirr miteinander vergabelter Zweige entlang, wobei es wie ein Seiltänzer hoch über dunklen, grünen Tiefen balancierte.

Clayton empfand zunächst eisige Furcht, bald jedoch nichts als tiefe Bewunderung und Neid angesichts dieser gigantischen Muskeln, des untrüglichen Instinkts und der Kenntnis, die diesen Gott des Waldes

ebenso leicht und sicher durch das Tintenblau der Nacht geleitete, wie Clayton am hellen Mittag durch eine Londoner Straße gegangen wäre.
Ab und zu erreichten sie eine Stelle mit weniger dichtem Blattwerk, wo die hellen Strahlen des Mondes vor Claytons staunenden Augen den seltsamen Pfad beleuchteten, den sie eingeschlagen hatten.
In solchen Augenblicken stockte dem Menschen fast der Atem angesichts der schrecklichen Tiefe unter ihnen, denn Tarzan wählte stets den leichtesten Weg, der oft hundert Fuß über der Erde entlangführte.
Bald waren sie an der Lichtung vorm Strand. Tarzans feines Gehör hatte bereits die seltsamen Geräusche erfasst, die Sabor bei ihren Bemühungen, das Gitterwerk zu durchbrechen, verursachte, und Clayton hatte den Eindruck, sie fielen hundert Fuß senkrecht hinunter, so schnell stieg Tarzan nach unten. Dennoch setzten sie ganz leicht auf. Kaum hatte Clayton den Affenmenschen losgelassen, sah er ihn auch schon wie ein Eichhörnchen zur anderen Seite des Hauses huschen.
Der Engländer rannte ihm schnell nach und kam gerade rechtzeitig, um zu sehen, wie das Hinterviertel eines großen Tieres im Begriff war, durchs Fenster ins Haus zu gleiten.
Als Jane die Augen aufschlug und die ihnen unmittelbar drohende Gefahr erkannte, gab ihr tapferes junges Herz auch das letzte Quäntchen Hoffnung auf. Da bemerkte sie zu ihrer Überraschung, wie das riesige Tier langsam durchs Fenster zurückgezogen wurde, und sah im Mondschein dahinter die Köpfe und Schultern zweier Menschen.
Als Clayton um die Hausecke bog, erblickte er nicht nur das sich durchs Fenster zwängende Tier, sondern sah auch, dass der Affenmensch den langen Schweif mit beiden Händen gepackt hatte, seine Füße fest gegen die Wand des Hauses stemmte und seine ganze riesige Kraft einsetzte, um die Bestie wieder nach draußen zu ziehen.
Clayton sprang hinzu, um mitzuhelfen, der Affenmensch schnatterte etwas in energischem, herrischem Ton, nach Claytons Ansicht bestimmt einen Befehl, aber er konnte ihn nicht verstehen.
Ihre gemeinsamen Bemühungen erreichten schließlich, dass der gewaltige Körper immer weiter aus dem Fenster glitt, und da erst däm-

merte Clayton die Erkenntnis, wie tollkühn und tapfer sein Begleiter handelte.

Wenn ein unbekleideter Mensch ein heiser brüllendes, mit Krallen bewehrtes, menschenmordendes Tier am Schwanz aus einem Fenster zog, um eine fremde weiße Frau zu retten, bedeutete dies in der Tat den Gipfel des Heldentums.

Was Clayton anbetraf, standen die Dinge anders, da die Frau nicht nur seiner eigenen Art und Rasse angehörte, sondern das einzige Wesen auf der ganzen Welt war, das er liebte.

Obwohl er wusste, dass die Löwin kurzen Prozess mit ihnen machen würde, zog er mit, fest entschlossen, sie von Jane Porter fernzuhalten. Da musste er an den Kampf zwischen diesem Menschen und dem großen Löwen mit schwarzer Mähne denken, den er kurz zuvor mit angesehen hatte, und er empfand auf einmal mehr Zuversicht.

Noch immer erteilte Tarzan Befehle, die Clayton nicht verstehen konnte.

Er wollte diesem dummen weißen Menschen sagen, er solle die vergifteten Pfeile in Sabors Rücken und Flanken stoßen und das lange, dünne Jagdmesser, das an Tarzans Hüfte hing, dem Tier ins Herz, aber der Mensch wollte nicht verstehen, und Tarzan wagte nicht, loszulassen und dies alles selbst zu tun, denn ihm war klar, dass der schwächliche weiße Mann Sabor nicht einmal zwei Sekunden würde allein halten können.

Langsam glitt die Löwin durchs Fenster. Schließlich waren auch ihre Schultern draußen.

Da erlebte Clayton etwas Unglaubliches. Tarzan hatte sich den Kopf zerbrochen, auf welche Weise er allein mit der ergrimmten Bestie fertig werden würde, und sich plötzlich des Kampfes mit Terkoz erinnert, und als die mächtigen Schultern sich vom Fenster lösten, so dass die Löwin nur noch mit den Vorderpranken am Fensterrahmen hing, ließ er sie plötzlich los.

Mit der Geschwindigkeit einer zustoßenden Klapperschlange warf er sich auf Sabors Rücken und setzte mit seinen starken, jungen Armen einen vollen Nelson bei dem Tier an, wie er ihn damals während des blutigen, letztendlich siegreichen Kampfes mit Terkoz erlernt hatte.

Die Löwin ließ sich aufbrüllend nach hinten fallen, so dass sie ihren Feind unter sich begrub, aber der schwarzhaarige Hüne packte sie nur noch fester.
Sabor wälzte sich hin und her, krallte sich in die Erde oder zerkeilte die Luft mit den Pranken, im Bemühen, diesen seltsamen Gegner abzuschütteln, doch die eisernen Bande, die ihren Kopf immer tiefer auf die braune Brust zwängten, zogen sich nur noch fester zusammen.
Die stahlharten Unterarme des Affenmenschen, die Sabors Genick umspannten, glitten höher. Die Bemühungen der Löwin wurden schwächer.
Schließlich beobachtete Clayton, wie sich die ungeheuren Muskeln von Tarzans Schultern und Oberarmen im silbernen Mondlicht zu festen Knoten zusammenzogen, und nach einer längeren, äußersten Anstrengung des Affenmenschen sprangen die Wirbel von Sabors Genick mit deutlich vernehmbarem Knacken auseinander.
Im Nu stand Tarzan auf den Füßen, und zum zweiten Mal an diesem Tag vernahm Clayton den wilden Siegesschrei des Affenmännchens.
Dann hörte er Jane entsetzt rufen:
»Cecil ... Mr Clayton! Oh, was war das? Was war das?«
Clayton lief schnell zur Tür und rief ihr zu, alles sei in Ordnung, sie solle die Tür öffnen. Sie schob den großen Riegel so schnell sie konnte zur Seite und zog Clayton nachgerade nach drinnen.
»Was war das für ein entsetzlicher Laut?«, wisperte sie und schmiegte sich an ihn.
»Es war ein Schrei, der vom Tod kündet, und ausgestoßen hat ihn der Mensch, der soeben Ihr Leben gerettet hat, Miss Porter. Warten Sie, ich will ihn holen, damit Sie sich bedanken können.«
Die verängstigte Frau wollte nicht allein bleiben, also begleitete sie Clayton zu der Seite des Hauses, wo der tote Körper der Löwin lag. Tarzan von den Affen war verschwunden.
Clayton rief mehrmals, doch keine Antwort erfolgte, also kehrten die beiden in die größere Sicherheit des Hauses zurück.
»Was für ein schrecklicher Laut!«, sagte Jane. »Ich schaudere jetzt noch, wenn ich daran denke. Sagen Sie mir nicht, eines Menschen Kehle hätte diesen hässlichen und furchteinflößenden Schrei ausgestoßen.«

»Aber so war es, Miss Porter«, erwiderte Clayton. »Oder wenn nicht die eines Menschen, dann die des Waldgottes.«
Dann berichtete er ihr, was er mit diesem seltsamen Geschöpf erlebt hatte, wie der wilde Mensch ihm zweimal das Leben gerettet habe, über welch erstaunliche Kraft, Gewandtheit und Tapferkeit er verfüge – und was für eine braune Haut und ein schönes Gesicht er habe.
»Aus alledem kann ich nicht schlau werden«, sagte er abschließend. »Zuerst dachte ich, es könnte Tarzan von den Affen sein, aber er spricht nicht Englisch und versteht es auch nicht, so dass diese Theorie nicht aufrechtzuerhalten ist.«
»Nun, was immer er sein mag, wir verdanken ihm unser Leben«, sagte Jane. »Möge Gott ihn segnen und in diesem wilden, lebensbedrohenden Dschungel beschützen!«
»Amen!«, sagte Clayton inbrünstig.
»Um Gottes willen, bin ich denn nicht tot?«
Die beiden wandten sich um und sahen Esmeralda aufrecht am Boden sitzen und wild mit den großen Augen rollen, als könne sie nicht glauben, was diese ihr über ihren Aufenthaltsort kundtaten.
Jetzt kam Jane Porters Gegenreaktion. Sie sank auf die Bank und schluchzte und lachte zugleich hysterisch.

Zwei alte Männer standen heiß debattierend auf einem Stück Sandstrand einige Meilen südlich des Hauses.

Vor ihnen breitete sich der weite Atlantik. Hinter ihnen lag der Schwarze Kontinent. Ringsum ragte die undurchdringliche dunkle Wand des Dschungels.

Wilde Tiere brüllten und knurrten, abstoßende und unheimliche Laute drangen an ihre Ohren. Sie waren auf der Suche nach ihrem Lager meilenweit umhergewandert, aber immer in der falschen Richtung, und hatten sich derart hoffnungslos verlaufen, als hätte man sie jählings in eine andere Welt versetzt.

Zu diesem Zeitpunkt musste jedes Quäntchen ihrer kombinierenden Verstandeskraft auf das elementarste Problem des Augenblicks konzentriert sein, sollte man meinen – auf die lebenswichtige Frage, wohin sie ihre Schritte lenken müssten, wollten sie in ihr Lager zurückgelangen.

Samuel T. Philander hatte das Wort ergriffen.

»Aber, mein lieber Professor«, sagte er eindringlich. »Ich halte nach wie vor dafür, dass die Welt ohne die Siege Ferdinands und Isabellas über die Mauren im Spanien des fünfzehnten Jahrhunderts heute tausend Jahre weiter fortgeschritten wäre, als sie jetzt ist. Die Mauren waren im Wesentlichen eine tolerante, großmütige, liberale Menschengattung von Landwirten, Handwerkern und Kaufleuten – genau der Menschentyp, der solche Zivilisation ermöglichte, wie wir sie heute in Amerika und Europa finden, während die Spanier … «

»Aber, aber, mein lieber Mr Philander«, fiel Professor Porter ihm ins Wort. »Ihre Religion schließt die von Ihnen angedeuteten Möglichkeiten voll und ganz aus. Der Islam hat stets einen schädlichen Einfluss auf die Entwicklung der Wissenschaften ausgeübt, das war so, ist so und wird so bleiben, und die Wissenschaften kennzeichneten …«

»O mein Gott!«, unterbrach ihn Mr Philander, der den Blick dem Dschungel zugewandt hatte. »Professor, ich glaube, da kommt jemand.«

Professor Archimedes Q. Porter blickte in die Richtung, die der kurzsichtige Mr Philander wies.

»Aber, aber, Mr Philander«, sagte er vorwurfsvoll. »Wie oft muss ich Sie noch ermahnen, jene absolute Konzentration Ihrer geistigen Fähigkeiten herbeizuführen, ohne die es Ihnen niemals möglich sein wird, den Intellekt in höchstem Maße jenen bedeutsamen Problemen zuzuwenden, die zu lösen naturgemäß großen Geistern zufällt? Im Augenblick haben Sie sich zudem der flagrantesten Verletzung der Höflichkeit schuldig gemacht, da Sie meinen wissenschaftlichen Diskurs unterbrachen, um meine Aufmerksamkeit einem bloßen Vierfüßler der Gattung *Felis* zuzuwenden. Also, was ich sagen wollte, Mr ...«

»Himmel hilf! Ein Löwe?«, rief Mr Philander und strengte sich an, mit seinen schwachen Augen die verschwommene Gestalt zu erkennen, die sich gegen das dunkle, tropische Unterholz abhob.

»Also bitte, Mr Philander, wenn Sie sich in unserem Disput unbedingt der Alltagssprache bedienen wollen – ein ›Löwe‹. Aber was ich sagen wollte ...«

»O du mein Gott! Professor!«, fiel Mr Philander ihm abermals ins Wort. »Erlauben Sie mir, darauf hinzuweisen, dass die Mauren, die im fünfzehnten Jahrhundert besiegt wurden, zumindest zum gegenwärtigen Zeitpunkt durchaus weiter in dieser höchst bedauernswerten Lage verbleiben können, auch wenn wir die Diskussion über diese weltumspannende Kalamität vertagen, bis wir des beeindruckenden Anblicks jenes *Felis carnivora* dort teilhaft werden, den die Entfernung buchstäblich in Kürze ermöglichen wird.«

In der Zwischenzeit hatte sich der Löwe den beiden Männern mit gelassener Würde auf eine Distanz von zehn Schritt genähert, worauf er stehen blieb und sie neugierig betrachtete.

Der Strand lag im hellen Mondschein, und die seltsame Gruppe hob sich gegen den gelben Sand deutlich ab.

»Höchst tadelnswert, höchst tadelnswert«, rief Professor Porter in leicht gereiztem Ton. »Mr Philander, ich kann mich nicht erinnern, je erlebt zu haben, dass man einem dieser Tiere gestattete, außerhalb des Käfigs frei umherzulaufen. Sie können sich darauf verlassen, dass ich diese unerhörte Verletzung der Ethik den Direktoren des nahegelegenen Zoologischen Gartens zur Kenntnis bringen werde.«

»Sehr richtig, Professor«, pflichtete Mr Philander bei. »Und je eher dies geschieht, desto besser. Wir wollen gleich hingehen.«

Er packte den Professor beim Arm und schlug die Richtung ein, die sie auf größte Distanz zu dem Löwen brachte.

Sie hatten gerade erst ein kurzes Stück zurückgelegt, als ein Blick nach hinten dem entsetzten Mr Philander kundtat, dass der Löwe ihnen folgte. Er packte den protestierenden Professor noch fester und steigerte die Geschwindigkeit.

»Was ich sagen wollte, Mr Philander ...«, wiederholte Professor Porter.

Mr Philander schaute sich abermals schnell um. Der Löwe hatte seine Schritte ebenfalls beschleunigt und folgte ihnen unbeirrt im gleichen Abstand.

»Er kommt uns nach!«, raunte Mr Philander entsetzt und fing an zu rennen.

»Aber, aber, Mr Philander!«, ermahnte ihn der Professor. »Diese unziemliche Hast steht Männern der Wissenschaft nicht zu Gesicht. Was sollen unsere Freunde von uns denken, die vielleicht auf der Straße stehen und unser ungebührliches Verhalten sehen? Lassen Sie uns bitte gesitteter weitergehen.«

Mr Philander warf einen weiteren besorgten Blick nach hinten.

Der Löwe folgte in kleinen Sprüngen kaum fünf Schritt hinter ihnen.

Mr Philander ließ den Arm des Professors los und setzte zu einem derart wilden Spurt an, wie er jedem studentischen Leichtathletikteam zur Ehre gereicht hätte.

»Was ich sagen wollte, Mr Philander ...«, schrie Professor Porter, als er nun selbst, metaphorisch gesprochen, ›in gestreckten Galopp‹ überging. Ein flüchtiger Blick nach hinten hatte ihm gezeigt, wie sehr die grausamen gelben Augen und der halboffene Rachen ihm schon zu Leibe gerückt waren.

Mit dem seidenen Zylinder und wehenden Rockschößen rannte Professor Archimedes Q. Porter, Mr Samuel T. Philander dicht auf den Fersen, durch den hellen Mondschein.

Vor ihnen stieß eine Spitze des Dschungels an ein schmales Vorgebirge, und dorthin lenkte Mr Samuel T. Philander seine weiten Sätze und Sprünge, um in den Schutz der Bäume zu gelangen, die er dort sah. Zur gleichen Zeit verfolgten zwei scharfe Augen von ebendieser Stelle hochinteressiert das Wettrennen.

Es war Tarzan von den Affen, der grinsend das seltsame Katze-und-Maus-Spiel beobachtete.

Er wusste, dass die zwei Männer, so weit es den Löwen betraf, keinen Angriff zu gewärtigen hatten. Allein die Tatsache, dass Numa sich eine so leichte Beute noch nicht zu Gemüte geführt hatte, sagte dem in den Dingen des Waldes erfahrenen Tarzan, dass Numas Bauch derzeit gefüllt war.

Der Löwe war fähig, ihnen zu folgen, bis er wieder hungrig war, dennoch standen die Chancen sehr gut, dass er, sofern man ihn nicht reizte, des Spiels bald müde sein und sich seitwärts in die Büsche schlagen würde.

Es bestand lediglich die Gefahr, dass einer der Männer straucheln und fallen würde, dann wäre der gelbe Teufel sofort über ihm, und seine Freude am Töten wäre eine zu große Versuchung, als dass er ihr widerstehen könnte.

Deshalb schwang sich Tarzan schnell auf einen tiefer hängenden Zweig in der Bahn der sich nähernden Flüchtlinge, und als Mr Samuel T. Philander keuchend und schnaufend unter ihm vorbeirannte, schon zu erschöpft, um sich in die Sicherheit des Baumes hinaufzuziehen, langte Tarzan hinunter, packte ihm am Kragen und zog ihn auf den dicken Ast neben sich.

Einen Augenblick später befand sich auch der Professor in Reichweite seines freundschaftlichen Griffs, und auch er wurde in Sicherheit gehievt, gerade als der verdutzte Numa brüllend hochschnellte, um die ihm entrinnende Jagdbeute wiederzuerlangen.

Einen Moment klammerten sich die zwei Männer keuchend an den dicken Ast, während Tarzan, an den Baumstamm gelehnt, sie halb neugierig, halb belustigt musterte.

Es war der Professor, der das Schweigen zuerst brach.

»Es schmerzt mich tief, Mr Philander, dass Sie angesichts eines Geschöpfs der niederen Arten ein derart kärgliches Maß an Mut bekundet und durch Ihre ausgeprägte Furchtsamkeit auch mich gezwungen haben, mich in so ungewohntem Maße anzustrengen, nur damit ich unseren Meinungsstreit wiederaufnehmen kann. Was ich sagen

wollte, als Sie mich unterbrachen, Mr Philander, ist, dass die Mauren ...«
»Professor Archimedes Q. Porter«, unterbrach ihn Mr Philander in eisigem Ton. »Der Zeitpunkt ist erreicht, da Geduld zu einem Verbrechen wird und geistige Verkrüpplung im Gewand der Tugend auftritt. Sie haben mir Feigheit vorgeworfen. Sie haben mir zu verstehen gegeben, Sie seien nur gerannt, um mich einzuholen, und nicht, um den Krallen des Löwen zu entrinnen. Seien Sie auf der Hut, Professor Archimedes Q. Porter! Ich bin ein verzweifelter Mensch. Angestachelt durch zu lang geübte Geduld wird auch ein Wurm sich krümmen.«
»Aber, aber, Mr Philander, aber, aber!«, mahnte Professor Porter. »Sie vergessen sich.«
»Noch vergesse ich nichts, Professor Archimedes Q. Porter; aber glauben Sie mir, Sir, ich stehe am Rand des Vergessens, was Ihre erhabene Position in der Welt der Wissenschaft und Ihre grauen Haare anbetrifft.«
Der Professor saß einige Minuten schweigend, und die Dunkelheit verbarg das grimmige Lächeln, das sein von Falten zerfurchtes Gesicht überzog. Dann legte er los:
»Nun hör mal zu, Skinny!«, sagte er in streitsüchtigem Ton. »Wenn du's auf eine Prügelei ankommen lassen willst, dann zieh den Rock aus und komm mit nach unten. Ich werd dir eins auf die Rübe geben, wie ich es vor sechzig Jahren in der Allee hinter Porky Evans' Scheune schon mal getan hab.«
»Mein Gott, wie schön das klingt, Ark!«, stieß Mr Philander entzückt hervor. »Wenn du menschlich bist, könnt ich dich ans Herz drücken. Aber irgendwie kommt's mir vor, als hättest du in den letzten zwanzig Jahren vergessen, wie das ist, menschlich zu sein.«
Der Professor reckte die dünne, zitternde Hand in die Dunkelheit, bis er seines alten Freundes Schulter ertastete.
»Vergib mir, Skinny«, sagte er sanft. »Es ist nicht ganz so lange gewesen, und Gott allein weiß, wie sehr ich mich bemüht habe, um Janes und auch um deinetwillen ›menschlich‹ zu sein, seit der Herr mir meine andere Jane genommen hat.«
Eine andere Hand hob sich von Mr Philanders Seite, um die zu ergreifen, die auf seiner Schulter lag, und nichts hätte die von Herz zu Herzen gehende Botschaft besser übermitteln können.

Einige Minuten schwiegen beide. Der Löwe unter ihnen wanderte nervös auf und ab. Die dritte Gestalt auf dem Baum wurde durch die dichten Schatten um den Stamm verborgen. Sie schwieg gleichfalls, und saß reglos wie eine Grabfigur.
»Du hast mich genau zur richtigen Zeit auf den Baum gezogen«, sagte der Professor schließlich. »Dafür möchte ich dir danken. Du hast mir das Leben gerettet.«
»Das war nicht ich, Professor«, sagte Mr Philander. »Mein Gott, in der Aufregung habe ich ganz vergessen, dass auch ich durch irgendeine fremde Kraft hier hochgezogen wurde. Außer uns muss noch jemand auf dem Baum hocken.«
»Was?«, stieß Professor Porter hervor. »Sind Sie ganz sicher, Mr Philander?«
»Und ob, Professor«, erwiderte Mr Philander. »Ich meine, wir sollten dem Betreffenden danken«, fügte er hinzu. »Er müsste rechts von Ihnen sitzen, Professor.«
»He! Was ist das? Aber, aber, Mr Philander, aber, aber!«, sagte Professor Porter und rückte vorsichtig näher an Mr Philander.
Kurz zuvor hatte sich Tarzan von den Affen gesagt, dass Numa lange genug unter dem Baum umhergestreift war, also reckte er den Kopf gen Himmel, und alsbald schlug der durchdringende Warnruf der Menschenaffen den beiden alten Männern ans Ohr.
Die zwei Freunde hockten zitternd in luftiger Höhe auf dem Ast und sahen den großen Löwen in seinem ruhelosen Hin- und Herwandern innehalten, als der markerschütternde Schrei in seine Ohren drang, und dann behänd in den Dschungel tauchen, wo er jedem Blick entzogen war.
»Selbst der Löwe zittert vor Angst«, wisperte Mr Philander.
»Höchst bemerkenswert, höchst bemerkenswert!«, murmelte Professor Porter und klammerte sich verzweifelt an Mr Philander, um das Gleichgewicht wiederzuerlangen, das er vor Schreck verloren hatte. Unglücklicherweise befand sich Mr Philanders Körperschwerpunkt in diesem Augenblick gerade jenseits der scharfen Kante des Nichts, so dass es lediglich des sanften Anstoßes bedurfte, den das zusätzliche Gewicht von Professor Porter verursachte, um den ergebenen Sekretär vom Ast zu kippen.

Einen Augenblick lang schwankten sie unsicher hin und her, dann stürzten sie, vielstimmig und höchst unwissenschaftlich schreiend, in verzweifelter Umarmung aneinandergeklammert, kopfüber vom Baum.
Es dauerte eine Weile, ehe einer sich bewegte, denn beide waren überzeugt, jeder Versuch in dieser Hinsicht würde so viele Knochenbrüche und Frakturen offenbar werden lassen, dass an weiteres Fortbewegen nicht zu denken war.
Professor Porter unternahm schließlich einen Versuch, das eine Bein zu bewegen. Zu seiner Überraschung gehorchte es seinem Willen wie in vergangenen Tagen. Nun zog er das andere an und streckte es wieder.
»Höchst bemerkenswert, höchst bemerkenswert!«, murmelte er.
»Gott sei Dank, Professor«, wisperte Mr Philander erleichtert. »Also sind Sie nicht tot?«
»Aber, aber, Mr Philander, aber, aber!«, erwiderte Professor Porter ausweichend. »Noch weiß ich es nicht genau.«
Unendlich behutsam bewegte er den rechten Arm hin und her – welche Freude! Er war unversehrt. Nun wedelte er auch mit dem linken Arm über dem ausgestreckten Körper – er ließ mit sich wedeln!
»Höchst bemerkenswert, höchst bemerkenswert!«, sagte er.
»Wem winken Sie denn da, Professor?«, fragte Mr Philander aufgeregt.
Professor Porter hielt es unter seiner Würde, auf diese kindische Frage zu antworten. Stattdessen hob er behutsam den Kopf vom Boden und nickte ein halbes Dutzend Mal.
»Höchst bemerkenswert!«, hauchte er. »Er ist nach wie vor intakt.«
Mr Philander hatte sich noch nicht von der Stelle gerührt, wo er gefallen war. Er unternahm nicht einmal den Versuch. Wie hätte sich jemand auch bewegen können, dessen Arme, Beine und Rückgrat gebrochen waren?
Das eine Auge war in weichem Lehm vergraben, das andere verfolgte, seitwärts rollend, die seltsamen Kreiselbewegungen von Professor Porter.
»Wie traurig«, sagte Mr Philander halblaut. »Gehirnerschütterung, die eine totale geistige Verwirrung ausgelöst hat. Wirklich, sehr, sehr traurig! Und er war noch so jung!«

Professor Porter wälzte sich auf den Bauch. Behutsam krümmte er den Rücken, bis er ein Mittelding zwischen einem riesigen Kater und einem kläffenden Hund darstellte. Danach setzte er sich auf und betastete die verschiedenen Teile seiner Anatomie.

»Alles noch beisammen!«, verkündete er. »Höchst bemerkenswert!«

Nun erhob er sich, ließ einen vernichtenden Blick über Mr Samuel T. Philanders ausgestreckte Gestalt schweifen und sagte:

»Aber, aber, Mr Philander! Dies ist nicht der rechte Zeitpunkt, trägem Nichtstun zu frönen. Wir müssen uns rühren, tätig sein.«

Mr Philander hob das andere Auge aus dem Lehm und starrte Professor Porter sprachlos vor Zorn an. Dann versuchte er aufzustehen. Blass vor Staunen musste er feststellen, dass seine Bemühungen auf der Stelle von bemerkenswertem Erfolg gekrönt wurden.

Dennoch schnaubte er vor Wut angesichts der grausamen Ungerechtigkeit, die in Professor Porters Andeutung lag, und er war drauf und dran, eine scharfe Erwiderung vom Stapel zu lassen, als seine Augen auf eine seltsame Gestalt fielen, die einige Schritte entfernt stand und sie gespannt beobachtete.

Professor Porter hatte inzwischen seinen seidenen Zylinder wiedergefunden, säuberte ihn sorgfältig mit dem Rockärmel und setzte ihn auf. Als er Mr Philander auf etwas hinter ihm zeigen sah, wandte er sich um und entdeckte einen bis auf ein Lendentuch und wenige metallene Schmuckstücke unbekleideten Riesen, der regungslos vor ihnen stand.

»Guten Abend, Sir!«, sagte der Professor und lüftete seinen Hut.

Statt einer Antwort gebot der Riese mit einer Handbewegung, ihm zu folgen, und machte sich in der Richtung, aus der sie vor kurzem gekommen waren, auf den Weg zum Strand.

»Wir tun, glaube ich, gut daran, ihm zu folgen«, sagte Mr Philander.

»Aber, aber, Mr Philander«, entgegnete der Professor. »Vor kurzem erst haben Sie höchst logische Argumente zugunsten Ihrer Theorie vorgebracht, wonach das Lager direkt südlich von uns liegen müsse. Ich war skeptisch, doch Sie haben mich letztendlich überzeugt; deshalb bin ich mir jetzt ziemlich sicher, dass wir südwärts wandern müssen, um unsere Freunde zu erreichen.«

»Lieber Professor Porter, dieser Mensch weiß es vielleicht besser als wir beide. Er scheint sich in diesem Teil der Welt bestens auszukennen. Wir sollten ihm deshalb wenigstens ein kurzes Stück folgen.«
»Aber, aber, Mr Philander«, wiederholte der Professor. »Ich bin schwer zu überzeugen, aber wenn ich es bin, lasse ich an der getroffenen Entscheidung nicht mehr rütteln. Ich werde an der als richtig erkannten Richtung festhalten, und sollte ich den ganzen afrikanischen Kontinent durchqueren müssen, um meinen Bestimmungsort zu erreichen.«
Weiterer Streit wurde durch Tarzan unterbunden, der bemerkt hatte, dass diese seltsamen Menschen ihm nicht folgten und deshalb zurückgekommen war.
Abermals winkte er ihnen. Sie disputierten unbeirrt weiter.
Da verlor der Affenmensch die Geduld angesichts solch törichter Unwissenheit. Er packte den erschrockenen Mr Philander an den Schultern, und ehe dieser ehrenwerte Gentleman richtig wusste, ob er getötet oder nur zum Krüppel geschlagen werden sollte, hatte Tarzan sein Seil zuverlässig an Mr Philanders Hals befestigt.
»Aber, aber, Mr Philander«, sagte Professor Porter vorwurfsvoll. »Das passt doch gar nicht zu Ihnen, sich solche Entwürdigung gefallen zu lassen.«
Kaum hatte er diese Worte über die Lippen gebracht, wurde auch er ergriffen und mit demselben Seil um den Hals angekoppelt.
Dann machte sich Tarzan in nördlicher Richtung auf den Weg, den nun zu Tode erschrockenen Professor und seinen Sekretär mit sich führend.
Mucksmäuschenstill marschierten sie mehrere Stunden, wenigstens kam es den beiden müden und verzweifelten alten Männern so vor. Aber da erstiegen sie eine kleinen Erhebung und sahen zu ihrer großen Freude das Haus vor sich liegen, keine hundert Meter entfernt. Hier band Tarzan sie los, wies auf das kleine Gebäude und tauchte in den Dschungel neben ihnen.
»Höchst bemerkenswert, höchst bemerkenswert!«, stammelte der Professor. »Sie sehen jedoch, Mr Philander, dass ich wie gewöhnlich recht hatte. Ohne Ihren bornierten Eigensinn wäre uns eine ganze Folge höchst demütigender, um nicht zu sagen gefährlicher Vorfälle

erspart geblieben. Lassen Sie sich bitte also fortan von einem reiferen und praktischer veranlagten Charakter leiten, wenn Sie klugen Rats bedürfen.«

Mr Philander war viel zu erleichtert, dass ihr Abenteuer ein so glückliches Ende gefunden hatte, als dass er an der grausamen Stichelei des Professors hätte Anstoß nehmen können. Vielmehr packte er seinen Freund am Arm und zog ihn hastig mit auf das Haus zu.

Zur allgemeinen Freude war die kleine Gruppe Schiffbrüchiger wieder vereint. Die Abenddämmerung senkte sich hernieder, und sie redeten noch immer über die bestandenen Abenteuer und stellten Vermutungen an über die Identität des seltsamen Wächters und Beschützers, den sie an diesem wilden Gestade vorgefunden hatten.

Esmeralda war fest überzeugt, es könne sich nur um einen Engel des Herrn handeln, eigens herabgesandt, um über sie zu wachen.

»Wenn du gesehen hättest, wie er das rohe Fleisch des Löwen verschlang, würdest du ihn für einen sehr materiellen Engel halten, Esmeralda«, sagte Clayton lachend.

»Seine Stimme hatte auch nichts Himmlisches an sich«, erklärte Jane Porter und schauderte noch ein wenig bei der Erinnerung an das schreckliche Gebrüll, das nach dem Tod der Löwin zu hören gewesen war.

»Auch entspricht es keineswegs meinen Vorstellungen von der Erhabenheit der Himmelsboten, dass dieser – hm – Gentleman zwei hochangesehene und belesene Gelehrte an den Hälsen zusammenband und mit sich durch den Dschungel führte, als wären es Kühe«, bemerkte Professor Porter.

Da es nun völlig hell war, machte sich die Gruppe, von der seit dem gestrigen Morgen niemand etwas zu sich genommen oder geschlafen hatte, ans Werk, um eine Mahlzeit zu bereiten.

Die Meuterer der *Arrow* hatten einen kleinen Vorrat an Dörrfleisch, Eintopf- und Gemüsekonserven, Zwieback, Mehl, Tee und Kaffee für die fünf Personen an Land gebracht, die sie ausgesetzt hatten, und alles wurde eiligst in Anspruch genommen, um den nagenden Hunger zu stillen.

Die nächste Aufgabe bestand darin, das Haus bewohnbar zu machen. Zu diesem Zweck beschloss man, als Erstes die gräulichen Relikte der Tragödie zu entfernen, die sich vor langer Zeit hier abgespielt haben musste.

Professor Porter und Mr Philander waren darauf erpicht, die Skelette zu untersuchen. Zwei davon, das eines Mannes und das einer Frau, waren einer höher entwickelten weißen Rasse zuzurechnen.

Dem kleinsten widmeten sie nur flüchtige Aufmerksamkeit, da der Fundort, die Wiege, keinen Zweifel ließ, dass es sich um einen Säugling, gewiss den Nachkommen dieses unglücklichen Paares, handelte.

Als sie das Skelett des Mannes für die Bestattung herrichteten, entdeckte Clayton am Finger des Verblichenen einen massiven goldenen Ring, den er zum Zeitpunkt des Todes getragen haben musste, denn der dünne Fingerknochen steckte noch darin.

Clayton hob ihn auf, sah ihn sich an und äußerte laut sein Erstaunen, denn der Ring trug das Kreuz des Hauses Greystoke.

Im selben Moment entdeckte Jane die Bücher im Schrank, und als sie eins davon aufschlug, las sie auf dem Vorsatzblatt den Namen *John Clayton, London.* In einem zweiten Buch, das sie eilends aufklappte, stand nur der Name *Greystoke.*

»Was bedeutet das, Mr Clayton?«, fragte sie aufgeregt. »In diesen Büchern stehen die Namen Ihres Angehörigen.«

»Und hier habe ich den großen Ring des Hauses Greystoke, der verschwunden war, seit der frühere Lord Greystoke, mein Onkel John Clayton, vermisst wurde, wahrscheinlich auf See.«

»Aber wie erklären Sie sich, dass diese Gegenstände in diesen wilden afrikanischen Dschungel gelangten?«
»Dafür gibt es nur eine Erklärung, Miss Porter«, sagte Clayton. »Der vormalige Lord Greystoke ist nicht ertrunken, sondern hier in diesem Haus gestorben, und die bedauernswerten Gebeine dort auf dem Fußboden sind alles, was von ihm übrig geblieben ist.«
»Dann muss das hier Lady Greystoke gewesen sein«, sagte Jane ehrfurchtsvoll und wies auf das armselige Häufchen Knochen auf dem Bett.
»Die schöne Lady Alice, von deren vielen Tugenden und bemerkenswertem Charme ich meine Eltern oft habe reden hören«, erwiderte er. »Die arme Frau«, murmelte er traurig.
In feierlicher Weise und tiefer Ehrfurcht wurden die Gebeine des vormaligen Lords Greystoke und seiner Gattin neben ihrem kleinen afrikanischen Haus beerdigt, und zwischen sie bettete man das winzige Skelett des Babys von Kala, dem Affenweibchen.
Als Mr Philander die zarten Knochen des Kindes in ein Stück Segeltuch wickelte, untersuchte er den Schädel genauer. Dann rief er Professor Porter beiseite, und die zwei diskutierten einige Minuten in gedämpftem Ton.
»Höchst bemerkenswert, höchst bemerkenswert«, sagte Professor Porter.
»Mein Gott, wir müssen Mr Clayton unsere Entdeckung sofort unterbreiten.«
»Aber, aber, Mr Philander, aber, aber!«, sagte Professor Archimedes Q. Porter vorwurfsvoll. »›Erde zu Erde, Staub zu Staub‹!«
Später wiederholte der weißhaarige alte Mann die Bestattungsformel an diesem seltsamen Grab, während seine vier Leidensgenossen tief gebeugt und mit entblößten Häuptern neben ihm standen.
Tarzan von den Affen verfolgte die feierliche Handlung aus den Baumwipfeln. Am meisten ruhte sein Blick jedoch auf dem reizvollen Gesicht und der graziösen Gestalt von Jane Porter.
Neue Empfindungen regten sich in seinem wilden, ungeformten Gemüt. Er konnte sie nicht ergründen. Dann wunderte er sich, warum er sich so stark für diese Leute interessierte – warum hatte er sich solche Mühe gegeben, die drei Männer zu retten? Weniger zerbrach

er sich den Kopf darüber, dass er Sabor von der zarten Gestalt dieser fremden Frau zurückgezogen hatte.
Ganz gewiss waren die Männer töricht, lächerlich und feige. Selbst Manu, die Meerkatze, war intelligenter als sie. Sollten diese Typen wirklich der gleichen Gattung angehören wie er, dann ergaben sich Zweifel, ob sein vergangener Stolz auf seine Herkunft berechtigt war. Freilich, die junge Frau, das war etwas anderes. Da gab es kein Überlegen. Er wusste, dass sie geschaffen war, um beschützt zu werden, und dass er geschaffen war, sie zu beschützen.
Er fragte sich, warum sie so ein großes Loch ausgehoben hatten, nur um trockene Knochen zu vergraben. Was für einen Sinn hatte das? Niemand würde bleiche Gebeine stehlen.
Wäre noch Fleisch daran gewesen, so hätte es ihm eingeleuchtet, denn nur so konnte man es vor Dango, der Hyäne, und den anderen Räubern des Dschungels schützen.
Als das Grab zugeschüttet war, begab sich die kleine Gruppe wieder zum Haus, dabei blickte Esmeralda, die noch immer Ströme von Tränen vergoss für die zwei Menschen, von denen sie bis zum heutigen Tag nie etwas gehört hatte und die bereits zwanzig Jahre tot waren, zufällig zum Hafen. Im Nu versiegten ihre Tränen.
»Seht euch dieses weiße Gesindel dort an!«, rief sie schrill und wies auf die *Arrow*. »Sie lassen uns hier verkommen, hier auf dieser vermaledeiten Insel.«
In der Tat wurde die *Arrow* durch die Hafeneinfahrt langsam auf die offene See hinausmanövriert.
»Dabei haben sie versprochen, uns Feuerwaffen und Munition dazulassen«, sagte Clayton. »Diese unbarmherzigen Bastarde!«
»Daran ist bestimmt der Bursche schuld, den sie Snipes nennen, da bin ich mir sicher«, sagte Jane. »King war ein Schurke, aber er hatte sich noch ein bisschen Menschlichkeit bewahrt. Hätten sie ihn nicht ermordet, so hätte er bestimmt darauf gesehen, dass wir mit allem versorgt werden, ehe sie uns unserem Schicksal überließen.«
»Ich bedaure, dass sie uns nicht noch mal besucht haben, ehe sie abfuhren«, sagte Professor Porter. »Ich wollte sie ersuchen, den Schatz bei uns zu lassen, da ich ansonsten ruiniert wäre, falls er verloren ginge.«

Jane blickte ihren Vater bekümmert an.
»Sei nicht betrübt, mein Lieber«, sagte sie. »Es wäre bestimmt zwecklos gewesen, denn nur um des Schatzes willen haben sie ihre Offiziere getötet und uns an dieser schrecklichen Küste ausgesetzt.«
»Aber, aber, meine Kleine, aber, aber!«, erwiderte Professor Porter. »Du bist ein gutes Kind, in praktischen Dingen jedoch völlig unerfahren.« Damit wandte er sich ab und ging langsam auf den Dschungel zu, die Hände unter den langen Rockschößen verborgen und vor sich hin blickend.
Seine Tochter sah ihm traurig lächelnd nach und raunte Mr Philander dann zu:
»Lassen Sie ihn bitte nicht wieder davonspazieren wie gestern. Wie Sie wissen, verlassen wir uns völlig darauf, dass Sie gut auf ihn aufpassen.«
»Der Umgang mit ihm wird von Tag zu Tag schwieriger«, erwiderte Mr Philander seufzend und schüttelte den Kopf. »Ich nehme an, er hat sich auf den Weg gemacht, um den Direktoren des Zoos mitzuteilen, dass in der vergangenen Nacht einer ihrer Löwen frei umherlief. Oh, Miss Jane, Sie haben keine Vorstellung, was ich auszufechten habe.«
»O doch, Mr Philander, aber während wir alle ihn lieben, sind Sie der Geeignetste, ihn zu lenken; denn was immer er zu Ihnen sagt, er achtet Ihr großes Wissen und hat deshalb größtes Vertrauen in Ihr Urteilsvermögen. Der Arme kann nicht zwischen Belesenheit und Weisheit unterscheiden.«
Mr Philander machte sich mit leicht verlegener Miene auf den Weg, Professor Porter einzuholen, und zerbrach sich den Kopf über die Frage, ob er sich von Miss Porters ziemlich zweideutigem Kompliment geschmeichelt oder verletzt fühlen sollte.
Tarzan hatte die Verwirrung in den Gesichtern der kleinen Gruppe gesehen, als sie mit ansehen mussten, wie die *Arrow* in See stach; da das Schiff für ihn zudem eine einzigartige Neuheit darstellte, beschloss er, zu der Landzunge nördlich der Hafeneinfahrt zu eilen, um sich das Fahrzeug aus größerer Nähe anzusehen und dabei, wenn möglich, die Richtung festzustellen, in der es davonfuhr.
Er schwang sich wieder durch die Baumwipfel, weil er so schneller vorankam, und erreichte die Landspitze nur einen Moment, nachdem

das Schiff den Hafen verlassen hatte, so dass er sich einen ausgezeichneten Überblick über all die Wunderdinge dieses seltsamen, schwimmenden Hauses verschaffen konnte.
Etwa zwanzig Männer rannten an Deck hin und her und zogen an Tauen oder holten sie ein.
Vom Land wehte ein leichter Wind, so dass das Schiff beim Passieren der Hafeneinfahrt nur wenig Segel setzte, aber als sie die Landspitze jetzt hinter sich gelassen hatte, wurde jeder verfügbare Fetzen Tuch aufgehisst, damit die *Arrow* so gut wie möglich auf Auslaufkurs lag.
Hingerissen verfolgte Tarzan die eleganten Bewegungen des Schiffes. Zu gern wäre er an Bord gewesen. Da entdeckte sein scharfes Augen eine schwache Andeutung von Rauch weit draußen am nördlichen Horizont, und er zerbrach sich den Kopf, wie so etwas auf der großen Wasserfläche entstehen könne.
Etwa im gleichen Moment musste auch der Ausguck der *Arrow* den Rauch entdeckt haben, denn wenige Minuten später sah Tarzan, dass die Segel gewechselt und teilweise eingeholt wurden. Das Schiff wendete, und kurz darauf bemerkte er, dass es wieder dem Land zusteuerte.
Ein Mann am Bug ließ ständig eine Leine ins Wasser plumpsen, an deren Ende ein kleiner Gegenstand befestigt war. Tarzan fragte sich, worin wohl der Sinn dieser Tätigkeit lag.
Schließlich kam das Schiff direkt in den Wind, der Anker wurde geworfen, die Segel wurden eingeholt. An Deck herrschte große Betriebsamkeit.
Ein Boot wurde zu Wasser gelassen und eine große Truhe hineingeladen. Dann beugte sich ein Dutzend Seeleute tief über die Ruder und steuerte auf die Landzunge zu, wo Tarzan in den Zweigen eines Baumes hockte.
Als das Boot näher kam, erkannte er am Heck den Mann mit dem Rattengesicht.
Nur wenige Minuten später stieß das Boot in den Sand. Die Männer sprangen ins Wasser und trugen die große Truhe an den Strand. Sie befanden sich an der Nordseite der Landspitze, so dass die Leute vom Haus sie nicht sehen konnten.

Die Männer stritten einen Augenblick zornig. Dann kletterte das Rattengesicht mit mehreren Kumpanen das nicht allzu hohe Steilufer hinauf, auf dem der Baum stand, der Tarzan verbarg. Sie schauten sich eine Weile um.

»Hier ist ein guter Platz«, sagte das Rattengesicht und wies auf eine Stelle unter Tarzans Baum.

»Der ist so gut wie alle anderen«, erwiderte einer seiner Kumpane. »Wenn sie uns mit dem Schatz an Bord schnappen, wird sowieso alles beschlagnahmt. Also können wir ihn ebenso gut hier vergraben in der Hoffnung, dass einigen von uns der Galgen erspart bleibt, sie dann zurückkommen und später ihre Freude dran haben.«

Das Rattengesicht rief den Männern, die beim Boot geblieben waren, etwas zu, und sie kamen langsam das Ufer hoch, Hacken und Schaufeln in den Händen.

»Beeilt euch!«, schrie Snipes.

»Halt die Schnauze!«, gab einer der Männer grob zurück. »Du bist kein Admiral, verdammter Knirps!«

»Aber ich bin jetzt Käpt'n, un' das werd' ich dir schon noch beibring'n, Dreckskerl!«, brüllte Snipes und schickte einen Hagel grausiger Flüche hinterher.

»Gebt Ruhe, Jungens!«, mahnte einer der Männer, der noch nichts gesagt hatte. »Wenn wir uns gegenseitig an die Gurgel fahren, kommt gar nichts raus.«

»Stimmt«, pflichtete der Seemann bei, der sich über Snipes' herrischen Ton beschwert hatte. »Aber genauso wenig kommt raus, wenn einer von dieser verdammt'n Clique sich besonders aufspielt.«

»Grabt mal hier, Leute«, sagte Snipes und wies auf eine Stelle unter dem Baum. »Un' während ihr grabt, werd'n Peter un' ich mal so was wie 'ne Karte von der Gegend hier anfertigen, damit wir's wiederfinden. Tom un' Bill, ihr geht mit paar andern runter und holt die Truhe.«

»Un' was machst du?«, fragte der, mit dem er vorhin den Wortwechsel hatte. »Spielst den Boss, was?«

»Macht hin, los!«, knurrte Snipes wütend. »Ihr bildet euch doch wohl nich' ein, dass euer Käpt'n auch 'ne Schaufel in die Hand nimmt, oder?«

Alle Männer blickten wütend auf. Keiner mochte Snipes, und sein widerlicher Führungsanspruch, seit er King, den eigentlichen Kopf

und Anführer der Meuterer, ermordet hatte, goss nur noch Öl in die Flammen ihres Hasses.
»Willst du damit sagen, du denkst nich' dran, eine Schaufel zu nehmen und bei dieser Arbeit mitzumachen? So schlimm bist du nun auch nich' verwundet«, sagte Tarrant, der Seemann, der schon zuvor gesprochen hatte.
»Da kannst du Gift drauf nehm'n!«, antwortete Snipes und tastete nervös nach seinem Revolver.
»Na schön, wenn's keine Schaufel is, dann ehm 'ne Spitzhacke«, erwiderte Tarrant.
Mit diesen Worten hob er seine eigene hoch über den Kopf und hieb sie tief in Snipes' Schädel.
Eine Weile standen die Männer schweigend und betrachteten das Resultat des grimmigen Humors ihres Kumpans. Dann sagte einer von ihnen:
»Geschieht dem Schwein ganz recht!«
Ein anderer begann nun, seine Hacke in den Boden zu schlagen. Der war ziemlich weich, also warf er sie beiseite und griff zur Schaufel. Da taten auch die anderen es ihm nach. Kein Wort fiel mehr über den Totschlag, aber die Männer arbeiteten nun in weit besserem Einvernehmen als seit dem Moment, da Snipes das Kommando an sich gerissen hatte.
Als sie ein so großes Loch ausgeschachtet hatten, dass sie die Truhe drin versenken konnten, schlug Tarrant vor, es noch etwas zu vergrößern und Snipes' Leiche obenauf zu legen.
»Das könnte helf'n, jeden in die Irre zu führ'n, der zufällig hier rumgräbt«, erläuterte er.
Die anderen erkannten dies als gute Idee an, also wurde die Ausschachtung so verlängert, dass sie die Leiche aufnehmen konnte. In der Mitte wurde ein tieferes Loch für die Truhe ausgehoben. Ehe sie hineingesenkt wurde, hüllten sie sie in Segeltuch.
Ihre Oberkanten befanden sich etwa einen Fuß unter der Sohle des Grabes. In die Zwischenräume wurde Erde gefüllt und festgetrampelt, bis der Boden des Grabes gleichmäßig eingeebnet war.
Zwei Männer rollten die Leiche des Rattengesichts ohne jede Anteilnahme ins Grab, nachdem sie ihr die Waffen und verschiedene

andere Gegenstände abgenommen hatten, auf die es einzelne Mitglieder der Gruppe abgesehen hatten.
Dann wurde das Grab zugeschüttet und das Erdreich festgetrampelt, bis es nicht mehr nachgab.
Die übriggebliebene Erde wurde weithin verstreut und das frische Grab mit einer Menge toten Gestrüpps so natürlich wie möglich zugedeckt, um alle Spuren zu verwischen, die auf die Grabung hindeuteten.
Nach getaner Arbeit kehrten die Seeleute zu dem kleinen Boot zurück und ruderten schnell zur *Arrow*.
Die frische Brise hatte beträchtlich zugenommen, und als die Rauchfahne am Horizont nun auch in ihrem beträchtlichen Umfang deutlich zu erkennen war, verloren die Meuterer keine Zeit, volle Segel zu setzen und mit Kurs Südwest auszulaufen.
Tarzan hatte all die Geschehnisse mit größtem Interesse verfolgt, saß noch immer auf dem Baum und grübelte über die seltsame Handlungsweise dieser absonderlichen Geschöpfe.
Die Menschen waren wirklich törichter und grausamer als die Tiere des Dschungels! Wie glücklich schätzte er sich, in der Ruhe und Sicherheit des großen Waldes zu leben!
Er fragte sich, was die Truhe wohl enthielt, die sie vergraben hatten. Wenn sie sie nicht brauchten, warum hatten sie sie nicht einfach ins Meer geworfen? Das wäre doch viel bequemer gewesen.
Aha, sagte er sich, sie brauchen sie doch. Sie haben sie nur hier versteckt, weil sie sie später abholen wollen.
Er sprang auf die Erde und begann, den Boden um die Grabung zu untersuchen. Vielleicht hatten diese Geschöpfe etwas liegen lassen, das er gern haben wollte. Da entdeckte er einen Spaten unter dem Gestrüpp, mit dem sie das Grab zugedeckt hatten.
Er packte ihn und versuchte, ihn auf gleiche Weise zu handhaben, wie die Seeleute es getan hatten. Die Arbeit war beschwerlich, seine bloßen Füße schmerzten, aber er blieb dabei, bis er die Leiche wieder halb ausgegraben hatte. Nun zog er sie heraus und legte sie zur Seite.
Er grub weiter, bis auch die Truhe freigelegt war. Er schleppte sie gleichfalls zur Seite, wo die Leiche lag. Dann füllte er das kleinere

Loch auf der Sohle des Grabes mit Erde, legte die Leiche wieder hinein, schaufelte die Grube zu, breitete das Gestrüpp darüber und kehrte zu der Truhe zurück.

Vier Seeleute waren unter ihrem Gewicht ins Schwitzen geraten – Tarzan von den Affen hob sie auf, als wäre es eine leere Packkiste, und trug sie in den Dschungel, wo er am undurchdringlichsten war. Den Spaten hatte er mit einem Stück Seil auf seinem Rücken befestigt. Mit der sperrigen Last konnte er sich nicht durch die Baumwipfel schwingen, aber er hielt sich an die Pfade und kam gut voran.

Einige Stunden wanderte er in ostnordöstlicher Richtung, bis er zu einer undurchdringlichen Mauer miteinander verflochtener und verzweigter Pflanzen kam. Hier kletterte er auf die unteren Zweige der Bäume und schwang sich fünfzehn Minuten später hinunter in das Amphitheater der Affen, wo sie Rat zu halten oder die Riten des Dum-Dum zu feiern pflegten.

Fast im Zentrum der Lichtung und nicht weit von der Trommel oder dem Altar entfernt begann er zu graben. Das war wesentlich schwieriger, als die frisch umgeworfene Erde beim Grab auszuheben, aber Tarzan von den Affen hatte Ausdauer, und so setzte er seine Arbeit fort, bis er ein genügend tiefes Loch gegraben hatte, das die Truhe aufnehmen und wirksam jedem Blick entziehen konnte.

Warum nahm er all die Mühen auf sich, ohne zu wissen, was sie enthielt?

Tarzan von den Affen hatte die Figur und das Gehirn eines Menschen, doch er war durch seine Erziehung und Umgebung ein Affe. Sein Gehirn sagte ihm, dass sich etwas sehr Wertvolles in der Truhe befinden musste, sonst hätten die Menschen sie nicht verborgen. Seine Erziehung hatte ihn dazu gebracht, alles nachzuahmen, was neu und ungewöhnlich war, nun veranlasste ihn seine natürliche Neugier, die Affen ebenso wie Menschen eigen ist, die Truhe zu öffnen und den Inhalt zu untersuchen.

Das schwere Schloss und die dicken Eisenbänder trotzten jedoch seiner Schläue und immensen Körperkraft, so dass er genötigt war, die Truhe zu begraben, ohne die Neugier befriedigt zu haben.

Da er unterwegs ständig Nahrung suchte, war es völlig dunkel, als er den weiten Weg zurück zum Haus hinter sich gebracht hatte.

In dem kleinen Gebäude brannte Licht, denn Clayton hatte eine ungeöffnete Büchse Lampenöl gefunden, die trotz der zwanzig Jahre unversehrt war. Sie hatte zu den Vorräten gehört, die Black Michael den Claytons überlassen hatte. Die Lampen waren auch noch benutzbar, so schien für den verblüfften Tarzan im Inneren der Hütte Tageslicht zu herrschen.
Er hatte sich häufig über den genauen Zweck der Lampen den Kopf zerbrochen. Seine Lektüre und die Bilder hatten ihm gezeigt, was sie darstellten, aber er hatte keine Vorstellung, wie sie veranlasst werden konnten, das wundervolle Sonnenlicht zu erzeugen, das sie den Bildern nach über alle Gegenstände ihrer Umgebung ausgossen.
Als er an das unmittelbar neben der Tür gelegene Fenster trat, sah er, dass der Innenraum durch eine grobe Zwischenwand aus Zweigen und Segeltuch in zwei Hälften geteilt war.
Im vorderen Raum befanden sich die drei Männer. Die zwei älteren diskutierten emsig miteinander, während der jüngere, den Rücken an die Wand gelehnt, auf einem improvisierten Schemel saß und sich in die Lektüre eines von Tarzans Büchern vertiefte.
Die Männer interessierten Tarzan jedoch weniger, deshalb suchte er das andere Fenster. Da war die junge Frau. Was für ein schönes Gesicht sie hatte! Wie schneeweiß und zart ihre Haut war!
Sie schrieb an Tarzans Tisch vorm Fenster. Die Negerin lag auf einem großen Haufen Gras an der gegenüberliegenden Seite des Raumes und schlief.
Eine ganze Stunde lang sah Tarzan unverwandt zu, wie die Frau schrieb. Wie gern hätte er mit ihr gesprochen, aber er unterließ jeden Versuch, denn er war überzeugt, dass sie, wie zuvor der junge Mann, ihn nicht verstehen würde. Auch fürchtete er, dass er sie verscheuchen könnte.
Schließlich stand sie auf und ließ ihr Schriftwerk auf dem Tisch liegen. Sie ging zu dem Bett, auf das sie mehrere Schichten weiches Gras gebreitet hatte, und schüttelte es auf.
Dann löste sie ihren goldblonden Haarschopf, der ihren Kopf krönte. Es fiel über ihr ovales Gesicht wie ein glitzernder Wasserfall, den die untergehende Sonne in flüssiges Gold verwandelt hatte, und reichte in Wellen bis zur Hüfte.

Tarzan stand wie verzaubert. Dann löschte sie die Lampe, und alles wurde in tiefe Finsternis getaucht.
Tarzan beobachtete weiter. Er schmiegte sich ganz dicht ans Fenster und lauschte. Nach einer halben Stunde wurde er für sein Warten belohnt, denn er hörte drinnen regelmäßiges Atmen, das von tiefem Schlaf kündete.
Behutsam schob er seine Hand zwischen den Maschen des Gitterwerks durch, bis sein ganzer Arm ins Zimmer ragte. Vorsichtig tastete er auf dem Schreibtisch umher. Schließlich spürte er das Schriftstück, das Jane Porter verfasst hatte, unter seinen Fingern, und zog den Arm und die Hand mit dem kostbaren Schatz ebenso behutsam wieder zurück.
Er faltete die Blätter zu einem kleinen Päckchen und steckte es in den Köcher zu den Pfeilen. Dann tauchte er lautlos und weich wie ein Schatten in den Dschungel.

Tarzan erwachte früh am nächsten Morgen, und der erste Gedanke des neuen Tages galt wie der letzte des gestrigen dem wunderbaren Schriftstück, das sich in seinem Köcher befand.
Er hatte es in der stillen Hoffnung mitgenommen, lesen zu können, was die schöne weiße Frau am Abend geschrieben hatte, obwohl dafür wenig Aussicht bestand.
Der erste Blick darauf bereitete ihm eine bittere Enttäuschung. Nie zuvor hatte er etwas so ersehnt wie jetzt die Fähigkeit, eine Botschaft dieser goldblonden Gottheit entschlüsseln zu können, die so plötzlich und unerwartet in sein Leben getreten war.
Was machte es schon aus, wenn die Nachricht nicht für ihn bestimmt war? Sie war Ausdruck ihrer Gedanken, und das genügte ihm, Tarzan von den Affen.
Und jetzt diese seltsamen, sonderbaren Schriftzeichen, wie er dergleichen nie zuvor gesehen hatte! Sie waren sogar in genau die andere Richtung von jenen geneigt, die er entweder in gedruckten Büchern oder in der schwer zu entziffernden Schreibschrift der wenigen Briefe, die ihm untergekommen waren, vorgefunden hatte.
Selbst die kleinen Käfer des schwarzen Buches waren ihm vertraut, obwohl ihre Anordnung ihm nichts sagte; aber diese Käfer waren neu und unbekannt.
Zwanzig Minuten lang brütete er darüber, da nahmen sie plötzlich vertraute, wenngleich entstellte Formen an. Aha, sie waren seine alten Freunde, nur stark verkrüppelt.
Er begann, da ein Wort zu entziffern und hier eins. Sein Herz hüpfte vor Freude. Er konnte es lesen und würde es tun.
Nach einer weiteren halben Stunde kam er zügig voran, und von wenigen Wörtern abgesehen bereitete ihm die Lektüre keine Mühe mehr.
Hier der Inhalt der Aufzeichnungen:

Westküste von Afrika, etwa 10° südlicher Breite
(nach Angaben von Mr Clayton)
3. (?) Februar 1909

Liebste Hazel!

Es mag töricht erscheinen, Dir einen Brief zu schreiben, den Du vielleicht nie in die Hände bekommst, aber ich muss einfach jemandem unsere schlimmen Erlebnisse seit der Abfahrt aus Europa an Bord der unglückseligen Arrow mitteilen.

Sollten wir nie mehr in die Zivilisation zurückkehren, und das ist jetzt nur zu wahrscheinlich, wird dies zumindest einen kurzen Bericht über die Ereignisse liefern, die zu unserem letztendlichen Schicksal führten, wie es auch aussehen mag.

Wie Du weißt, sollten wir zu einer wissenschaftlichen Expedition an den Kongo fahren. Papa sollte dabei die etwas seltsame Theorie von einer unvorstellbar alten Zivilisation weiter ergründen, deren Spuren irgendwo im Tal des Kongo vergraben lagen. Aber nachdem wir auf volle Fahrt gegangen waren, kam die Wahrheit ans Licht.

Allem Anschein nach entdeckte ein alter Bücherwurm, der in Baltimore einen Buch- und Kuriositätenladen betreibt, zwischen den Blättern eines sehr alten spanischen Manuskripts einen Brief aus dem Jahre 1550. Darin werden sehr ausführlich die Abenteuer der meuternden Mannschaft einer spanischen Galeone beschrieben, die mit einem riesigen Schatz von ›Dublonen‹ und ›Achterstücken‹, glaube ich, jedenfalls klang es sehr seltsam und seeräuberisch, von Spanien nach Südamerika unterwegs war.

Der Schreiber hatte zur Mannschaft gehört, und der Brief war an seinen Sohn gerichtet, der zur selben Zeit ein spanisches Handelsschiff befehligte.

Viele Jahre verstrichen, seit die im Brief festgehaltenen Ereignisse durchgesickert waren, und der alte Mann war angesehener Bürger einer unbedeutenden Stadt in Spanien geworden, aber die Gier nach Gold steckte noch so tief in ihm, dass er alles daransetzte, seinen Sohn mit den Möglichkeiten vertraut zu machen, diesen sagenhaften Reichtum für sie beide zu erringen.

Der Schreiber berichtete, wie die Mannschaft, kaum dass sie eine Woche unterwegs waren, meuterte und jeden Offizier und Seemann, der sich ihnen widersetzte, ermordete; sie machten damit jedoch ihr eigenes Vorhaben zunichte, denn jetzt war niemand mehr da, der die Fähigkeit besaß, ein Schiff auf See zu führen.

Zwei Monate lang wurden sie vom Wind hin und her getrieben, bis sie schließlich an einer kleinen Insel Schiffbruch erlitten. Die meisten von ihnen waren krank infolge von Skorbut, Unterernährung und Wassermangel oder lagen im Sterben.
Die Galeone wurde von den Wellen hoch auf den Strand geschoben, wo sie zu Bruch ging. Die Überlebenden, zehn an der Zahl, hatten vorher jedoch noch eine der großen Schatztruhen retten können.
Sie vergruben sie auf der Insel und lebten noch drei Jahre, ständig auf Rettung hoffend.
Einer nach dem anderen erkrankte und starb, bis schließlich nur noch ein Mann übrig blieb, der Verfasser des Briefes.
Die Männer hatten aus den Trümmern der Galeone ein Boot gezimmert, aber da sie keine Ahnung hatten, wo die Insel lag, wagten sie nicht, damit in See zu stechen.
Als alle außer diesem einen tot waren, lastete die schreckliche Einsamkeit so sehr auf seinem Gemüt, dass er sie nicht länger ertragen konnte. So riskierte er lieber, auf hoher See zu sterben, als auf der einsamen Insel dem Wahnsinn zu verfallen. Daher schob dieser einzige Überlebende nach nahezu einem Jahr des Alleinseins das kleine Boot ins Wasser und setzte Segel.
Zum Glück segelte er genau nördlich, so dass er binnen einer Woche den Schifffahrtsweg erreichte, den die spanischen Handelsschiffe bei ihren Fahrten zwischen den Westindischen Inseln und Spanien wählten. Eins davon, das sich gerade auf Heimatkurs befand, nahm ihn an Bord.
Er berichtete nur von dem Schiffbruch, bei dem bis auf wenige alle umgekommen waren. Außer ihm seien alle noch gestorben, nachdem sie die Insel erreicht hatten. Er erwähnte weder die Meuterei noch die vergrabene Schatztruhe.
Der Kapitän des Handelsschiffes versicherte ihm, dass er nach der Position, auf der sie ihn aufgelesen hatten, und den vorherrschenden Winden in der vergangenen Woche nur auf einer Insel der Kapverden gewesen sein konnte, die in einer geographischen Breite von 16° oder 17° Nord vor der Westküste Afrikas liegen.
Der Brief lieferte eine äußerst genaue Beschreibung der Insel sowie der Stelle, wo der Schatz vergraben lag. Beigefügt war die

ungeschickteste, drolligste Karte, die man je sah, mit Bäumen und Felsen, von denen einige ein krakeliges X trugen, um die genaue Stelle zu bezeichnen.

Als Papa mich über den wahren Zweck der Expedition aufklärte, verlor ich allen Mut, denn ich wusste doch, wie romantisch und unpraktisch der liebe alte Mann stets war. Daher fürchtete ich, dass man ihn wieder übers Ohr gehauen hatte, besonders, als er mir erzählte, er habe eintausend Dollar für den Brief und die Karte bezahlt.

Meine Befürchtung wuchs noch, als ich erfuhr, er habe weitere zehntausend Dollar von Robert Canler geliehen und ihm über die Summe einen Schuldschein ausgestellt.

Mr Canler hat nicht nach Sicherheiten gefragt, und du weißt, was das für mich bedeutet, falls Papa die Summe nicht zurückzahlen kann. Oh, wie ich diesen Mann verabscheue!

Wir bemühten uns alle, dem Unternehmen eine positive Seite abzugewinnen, aber Mr Philander und Mr Clayton – er schloss sich uns aus Abenteuerlust in London an – waren ebenso skeptisch wie ich.

Um die Sache abzukürzen: Wir fanden die Insel und auch den Schatz – eine große, eisenbeschlagene Eichentruhe, in mehrere Laken ölgetränktes Segeltuch gehüllt, und so fest und solid, als sei sie nicht schon vor nahezu zweihundert Jahren vergraben worden.

Sie war randvoll gefüllt mit Goldmünzen und so schwer, dass vier Mann sich unter ihrer Last krümmten.

Das entsetzliche Ding scheint jedoch allen, die etwas damit zu tun haben, nur Mord und Unglück zu bescheren, denn drei Tage nach unserer Abfahrt von den Kapverdischen Inseln meuterte unsere Mannschaft und tötete jeden ihrer Offiziere.

Oh, es war das furchtbarste Erlebnis, das man sich vorstellen kann – ich bin außerstande, es zu beschreiben.

Sie wollten uns auch den Garaus machen, aber einer von ihnen, der Anführer mit Namen King, ließ das nicht zu, und so segelten sie die Küste entlang südwärts zu einer einsamen Stelle, wo sie einen guten Hafen fanden. Hier brachten sie uns an Land und überließen uns unserem Schicksal.

Heute sind sie mit dem Schatz davongesegelt, aber Mr Clayton sagt, ihnen wird ein ähnliches Schicksal bevorstehen wie den Meuterern der alten Galeone, weil King, der Einzige an Bord, der etwas von Navigation verstand, noch am selben Tag, als wir an Land gingen, von einem der Männer am Strand ermordet wurde.

Ich wünschte, Du könntest Mr Clayton kennenlernen. Er ist der liebenswürdigste junge Mann, den man sich vorstellen kann, und wenn mich nicht alles täuscht, ist er sehr in mich verliebt.

Er ist der einzige Sohn von Lord Greystoke und wird eines Tages dessen Titel und Vermögen erben. Außerdem ist er selbst schon sehr begütert, aber die Tatsache, dass er ein englischer Lord werden wird, macht mich sehr traurig – du weißt ja, was ich über amerikanische Frauen denke, die titeltragende Ausländer heiraten! Ach, wäre er doch nur ein einfacher amerikanischer Gentleman!

Aber schließlich kann der arme Junge nichts dafür. Von seiner Geburt abgesehen, würde er meinem Land auch alle Ehre machen, und das ist das größte Kompliment, das ich einem Mann machen kann.

Seit wir hier an Land gegangen sind, haben wir die sonderbarsten Erlebnisse gehabt. Papa und Mr Philander verliefen sich im Dschungel und wurden von einem richtigen Löwen verfolgt.

Mr Clayton verirrte sich gleichfalls und wurde zweimal von wilden Tieren angegriffen. Esmeralda und ich wurden in einer alten Hütte von einer wirklich gräulichen, menschenmordenden Löwin bedrängt. Oh, es war einfach »ganz fürchterlich«, wie Esmeralda sagen würde.

Aber das Allerseltsamste ist das wunderbare Wesen, das uns rettete. Ich habe es nicht gesehen, doch Mr Clayton, Papa und Mr Philander sind ihm begegnet, und sie sagen, er sei ein nachgerade gottgleicher Weißer mit dunkelgebräunter Haut, der Stärke eines Elefanten, der Gewandtheit eines Affen und dem Mut eines Löwen.

Er spricht kein Englisch und verschwindet ebenso schnell wie geheimnisvoll, wenn er eine gute Tat vollbracht hat, als wäre er ein Fleisch gewordener Geist.

Dann haben wir noch einen anderen sonderbaren Nachbarn. Der hat in englischer Druckschrift ein schönes Schild verfasst und es an die Tür seines Hauses genagelt, das wir bezogen haben. Er warnt uns, nichts von seiner Habe zu vernichten, und hat mit ›Tarzan von den Affen‹ unterschrieben.

Wir haben ihn nie zu Gesicht bekommen, doch wir denken, er ist in der Nähe, denn einer der Seeleute, der Mr Clayton in den Rücken schießen wollte, bekam einen Speer in die Schulter, den eine unsichtbare Hand aus dem Dschungel geschleudert hatte.
Die Seeleute haben uns einen kümmerlichen Vorrat an Nahrungsmitteln dagelassen, und da wir nur einen einzigen, mit drei Patronen geladenen Revolver besitzen, wissen wir nicht, wie wir Fleisch beschaffen können, obwohl Mr Philander erklärt, wir könnten uns unendlich lange von wilden Früchten und Nüssen ernähren, die es im Dschungel in Hülle und Fülle gibt.
Ich bin sehr müde, deshalb will ich in mein spaßiges Bett aus Gras steigen, das Mr Clayton für mich gesammelt hat, und diesen Bericht über die Geschehnisse von Tag zu Tag fortsetzen.

In Liebe
Jane Porter.

An
Hazel Strong, Baltimore, Md.

Tarzan saß lange gedankenverloren, als er den Brief zu Ende gelesen hatte. Er enthielt so viele neue und erstaunliche Dinge, dass ihm der Kopf schwirrte, als er versuchte, dies alles zu verarbeiten.
Also wussten sie nicht, dass er Tarzan von den Affen war. Er würde es ihnen mitteilen.
In seinem Baum hatte er aus Blättern und Zweigen einen primitiven Unterschlupf gebaut, in dem er, vor dem Regen geschützt, die wenigen Schätze aus der Hütte untergebracht hatte. Darunter waren ein paar Bleistifte.
Er nahm einen und schrieb unter Jane Porters Unterschrift:

Ich bin Tarzan von den Affen

Er dachte, das würde genügen. Später wollte er den Brief ins Haus zurückbringen.
Was die Ernährung anbetrifft, brauchen sie sich keine Sorgen zu machen, dachte er. Er würde zu essen beschaffen. Und er tat es.

Am nächsten Morgen fand Jane den vermissten Brief genau an der Stelle wieder, wo er vor zwei Nächten verschwunden war. Sie stand vor einem Rätsel, aber als sie die in Druckschrift verfassten Worte unter ihrer Unterschrift sah, lief ihr ein eisiger Schauer den Rücken hinunter. Sie zeigte Clayton den Brief oder vielmehr das letzte Blatt mit der Unterschrift.

»Wenn ich mir vorstelle, dass dieses geheimnisvolle Wesen mich wahrscheinlich die ganze Zeit beobachtet hat, während ich schrieb – oh, mich schaudert, wenn ich daran denke!«

»Aber er muss uns gewogen sein«, versicherte ihr Clayton, »denn er hat Ihnen den Brief zurückerstattet, er wollte Ihnen keinen Kummer bereiten, und wenn mich nicht alles täuscht, hat er letzte Nacht ein sehr greifbares Beweisstück seiner Freundschaft vor der Haustür abgelegt. Ich bin fast über ein totes Wildschwein gestolpert, als ich hinaustrat.«

Fortan verging kaum ein Tag, an dem er ihnen nicht ein Geschenk in Gestalt von Wild oder anderen Nahrungsmitteln machte. Manchmal war es ein junges Reh, dann wieder eine Menge seltsamer, schon zubereiteter Nahrung – Maniokkuchen, die er in Mbongas Dorf stibitzt hatte – oder ein Eber, ein Leopard und einmal ein Löwe.

Tarzan empfand es als größte Freude seines Lebens, für diese Fremden Fleisch zu beschaffen. Ihm schien, als lasse sich kein Vergnügen auf Erden mit dem Bemühen vergleichen, für das Wohlergehen und den Schutz der wunderschönen weißen Frau zu sorgen.

Eines Tages würde er am helllichten Tag ins Lager spazieren und sich mit diesen Leuten mittels der kleinen Käfer unterhalten, die ihnen ebenso vertraut waren wie ihm.

Es bereitete ihm jedoch Mühe, die Scheu des wilden Waldbewohners zu überwinden, der er war, und so verging ein Tag nach dem anderen, ohne dass er seine guten Absichten in die Tat umsetzte.

Die kleine Gruppe im Lager wagte sich auf der Suche nach Nüssen und Früchten immer weiter in den Dschungel, der ihnen inzwischen vertrauter geworden war.

Kaum ein Tag verging, an dem Professor Porter nicht, in Gedanken vertieft und der Umgebung nicht achtend, dem Rachen des Todes entgegenschlenderte. Mr Samuel T. Philander, der nie als besonders robust hätte gelten können, war nur mehr ein Schatten seiner selbst infolge der ständigen Sorge und geistigen Beanspruchung, die seinen wahrhaft herkulischen Bemühungen um die Sicherheit des Professors entsprangen.

Ein Monat verging, und Tarzan war nun endgültig entschlossen, das Lager bei Tage aufzusuchen.
Es war noch früh am Nachmittag. Clayton war zu der Landspitze an der Hafeneinfahrt gewandert, um nach vorüberfahrenden Schiffen Ausschau zu halten. Er hatte einen großen Stapel Holz aufgetürmt, den er jederzeit als Signalfeuer anzünden konnte, sollte weit hinten am Horizont ein Dampfschiff oder Segel zu entdecken sein.
Professor Porter und Philander wanderten Seite an Seite südlich des Lagers den Strand entlang, wobei Letzterer ihm ständig zuredete umzukehren, ehe sie beide wieder einem wilden Tiere als Spielzeug dienen würden.
Als die anderen gegangen waren, hatten Jane und Esmeralda ihre Schritte in den Dschungel gelenkt, um Früchte zu sammeln, und sich dabei immer weiter vom Haus entfernt.
Tarzan wartete still vor der Tür der kleinen Hütte auf ihre Rückkehr und war in Gedanken bei der schönen, weißhäutigen Frau. Er dachte jetzt ständig an sie und fragte sich, ob sie wohl Angst vor ihm haben würde, und diese Vorstellung veranlasste ihn beinahe, sein Vorhaben aufzugeben.
Er wurde immer ungeduldiger und wünschte sich, dass sie zurückkehrten, damit er seine Augen an ihrem Anblick weiden, in ihrer Nähe sein und sie vielleicht sogar berühren konnte. Der Affenmensch kannte keinen Gott, aber er war nahe daran, sie als Gottheit anzubeten, wie Sterbliche es bei ihrem Gott tun.
Während er wartete, vertrieb er sich die Zeit, indem er eine Botschaft an sie verfasste. Ob er beabsichtigte, sie ihr persönlich zu übergeben, lässt sich nicht ergründen, doch bereitete es ihm unendliche Freude, seine Gedanken zu Papier gebracht zu sehen – und in Druckschrift war er so ungeschickt nicht. Er schrieb:

> **Ich bin Tarzan von den Affen. Ich brauche dich. Ich gehöre dir. Du bist die Meinige. Wir leben für immer hier zusammen in meinem Haus. Ich werde dir die schönsten Früchte, das zarteste Wildbret, das wohlschmeckendste Fleisch bringen, das der Dschungel bietet. Ich werde für dich jagen. Ich bin der Größte aller Dschungelkämpfer. Ich werde für dich kämpfen. Ich bin der Mächtigste der Dschungelkämpfer. Du bist**

Jane Porter, ich sah es in deinem Brief. Wenn du das hier siehst, wirst du erkennen, dass es für dich ist, und dass Tarzan von den Affen dich liebt.

Als er aufrecht wie ein junger Indianer an der Tür wartete, nachdem er seine Nachricht geschrieben hatte, drang ein vertrauter Laut an sein scharfes Ohr. Er hörte einen großen Affen sich durch die unteren Zweige des Waldes fortbewegen.

Einen Augenblick lauschte er gespannt, dann tönte aus dem Dschungel der entsetzte Angstschrei einer Frau, und Tarzan von den Affen ließ seinen ersten Liebesbrief zu Boden fallen und schoss wie ein Panther in den Wald.

Auch Clayton hatte den Schrei vernommen, Professor Porter und Mr Philander ebenfalls, und wenige Minuten später kamen sie keuchend zum Haus gelaufen und überschütteten einander mit einem Schwall aufgeregter Fragen. Ein Blick ins Haus bestätigte ihre schlimmsten Befürchtungen.

Jane und Esmeralda waren nicht da.

Clayton stürmte auf der Stelle, gefolgt von den zwei alten Männern, in den Dschungel und rief laut Janes Namen. Eine halbe Stunde stolperten sie weiter, bis Clayton rein zufällig auf Esmeralda stieß, die reglos am Boden lag.

Er blieb bei ihr stehen, fühlte ihren Puls und lauschte auf die Herzschläge. Sie lebte. Er schüttelte sie.

»Esmeralda!«, schrie er ihr ins Ohr. »Esmeralda! Um Gottes willen, wo ist Miss Porter? Was ist geschehen? Esmeralda!«

Sie kam langsam zu sich, schlug die Augen auf und sah Clayton und den Dschungel ringsum.

»O Gaberelle!«, jammerte sie und fiel wieder in Ohnmacht.

Inzwischen waren Professor Porter und Mr Philander herangekommen.

»Was sollen wir tun, Mr Clayton?«, fragte der alte Professor. »Wo sollen wir suchen? Gott kann doch nicht so grausam sein, mir jetzt mein kleines Mädchen wegzunehmen!«

»Zuerst müssen wir Esmeralda zur Besinnung bringen«, erwiderte Clayton. »Sie kann uns sagen, was geschehen ist. Esmeralda!«, rief er wieder, packte die dunkelhäutige Frau bei den Schultern und rüttelte sie grob.

»O Gaberelle, ich möchte sterben!«, stammelte die arme Frau mit noch immer fest geschlossenen Augen. »Lass mich sterben, o Herr, lass mich dieses grässliche Gesicht nicht noch einmal sehen.«
»Komm zu dir, Esmeralda!«, rief Clayton. »Der Herr ist nicht hier, ich bin's, Mr Clayton. Schlag die Augen auf!«
Esmeralda tat, wie ihr geheißen.
»O Gaberelle! Dem Herrn sei Dank!«, sagte sie.
»Wo ist Miss Porter? Was ist geschehen?«, fragte Clayton.
»Ist sie nicht hier?«, schrie Esmeralda und richtete sich mit einer für den massigen Körperbau erstaunlichen Geschwindigkeit auf. »O Gott, jetzt weiß ich's wieder! Er muss sie weggeschleppt haben«, sagte die Negerin und begann erst zu schluchzen und dann laut zu klagen.
»Wer hat sie weggeschleppt?«, fragte Professor Porter.
»Ein riesiger Hüne, ganz mit Haaren bedeckt.«
»Ein Gorilla, Esmeralda?«, fragte Mr Philander, und den drei Männern stockte der Atem, als er diesen schrecklichen Gedanken äußerte.
»Ich glaubte, es wäre der Teufel; aber ich vermute, es muss einer dieser Gorilefanten gewesen sein. Oh, mein armes Baby, mein armer, kleiner Liebling.« Damit brach sie wieder in unkontrolliertes Weinen aus.
Clayton begann sofort, nach Spuren zu suchen, aber er konnte nichts finden außer einer Fläche niedergetrampelten Grases in unmittelbarer Nachbarschaft, und seine Kenntnisse vom Waldleben waren zu kümmerlich, als dass ihm dies viel gesagt hätte.
Den ganzen restlichen Tag durchsuchten sie den Dschungel, aber als die Nacht anbrach, waren sie gezwungen, die Suche einzustellen. Sie waren ganz verzweifelt und hoffnungslos, denn sie wussten nicht einmal, in welche Richtung das Ungetüm Jane weggetragen hatte.
Erst spät in der Dunkelheit erreichten sie ihr Häuschen und saßen noch lange von Trauer und Schmerz überwältigt beisammen, ohne dass ein Wort gesprochen wurde.
Professor Porter brach das Schweigen als Erster. Seine Stimme klang nicht länger wie die eines gelehrten Pedanten, der über das Abstrakte und Unerkennbare theoretisierte, sondern wie die eines Mannes der Tat – entschlossen, jedoch auch mit einem Unterton unbeschreiblicher Hoffnungslosigkeit und Trauer, der in Claytons Herz ein Echo fand.

»Ich lege mich jetzt hin und versuche zu schlafen«, sagte der alte Mann. »Morgen früh, kaum dass der Tag graut, werde ich an Verpflegung mitnehmen, was ich tragen kann, und die Suche fortsetzen, bis ich Jane gefunden habe. Ohne sie komme ich nicht zurück.«
Seine Gefährten antworteten nicht sogleich. Jeder hing sorgenvollen Gedanken nach, und jeder wusste, wie auch der alte Professor, was diese letzten Worte bedeuteten – Professor Porter würde dann nie mehr aus dem Dschungel zurückkehren.
Schließlich erhob sich Clayton und legte seine Hand sanft auf dessen gebeugte Schulter.
»Natürlich werde ich mit Ihnen gehen«, sagte er.
»Ich wusste, dass Sie das vorschlagen würden – dass Sie gern mitgehen würden, Mr Clayton. Aber das dürfen Sie nicht. Menschliche Hilfe kann meine Jane nicht mehr erreichen. Was einst mein liebes, kleines Mädchen war, soll nicht allein und ohne Freunde in dem grässlichen Dschungel liegen. Dieselben Lianen und Blätter werden uns bedecken, derselbe Regen auf uns niedergehen, und wenn der Geist ihrer Mutter umherstreift, wird er uns im Tod vereint finden, so wie er uns immer im Leben vereint gefunden hat. Nein, nur ich darf gehen, denn sie war meine Tochter – das Einzige, was auf Erden zu lieben mir noch blieb.«
»Ich werde mit Ihnen gehen«, sagte Clayton schlicht.
Der alte Mann blickte auf und betrachtete das markante, schöne Gesicht von William Cecil Clayton aufmerksam. Vielleicht las er darin die Liebe, die im Herzen darunter verborgen lag – die Liebe für seine Tochter.
In der Vergangenheit war er allzu sehr von seinen gelehrten Ideen in Anspruch genommen worden, als dass er die kleinen Vorfälle hätte registrieren können, die zufälligen Worte, die einem praktischer veranlagten Mann gesagt hätten, wie sehr diese beiden jungen Leute sich zueinander hingezogen fühlten. Jetzt tauchten sie allmählich aus der Erinnerung.
»Wie Sie wollen«, sagte er.
»Auf mich können Sie auch rechnen«, sagte Mr Philander.
»Nein, mein lieber alter Freund«, erwiderte Professor Porter. »Wir dürfen nicht alle gehen. Es wäre grausam und böse, die arme Esmeralda

hier allein zurückzulassen. Und drei von uns würden nicht erfolgreicher sein als einer. Wie die Dinge liegen, hat dieser grausame Wald schon genug Todesopfer gefordert. Wir wollen versuchen, ein wenig zu schlafen.«

Seit Tarzan den Stamm der großen Menschenaffen verlassen hatte, der ihn aufgezogen hatte, herrschte dort ständig Zwiespalt und Missstimmung. Terkoz war ein launischer, grausamer König, so dass viele der älteren und schwächeren Affen, an denen er seine Wut und Launen besonders gern ausließ, sich nacheinander mit ihren Familien davonmachten und weit im Landesinneren Ruhe und Sicherheit suchten.

Terkoz' fortwährende Brutalität trieb schließlich auch jene zur Verzweiflung, die bei ihm geblieben waren, und so kam es, dass einer von ihnen sich der mahnenden Abschiedsworte von Tarzan erinnerte:

»Wenn ihr einen Anführer habt, der grausam ist, dann handelt nicht so wie die anderen Affen und versucht nicht, es einzeln mit ihm aufzunehmen. Besser ist, zwei, drei oder vier von euch fallen gemeinsam über ihn her. Wenn ihr das tut, wird kein Anführer wagen, anders zu sein, als er sollte, denn vier von euch können jeden töten, wer immer es sein mag.«

Der Affe, der sich an diesen klugen Rat erinnerte, gab ihn einigen seiner Gefährten wieder, so dass Terkoz bei seiner Rückkehr zum Stamm an diesem Tag ein heißer Empfang zuteilwurde.

Man hielt sich nicht mit Formalitäten auf. Kaum war er bei der Gruppe, warfen sich fünf riesige, behaarte Tiere auf ihn.

Im Grunde war er ein erbärmlicher Feigling, wie es oft bei Tyrannen der Fall ist, sowohl unter den Menschen als auch unter Affen; deshalb stellte er sich nicht zu einem Kampf, der ihn das Leben gekostet hätte, sondern machte sich davon, so schnell er konnte, und flüchtete in die schützenden Wipfel des Waldes.

Er unternahm zwei weitere Versuche, sich dem Stamm wieder anzuschließen, wurde aber jedes Mal angegriffen und vertrieben. Schließlich gab er auf und verschwand wutschnaubend und hasserfüllt im Dschungel.

Einige Tage streifte er ziellos umher, nährte seinen Groll und suchte nach einem schwächeren Geschöpf, an dem er seine angestaute Wut auslassen konnte.

In genau dieser Verfassung befand sich das schreckliche, menschenähnliche Tier, als es, sich von Baum zu Baum schwingend, plötzlich zwei Frauen im Dschungel erblickte.

Er hing genau über ihnen, als er sie entdeckte. Jane Porter wurde seiner Anwesenheit erst gewahr, als er sich neben ihr zu Boden fallen ließ und sie seinen gewaltigen, behaarten Körper, das grässliche Gesicht und den knurrenden, hässlichen Rachen erblickte, der sich ihr kaum einen Fuß entfernt entgegenreckte.

Ein durchdringender Schrei entrang sich ihr, als die Hand der Bestie ihren Arm umklammerte. Dann wurde sie aufgehoben und sah die schrecklichen Fangzähne dicht vor sich, die es auf ihre Kehle abgesehen hatten. Aber ehe sie in ihre helle Haut drangen, überlegte der Menschenaffe es sich anders.

Der Stamm hatte seine Weibchen behalten. Er musste sich also andere suchen. Dieses unbehaarte, weiße Affenweibchen würde das Erste seiner neuen Familie sein, und so warf er sich Jane in roher Weise über die breite, behaarte Schulter, schwang sich zurück in die Baumwipfel und trug sie davon.

Esmeraldas Schreckensschrei hatte sich mit dem Janes vermischt, dann war sie wieder in Ohnmacht gefallen, wie es ihre Art war, sobald Unheil über sie hereinbrach und ihre Geistesgegenwart gefordert war.

Aber Jane blieb die ganze Zeit bei Bewusstsein. Wohl war sie wie gelähmt vor Angst, da sie die grässliche Fratze direkt vor sich sah und der ekelhaft stinkende Atem des Tieres ihr ins Gesicht schlug, doch sie war bei klarem Verstand und erfasste alles, was ringsum vorging.

Die Bestie schleppte sie mit einer, wie ihr schien, phantastischen Geschwindigkeit durch den Wald, aber noch schrie sie nicht und wehrte sich auch nicht. Das plötzliche Auftauchen des Affen hatte sie derart verwirrt, dass sie zuerst glaubte, er trage sie Richtung Küste.

Aus diesem Grund sparte sie ihre Kräfte und schonte ihre Stimmbänder, bis sie sicher sein konnte, dass sie sich dem Lager weit genug genähert hatte, um die ersehnte Hilfe herbeizurufen.

Sie konnte nicht wissen, dass sie immer weiter in den undurchdringlichen Dschungel verschleppt wurde.

Der Schrei, der Clayton und die zwei alten Männer veranlasst hatte, durch das Unterholz zu stolpern, hatte Tarzan von den Affen geradeswegs zu der Stelle geführt, wo Esmeralda lag, aber nicht ihr galt sein Interesse, wenngleich er kurz bei ihr innehielt, um sich zu überzeugen, dass sie unverletzt war.

Einen Augenblick betrachtete er scharf den Erdboden unten und die Baumwipfel oben, bis der Affe in ihm, Resultat von Erziehung und Umgebung, im Verein mit der Intelligenz, dem Erbteil kraft seiner Geburt, seinem in Dingen des Waldes erfahrenen Verstand das ganze Geschehen so deutlich vor Augen führten, als sei er Augenzeuge gewesen.

Dann hing er auch schon wieder in den schwankenden Wipfeln und folgte der hoch oben hinterlassenen Spur, die kein menschliches Auge entdeckt, geschweige denn gedeutet hätte.

An den Astenden, wo sich der Menschenaffe vom einen Baum zu anderen geschwungen hatte, war die Spur am deutlichsten zu erkennen, nicht jedoch die eingeschlagene Richtung, denn der Druck erfolgte stets nach unten zum dünnen Ende des Zweiges, gleichgültig, ob der Affe den Baum verlassen oder sich daraufgeschwungen hatte. Weiter im Zentrum des Wipfels waren die Merkmale der Durchquerung schwächer ausgeprägt, dafür war die Richtung deutlich angezeigt.

Hier auf diesem Zweig wurde eine Raupe vom großen Fuß des Flüchtenden zerdrückt, dadurch erkannte Tarzan instinktiv, wo derselbe Fuß beim nächsten Schritt aufgesetzt hatte. Dort fand er winzige Teilchen einer zerstörten Larve, oftmals nicht mehr als ein nasser Fleck. Ein kleines Stück Rinde war durch eine kratzende Hand aufgerissen worden, und die Richtung des Risses zeigte den eingeschlagenen Weg. Ein großer Zweig oder Baumstamm wurde von einem behaarten Körper gestreift; sofort sagte ihm ein winziges Büschel Haare, das in einer bestimmten Richtung in der Rinde hing, dass er sich auf der richtigen Spur befand.

Auch brauchte er nicht seine Geschwindigkeit zu verringern, um diese anscheinend schwachen Hinweise auf das fliehende Tier zu registrieren.

Für ihn hoben sie sich deutlich von abertausend anderen Schrammen, Einkerbungen und Zeichen auf seiner Bahn durch die Wipfel ab. Der deutlichste Hinweis kam jedoch von der Witterung, denn Tarzan hatte den Wind gegen sich, und sein Geruchssinn war so feinfühlig wie der eines Hundes.

Es gibt Theorien, die behaupten, die niederen Arten seien von der Natur eigens mit besseren Geruchsnerven ausgestattet als der Mensch, aber das ist lediglich eine Sache der Entwicklung.

Das Überleben des Menschen hängt weniger von der Vollkommenheit seiner Sinne ab. Seine Fähigkeit zu denken hat viele ihrer Funktionen überflüssig gemacht, deshalb sind sie in gewissem Maße verkümmert wie zum Beispiel auch jene Muskeln, die Ohren und Kopfhaut bewegen, einfach, weil sie nicht eingesetzt wurden.

Die Muskeln sind vorhanden, rund um die Ohren und unter der Kopfhaut, genauso wie die Nerven, die Empfindungen ins Gehirn leiten, aber sie sind unterentwickelt, weil sie nicht benutzt werden.

Nicht so bei Tarzan von den Affen. Von frühester Kindheit an hing sein Überleben weit mehr von der Empfindlichkeit seines Seh- und Hörvermögens, seines Geruchs- und Tastsinns sowie seiner Geschmacksnerven ab als von den langsamer entwickelten Verstandeskräften.

Am geringsten war sein Geschmackssinn ausgeprägt, denn er konnte köstliche Früchte mit gleichem Genuss verzehren wie rohes Fleisch, das lange in der Erde gelegen hatte. Aber in dieser Hinsicht unterschied er sich nur gering von zivilisierten Feinschmeckern.

Fast lautlos folgte der Affenmensch der Spur von Terkoz und seiner Beute, aber die Geräusche seines Nahens drangen dem flüchtenden Tier ans Ohr und spornten es zu größerer Geschwindigkeit an.

Erst nach drei Meilen gelang es Tarzan, die beiden einzuholen, und als Terkoz sah, dass weitere Flucht sinnlos war, ließ er sich auf einer kleinen, offenen Fläche zu Boden fallen, so dass er sich umdrehen und um seine Beute kämpfen oder ungehindert fliehen konnte, falls er entdeckte, dass er dem Verfolger nicht gewachsen war.

Er hielt Jane noch immer mit seinem großen Arm umfasst, als Tarzan wie ein Leopard in die Arena sprang, die die Natur für den folgenden Kampf dieser zwei Giganten der Urzeit bereithielt.

Als Terkoz sah, dass Tarzan es war, der ihn verfolgte, schlussfolgerte er, Jane sei Tarzans Weibchen, da beide von derselben Art waren

— weiß und unbehaart —, und er war entzückt über diese Gelegenheit, an dem verhassten Feind doppelt Rache zu üben.
Für Jane war das Auftauchen dieses gottgleichen Menschen Labsal für ihre überbeanspruchten Nerven.
Aus der Beschreibung, die Clayton, ihr Vater und Mr Philander ihr gegeben hatten, wusste sie, dass dies dasselbe wunderbare Wesen sein musste, das die drei gerettet hatte, und sie sah in ihm nur einen Beschützer und Freund.
Als Terkoz jedoch sie roh zur Seite schleuderte, um Tarzans Angriff zu begegnen, und sie die großen Ausmaße des Affen, seine mächtigen Muskeln und die furchtbaren Zähne sah, krampfte sich ihr Herz zusammen. Wie konnte jemand mit solch einem riesigen Widersacher fertig werden?
Wie zwei angreifende Stiere prallten die beiden aufeinander, und wie zwei Wölfe fuhren sie sich gegenseitig an die Kehle, wobei die dünne Klinge von Tarzans Messer die langen Zähne des Affen ausglich.
Janes jugendliche, geschmeidige Gestalt stand an einen dicken Baum gelehnt, sie presste die Hände gegen die wogende Brust und verfolgte mit weitgeöffneten Augen und einem Gefühl des Schreckens, der Faszination, der Furcht und Bewunderung diesen Kampf des urzeitlichen Affen mit dem urzeitlichen Menschen um eine Frau — um sie.
Als die großen Muskeln auf dem Rücken und den Schultern des Menschen sich unter seinen kraftvollen Anstrengungen zusammenzogen und die mächtigen Bizepse und der Unterarm die furchtbaren Zähne von ihm wegdrückten, schwand der Schleier jahrhundertealter Zivilisation und Kultur vor dem verschwommenen Blick dieser jungen Frau aus Baltimore.
Und als das lange Messer mehrfach tief in Terkoz' Herzblut tauchte und sein mächtiger Körper leblos am Boden lag, war es eine Frau der Urzeit, die mit ausgestreckten Armen dem Mann der Urzeit entgegenstürzte, der um sie gekämpft und sie erkämpft hatte.
Und Tarzan?
Er tat, was man keinen Mann, in dessen Adern rotes Blut fließt, lehren muss. Er nahm die Frau in seine Arme und bedeckte die ihm zugewandten, halboffenen Lippen mit Küssen.

Einen Augenblick verharrte Jane, die Augen halb geschlossen. Einen Augenblick lang – dem ersten in ihrem jungen Leben – erfasste sie die Bedeutung der Liebe.

Aber ebenso plötzlich, wie der Schleier geschwunden war, senkte er sich wieder, ein empörtes Gewissen überzog ihr Gesicht mit dunkler Röte, und eine tiefgekränkte Frau stieß Tarzan von den Affen von sich und schlug die Hände vors Gesicht.

Tarzan war überrascht gewesen, die Frau, die auf unklare und abstrakte Weise zu lieben er gelernt hatte, als fügsame Gefangene in seinen Armen zu halten. Nicht minder überraschte es ihn, derart zurückgestoßen zu werden.

Er trat abermals dicht an sie heran und ergriff ihren Arm. Sie wandte sich ihm zu wie eine Tigerin und hämmerte mit ihren kleinen Fäusten auf seine breite Brust.

Tarzan konnte es nicht verstehen.

Noch vor einem Augenblick war es seine Absicht gewesen, Jane schnellstens zu ihren Leuten zurückzubringen, aber dieser kurze Augenblick war nun verloren in der nebelhaften und fernen Vergangenheit von Dingen, die geschehen waren, jedoch nie wieder geschehen würden, und mit ihr war die gute Absicht geschwunden, um im Unmöglichen aufzugehen.

Seit diesem Augenblick spürte Tarzan von den Affen, wie eine warme, geschmeidige Gestalt sich an ihn gepresst hatte. Heißer, lieblicher Atem an seiner Wange und seinem Mund hatten in seiner Brust eine neue Flamme entfacht, und vollendete Lippen hatten in heißen Küssen an seinen gehangen und ein tiefes Mal in seine Seele gebrannt – ein Mal, das einen neuen Tarzan kennzeichnete.

Abermals legte er seine Hand auf ihren Arm. Abermals stieß sie ihn zurück. Da tat Tarzan von den Affen, was sein allererster Urahn getan haben würde.

Er nahm seine Frau auf den Arm und trug sie in den Dschungel.

Die vier Leute in dem kleinen Haus am Strand wurden am nächsten Morgen frühzeitig durch einen Kanonenschuss geweckt. Clayton eilte als Erster hinaus, da sah er jenseits der Hafeneinfahrt zwei große Schiffe vor Anker liegen.

Das eine war die *Arrow*; das andere ein kleiner französischer Kreuzer, an dessen Reling sich viele Leute drängten und zum Land blickten. Clayton und die anderen, die zu ihm getreten waren, erkannten, dass der Kanonenschuss sie auf die Schiffe aufmerksam machen sollte, falls sie sich noch beim Haus befanden.

Beide Schiffe lagen ein ganzes Stück von der Küste entfernt, und es war zu bezweifeln, dass sie mit ihren Ferngläsern die Hüte schwenkende kleine Gruppe von Menschen weit innerhalb der Hafenbucht entdecken würden.

Esmeralda hatte ihre rote Schürze abgebunden und schwenkte sie wie wild über ihrem Kopf; aber Clayton befürchtete, dass auch dies nicht gesehen werden könnte, und rannte schnell zur Nordspitze, wo der Holzstapel fürs Signalfeuer zum Anzünden bereitlag.

Es kam ihm wie auch den anderen, die atemlos hinter ihm warteten, wie eine Ewigkeit vor, ehe er den großen Stapel trockener Zweige und Reisig erreichte.

Als er aus dem dichten Wald stürmte und die Schiffe wieder sehen konnte, entdeckte er voll Bestürzung, dass die *Arrow* Segel setzte und der Kreuzer schon wieder Fahrt machte.

Schnell entzündete er den Holzstoß an mehreren Stellen, rannte zur äußersten Spitze des Vorgebirges, riss sich das Hemd vom Leib, band es an einen herabgefallenen Ast und schwenkte es über seinem Kopf wild hin und her.

Noch immer behielten die Schiffe ihren Auslaufkurs bei, und er hatte schon alle Hoffnung aufgegeben, als die große Rauchsäule, die wie ein solider Pfeiler aufragte, die Aufmerksamkeit des Ausgucks an Bord des Kreuzers auf sich lenkte, und im Nu waren ein Dutzend Ferngläser auf den Strand gerichtet.

Da sah Clayton die beiden Schiffe auch schon wenden, und während die *Arrow* draußen beigedreht liegen blieb, dampfte der Kreuzer langsam zur Küste zurück.

In einiger Entfernung stoppte er, ein Boot wurde zu Wasser gelassen und zum Strand geschickt.

Als es halb aus dem Wasser gezogen worden war, stieg ein junger Offizier aus.

»Monsieur Clayton, nehme ich an?«, fragte er.

»Gott sei Dank, dass Sie gekommen sind!«, lautete Claytons Antwort. »Und vielleicht ist es selbst jetzt noch nicht zu spät!«
»Wozu, Monsieur?«, fragte der Offizier.
Clayton erzählte ihm von Jane Porters Entführung und dass bewaffnete Leute gebraucht würden, um die Suche nach ihr zu unterstützen.
»*Mon Dieu!*«, rief der Offizier bekümmert. »Gestern wären wir womöglich noch zur rechten Zeit gekommen. Heute ist es vielleicht besser, die arme Lady würde nie gefunden. Es ist entsetzlich, Monsieur. Es ist zu entsetzlich!«
Inzwischen hatten weitere Boote vom Kreuzer abgelegt. Clayton zeigte dem Offizier die Hafeneinfahrt, stieg mit ins Boot, und dieses steuerte nun die kleine, vom Land umschlossene Bucht an, worauf die anderen Boote ihm folgten.
Bald ging der ganze Trupp an Land, wo Professor Porter, Mr Philander und die weinende Esmeralda standen.
Unter den Offizieren, die als Letzte vom Kreuzer abgelegt hatten, befand sich der Kommandant des Schiffes. Als er den Bericht von Janes Entführung vernommen hatte, rief er sofort Freiwillige auf, die Professor Porter und Clayton bei ihrer Suche unterstützen sollten.
Unter den tapferen und mitfühlenden Franzosen gab es keinen einzigen Offizier oder Matrosen, der nicht sofort bat, in den Expeditionstrupp aufgenommen zu werden.
Der Kommandant wählte zwanzig Mann und zwei Offiziere, Leutnant d'Arnot und Leutnant Charpentier, aus. Ein Boot wurde zum Kreuzer zurückgeschickt, um Lebensmittel, Munition und Karabiner zu holen. Revolver hatten die Männer schon bei sich.
Auf Claytons Frage, wie es eigentlich dazu kam, dass sie vor der Küste Anker geworfen und einen Signalschuss abgegeben hatten, erklärte der Kommandant, Kapitän Dufranne, vor einem Monat hätten sie die *Arrow* gesichtet, die unter beträchtlichem Tuch Südwestkurs fuhr. Als sie ihr signalisierten, sie solle beidrehen, hatte sie nur noch mehr Segel gesetzt.
Sie waren ihr bis zum Sonnenuntergang auf den Fersen geblieben und hatten mehrere Schüsse auf sie abgegeben, doch am nächsten Morgen war sie nirgends mehr zu sehen gewesen. Einige Wochen kreuzten sie weiter die Küste auf und ab und hatten die kürzliche

Verfolgungsjagd fast schon vergessen, als der Ausguck vor wenigen Tagen eines Morgens ein Schiff meldete, das inmitten schwerer See offensichtlich außer Kontrolle geraten war.
Als sie sich näher an das treibende Fahrzeug heranmanövriert hatten, stellten sie zu ihrer Überraschung fest, dass es dasselbe Schiff war, das ihnen vor einigen Wochen entwischt war. Fockstag und Besan waren gesetzt, als habe man sich bemüht, es mit dem Bug im Wind zu halten, aber die Schots hatten sich gelöst, und die Segel waren in dem fast Sturmstärke erreichenden Wind in Fetzen gerissen worden. Bei dem hohen Seegang war es schwierig und gefährlich zugleich, ein Prisenkommando an Bord zu bringen, und da an Deck kein Lebenszeichen zu erkennen war, beschloss man abzuwarten, bis Wind und Seegang nachgelassen hatten, doch da sahen sie, dass eine Gestalt sich an der Reling festklammerte und ihnen stumm und kraftlos zuwinkte.
Sofort wurde ein Boot bemannt und der Versuch unternommen, an Bord der *Arrow* zu gelangen. Er glückte.
Der Anblick, der sich den Franzosen bot, als sie über die Reling kletterten, war entsetzlich.
Ein Dutzend Tote oder Sterbende rollten auf dem stampfenden Deck hin und her, Lebende zwischen Toten. Zwei der Leichen schienen teilweise angenagt zu sein wie von Wölfen.
Das Prisenkommando hatte das Schiff bald wieder unter den richtigen Segeln, die noch lebenden Angehörigen der unglücklichen Mannschaft wurden in die Hängematten getragen.
Die Toten wurden in Segeltuch gehüllt und an Deck vertäut, damit sie von ihren Kameraden identifiziert werden konnten, ehe sie den Fluten übergeben wurden.
Als die Franzosen das Deck der *Arrow* betraten, war keiner der noch Lebenden bei Bewusstsein. Selbst der arme Teufel, der ihnen so verzweifelt zugewinkt hatte, war in Ohnmacht gesunken, noch ehe er erkennen konnte, ob sein Notsignal aufgenommen worden war oder nicht.
Der französische Offizier brauchte nicht lange, um herauszufinden, was den grauenvollen Zustand an Bord herbeigeführt hatte, denn als man nach Wasser und Branntwein suchte, um die Männer wieder

zum Leben zu erwecken, stellte man fest, dass nichts dergleichen vorhanden war, auch keine Lebensmittel irgendwelcher Art.
Er signalisierte sofort zum Kreuzer, man möge Wasser, Medikamente und Lebensmittel herüberschicken, und bald unternahm ein weiteres Boot die gefahrvolle Reise zur *Arrow*.
Nach Anwendung der Stärkungsmittel erlangten einige der Männer das Bewusstsein wieder, und die ganze Geschichte kam ans Tageslicht. Wir kennen davon bereits den Teil bis zur Abfahrt der *Arrow* nach der Ermordung von Snipes und seiner Bestattung über der Schatztruhe.
Die Verfolgung durch den Kreuzer musste die Meuterer derart in Panik versetzt haben, dass sie noch mehrere Tage weiter auf den Atlantik hinausfuhren, nachdem das Kriegsschiff sie verloren hatte. Als sie entdeckten, wie wenig Wasser und Lebensmittel an Bord waren, hatten sie wieder Ostkurs gesteuert.
Da niemand an Bord etwas von Navigation verstand, erhoben sich alsbald Debatten über ihre Position, und als sie nach drei Tagen Ostkurs noch immer kein Land sichteten, gingen sie auf Nordkurs, in der Annahme, die längere Zeit vorherrschenden hohen Nordwinde hätten sie südlich der Südspitze von Afrika getrieben.
Zwei Tage lang behielten sie Nordnordostkurs bei, als sie von einer Windstille erfasst wurden, die eine Woche anhielt. Ihre Wasservorräte waren erschöpft, die Lebensmittel reichten noch für einen Tag.
Die Situation auf dem Schiff verschlimmerte sich immer mehr. Ein Mann verlor den Verstand und sprang über Bord. Kurz darauf schnitt ein anderer sich die Pulsadern auf und trank das eigene Blut.
Als er starb, warfen sie ihn ebenfalls ins Meer, obwohl einige unter ihnen ihn lieber an Bord behalten hätten. Der Hunger machte aus menschlichen Bestien wilde Tiere.
Zwei Tage, bevor der Kreuzer sie auflas, waren sie schon zu schwach, das Schiff zu manövrieren, und am gleichen Tag starben drei Mann. Am folgenden Morgen entdeckte man, dass eine der Leichen teilweise angenagt worden war.
Den ganzen Tag lagen die Männer herum und starrten sich an wie Raubtiere, und am folgenden Morgen waren zwei Leichen fast bis auf die Knochen aufgezehrt.

Durch die makabre Mahlzeit kamen die Seeleute nur wenig zu Kräften, denn der Wassermangel war bei weitem die größte Marter, die sie auszuhalten hatten. Dann war der Kreuzer gekommen.
Als diejenigen sich erholt hatten, die dazu imstande waren, wurde die ganze Geschichte dem Kommandanten zur Kenntnis gebracht, indes waren die Männer zu unwissend, als dass sie hätten sagen können, an welchem Punkt der Küste der Professor und seine kleine Gruppe ausgesetzt worden waren, deshalb fuhr der Kreuzer langsam in Sichtweite des Landes die Küste entlang, feuerte gelegentlich Signalschüsse ab und suchte jeden Fußbreit Strand mit Ferngläsern ab.
Nachts wurde Anker geworfen, damit kein Stück der Küstenlinie ihren Nachforschungen entging, und so kam es, dass die letzte Nacht sie genau an dem Teil des Strandes überraschte, wo sich das von ihnen gesuchte Lager befand.
Man nahm an, dass die an Land Befindlichen die Signalschüsse vom Vortag wohl deshalb nicht gehört hatten, weil sie auf der Suche nach Jane Porter tief im Dschungel steckten, wo der von ihnen erzeugte Lärm, wenn sie durch das Unterholz brachen, das Krachen des fernen Kanonenschusses übertönt hatte.
Während die zwei Gruppen über ihre verschiedenen Abenteuer berichteten, kehrte das Boot des Kreuzers mit Verpflegung und Waffen für den Suchtrupp zurück.
Binnen weniger Minuten brach die kleine Truppe von Matrosen mit den zwei französischen Offizieren, Professor Porter und Clayton zu einer aussichtslosen und vom Unglück verfolgten Suche in den unwegsamen Dschungel auf.

Als Jane entdeckte, dass das seltsame Waldwesen, das sie den Klauen des Affen entrissen hatte, sie als Gefangene wegschleppte, versuchte sie verzweifelt zu entkommen, aber die starken Arme hielten sie so leicht, als wäre sie ein kleines Baby, und umfassten sie nur ein ganz klein wenig fester. Da gab sie die nutzlosen Bemühungen auf, lag ganz still und betrachtete durch halbgeschlossene Augenlider das Gesicht des Mannes, der so mühelos mit ihr durch das Gewirr des Unterholzes schritt.

Es war ein außerordentlich schönes Gesicht von vollendeter Männlichkeit, die nicht entstellt war durch Ausschweifung oder brutale oder degenerierende Leidenschaften. Denn obwohl Tarzan von den Affen Menschen und Tiere getötet hatte, hatte er dies getan, wie der Jäger tötet, leidenschaftslos, von wenigen, sehr seltenen Fällen abgesehen, wo er aus Hass getötet hatte – aber auch hier wieder nicht aus lange aufgestautem, böswilligem Hass, der dem Betreffenden hässliche Linien ins Gesicht kerbt.

Wenn Tarzan tötete, lächelte er häufiger, als dass er finster blickte, und Lächeln ist die Grundlage der Schönheit.

Etwas war dem Mädchen besonders aufgefallen, als sie ihn Terkoz angreifen sah – der deutlich sichtbare hellrote Streifen auf seiner Stirn, der sich vom linken Auge über den Kopf zog. Aber als sie seine Züge jetzt genauer ansah, fiel ihr auf, dass der Streifen nur noch als dünne weiße Linie zu erkennen war.

Da sie ruhiger in seinen Armen lag, hielt er sie nicht mehr so fest.

Einmal blickte er ihr in die Augen und lächelte, und sie senkte die Lider, um dem Anblick dieses schönen, einnehmenden Gesichts zu widerstehen.

Da schwang sich Tarzan in die Bäume hinauf. Jane wunderte sich, dass sie keine Angst hatte, und wurde sich bewusst, dass sie sich im ganzen Leben nie sicherer gefühlt hatte als jetzt in den Armen dieses starken, wilden Geschöpfes, das sie immer tiefer in die undurchdringliche Wildnis des unberührten Urwalds schleppte.

Gott allein wusste, wohin und welchem Schicksal entgegen.

Wenn sie mit geschlossenen Augen über ihre Zukunft nachsann und ihre lebhafte Phantasie grauenvolle Bilder heraufbeschwor, brauchte sie nur die Augen aufzuschlagen und jenes edle Gesicht zu betrachten, das dem ihren so nahe war, und sofort schwanden die letzten Spuren von Besorgnis.

Nein, er konnte ihr kein Leid zufügen, davon war sie fest überzeugt, wenn sie daran dachte, wie viel Ritterlichkeit die schönen Gesichtszüge und der offene Blick bekundeten.

Immer weiter drangen sie in den Wald, der Jane wie eine feste Masse von Grün vorkam, dennoch schien sich vor diesem Waldgott immer wieder wie von Zauberhand ein Durchschlupf zu öffnen und sich zu schließen, sobald sie ihn passiert hatten.

Kaum ein Zweig kratzte sie, dennoch bot sich ihren Blicken über und unter, vor und hinter ihr nichts anderes als eine feste Wand unentwirrbar miteinander verflochtener Zweige und Schlingpflanzen.

Während Tarzan den Wald durchquerte, beschäftigten ihn viele neue und seltsame Gedanken. Er sah sich einem Problem gegenüber, wie es in seinem Leben bislang noch nie aufgetreten war, und fühlte mehr, als dass er verstandesmäßig erfasste, dass er es nur als Mensch, nicht als Affe meistern konnte.

Er bewegte sich zumeist durch die oberen Baumwipfel vorwärts, und dieser Umstand führte dazu, dass sich die erste, wilde Glut der Leidenschaft angesichts der neuentdeckten Liebe etwas abkühlte.

Nun ertappte er sich bei der Überlegung, welches Schicksal der jungen Frau wohl zuteilgeworden wäre, hätte er sie nicht vor Terkoz gerettet.

Er wusste, warum der Affe sie nicht getötet hatte, und fing an, seine Absichten mit denen Terkoz' zu vergleichen.

Gewiss, es entsprach den Gesetzen des Dschungels, dass das Männchen sich die Frau mit Gewalt holt. Aber durfte er sich von Regeln der Tiere leiten lassen? War er nicht ein Mensch? Was taten diese in solch einem Fall? Er war verwirrt, denn er wusste es nicht.

Er wünschte sich, das Mädchen fragen zu können, doch er gelangte zu der Einsicht, dass sie diese Frage durch ihr vergebliches Bemühen, sich ihm zu entwinden und ihn zurückzustoßen, bereits beantwortet hatte.

Inzwischen hatten sie ihr Ziel erreicht, und Tarzan von den Affen ließ sich mit Jane in den starken Armen behänd auf den dichten Rasen der Arena fallen, wo die großen Affen beratschlagt und den wilden Tanz des Dum-Dum getanzt hatten.

Obwohl sie viele Meilen zurückgelegt hatten, war noch immer Nachmittag und das Halbrund in gedämpftes Licht getaucht, das durch das dichte Laubdach über ihren Köpfen drang.

Die Grasfläche sah weich, kühl und einladend aus. Die unzähligen Geräusche des Dschungels schienen weit entfernt und auf das bloße Echo verworrener Laute reduziert zu sein, die an- und abschwollen wie die Brandung einer fernen Küste.

Ein Gefühl traumhaften Seelenfriedens überkam Jane, als sie ins Gras sank, wo Tarzan sie niederließ, und als sie aufblickte und die riesige Gestalt über sich sah, trat ein starkes Empfinden vollkommener Sicherheit hinzu.

Sie beobachtete ihn unter halbgeschlossenen Lidern, wie er über die kleine, halbrunde Lichtung auf die Bäume an der anderen Seite zuging, und sah die anmutige Haltung, die vollendete Symmetrie seiner beeindruckenden Gestalt und die Art, wie sein wohlgeformter Kopf auf den breiten Schultern ruhte.

Was für ein vollkommenes Wesen! Unter diesem gottgleichen Äußeren konnte sich keine Grausamkeit oder niedrige Gesinnung verbergen. Nie hat je ein Mensch solcherart den Fuß auf diese Erde gesetzt, seit Gott den ersten nach seinem Ebenbild schuf, dachte sie.

Mit einem einzigen Satz war Tarzan in den Bäumen verschwunden. Sie wunderte sich, wohin es ihn trieb. Wollte er sie in dem einsamen Dschungel ihrem Schicksal überlassen?

Besorgt blickte sie um sich. Jede Liane und jeder Busch wirkten wie ein Versteck, hinter dem irgendein großes und schreckliches Tier auf der Lauer lag und darauf wartete, die blitzenden Zähne in ihr weiches Fleisch zu schlagen. Jedes Geräusch kam ihr wie das unsichtbare Anschleichen einer gefährlichen, bösen Kreatur vor.

Wie anders war jetzt alles, da er sie verlassen hatte!

Wenige Minuten erschienen der verängstigten Frau wie Stunden, sie saß, die Nerven zum Zerreißen gespannt, und wartete darauf, dass das lauernde Etwas zum Sprung ansetzen und ihrer düsteren Vorahnung ein jähes Ende bereiten würde.
Fast betete sie, die furchtbaren Zähne würden ihr möglichst bald zu Bewusstlosigkeit verhelfen und die qualvolle Furcht beenden.
Da hörte sie plötzlich ein leichtes Geräusch hinter sich. Mit einem Schrei sprang sie auf und wandte sich dem vermeintlichen Ende zu.
Da stand Tarzan, über und über mit reifen, süßen Früchten beladen.
Jane taumelte und wäre gefallen, hätte er seine Last nicht fallen lassen und sie aufgefangen. Sie verlor nicht das Bewusstsein, klammerte sich aber fest an ihn und zitterte und bebte wie ein verängstigtes Reh.
Tarzan strich ihr sanft übers Haar und versuchte, sie zu trösten und zu beruhigen, wie Kala es mit ihm getan hatte, wenn Sabor, die Löwin, oder Histah, die Schlange, ihn, den kleinen Affen, zu Tode erschreckt hatte.
Einmal drückte er seine Lippen leicht auf ihre Stirn, und sie bewegte sich nicht, schloss nur die Augen und seufzte.
Sie konnte ihre Empfindungen nicht analysieren, ihr war auch gar nicht daran gelegen, es zu versuchen. Sie gab sich voll der Sicherheit dieser starken Arme hin und war zufrieden, ihre Zukunft dem Schicksal zu überlassen; schließlich hatten die letzten Stunden sie gelehrt, dieser seltsamen, wilden Kreatur des Waldes in einem Maße zu vertrauen, wie sie es nur bei wenigen Menschen ihres Bekanntenkreises tun würde.
Als sie sich der Absonderlichkeit dessen bewusst wurde, dämmerte ihr ganz langsam die Erkenntnis, dass sie möglicherweise etwas kennengelernt hatte, von dem sie zuvor wirklich keine Ahnung hatte – die Liebe. Sie wunderte sich darüber, dann musste sie lächeln.
Noch immer lächelnd, schob sie Tarzan sanft von sich. Dann schaute sie ihn halb lächelnd, halb spöttisch an, so dass ihr Gesicht ganz betörend aussah, wies auf die Früchte im Gras und setzte sich auf den Rand der tönernen Trommel der Menschenaffen, denn bei ihr machte sich nun der Hunger bemerkbar.

Schnell sammelte Tarzan das Obst auf, brachte es ihr und legte es ihr zu Füßen; dann setzte er sich gleichfalls auf die Trommel neben sie, schnitt die Früchte auf und bereitete sie so vor, dass sie sie verzehren konnte.

Sie aßen gemeinsam und wortlos und warfen sich nur ab und zu verstohlene Blicke zu, bis Jane schließlich in ein fröhliches Lachen ausbrach, in das Tarzan einstimmte.

»Ich wünschte, du sprächest Englisch«, sagte sie.

Tarzan schüttelte den Kopf, und ein Ausdruck sehnsüchtigen, rührenden Verlangens trat in seine Augen.

Jane versuchte nun, Französisch mit ihm zu sprechen, dann deutsch, musste jedoch selbst über ihre stümperhaften Versuche in dieser Sprache lachen.

»Du verstehst mein Deutsch ebenso gut wie die Leute in Berlin.«

Tarzan war schon lange zu einer Entscheidung gelangt, wie er weiterhin vorgehen solle. Er hatte genug Zeit gehabt, sich an all das zu erinnern, was er in den Büchern im Haus über das Verhalten von Männern und Frauen gelesen hatte. Also würde er so handeln, wie nach seinem Dafürhalten die Männer in den Büchern gehandelt hätten, wären sie an seiner Stelle.

Abermals erhob er sich und trat zwischen die Bäume. Vorher versuchte er jedoch, durch Gesten klarzumachen, dass er gleich wieder zurück sein werde, und er tat das so gut, dass Jane verstand und sich nicht fürchtete, allein zu bleiben.

Sie überkam nur ein Gefühl der Einsamkeit, und sie blickte unverwandt auf die Stelle, wo er verschwunden war, und wartete sehnsüchtig auf seine Rückkehr. Wie ehedem kündigte nur ein leises Geräusch hinter ihr sein Kommen an, und als sie sich umwandte, sah sie ihn mit einem großen Armvoll Zweige über die Wiese zurückkehren.

Dann ging er abermals in den Dschungel und kam wenige Minuten später mit einer großen Menge Gras und Farnkraut zurück.

Noch zweimal unternahm er solche Gänge, bis er schließlich einen ziemlich großen Berg von Material herbeigeschleppt hatte. Er breitete Gras und Farn zu einem weichen Lager auf der Erde aus und lehnte viele Zweige so zusammen, dass ihre Spitzen sich einige Fuß über dem Zentrum trafen. Darauf packte er schichtweise Blätter des

Elefantenohrfarns und verschloss das eine Ende des kleinen Unterschlupfs, der so zustande gekommen war, mit weiteren Zweigen und Blättern.
Dann saßen sie wieder auf der Kante der Trommel beisammen und versuchten, sich durch Gesten zu verständigen.
Jane staunte über das herrliche Diamantmedaillon, das Tarzan um den Hals hängen hatte. Sie wies darauf, und Tarzan nahm das schöne Schmuckstück ab und gab es ihr.
Sie erkannte es sofort als Werk eines kunstfertigen Goldschmieds, bemerkte auch, dass die Diamanten herrlich strahlten und wundervoll eingesetzt waren, doch der Schliff deutete darauf hin, dass der Schmuck in vergangener Zeit angefertigt sein musste.
Sie entdeckte ferner, dass das Medaillon sich öffnen ließ, drückte auf den verborgenen Verschluss und sah in den nun aufgeklappten Hälften zwei Elfenbeinminiaturen.
Die eine war die einer schönen Frau, die andere hätte ein Porträt des Mannes sein können, der jetzt neben ihr saß, wäre nicht ein ganz feiner Unterschied im Gesichtsausdruck gewesen, der sich schwer bestimmen ließ.
Sie blickte Tarzan an und sah, dass er sich zu ihr beugte und die Miniaturen mit einem Ausdruck höchsten Erstaunens betrachtete. Dann streckte er die Hand aus, nahm ihr das Medaillon ab und sah sich die Abbildungen darin mit unmissverständlichen Anzeichen der Überraschung und neuen Interesses an. Sein Verhalten zeigte deutlich, dass er sie nie zuvor gesehen und auch nicht geahnt hatte, dass das Medaillon sich aufklappen ließ.
Diese Tatsache regte sie an, die verschiedensten Vermutungen anzustellen, wie dieses schöne Schmuckstück wohl in den Besitz eines wilden und ungebändigten Geschöpfes des unerforschten Dschungels Afrikas gekommen war.
Noch erstaunlicher war, warum es diese Darstellung eines Mannes enthielt, der ein Bruder oder, noch wahrscheinlicher, der Vater dieses Halbgotts der Wälder zu sein schien, obwohl dieser nicht einmal gewusst hatte, dass das Medaillon sich öffnen ließ.
Tarzan starrte noch immer wie gebannt auf die zwei Gesichter. Sodann nahm er den Köcher von der Schulter, schüttete die Pfeile auf

die Erde, langte tief in das sackartige Behältnis und förderte einen flachen Gegenstand zutage, der in viele weiche Blätter gewickelt und mit langen Grashalmen verschnürt war.
Er knüpfte ihn sorgfältig auf und entfernte die Blätter Schicht für Schicht, bis er schließlich eine Fotografie in der Hand hielt.
Er wies auf die Miniatur des Mannes im Medaillon und reichte Jane das Foto, wobei er das offene Medaillon danebenhielt.
Das Foto machte die ganze Sache für Jane noch rätselhafter, denn es war ganz offensichtlich ein anderes Ebenbild desselben Mannes, dessen Bild neben dem der schönen jungen Frau im Medaillon enthalten war.
Tarzan musterte sie mit einem Ausdruck verwirrter Bestürzung, als sie zu ihm aufblickte. Er schien mit den Lippen eine Frage zu formen.
Das Mädchen wies erst auf das Foto, dann auf die Miniatur und schließlich auf ihn, als wolle sie damit sagen, es müsse sich um eine Darstellung von ihm handeln, aber er schüttelte nur den Kopf, zuckte dann mit den Schultern, nahm ihr das Foto weg, wickelte es erneut sorgfältig ein und steckte es abermals tief unten in den Köcher.
Er saß eine Zeitlang schweigend und starrte vor sich auf den Boden, während Jane noch immer das kleine Medaillon in der Hand hielt und auf der Suche nach einem Schlüssel, der zur Identität des ursprünglichen Besitzers führen konnte, um und um wendete.
Schließlich stieß sie auf eine einfache Erklärung.
Das Medaillon hatte Lord Greystoke gehört, und die Bilder zeigten ihn und Lady Alice.
Dieses wilde Geschöpf hatte es in der Hütte am Strand gefunden. Wie töricht von ihr, nicht gleich an diese Lösung gedacht zu haben!
Aber wie sich die seltsame Ähnlichkeit zwischen Lord Greystoke und diesem Waldgott erklären ließ, ging über ihren Verstand. Wie sollte sie auch auf die Idee kommen, dieser halbnackte Wilde sei in Wirklichkeit ein englischer Adliger!
Schließlich blickte Tarzan auf und beobachtete das Mädchen, wie sie das Medaillon untersuchte. Er konnte die Bedeutung der Porträts nicht ergründen, wohl aber sah er das Interesse und die Faszination auf dem Antlitz des jungen Wesens neben ihm.

Sie bemerkte, dass er sie beobachtete, und da sie glaubte, er wolle das Schmuckstück wiederhaben, hielt sie es ihm hin. Er nahm es, hielt die Kette mit beiden Händen auseinander und hängte sie ihr um den Hals, wobei er lächelte, als er sah, wie sehr sie das unerwartete Geschenk überraschte.
Jane schüttelte heftig den Kopf und wollte, dass er ihr die Kette wieder abnahm, aber er ging nicht darauf ein. Vielmehr nahm er ihre Hände in die seinen und hielt sie fest zusammen, um zu verhindern, dass sie sie selbst abnahm.
Schließlich gab sie nach und hob das Medaillon mit einem kurzen Lachen an ihre Lippen.
Tarzan wusste nicht genau, was sie damit meinte, vermutete jedoch völlig zu Recht, dass dies ihre Art war, sich für das Geschenk zu bedanken. So erhob er sich, nahm das Medaillon in die Hand, beugte sich würdevoll darüber wie ein Höfling in vergangener Zeit und drückte seine Lippen auf die Stelle, die ihre berührt hatten.
Es war ein höfliches kleines Kompliment, dessen Anmut und Vornehmheit besonders hervortrat, weil er sich dessen überhaupt nicht bewusst war. Es war das Merkmal seiner aristrokratischen Geburt, das natürliche Ergebnis einer ihm durch Generationen vermittelten gediegenen Erziehung, ein ihm vererbter Instinkt für Höflichkeit, den auch ein Leben in ungeschliffener Anleitung und wilder Umgebung nicht hatte auslöschen können.
Es wurde jetzt zunehmend dunkel, und so aßen sie wieder von den Früchten, die Speise und Trank zugleich waren; dann erhob sich Tarzan, führte Jane zu der kleinen Laubhütte, die er errichtet hatte, und gab ihr durch Gesten zu verstehen, sie sollte hineinkriechen.
Zum ersten Mal seit Stunden überkam sie ein Gefühl der Angst, und Tarzan fühlte, wie sie von ihm wegstrebte, als wolle sie sich von ihm zurückziehen.
Der halbe Tag engen Kontakts zu dieser Frau hatte Tarzan grundlegend verändert, er war nicht mehr derselbe, der er bei Sonnenaufgang gewesen war.
In jeder Faser seines Wesens überwog das Erbgut die Erziehung, die ihm zuteilgeworden war.

Wohl hatte sich der wilde Affenmensch nicht in so kurzer Zeit in einen vollkommenen Gentleman verwandelt, indes hatten die Instinkte des Letzteren schließlich die Oberhand gewonnen, und der Wunsch, der Frau, die er liebte, zu gefallen und vor ihr bestehen zu können, überwog alles andere.
So tat Tarzan von den Affen das Einzige, was Jane nach seinem Dafürhalten überzeugen konnte, dass sie sicher war. Er zog sein Jagdmesser aus der Scheide, reichte es ihr so, dass der Griff ihr zugewandt war und gab ihr abermals durch Gesten zu verstehen, sie solle in die Laubhütte schlüpfen.
Die Frau verstand, nahm das Messer, kroch in die Hütte und legte sich auf das weiche Gras, während Tarzan von den Affen sich vor dem Eingang auf der blanken Erde ausstreckte.
Und so fand die aufsteigende Sonne sie am nächsten Morgen vor.
Als Jane erwachte, konnte sich sich zuerst gar nicht an die seltsamen Geschehnisse vom Vortag entsinnen, deshalb wunderte sie sich über die absonderliche Umgebung – die kleine Laubhütte, das weiche Gras ihrer Lagerstatt und der ungewohnte Blick durch die Öffnung zu ihren Füßen.
Langsam tauchten die Umstände, die zu ihrer derzeitigen Situation geführt hatten, wieder aus der Erinnerung. Und dann stieg eine große Verwunderung in ihr auf – eine gewaltige Welle von Verbundenheit und Dankbarkeit dafür, dass sie einer so schrecklichen Gefahr heil entronnen war.
Sie kroch zum Eingang der Hütte, um nach Tarzan zu sehen. Er war verschwunden; aber diesmal fürchtete sie sich nicht, denn sie wusste, dass er zurückkehren würde.
Im Gras vorm Eingang sah sie den Eindruck, den sein Körper hinterlassen hatte, als er die ganze Nacht dort gelegen hatte, um sie zu bewachen. Sie wusste, schon die Tatsache seiner Anwesenheit hatte genügt, dass sie sicher und friedlich schlief.
Mit ihm in ihrer Nähe, wer hätte da Furcht empfunden? Und sie fragte sich, ob es noch einen Menschen auf Erden gab, in dessen Gegenwart sich eine Frau so sicher fühlen würde, hier im wilden afrikanischen Dschungel. Selbst Löwen und Panther stellten in ihren Augen keine Bedrohung mehr da.

Sie blickte auf, da sah sie seine geschmeidige Gestalt weich von einem Baum in der Nähe herabspringen. Als er ihrem Blick begegnete, hellte sich seine Miene zu jenem offenen, strahlenden Lächeln auf, das schon am Vortage ihr Vertrauen geweckt hatte.
Als er näher kam, schlug Janes Herz schneller, und ihre Augen leuchteten, als hätten sie nie zuvor einen Mann auf sich zukommen sehen. Er hatte wieder Früchte gesammelt und legte sie am Eingang zur Laubhütte nieder. Abermals setzten sie sich, um gemeinsam zu essen.
Jane fragte sich langsam, was wohl seine Pläne wären. Würde er sie zum Strand zurückbringen, oder gedachte er, sie hier zu behalten? Plötzlich wurde ihr bewusst, dass ihr das keine großen Sorgen bereitete. Konnte es sein, dass es für sie keine Rolle mehr spielte?
Auch wurde ihr mit einem Mal klar, dass sie es völlig zufrieden war, in einem Waldparadies tief im Inneren eines afrikanischen Dschungels hier neben diesem lächelnden Hünen zu sitzen und köstliches Obst zu essen – dass sie zufrieden und zudem sehr glücklich war.
Das war ihr unbegreiflich. Ihr Verstand sagte ihr, dass sie von wilden Ängsten gepeinigt, durch Todesfurcht wie gelähmt und von düsteren Vorahnungen niedergeschmettert sein müsste; stattdessen sang ihr Herz, blickte sie lächelnd in das ebenfalls lächelnde Gesicht dieses Mannes neben ihr.
Nach Beendigung ihres Frühstücks ging Tarzan zu ihrer Laubhütte und holte sein Messer. Das Mädchen hatte es völlig vergessen. Gewiss, weil sie auch die Furcht vergessen hatte, die ihr damals angeraten hatte, es anzunehmen.
Tarzan winkte ihr, ihm zu folgen, und ging zu den Bäumen am Rande der Arena. Hier nahm er sie in seinen starken Arm und schwang sich in die Zweige darüber.
Das Mädchen ahnte, dass er sie zu ihren Leuten zurückbringen wollte, und konnte das plötzliche Gefühl der Verlorenheit und Betrübnis nicht begreifen, das sie auf einmal überkam. Vier Stunden lang schwangen sie sich gemächlich durch die Bäume.
Tarzan von den Affen hatte es nicht eilig, vielmehr war er bestrebt, die süße Freude möglichst lange auszukosten, die diese Reise durch die Wipfel mit den reizvollen Armen um seinen Hals ihm bereitete, und so hielt er sich weit südlich der gerade Route zum Strand.

Mehrere Male machten sie kurz halt, um sich auszuruhen, obwohl Tarzan dessen eigentlich nicht bedurfte, und zu Mittag rasteten sie eine Stunde lang an einem kleinen Fluss, wo sie ihren Durst stillten und etwas aßen.
So war der Sonnenuntergang schon nahe, als sie zu der Lichtung kamen. Tarzan ließ sich neben einem großen Baum zu Boden fallen, teilte das hohe Dschungelgras und zeigte ihr das kleine Häuschen.
Sie nahm ihn bei der Hand, um ihn hinzuführen, damit sie ihrem Vater berichten konnte, wie dieser Mann sie vor dem Tod und noch weit Schlimmerem gerettet und sie so emsig behütet hatte, wie dies nur eine Mutter getan haben würde.
Aber wieder befiel Tarzan von den Affen die Scheu des wilden Urwaldgeschöpfes angesichts dieser menschlichen Behausung. Er zog die Hand zurück und schüttelte den Kopf.
Sie trat dicht an ihn heran und blickte flehentlich zu ihm auf, denn sie konnte den Gedanken nicht ertragen, dass er allein in den schrecklichen Dschungel zurückkehrte.
Noch immer schüttelte er den Kopf, dann zog er sie sehr sanft an sich und beugte den Kopf vor, um sie zu küssen. Vorher aber blickte er ihr in die Augen, um zu ergründen, ob sie ihn gewähren lassen oder zurückweisen würde.
Das Mädchen zögerte nur einen kurzen Moment, dann erkannte sie seine Absicht, schlang ihre Arme um seinen Hals, brachte ihr Gesicht ganz nahe an seines und küsste ihn – völlig unbefangen.
»Ich liebe dich – ich liebe dich«, murmelte sie.
Da hörten sie in weiter Ferne das Krachen vieler Schüsse. Beide hoben die Köpfe.
Mr Philander und Esmeralda traten aus dem Haus.
Tarzan und die junge Frau standen an einer Stelle, von wo aus sie die beiden im Hafen vor Anker liegenden Schiffe nicht sehen konnten.
Tarzan wies in die Richtung, aus der die Schüsse kamen, tippte sich auf die Brust und wies abermals dorthin. Sie verstand. Er wollte hineilen, und eine innere Stimme sagte ihr, es sei bestimmt, weil er ihre Leute in Gefahr wähnte.
Abermals küsste er sie.

»Komm zu mir zurück«, flüsterte sie. »Ich werde auf dich warten – immer!«
Weg war er – und Jane wandte sich um und ging über die Lichtung zum Häuschen.
Mr Philander sah sie zuerst. Es war schon dunkel, und er war sehr kurzsichtig.
»Schnell, Esmeralda!«, rief er. »Wir wollen im Haus Schutz suchen, da kommt eine Löwin ... Gott der Gerechte!«
Esmeralda nahm sich gar nicht die Zeit, Mr Philanders Angaben zu überprüfen. Sein Ton sagte ihr genug. Mit einem Satz war sie im Haus und hatte die Tür zugeschlagen und verriegelt, noch ehe er zu Ende gesprochen hatte, denn das »Gott der Gerechte!« entfuhr ihm angesichts der Entdeckung, dass Esmeralda ihn in ihrer wahnsinnigen Eile ausgesperrt, mithin dem Zugriff der sich schnell nähernden Löwin schutzlos preisgegeben hatte.
Wütend hämmerte er gegen die schwere Tür.
»Esmeralda! Esmeralda!«, schrie er. »Lass mich ein. Eine Löwin will mich fressen.«
Esmeralda glaubte, der Lärm an der Tür rühre von der Löwin her, die einzudringen versuchte, deshalb fiel sie, ihrer Gewohnheit entsprechend, in Ohnmacht.
Mr Philander blickte völlig verängstigt hinter sich.
Entsetzlich! Das Wesen war inzwischen ganz nahe. Er versuchte, die Hauswand emporzuklettern, und konnte auch das Strohdach erklimmen.
Einen Augenblick hing er dort und hakte sich mit den Füßen ein wie eine Katze auf der Wäscheleine, aber dann löste sich auf einmal ein Stück Stroh, und Mr Philander stürzte, ihm vorauseilend, rücklings zu Boden.
Im Augenblick des Falles kam ihm eine bemerkenswerte Entdeckung der Naturwissenschaft in den Sinn. Er glaubte, sich zu erinnern, dass Löwen und Löwinnen jemanden, der sich totstellt, unbeachtet lassen. Natürlich war das falsch.
Doch Mr Philander blieb liegen, wie er gefallen war, zu einer furchteinflößenden Darstellung des Todes erstarrt. Da jedoch seine Arme und Beine steif nach oben gereckt waren, als er auf den

Rücken fiel, war diese Todeshaltung alles andere als beeindruckend. Jane hatte seine Possen leicht überrascht verfolgt. Nun lachte sie – es war eher ein unterdrücktes Glucksen, genügte jedoch. Mr Philander rollte auf die Seite und hielt Umschau. Da entdeckte er sie endlich.
»Jane!«, rief er. »Jane Porter. Mein Gott!«
Er arbeitete sich hoch und stürzte zu ihr, außerstande zu glauben, dass sie leibhaftig vor ihm stand.
»Mein Gott! Woher kommen Sie? Wo in aller Welt haben Sie gesteckt? Wie ...«
»Haben Sie Erbarmen, Mr Philander«, unterbrach sie ihn. »So viele Fragen auf einmal kann ich mir nicht merken.«
»Schon gut, schon gut«, sagte er. »Mein Gott! Ich bin dermaßen überrascht und völlig aus dem Häuschen, da ich Sie nun wohlbehalten und unversehrt vor mir sehe, dass ich gar nicht weiß, was ich rede, wirklich. Aber kommen Sie, erzählen Sie mir, was Ihnen alles zugestoßen ist.«

Als die kleine Expedition von Matrosen sich auf der Suche nach Spuren von Jane Porter mühselig durch den dichten Dschungel arbeitete, wurde die Nutzlosigkeit dieser Unternehmung immer deutlicher, aber der Schmerz des alten Mannes und die hoffnungslosen Blicke des jungen Engländers hinderten den gutherzigen d'Arnot daran umzukehren.

Er glaubte, es müsse doch eine Möglichkeit bestehen, zumindest ihren Körper zu finden, oder was davon übrig geblieben war, denn er war überzeugt, dass sie von einem Raubtier angefallen worden war. Also ließ er seine Männer von der Stelle, wo sie Esmeralda gefunden hatten, in Schützenlinie vorgehen, und in dieser auseinandergezogenen Kette bahnten sie sich schwitzend und keuchend ihren Weg durch das Gewirr von Lianen und Schlingpflanzen. Sie kamen nur langsam voran und waren mittags erst einige Meilen landeinwärts vorgedrungen. Nach kurzer Ruhepause, und nachdem sie ein kleines Stück weitermarschiert waren, entdeckte einer der Männer einen deutlich erkennbaren Weg.

Es war ein alter Elefantenpfad, und nachdem d'Arnot sich mit Professor Porter und Clayton beraten hatte, beschloss er, ihm zu folgen. Der Pfad schlängelte sich in nordöstlicher Richtung durch den Dschungel, und die Kolonne marschierte jetzt in Schützenreihe weiter.

Leutnant d'Arnot ging an der Spitze und schlug ein schnelles Tempo an, denn der Pfad war relativ breit. Dichtauf folgte Professor Porter, aber da er mit dem wesentlich jüngeren d'Arnot nicht Schritt halten konnte, war dieser hundert Meter voraus, als ihn plötzlich ein halbes Dutzend dunkelhäutige Krieger umringten.

D'Arnot warnte seine Kolonne noch durch einen lauten Zuruf, als die Dunkelhäutigen über ihn herfielen, aber ehe er seinen Revolver ziehen konnte, war er an Händen und Füßen gefesselt und wurde in den Dschungel geschleppt.

Sein Warnruf hatte die Matrosen alarmiert, und ein Dutzend von ihnen stürmte an Professor Porter vorbei den Weg entlang, um dem Offizier beizustehen.

Sie kannten den Grund für sein Signal nicht, ahnten nur, dass weiter vorn Gefahr lauerte. So hatten sie die Stelle bereits hinter sich, wo d'Arnot ergriffen worden war, als ein Speer aus dem Dschungel einen der Männer durchbohrte und ein Hagel von Pfeilen auf sie niederging. Sie rissen die Gewehre hoch und feuerten in der Richtung, aus der die Geschosse gekommen waren, ins Gestrüpp.

Inzwischen hatten die anderen der Gruppe aufgeschlossen, und eine Salve nach der anderen wurde auf den unsichtbaren Feind abgefeuert. Es waren diese Schüsse, die Tarzan und Jane Porter hörten.

Leutnant Charpentier hatte inzwischen die Nachhut der Kolonne herangebracht und kam zum Schauplatz des Geschehens. Als er Einzelheiten über den Hinterhalt erfahren hatte, befahl er den Männern, ihm zu folgen, und stürmte in das Pflanzengewirr.

Im Nu befanden sie sich im Handgemenge mit etwa fünfzig Kriegern aus Mbongas Dorf. Pfeile und Kugeln schwirrten in Massen durch die Luft.

Seltsame afrikanische Messer und französische Gewehrkolben maßen sich kurze Zeit in einem wilden und blutigen Duell, aber bald flohen die Eingeborenen in den Dschungel und überließen es den Franzosen, ihre Verluste zu zählen.

Vier von den zwanzig waren tot, ein Dutzend verwundet und Leutnant d'Arnot vermisst. Die Nacht brach schnell herein, und ihre unangenehme Situation wurde noch verschlimmert, weil sie nicht einmal den Elefantenpfad wiederfinden konnten, den sie entlangmarschiert waren.

Blieb nur eins: An der Stelle, wo sie jetzt waren, ein Lager aufzuschlagen und den Tagesanbruch abzuwarten. Leutnant Charpentier befahl, eine Lichtung zu roden und um das Lager einen halbkreisförmigen Verhau aus Unterholz anzulegen.

Als sie mit dieser Arbeit beschäftigt waren, wurde es dunkel, und die Männer mussten in der Mitte der Lichtung ein großes Feuer entfachen, um bei seinem Licht länger arbeiten zu können.

Nachdem sie sich dergestalt so weit wie möglich gegen Angriffe wilder Tiere oder Eingeborener gesichert hatten, stellte Leutnant Charpentier Posten um das kleine Lager auf, die übrigen Männer sanken müde und hungrig zu Boden, um zu schlafen.

Das Stöhnen der Verwundeten im Verein mit dem Gebrüll und Knurren großer Tiere, die Lärm und Lichtschein angelockt hatten, ließen nur dann und wann ein kurzes Einnicken zu. Im Übrigen warteten die Männer niedergeschlagen und hungrig die ganze Nacht sehnsüchtig auf die Morgendämmerung.

Die Eingeborenen, denen d'Arnot in die Hände gefallen war, hatten den nachfolgenden Kampf nicht abgewartet, sondern ihn als Gefangenen ein kleines Stück durch den Dschungel geschleppt und dann den Weg weiter, weg vom Schauplatz des Kampfes, in den ihre Gefährten verwickelt waren.
Sie hatten es eilig, und so ebbte der Gefechtslärm immer mehr ab, je weiter sie sich von den Kämpfenden entfernten, bis sich d'Arnots Blicken plötzlich eine ziemlich große Lichtung bot, an deren einem Ende ein strohgedecktes und mit Palisaden umgebenes Dorf stand. Es war inzwischen ganz dunkel, aber die Wachen am Tor sahen die Männer näher kommen und konnten einen davon als Gefangenen erkennen, noch ehe die drei das Tor erreicht hatten.
Ein großes Geschrei hub jenseits der Palisaden an. Dichtgedrängt stürmten Frauen und Kinder heraus und der Gruppe entgegen.
Nun begann für den französischen Offizier das grauenvollste Erlebnis, das ein Mensch auf Erden haben kann – der Empfang eines weißen Gefangenen in einem Dorf afrikanischer Kannibalen.
Die Feindseligkeit dieser grausamen Wilden wurde durch die bittere Erinnerung an noch grausamere Bestialitäten gesteigert, die die weißen Offiziere des Erzheuchlers Leopold II. von Belgien an ihnen verübt hatten, weswegen sie auch den Kongofreistaat verlassen hatten – als kümmerlicher Rest eines einst mächtigen Stammes.
Hasserfüllt fielen sie über d'Arnot her, schlugen ihn mit Stöcken und Steinen und rissen ihm die Kleidung in Fetzen vom Leib. Nun trafen die erbarmungslosen Schläge seinen ungeschützten, zitternden Körper. Aber nicht ein einziges Mal schrie der Franzose vor Schmerzen auf. Er flüsterte ein stilles Gebet, dass Gott ihn schnell dieser Folter entreißen möge.
Aber der Tod, um den er bat, war so leicht nicht zu haben. Bald trieben die Krieger die Frauen von dem Gefangenen weg. Man wollte

ihn für ein erhabeneres Spiel als dieses hier aufheben, und nachdem die erste Woge der Leidenschaft abgeebbt war, gaben sie sich damit zufrieden, ihn mit Gespött und Hohn zu überhäufen und anzuspeien.

Bald hatten sie das Zentrum des Dorfes erreicht. Dort wurde d'Arnot fest an den großen Pfahl gebunden, von dem kein Mensch je lebendig wieder loskam.

Eine Anzahl Frauen eilte in ihre Hütten, um Töpfe und Wasser zu holen, während andere eine Reihe von Feuern anlegten, auf denen die Portionen des Festmahls gekocht werden sollten, während die Reste des Körpers, zu künftigem Verzehr in Streifen zerschnitten, langsam getrocknet werden sollten, zumal sie damit rechneten, dass die anderen Krieger bald mit vielen Gefangenen zurückkehren würden.

Die Festlichkeiten wurden bis zur Heimkehr der Krieger verschoben, die im Wald geblieben waren, um den Kampf mit den weißen Männern aufzunehmen, so dass es ziemlich spät war, als alle im Dorf waren und der Tanz des Todes um den dem Untergang geweihten Offizier eröffnet werden konnte.

Halb ohnmächtig vor Schmerz und Erschöpfung, verfolgte d'Arnot unter halbgeschlossenen Lidern, was für ihn die Laune des Deliriums oder ein schrecklicher Alptraum zu sein schien, aus dem er bald erwachen würde.

Die bestialischen, grellbemalten Gesichter – die aufgerissenen Münder und schlaff herabhängenden Lippen – die gelben, spitzgefeilten Zähne – die rollenden, dämonischen Augen – die glänzenden nackten Körper – die furchtbaren Speere. Unmöglich, dass solche Wesen auf Erden wirklich existierten – bestimmt träumte er nur.

Die wild wirbelnden Körper zogen immer engere Kreise. Jetzt schnellte ein Speer vor und streifte seinen Arm. Der scharfe Schmerz und das Gefühl des hervorbrechenden heißen Blutes führten ihm die schreckliche Realität seiner aussichtslosen Lage vor Augen.

Ein zweiter Speer folgte, dann traf auch ein anderer. Er schloss die Augen und biss die Zähne zusammen – er wollte nicht laut schreien. Er war ein Soldat Frankreichs, und er wollte diese Bestien lehren, wie ein Offizier und Edelmann starb.

Tarzan von den Affen bedurfte keines Interpreten, um sich die Bedeutung jener fernen Schüsse zu erklären. Noch brannten Jane Porters Küsse auf seinen Lippen, da schwang er sich bereits mit unglaublicher Schnelligkeit durch die Wipfel, geradeswegs zum Dorf von Mbonga.

Die Stelle, wo das Handgemenge stattfand, interessierte ihn weniger, denn er sagte sich, dass das bald vorüber sein würde. Denen, die getötet worden waren, konnte er nicht mehr helfen, und diejenigen, denen die Flucht geglückt war, brauchten keine Unterstützung. Er eilte denen zu Hilfe, die weder tot noch geflüchtet waren. Und er wusste, er würde sie alle bei dem großen Pfahl in der Mitte von Mbongas Dorf finden.

Viele Male schon hatte er Mbongas dunkelhäutige Stoßtrupps mit Gefangenen aus dem Norden zurückkehren sehen, und jedes Mal hatten sich im flackernden Lichtschein vieler Feuer dieselben Szenen um den düsteren Pfahl abgespielt.

Er wusste auch, dass sie selten viel Zeit verloren, die teuflischen Ziele ihrer Überfälle in die Tat umzusetzen, und bezweifelte, dass er rechtzeitig eintreffen würde, um mehr zu tun, als nur Rache zu üben.

Er eilte weiter. Die Nacht war hereingebrochen, und er wählte den Weg über die höchsten Wipfel, wo der prächtige Tropenmond eine schwindelerregende Bahn durch die sanft hin und her wogenden Zweige der Baumspitzen beleuchtete.

Da bemerkte er den Widerschein eines fernen Feuers. Es lag rechts von seiner Bahn und musste der Lichtschein des Lagerfeuers sein, das die beiden Männer entfacht hatten, ehe sie angegriffen wurden – er hatte ja keine Ahnung von der Anwesenheit der Matrosen.

Tarzan war sich seiner Kenntnis des Dschungels so sicher, dass er nicht von seinem Kurs abwich, sondern den Lichtschein in einer Entfernung von einer halben Meile seitlich liegenließ. Es war das Lagerfeuer der Franzosen.

Wenige Minuten später erreichte er die Bäume über Mbongas Dorf. Aha, er kam nicht zu spät! Oder doch? Er konnte es nicht feststellen. Die Gestalt am Pfahl rührte sich nicht, dabei stachen die dunkelhäutigen Krieger nur mit Speeren nach ihr.

Tarzan kannte ihre Gewohnheiten. Noch war der todbringende Stoß nicht geführt worden. Er konnte fast auf die Minute sagen, wie weit der Tanz fortgeschritten war.
Im nächsten Augenblick würde Mbongas Messer dem Opfer ein Ohr abtrennen – das war das Zeichen, das Ende einzuleiten, und kurz danach würde nur eine sich windende Masse entstellten Fleisches übrig sein.
Noch würde Leben in ihr sein, aber schon würde der Tod die einzige Erlösung sein, die sie herbeisehnte.
Der Pfahl stand vierzig Fuß vom nächsten Baum entfernt. Tarzan rollte sein Seil auf. Dann erscholl plötzlich über den teuflischen Schreien der tanzenden Dämonen der furchterregende Kampfruf des Affenmenschen.
Die Tänzer erstarrten wie zu Stein verwandelt.
Das Seil fauchte wirbelnd hoch über die Köpfe der Dunkelhäutigen. Im flackernden Schein der Lagerfeuer war es gar nicht zu sehen.
D'Arnot schlug die Augen auf. Ein großer Dunkelhäutiger, der direkt vor ihm stand, taumelte nach hinten wie von einer unsichtbaren Hand gefällt.
Widerstrebend und schreiend schwebte sein Körper, von einer Seite zur anderen schaukelnd, rasch in den Schatten unter den Bäumen.
Die Dunkelhäutigen sahen mit vor Angst hervorquellenden Augen wie gebannt zu.
Einmal unter den Wipfeln angekommen, stieg der Körper gerade in die Luft, und als er zwischen den Blättern verschwunden war, rannten die Neger laut schreiend vor Angst wie besessen zum Dorftor.
D'Arnot blieb allein.
Er war ein tapferer Mann, dennoch hatte er gespürt, wie sich sein Haar im Nacken sträubte, als der wilde Schrei die Luft zerriss.
Als er den sich windenden Körper des Dunkelhäutigen wie von Geisterhand entführt im dichten Blattwerk des Waldes verschwinden sah, lief ihm ein eisiger Schauer den Rücken hinunter, als sei der Tod einem düsteren Grab entstiegen und lege seinen feuchten, kalten Finger auf seine bloße Haut.
D'Arnot blickte auf die Stelle, wo der Körper im Wipfel verschwunden war, und hörte das Rascheln von Bewegungen.

Die Zweige schwankten wie unter dem Gewicht eines menschlichen Körpers – dann prasselte etwas, und der Dunkelhäutige kehrte mit ausgestreckten Gliedmaßen zur Erde zurück – um reglos liegen zu bleiben, wo er aufgeschlagen war.
Unmittelbar nach ihm kam ein weißer Körper, aber er landete aufrecht.
D'Arnot sah einen gutgebauten jungen Hünen aus dem Schatten in den Lichtschein der Feuer treten und schnell auf ihn zukommen.
Was mochte das bedeuten? Wer konnte das sein? Zweifellos ein anderes Wesen, das ihn erst foltern und dann vernichten wollte.
D'Arnot wartete und blickte dem sich nähernden Mann fest in die Augen. Doch dieser wich dem Blick nicht aus, erwiderte ihn vielmehr und sah ihn frei und offen an.
Das gab d'Arnot Sicherheit, dennoch wagte er noch nicht zu hoffen, obwohl er spürte, dass sich hinter diesem Gesicht kein grausames Herz verbergen konnte.
Wortlos zerschnitt Tarzan von den Affen die Fesseln des Franzosen. Da dieser arg gelitten und viel Blut verloren hatte, wäre er gefallen, hätte der starke Arm ihn nicht aufgefangen.
Er spürte, wie etwas ihn aufhob, und glaubte zu fliegen, dann verlor er das Bewusstsein.

Als die Morgendämmerung über dem kleinen Dschungellager der Franzosen anbrach, fand sie eine niedergeschlagene und mutlose Gruppe vor.

Sobald es hell genug war, um die Umgebung zu erkennen, sandte Leutnant Charpentier Dreimanntrupps in verschiedene Richtungen, um zu erkunden, wo der Weg verlief. Nach zehn Minuten war er gefunden, und die Expedition marschierte zum Strand zurück.

Das ging so schnell nicht, denn sie schleppten die Toten mit, deren Zahl im Laufe der Nacht auf sechs angewachsen war, außerdem konnten mehrere Verwundete nur mit fremder Hilfe gehen und kamen auch so nur langsam voran.

Charpentier hatte beschlossen, zum Lager zurückzukehren, Verstärkung zu holen, dann zu versuchen, die Eingeborenen aufzuspüren und d'Arnot zu retten.

Am späten Nachmittag erst erreichten die erschöpften Männer die Lichtung am Strand, aber zwei von ihnen erwartete bei der Rückkehr ein solches Glück, dass sie all ihre Strapazen und ihren tiefen Schmerz im Nu vergaßen.

Als die kleine Gruppe aus dem Dschungel tauchte, war Jane, die neben der Haustür stand, die erste Person, die Professor Porter und Cecil Clayton erblickten.

Mit einem Ausruf der Freude und Erleichterung kam sie ihnen entgegengelaufen, um sie zu begrüßen, warf ihrem Vater die Arme um den Hals und brach zum ersten Mal, seit sie an dieses abscheuliche und gefährliche Gestade verschlagen worden waren, in Tränen aus.

Professor Porter bemühte sich tapfer, seine Empfindungen zu unterdrücken, aber die nervliche Belastung und seine geschwächte Lebenskraft verhinderten dies, und schließlich barg er sein Gesicht an der Schulter der jungen Frau und schluchzte still wie ein müdes Kind.

Jane führte ihn zum Haus, und die Franzosen kehrten zum Strand zurück, von wo ihnen einige ihrer Gefährten entgegenkamen.

Clayton wollte Vater und Tochter allein lassen, schloss sich den Matrosen an, blieb bei ihnen und unterhielt sich mit den Offizieren, bis

ihr Boot zum Kreuzer zurückfuhr, wo Leutnant Charpentier über den unglückseligen Ausgang seines Unternehmens Meldung erstatten musste.
Dann kehrte Clayton langsam zum Haus zurück. Sein Herz barst vor Glück. Die Frau, die er liebte, war in Sicherheit.
Er fragte sich, welch wunderbare Fügung ihr den Tod erspart hatte. Sie heil und gesund zu sehen erschien fast unglaubhaft.
Als er sich dem Haus näherte, sah er Jane heraustreten. Bei seinem Anblick kam sie zu ihm, um ihn zu begrüßen.
»Jane!«, rief er. »Gott ist wirklich gütig zu uns gewesen. Erzählen Sie mir, wie Sie entkommen sind – in welcher Gestalt hat die Vorsehung Sie für uns gerettet?«
Nie zuvor hatte er sie beim Vornamen genannt. Noch vor achtundvierzig Stunden hätte es Jane eine stille, warme Freude bereitet, ihn aus seinem Munde zu hören – jetzt erschreckte es sie.
»Mr Clayton, lassen Sie mich Ihnen zuerst für Ihre ritterliche Haltung gegenüber meinem lieben Vater danken«, sagte sie ruhig und hielt ihm die Hand hin. »Er hat mir erzählt, wie edelmütig und selbstlos Sie gewesen sind. Wie können wir es Ihnen vergelten?«
Er bemerkte wohl, dass sie seinen familiären Gruß nicht auf gleiche Weise erwiderte, hatte jedoch deshalb kein ungutes Gefühl. Sie hatte so viel durchgemacht. Jetzt war nicht der Zeitpunkt, ihr seine Liebe aufzuzwingen, das wurde ihm schnell klar.
»Es ist mir bereits vergolten worden«, sagte er. »Einfach dadurch, dass ich Sie und Professor Porter jetzt in Sicherheit und wieder vereint weiß. Ich glaube nicht, dass ich seinen ergreifenden, stillen Schmerz viel länger hätte mit ansehen können. Es war die traurigste Erfahrung meines Lebens, Miss Porter; hinzu kam dann noch mein eigener Schmerz – wie ich ihn tiefer nie zuvor empfunden habe. Aber seiner war so hoffnungslos, so leidvoll. Ich habe dadurch erkannt, dass keine Liebe, nicht einmal die eines Mannes für seine Frau, so tief, ergreifend und selbstlos sein kann wie die eines Vaters für seine Tochter.«
Sie beugte den Kopf. Eine Frage drängte sich ihr auf, aber sie erschien ihr nahezu gotteslästerlich angesichts der Liebe dieser zwei Menschen und der schrecklichen Qualen, die sie hatten erleiden müssen,

während sie lachend und glücklich neben einem gottähnlichen Geschöpf des Waldes saß, köstliche Früchte aß und es mit Augen der Liebe ansah, mit einem Blick, der erwidert wurde.

Doch die Liebe ist eine seltsame Herrin, und die menschliche Natur ist noch seltsamer, deshalb stellte sie ihre Frage:

»Wo ist der Waldmensch, der Ihnen zu Hilfe kam? Warum ist er nicht zurückgekehrt?«

»Ich verstehe nicht«, sagte Clayton. »Wen meinen Sie?«

»Den, der jeden von uns rettete – mich zum Beispiel vor dem Gorilla.«

»Ach, er war es, der Sie gerettet hat?«, fragte Clayton erstaunt. »Sie haben mir noch nichts von Ihrem Abenteuer erzählt, wissen Sie.«

Sie ließ nicht locker: »Haben Sie den Waldmenschen nicht gesehen? Als wir ganz weit weg und ganz schwach das Schießen im Dschungel hörten, verließ er mich. Wir hatten gerade die Lichtung erreicht, und er eilte in die Richtung, aus der der Gefechtslärm kam. Ich weiß, er wollte Ihnen beistehen.«

Sie sagte es fast flehentlich, und ihre ganze Haltung verriet ein mühsam unterdrücktes Gefühl. Clayton konnte es einfach nicht übersehen, und er fragte sich verständnislos, warum sie so bewegt war – so begierig, etwas über den Verbleib dieses seltsamen Geschöpfes zu erfahren.

Nun befiel ihn doch eine dunkle Vorahnung künftiger Enttäuschung, und in seiner Brust wurde, ohne dass er sich dessen bewusst wurde, der erste Keim von Eifersucht und Misstrauen gegenüber dem Affenmenschen gelegt, dem er sein Leben verdankte.

»Wir haben ihn nicht gesehen«, erwiderte er ruhig. »Er ist nicht zu uns gestoßen.« Und nach einer kurzen, nachdenklichen Pause: »Vielleicht hat er sich seinem Stamm angeschlossen – den Männern, die uns angegriffen haben.« Er wusste nicht, warum er das sagte, denn er glaubte es selbst nicht.

Jane blickte ihn einen Moment mit großen Augen an.

»Nein!«, rief sie heftig, viel zu heftig, nach seiner Ansicht. »Das kann nicht sein. Sie waren Wilde.«

Clayton schaute sie verblüfft an.

»Er ist ein seltsames, halbwildes Geschöpf des Dschungels, Miss Porter. Wir wissen nichts über ihn. Er spricht keine europäische

Sprache und versteht auch keine – und sein Schmuck und die Waffen deuten auf Eingeborene der Westküste.«
Clayton redete schnell.
»Im Umkreis von einhundert Meilen gibt es keine anderen menschlichen Wesen außer jenen Eingeborenen, Miss Porter. Er muss zu den Stämmen gehören, die uns angegriffen haben, oder zu einem anderen gleich wilden – vielleicht ist er gar ein Kannibale!«
Sie wurde kreideweiß.
»Das kann ich nicht glauben«, flüsterte sie vor sich hin und sagte dann: »Das stimmt nicht, Sie werden sehen, dass er zurückkommt und dass er Ihnen beweisen wird, wie unrecht Sie haben. Sie kennen ihn nicht so, wie ich ihn kenne. Ich sage Ihnen, er ist ein Gentleman.«
Clayton war ein großmütiger und ritterlicher Mann, doch die leidenschaftliche Art und Weise, mit der die Frau den Waldmenschen verteidigte, stachelte ihn zu unvernünftiger Eifersucht an, so dass er für einen Augenblick alles vergaß, was er diesem wilden Halbgott verdankte, und beinahe höhnisch grinsend antwortete:
»Vielleicht haben Sie recht, Miss Porter, aber ich glaube nicht, dass sich jemand von uns über unseren aasverzehrenden Bekannten den Kopf zerbrechen sollte. Vielmehr deutet alles darauf hin, dass er irgendein halbwahnsinnig gewordener Schiffbrüchiger ist, der uns schnell vergessen wird, aber keineswegs so schnell wie wir ihn. Er ist einfach ein Tier des Dschungels, Miss Porter.«
Sie gab keine Antwort, aber sie spürte, wie sich ihr Herz zusammenkrampfte.
Sie wusste, dass Clayton nur sagte, was er dachte, und zum ersten Mal begann sie sich Gedanken zu machen, was ihrer neuentdeckten Liebe eigentlich zugrunde lag, und deren Gegenstand einer kritischen Prüfung zu unterziehen.
Langsam wandte sie sich um und ging zum Haus zurück. Sie versuchte, sich diesen Waldgott neben sich im Salon eines Ozeanriesen vorzustellen. Sie sah ihn mit den Händen essen, seine Speisen zerfetzen nach Art von Raubtieren und die fettigen Finger an den Schenkeln abwischen. Sie schauderte.
Sie sah sich ihn ihren Freunden vorstellen – ungehobelt, ungebildet – ein Flegel, und sie fuhr zusammen.

Im Haus setzte sie sich auf die Kante ihrer Lagerstatt aus Farnen und Gras, legte eine Hand auf ihre wogende Brust und spürte das Medaillon dieses Mannes.
Sie holte es hervor, hielt es einen Moment in der Hand und blickte mit tränenvollen Augen darauf. Dann drückte sie es an die Lippen, vergrub ihr Gesicht im weichen Farnkraut und schluchzte.
»Ein Tier?«, murmelte sie. »Dann soll Gott mich zu einem solchen machen, denn ob Tier oder – ich gehöre dir.«
Sie sah Clayton an diesem Tag nicht mehr. Esmeralda brachte ihr das Abendessen, und sie ließ ihrem Vater durch sie ausrichten, sie leide noch an den Auswirkungen ihrer Erlebnisse.
Am nächsten Morgen machte sich Clayton mit der Hilfsexpedition auf die Suche nach Leutnant d'Arnot. Sie bestand diesmal aus zweihundert bewaffneten Matrosen, zehn Offizieren, zwei Ärzten und Verpflegung für eine Woche.
Auch führten sie Bettzeug und Hängematten mit, Letztere für den Transport der Kranken und Verwundeten.
Es war eine zu allem entschlossene und zornige Gesellschaft – Strafexpedition und Entsatzkolonne in einem. Sie erreichten die Stelle, wo der gestrige Suchtrupp in den Kampf verwickelt worden war, kurz nach Mittag, denn sie marschierten jetzt eine bekannte Strecke entlang und verloren keine Zeit mit Erkundungen.
Von dort führte der Elefantenweg genau zu Mbongas Dorf. Es war erst zwei Uhr, als die Spitze der Kolonne am Rand der Lichtung haltmachte.
Leutnant Charpentier, der das Kommando hatte, schickte sofort einen Teil seiner Leute durch den Dschungel zur anderen Seite des Dorfes. Eine zweite Gruppe wurde zu einer Stelle vor dem Dorftor beordert, während er mit dem Rest an der Südseite der Lichtung blieb.
Sie hatten vereinbart, dass die Gruppe, die nördlich Stellung beziehen sollte und als Letzte am Einsatzort eintreffen würde, den Angriff beginnen sollte. Ihre erste Salve sollte das Signal für ein gemeinsames Vorgehen von allen Seiten sein, da man versuchen wollte, das Dorf gleich beim ersten Angriff im Sturm zu nehmen.
Eine halbe Stunde hockten die Männer um Leutnant Charpentier im dichten Blattwerk des Dschungels und warteten auf das Signal. Es

kam ihnen wie Stunden vor. Sie konnten die Eingeborenen auf den Feldern sehen, andere gingen durchs Tor ein und aus.

Schließlich kam das Signal – ein heftiges Knattern von Gewehrschüssen, und wie ein Mann antworteten Salven im Süden und Norden aus dem Dschungel.

Die Eingeborenen auf dem Feld ließen ihr Werkzeug fallen und rannten wie besessen zu den Palisaden. Die französischen Kugeln mähten sie nieder, und die Matrosen sprangen über die ausgestreckten Körper der Toten und rannten geradeswegs zum Tor.

Der Angriff kam so plötzlich und unerwartet, dass die Weißen das Tor erreichten, ehe die überrumpelten Eingeborenen es verschließen konnten, und eine Minute später war die Dorfstraße voller Bewaffneter, die in einem unentwirrbaren Getümmel Mann gegen Mann kämpften.

Einige Augenblicke konnten die Dunkelhäutigen am Eingang zur Straße standhalten, aber die Revolver, Gewehre und Entersäbel der Franzosen streckten die eingeborenen Speerwerfer nieder und trafen die Bogenschützen, noch ehe sie ihre Bogen auch nur halb gespannt hatten.

Binnen kurzem schlug der Kampf in ein wildes Getümmel und dann in ein grimmiges Massaker um, denn die französischen Matrosen hatten bemerkt, dass einige der dunkelhäutigen Krieger, die ihnen Widerstand leisteten, Uniformstücke von d'Arnot trugen.

Sie verschonten die Kinder und jene Frauen, die sie nicht in Selbstverteidigung zu töten gezwungen waren, aber als sie schließlich blutbedeckt und schwitzend innehielten und auseinandertraten, geschah dies, weil einfach kein einziger Krieger von Mbongas Dorf noch am Leben war und ihnen hätte entgegentreten können.

Sie durchsuchten jede Hütte und jeden Winkel des Dorfes gründlich, fanden jedoch keine Spur von d'Arnot. Sie befragten die Gefangenen in der Zeichensprache, und schließlich entdeckte ein Matrose, der in Französisch-Kongo gedient hatte, dass er sich in jener Mischsprache verständlich machen konnte, die zwischen den Weißen und den degenerierteren Stämmen der Küste gesprochen wurde, aber selbst mit seiner Hilfe konnten sie nichts Genaueres über das Schicksal von d'Arnot erfahren.

Als Antwort auf ihre Fragen nach dem Verbleib ihres Kameraden ernteten sie nur aufgeregte Gesten und ängstliches Gestammel, so dass sie schließlich zu der Überzeugung gelangten, es als Schuldbeweis dieser Dämonen ansehen zu müssen, die ihren Kameraden vorletzte Nacht geschlachtet und aufgegessen hatten.

Schließlich gaben sie alle Hoffnung auf und bereiteten sich vor, die Nacht im Dorf zu verbringen. Die Gefangenen wurden in drei Hütten gesperrt und schwer bewacht. An dem verriegelten Tor wurden Posten aufgestellt, und schließlich lag das Dorf in tiefem Schlummer, war kein Laut mehr zu hören, sieht man von den Klagegesängen der Frauen um die Toten ab.

═

Am nächsten Morgen traten sie den Rückmarsch an. Ihre ursprüngliche Absicht war gewesen, das Dorf niederzubrennen, aber sie gaben das Vorhaben auf und ließen auch die Gefangenen zurück, die zwar weinten und jammerten, aber immerhin ein Dach über dem Kopf und einen Palisadenzaun hatten, hinter dem sie vor den Tieren des Dschungels Schutz suchen konnten.

Langsam marschierte die Expedition zurück, den Spuren vom Vortage folgend. Die nunmehr belegten Hängematten verzögerten das Marschtempo. In acht davon lagen Schwerverwundete, zwei schaukelten unter der Last von Toten.

Clayton und Leutnant Charpentier brachten die Nachhut der Kolonne heran. Der Engländer schwieg, die Trauer des anderen achtend, denn d'Arnot und Charpentier waren seit ihrer Kindheit unzertrennliche Freunde gewesen.

Clayton spürte, dass der Schmerz des Franzosen umso größer war, weil d'Arnots Opfer so nutzlos gewesen war, denn Jane war gerettet worden, noch ehe er in die Hände der Wilden gefallen war.

Außerdem hatte die Aktion, bei der er sein Leben verlor, nicht zu seinen Pflichten gehört und Ausländern und Fremden gegolten. Aber als er mit Leutnant Charpentier darüber sprach, schüttelte dieser den Kopf.

»Nein, Monsieur«, sagte er. »D'Arnot hätte nicht anders sterben wollen. Mich schmerzt nur, dass ich nicht an seiner Statt oder zumindest mit ihm sterben konnte. Ich wünschte, Sie hätten ihn besser gekannt,

Monsieur. Er war wirklich ein Offizier und Gentleman – ein Titel, der vielen zugemessen wird, den die wenigsten jedoch verdienen. Er ist auch nicht vergebens gestorben, denn sein Tod um der jungen Amerikanerin willen wird uns, seinen Kameraden, helfen, dem eigenen Ende tapferer zu begegnen, in welcher Form es uns auch ereilen mag.«
Clayton antwortete nicht, war jedoch fortan von besonderer Hochachtung für Franzosen erfüllt, die ihn sein Lebtag nicht verließ.
Es war ziemlich spät, als sie das Haus am Strand erreichten. Ein einzelner Schuss, ehe sie aus dem Dschungel traten, verkündete denen im Lager sowie auf dem Schiff, dass die Expedition zu spät gekommen war – sie hatten vereinbart, dass sie, wenn sie nur noch eine oder zwei Meilen vom Lager entfernt waren, einen Schuss abfeuern sollten, falls das Unternehmen ein Misserfolg war, oder drei, wenn es geglückt wäre. Zwei wiederum hätten bedeutet, dass sie weder von d'Arnot noch von seinen schwarzen Entführern eine Spur entdeckt hatten.
So bereitete die kleine Gruppe am Haus ihnen einen feierlich-ernsten Empfang, wurden nur wenige Worte gewechselt, als Tote und Verwundete behutsam in die Boote gebracht und schweigend zum Kreuzer gerudert wurden.
Clayton wandte sich, erschöpft von den fünf Tagen mühsamen Marschierens durch den Dschungel und den Auswirkungen der zwei Gefechte mit den Dunkelhäutigen, dem Haus zu, um ein paar Bissen zu essen und sich nach den zwei Nächten im Dschungel die relative Behaglichkeit seines Grasbettes zu gönnen.
Jane stand neben der Tür.
»Der arme Leutnant!«, sagte sie. »Haben Sie keine Spur von ihm gefunden?«
»Wir sind zu spät gekommen, Miss Porter«, antwortete er traurig.
»Erzählen Sie mir, was ist geschehen?«, fragte sie.
»Ich kann nicht, Miss Porter, es ist zu schrecklich.«
»Sie wollen doch damit nicht sagen, dass sie ihn gefoltert haben?«, fragte sie tonlos.
»Was sie ihm antaten, ehe sie ihn töteten, wissen wir nicht«, antwortete er, und sein Gesicht war gezeichnet von Müdigkeit und dem tiefen

Schmerz, den er für den armen d'Arnot empfand. Er betonte das Wort ›ehe‹ besonders.

»Ehe sie ihn töteten! Was meinen Sie damit? Sie sind doch keine ...? Sie sind doch keine ...?«

Sie musste daran denken, was Clayton über die möglichen Beziehungen des Waldmenschen zu diesem Stamm gesagt hatte, und konnte das entsetzliche Wort dennoch nicht über die Lippen bringen.

»Ja, Miss Porter, sie waren ... Kannibalen«, sagte er fast bitter, denn er musste plötzlich auch an den Waldmenschen denken und wurde abermals von der seltsamen, unerklärlichen Eifersucht gepackt, die er vor zwei Tagen empfunden hatte.

Dann stieß er mit plötzlicher Brutalität, die eigentlich ebenso wenig zu ihm passte wie höfliche Besonnenheit zu einem Affen, hervor:

»Als Ihr Waldgott Sie verließ, hatte er es zweifellos eilig, zum Festmahl zu kommen.«

Der Satz tat ihm leid, noch ehe er ihn ganz ausgesprochen hatte, obwohl er nicht wusste, wie sehr er die junge Frau damit verletzte. Er bedauerte seine unbegründete Treulosigkeit gegenüber einem Wesen, das jedem Mitglied dieser Gruppe das Leben gerettet und niemandem ein Leid zugefügt hatte.

Jane hob den Kopf.

»Es gibt im Grunde nur eine passende Antwort auf Ihre Behauptung, Mr Clayton«, sagte sie eisig, »und ich bedauere, dass ich kein Mann bin, um sie Ihnen erteilen zu können.« Sie wandte sich schnell ab und ging ins Haus.

Clayton war Engländer, deshalb war die junge Frau aus seinem Blickfeld verschwunden, ehe er begriffen hatte, was für eine Antwort ein Mann ihm erteilt hätte.

»Bei Gott, sie hat mich einen Lügner geheißen, und ich glaube, ich habe es verdient«, murmelte er reuevoll. Und fügte nachdenklich hinzu: »Clayton, mein Junge, ich weiß, du bist müde und mit den Nerven fertig, aber das ist noch lange kein Grund, dich lächerlich zu machen. Scher dich besser ins Bett.«

Aber ehe er dies tat, rief er Jane leise, die sich auf der anderen Seite der Segeltuchwand befand, denn er wollte sich entschuldigen. Indes

hätte er ebenso gut die Sphinx anrufen können. Da schrieb er etwas auf ein Stück Papier und schob es unter dem Segeltuch durch.
Jane sah den Zettel, nahm aber zunächst keine Notiz davon, denn sie war sehr zornig, verletzt und gekränkt, letzten Endes jedoch auch eine Frau. So hob sie ihn schließlich auf und las:

Meine liebe Miss Porter,
ich hatte überhaupt keinen Grund zu der Unterstellung, die ich gemacht habe. Meine einzige Entschuldigung ist, dass meine Nerven arg strapaziert worden sind — aber das ist auch keine Entschuldigung.
Bitte versuchen Sie zu denken, dass ich das alles gar nicht gesagt habe. Es tut mir sehr leid. Von allen Menschen in der Welt hätte ich Sie am allerwenigsten kränken wollen. Sagen Sie mir, dass Sie mir vergeben.
Wm. Cecil Clayton

Er hat es gedacht oder er hätte es nicht gesagt, überlegte sie. Aber es kann nicht wahr sein, ja, ich weiß, dass es nicht wahr ist!
Sie wünschte, sie wäre Clayton nie begegnet, und bedauerte, dass sie den Waldgott gesehen hatte. Nein, sie war froh darüber. Denn da gab es noch den anderen Zettel, den sie im Gras vor dem Haus gefunden hatte, am Tag nach ihrer Rückkehr aus dem Dschungel, jenen Liebesbrief, der mit **Tarzan von den Affen** unterzeichnet war.
Wer mochte dieser neue Verehrer sein? Falls er einer der wilden Bewohner dieses schrecklichen Waldes war, was würde er wohl unternehmen, um ihrer habhaft zu werden?
»Esmeralda! Wach auf!«, rief sie. »Es regt mich wirklich auf, wenn du so friedlich schläfst, während die Welt voller Ängste ist.«
»Gaberelle!«, kreischte Esmeralda und setzte sich auf »Was ist jetzt los? Ein Hyponozeros? Wo ist es, Miss Jane?«
»Unsinn, Esmeralda, gar nichts ist los. Schlaf weiter. Du bist schlimm genug, wenn du schläfst, aber im wachen Zustand noch viel mehr.«
»Stimmt, mein Liebling, aber was ist mit dir los, Kleines? Du benimmst dich ja heute Abend ganz komisch.«
»Das ist wahr, Esmeralda, mit mir ist heute Abend einfach nichts anzufangen«, sagte Jane. »Achte nicht drauf – bist ein lieber Kerl.«

»Ja, mein Schatz, nun leg dich schlafen. Bist mit den Nerven ziemlich am Ende. Kein Wunder bei all diesen Ripotamussen und menschenfressenden Geniussen, von denen Mister Philander dauernd redet – O Gott, es ist kein Wunder, dass wir alle Nerven-Verfolgung kriegen!«
Jane trat lachend zu ihr, gab der ihr treu ergebenen Frau einen Kuss und wünschte ihr eine gute Nacht.

Als d'Arnot das Bewusstsein wiedererlangte, lag er auf einem Bett von weichem Farn und Gras unter einem kleinen, A-förmigen Dach aus Zweigen.

Durch eine Öffnung zu seinen Füßen blickte er auf grünen Rasen, und ein kleines Stück dahinter ragte die dichte Mauer des Dschungels und Waldes.

Er fühlte sich sehr schlecht, wund und schwach, und als er völlig zu Bewusstsein gelangt war, spürte er den scharfen Schmerz vieler grausamer Wunden und das dumpfe Ziehen in jedem Knochen und Muskel seines Körpers als Ergebnis der vielen grausamen Schläge, die er erhalten hatte.

Jede Drehung des Kopfes verursachte solch qualvolle Pein, dass er lange Zeit mit geschlossenen Augen ganz still lag.

Er versuchte, sich noch einmal alle Einzelheiten des Geschehens vor dem Moment, als er das Bewusstsein verlor, ins Gedächtnis zu rufen, um herauszufinden, ob sie etwas zur Erklärung seines gegenwärtigen Aufenthaltsortes beitragen könnten – er fragte sich, ob er unter Freunden oder Feinden sei.

Schließlich entsann er sich des grauenhaften Schauspiels am Marterpfahl und letztendlich auch der seltsamen hellhäutigen Gestalt, in deren Armen er in Vergessenheit gesunken war.

Er überlegte, welches Schicksal ihm wohl jetzt bevorstand, konnte er doch keinerlei Anzeichen von Leben um sich hören oder sehen.

Das unaufhörliche Summen des Dschungels – das Rascheln von Millionen von Blättern – das Surren der Insekten – die Stimmen der Vögel und Affen schienen zu einem seltsam beruhigenden Brummen zu verschmelzen, als liege er weit entfernt von den Myriaden Lebewesen, deren Geräusche ihn nur als verschwommenes Echo erreichten.

Schließlich sank er in einen ruhigen Schlaf und erwachte erst wieder am Nachmittag.

Abermals ergriff ihn das seltsame Gefühl äußerster Verwirrung, wie es schon bei seinem Erwachen früher am Tage gewesen war, aber

bald hatte er sich die jüngste Vergangenheit ins Gedächtnis gerufen, und als er durch die Öffnung zu seinen Füßen blickte, sah er draußen die Gestalt eines Mannes hocken.
Er drehte ihm den breiten, muskulösen Rücken zu, doch trotz der Bräune konnte d'Arnot erkennen, dass es der eines weißen Mannes war, und er dankte Gott.
Er rief leise. Der Mann wandte sich um, stand auf und kam zu dem Schutzdach. Er sah sehr schön aus – das schönste Gesicht, das ich je gesehen habe, dachte d'Arnot.
Der Mann bückte sich, kam unter das Laubdach gekrochen, hockte sich neben den verwundeten Offizier und legte ihm die kühle Hand auf die Stirn.
D'Arnot redete ihn auf Französisch an, aber der Mann schüttelte nur den Kopf – bekümmert, wie es d'Arnot schien.
Nun versuchte er es auf Englisch, aber wieder schüttelte der Mann den Kopf. Versuche auf Italienisch, Spanisch und Deutsch blieben gleichfalls erfolglos.
D'Arnot kannte einige Worte Norwegisch, Russisch, Griechisch und auch ein paar Brocken der Sprache eines Negerstammes an der Westküste – der Mann schüttelte bei allen den Kopf.
Nachdem er d'Arnots Wunden untersucht hatte, trat er unter dem Schutzdach hervor und verschwand. Eine halbe Stunde später war er mit Früchten und einer Art hohlem Kürbis, gefüllt mit Wasser, wieder bei ihm.
D'Arnot trank und aß ein wenig. Er wunderte sich, dass er kein Fieber hatte. Abermals versuchte er, mit diesem seltsamen Krankenpfleger ins Gespräch zu kommen, und wieder blieb ihm der Erfolg versagt.
Plötzlich stürzte der Mann aus der Laubhütte, jedoch nur, um wenige Minuten später mit mehreren Rindenstücken und – Wunder über Wunder – einem Bleistift zurückzukehren.
Er hockte sich neben d'Arnot, schrieb eine Minute auf die glatte Innenseite der Rinde und gab sie dann dem Franzosen.
Der war höchst erstaunt, die folgenden, in einfachen englischen Druckbuchstaben verfassten Zeilen zu lesen:

Ich bin Tarzan von den Affen. Wer bist du? Kannst du diese Sprache lesen?

D'Arnot nahm den Bleistift – dann hielt er inne. Dieser seltsame Mann schrieb Englisch – offensichtlich war er Engländer.
»Ja«, sagte d'Arnot. »Ich kann Englisch lesen. Und auch sprechen. Jetzt können wir miteinander reden. Zuerst möchte ich dir für alles danken, was du für mich getan hast.«
Der Mann schüttelte nur den Kopf und deutete auf Bleistift und Rinde.
»*Mon Dieu!*«, rief d'Arnot. »Wenn du Engländer bist, warum kannst du dann nicht Englisch sprechen?«
Mit einem Mal kam ihm die Erleuchtung – der Mann war stumm, womöglich taubstumm!
Daraufhin schrieb er auf Englisch Folgendes auf die Rinde:

Ich bin Paul d'Arnot, Leutnant der französischen Marine. Ich danke dir für alles, was du für mich getan hast. Du hast mir das Leben gerettet, und alles, was ich besitze, gehört dir. Darf ich fragen, wie es kommt, dass jemand, der Englisch schreibt, es nicht sprechen kann?

Tarzans Antwort erfüllte d'Arnot mit noch größerer Verwunderung:

Ich spreche nur die Sprache meines Stammes – der großen Affen, die zu Kerchak gehörten; und ein bisschen von den Sprachen Tantors, des Elefanten, und Numas, des Löwen, und der anderen Bewohner des Dschungels, die ich verstehe. Mit einem menschlichen Wesen habe ich nie gesprochen, außer einmal mit Jane Porter, durch Zeichen. Dies ist das erste Mal, dass ich mit jemand anderem von meiner Art durch geschriebene Worte rede.

D'Arnot stand vor einem Rätsel. Es erschien ihm unglaublich, dass es auf der Welt einen erwachsenen Menschen geben sollte, der noch nie mit einem anderen gesprochen hatte, und noch absurder, dass so einer lesen und schreiben konnte.
Er sah sich wieder Tarzans Zeilen an – **außer einmal mit Jane Porter.** Das war die Amerikanerin, die der Gorilla in den Dschungel verschleppt hatte.
Wieder kam ihm eine plötzliche Erleuchtung – demnach war das der ›Gorilla‹! Er nahm den Stift und schrieb:

Wo ist Jane Porter?

Und Tarzan antwortete darunter:

Wieder bei ihren Leuten im Haus von Tarzan dem Affen.
Demnach ist sie nicht tot? Wo hat sie dann gesteckt?
Was ist mit ihr geschehen?

Sie ist nicht tot. Terkoz hatte sie genommen, um sie zu seinem Weibchen zu machen, aber Tarzan von den Affen hat sie Terkoz entrissen und ihn getötet, ehe er ihr etwas antun konnte. Niemand im ganzen Dschungel kann es mit Tarzan von den Affen im Kampf aufnehmen und überleben. Ich bin Tarzan von den Affen – ein mächtiger Kämpfer.

D'Arnot schrieb:

Ich bin froh, dass sie in Sicherheit ist. Das Schreiben bereitet mir Schmerzen, ich will mich eine Weile ausruhen.

Darauf Tarzan:

Ja, tu das. Wenn es dir wieder gutgeht, werde ich dich zu deinen Leuten zurückbringen.

Viele Tage lag d'Arnot auf seiner Lagerstatt aus weichem Farnkraut. Am zweiten Tag setzte doch Fieber ein, d'Arnot war überzeugt, dass dies auf eine Infektion zurückzuführen sei und er bestimmt sterben müsse.

Da kam ihm ein Gedanke. Er wunderte sich, warum er nicht eher darauf gekommen war.

Er rief Tarzan und gab ihm durch Zeichen zu verstehen, dass er schreiben wolle, und als dieser ihm Rinde und Stift gebracht hatte, schrieb er:

Kannst du zu meinen Leuten gehen und sie herführen? Ich will eine Nachricht schreiben, die du ihnen bringen kannst, dann werden sie mit dir kommen.

Tarzan schüttelte den Kopf, nahm die Rinde und antwortete:

Ich habe auch schon daran gedacht – gleich am ersten Tag. Aber ich wage es nicht. Die großen Affen kommen oft an diesen Ort, und wenn sie dich hier fänden, verwundet und allein, würden sie dich töten.

D'Arnot drehte sich auf die Seite und schloss die Augen. Er wollte nicht sterben, aber er spürte, dass es wohl bald aus sei mit ihm, denn das Fieber stieg immer höher. In der Nacht verlor er das Bewusstsein.

Drei Tage lag er im Fieberwahn, und Tarzan saß neben ihm, kühlte ihm Kopf und Hände und wusch die Wunden aus.
Am vierten Tag schwand das Fieber ebenso plötzlich, wie es gekommen war, aber d'Arnot war nur mehr ein Schatten seiner selbst und sehr schwach. Tarzan musste ihn stützen, damit er aus dem Kürbis trinken konnte.
Das Fieber war nicht durch eine Infektion hervorgerufen worden, wie d'Arnot angenommen hatte, sondern gehörte zu den Arten, die Weiße gewöhnlich im afrikanischen Dschungel befallen und sie entweder töten oder ebenso plötzlich verlassen, wie es bei d'Arnot der Fall gewesen war.
Zwei Tage später ging d'Arnot mit unsicheren Schritten im Halbrund auf und ab. Tarzan hatte seinen starken Arm um ihn gelegt, damit er nicht fiel.
Sie saßen im Schatten eines großen Baumes, und Tarzan fand ein glattes Stück Rinde, das sie verwenden konnten.
D'Arnot schrieb zuerst:

Was kann ich tun, um dir all das zu entgelten, was du für mich getan hast?

Und Tarzan antwortete:

Lehr mich, die Sprache der Menschen zu sprechen.

D'Arnot machte sich unverzüglich ans Werk, wies auf vertraute Dinge und sagte laut auf Französisch, wie sie hießen, denn er hielt es für das Günstigste, dem Mann seine Muttersprache beizubringen, da er diese am besten beherrschte.
Für Tarzan war das natürlich bedeutungslos, da er Sprachen ohnedies nicht unterscheiden konnte, und als er auf das Wort ›Mensch‹ wies, das er auf ein Stück Rinde geschrieben hatte, erfuhr er von d'Arnot, dass es *homme* laute. Auf gleiche Weise wurde ihm die Aussprache von Affe, *singe*, und Baum, *arbre*, beigebracht.
Er war ein äußerst fleißiger Schüler, und in zwei Tagen hatte er so viel Französisch erlernt, dass er kleine Sätze sprechen konnte wie: »Das ist ein Baum«, »Das ist Gras«, »Ich bin hungrig« und dergleichen, aber d'Arnot fand es schwierig, ihn den französischen Satzbau auf der Grundlage des Englischen zu lehren.

Er schrieb ihm kleine Lektionen in Englisch auf, und Tarzan musste sie auf Französisch wiederholen, aber da die wörtliche Übersetzung gewöhnlich sehr dürftiges Französisch ergab, geriet Tarzan oft in Verwirrung.
D'Arnot erkannte jetzt, dass er einen Fehler begangen hatte, indes schien es zu spät zu sein, wieder von vorn zu beginnen und Tarzan dazu zu bringen, alles zu vergessen, was er gelernt hatte, besonders da sie sich sehr schnell einem Punkt näherten, wo sie in der Lage sein würden, sich zu verständigen.
Am dritten Tag, nachdem das Fieber verschwunden war, fragte Tarzan d'Arnot in üblicher Weise auf einem Rindenstück, ob er sich kräftig genug fühle, zum Haus zurückgetragen zu werden. Er war ebenso begierig darauf wie d'Arnot, denn er sehnte sich, Jane wiederzusehen.
Aus ebendiesem Grund war es für ihn auch sehr schwer gewesen, all die Tage bei dem Franzosen zu bleiben, und dass er es in so uneigennütziger Weise getan hatte, legte beredteres Zeugnis von seiner edlen Gesinnung ab als selbst die Tatsache, dass er diesen französischen Offizier Mbongas Klauen entrissen hatte.
D'Arnot war nur zu bereit, die Reise zu wagen, und schrieb:

Aber du kannst mich doch nicht die ganze Strecke durch den dichten Dschungel tragen!

Tarzan lachte.
»*Mais oui*«, sagte er, und d'Arnot lachte gleichfalls, als er die von ihm selbst oft gebrauchten Worte aus Tarzans Mund hörte.
So machten sie sich auf den Weg, und d'Arnot staunte, wie zuvor schon Clayton und Jane, über die beeindruckende Kraft und Gewandtheit des Affenmenschen.
Am Nachmittag erreichten sie die Lichtung, und als sich Tarzan aus den Zweigen des letzten Baumes zu Boden fallen ließ, hüpfte sein Herz und hämmerte wild in süßer Erwartung, Jane so bald wiederzusehen.
Keine Menschenseele war außerhalb des Hauses zu entdecken, und d'Arnot stellte mit Verwunderung fest, dass weder der Kreuzer noch die *Arrow* in der Bucht vor Anker lagen.
Eine Atmosphäre der Einsamkeit lag über dem Ort, die auch die zwei Männer ergriff, als sie zum Haus gingen.

Keiner sprach ein Wort, doch beide wussten, noch ehe sie die verschlossene Tür geöffnet hatten, was sie innen vorfinden würden.
Tarzan hob die Verriegelung und stieß die große, in den hölzernen Angeln hängende Tür auf. Es war, wie sie gefürchtet hatten. Das Haus war leer.
Die beiden schauten sich an. D'Arnot ahnte, dass seine Leute ihn für tot hielten; aber Tarzan dachte nur an die Frau, die ihn voller Liebe geküsst hatte und von ihm weggegangen war, während er sich um einen von ihren Leuten gekümmert hatte.
Eine große Bitterkeit überkam ihn. Nun würde er auch weggehen, weit hinein in den Dschungel, und sich seinem Stamm anschließen. Nie würde er jemanden seinesgleichen wiedersehen, auch konnte er den Gedanken nicht ertragen, je zum Haus zurückzukehren. Er würde es ebenso für immer hinter sich lassen wie die große Hoffnung, die er gehegt hatte, dort seinesgleichen zu finden und ein Mensch unter Menschen zu werden.
Und der Franzose? D'Arnot? Was sollte aus ihm werden? Mochte er seiner Wege gehen. Tarzan wollte ihn nicht mehr sehen. Er wollte sich von allem trennen, was ihn an Jane erinnerte.
Während er brütend an der Tür stand, hatte d'Arnot das Haus betreten. Er sah viele Dinge, die zurückgelassen worden waren, und erkannte viele Gegenstände vom Kreuzer – einen Feldherd, Küchengerätschaften, ein Gewehr und viel Munition, Lebensmittelkonserven, Decken, zwei Stühle und ein Feldbett – dazu verschiedene Bücher und Zeitschriften, meist amerikanische.
Sieht aus, als wollten sie zurückkehren, dachte er.
Er trat an den Tisch, den sich John Clayton vor so vielen Jahren als Schreibtisch gebaut hatte, und sah darauf zwei an Tarzan von den Affen gerichtete Briefe liegen.
Der eine, von starker, männlicher Hand verfasst, war offen. Der andere, den eine Frau geschrieben hatte, war versiegelt.
»Hier sind zwei Briefe für dich, Tarzan von den Affen«, rief d'Arnot und wandte sich zur Tür, aber sein Gefährte stand nicht mehr dort.
D'Arnot schaute hinaus. Tarzan war nirgends zu sehen. D'Arnot rief laut nach ihm, doch keine Antwort erfolgte.

»*Mon Dieu!*«, sagte d'Arnot laut. »Er hat mich verlassen. Ich spüre es. Er ist zurück in den Dschungel gegangen und hat mich hier alleingelassen.«
Dann erinnerte er sich an Tarzans Gesichtsausdruck, als sie entdeckt hatten, dass das Haus leer war – solchen Ausdruck sieht der Jäger in den Augen des verwundeten Rehs, das er im Übermut niedergeschossen hat.
Etwas hatte den Mann hart getroffen – das wurde d'Arnot jetzt klar – aber was? Er konnte es nicht verstehen.
Er blickte in die Runde. Die Einsamkeit und das Grauen dieses Ortes wirkten langsam auf seine Nerven, die durch das entsetzliche Leiden und die Krankheit, die hinter ihm lag, ohnedies geschwächt waren.
Hier in diesem schrecklichen Dschungel sich selbst überlassen zu sein – nie mehr eine menschliche Stimme zu hören oder ein menschliches Gesicht zu sehen – in ständiger Bedrohung durch wilde Tiere oder, was noch grauenvoller war, durch wilde Menschen zu leben – der Einsamkeit und Hoffnungslosigkeit preisgegeben. Es war entsetzlich.
Weit im Osten eilte Tarzan von den Affen durch die Baumwipfel zurück zu seinem Stamm. Noch nie hatte er sich mit so leichtsinniger Geschwindigkeit fortbewegt. Er spürte, dass er vor sich selbst davonlief – dass er seinen eigenen Gedanken zu entkommen suchte, indem er wie ein aufgeschrecktes Eichhörnchen durch den Wald schoss. Ungeachtet dessen konnte er ihnen nicht entrinnen.
Er sah unter sich Sabor, die Löwin, halb geduckt in entgegengesetzter Richtung durch den Wald schleichen – sie will zum Haus, sagte er sich.
Was konnte d'Arnot gegen sie ausrichten? Oder wenn Bolgani, der Gorilla, über ihn herfallen würde? Oder Numa, der Löwe, oder die grausame Sheeta?
Er hielt in seiner Flucht inne.
»Was bist du, Tarzan? Ein Affe oder ein Mensch?«, fragte er sich laut. »Bist du ein Affe, dann wirst du dich so verhalten, wie Affen sich verhalten würden – du lässt deinesgleichen im Dschungel einfach zugrunde gehen, sollte es dir einfallen, woandershin zu ziehen. Bist du

ein Mensch, dann kehrst du jetzt um, um deinesgleichen zu schützen. Du lässt niemanden von deinen Leuten im Stich, nur weil jemand von ihnen dich im Stich gelassen hat.«

D'Arnot schloss die Tür. Er war sehr erregt. Selbst tapfere Männer, und er gehörte zu ihnen, ängstigen sich zuweilen vor der Einsamkeit. Er lud eines der Gewehre und stellte es in Reichweite. Dann trat er zum Tisch und nahm den an Tarzan gerichteten unverschlossenen Brief.

Vielleicht enthielt er die Nachricht, dass seine Leute den Strand nur zeitweilig verlassen hatten. Er sagte sich, dass es nicht gegen den Anstand verstieß, wenn er den Brief las. Also holte er ihn aus dem Umschlag und durchflog ihn. Er lautete:

> **An Tarzan von den Affen**
>
> **Wir danken dir, dass wir dein Haus benutzen durften, und bedauern sehr, dass du uns das Vergnügen vorenthalten hast, dich zu sehen und dir persönlich zu danken.**
>
> **Wir haben nichts beschädigt und viele Dinge dagelassen, die in diesem einsamen Haus vielleicht zu deiner Behaglichkeit und Sicherheit beitragen können.**
>
> **Solltest du den seltsamen weißen Mann kennen, der so viele Male unser Leben rettete und uns zu essen brachte, und solltest du dich mit ihm verständigen können, dann danke auch ihm für seine Freundlichkeit.**
>
> **Wir stechen binnen einer Stunde in See, um nie mehr zurückzukehren, doch du und jener andere Dschungelfreund sollt wissen, dass wir euch ewig dankbar sein werden für alles, was ihr für die Fremden an eurer Küste getan habt, und dass wir unendlich mehr getan hätten, um euch beide zu belohnen, hättet ihr uns Gelegenheit dazu gegeben.**
>
> **In größter Hochachtung**
>
> **Wm. Cecil Clayton**

»Um nie mehr zurückzukehren«, murmelte d'Arnot und ließ sich mit dem Gesicht nach unten auf das Feldbett fallen.

Eine Stunde später fuhr er auf und lauschte. Etwas war an der Tür und versuchte, ins Haus zu gelangen.

Er griff nach dem geladenen Gewehr und legte an.
Die Abenddämmerung brach an, im Haus war es schon sehr dunkel, aber er konnte sehen, wie die Verriegelung zurückgeschoben wurde.
Er spürte, wie ihm ein Schauer über den Nacken lief.
Die Tür tat sich sachte auf, bis durch den dünnen Spalt etwas zu sehen war, das davor stand.
D'Arnot visierte über den dunkelblauen Lauf den Türspalt an – dann drückte er ab.

Als die Expedition von ihrem fruchtlosen Bemühen, d'Arnot zu Hilfe zu eilen, zurückgekehrt war, hatte Kapitän Dufranne nichts anderes im Sinn, als so schnell wie möglich wegzukommen, und außer Jane waren alle damit einverstanden.

Sie sagte entschlossen: »Nein, ich fahre nicht mit, und Sie sollten es auch nicht tun, denn zwei Freunde von uns sind in jenem Dschungel, und sie werden eines Tages in der festen Überzeugung herauskommen, wir wären noch da und warteten auf sie.

Einer der beiden ist ein Offizier von Ihnen, Kapitän Dufranne, der andere ist jener Waldmensch, dem jedes Mitglied der Gruppe meines Vaters das Leben verdankt. Er ließ mich vor zwei Tagen am Rand des Dschungels zurück, weil er glaubte, meinem Vater und Mr Clayton zu Hilfe eilen zu müssen, und er ist bestimmt geblieben, um Leutnant d'Arnot zu retten, dessen können Sie sicher sein. Wäre er mit seiner Hilfeleistung zu spät gekommen, so wäre er inzwischen längst zurückgekehrt – die Tatsache, dass er nicht hier ist, beweist mir zur Genüge, dass er aufgehalten wurde, weil Leutnant d'Arnot verwundet ist, oder er musste dessen Entführern weiter folgen als bis zu dem Dorf, das Ihre Matrosen angegriffen haben.«

»Aber dort wurden Uniformstücke von ihm und einige seiner Habseligkeiten gefunden, Miss Porter«, wandte der Kapitän ein. »Auch waren die Eingeborenen sehr aufgeregt, als wir sie nach dem Schicksal des weißen Mannes ausfragten.«

»Stimmt, Kapitän, aber sie haben nicht zugegeben, dass er tot ist, und was seine Kleidungsstücke und die anderen Dinge betrifft, die sich in ihrem Besitz befanden – selbst zivilisiertere Völker als diese armen Neger nehmen ihren Gefangenen jeden Wertgegenstand ab, ganz gleich, ob sie sie töten wollen oder nicht. Selbst die Soldaten meiner heißgeliebten Südstaaten haben nicht nur Lebende, sondern auch Tote ausgeplündert. Die Umstände deuten auf die Möglichkeit, dass er tot ist, das will ich zugeben, doch gibt es keine eindeutigen Beweise für diese These.«

»Vielleicht wurde auch Ihr Waldmensch von den Eingeborenen gefangen oder getötet«, gab Kapitän Dufranne zu bedenken.

Die junge Frau lachte.

»Sie kennen ihn nicht«, erwiderte sie, und tief in ihr regte sich so etwas wie Stolz bei dem Gedanken, dass sie von etwas sprach, das ihr Eigen war.

»Ich gebe zu, Ihr Supermann wäre es wert, dass wir auf ihn warten«, sagte der Kapitän lachend. »Ich würde ihn auch gern mal kennenlernen.«

»Dann warten Sie doch auf ihn, mein lieber Kapitän«, drängte die junge Frau. »Ich jedenfalls werde es tun.«

Der Franzose wäre gewiss sehr erstaunt gewesen, hätte er die wahre Bedeutung von Janes Worten erfasst.

Sie gingen während ihres Gesprächs vom Strand zum Haus zurück und gesellten sich wieder zu der kleinen Gruppe, die auf Feldstühlen im Schatten eines großen Baumes neben dem Haus saß.

Sie bestand aus Professor Porter, Mr Philander, Clayton, dem Leutnant Charpentier und zweien seiner Offizierskameraden, während Esmeralda sich im Hintergrund hielt und nur dann und wann mit der Ungezwungenheit einer langjährigen Dienerin der Familie, der man mancherlei nachsah, ihre Ansichten und Bemerkungen einstreute.

Die Offiziere erhoben sich und salutierten, als ihr Vorgesetzter herantrat, und Clayton überließ Jane seinen Feldstuhl.

»Wir haben gerade über das Schicksal des armen Paul gesprochen«, sagte Kapitän Dufranne. »Miss Porter verweist darauf, dass wir keinen eindeutigen Beweis für seinen Tod haben – und das stimmt. Andererseits ist sie der Meinung, das fortgesetzte Ausbleiben ihres allmächtigen Dschungelfreundes deute darauf hin, dass d'Arnot seiner Hilfe noch bedarf, entweder weil er verwundet ist, oder weil er als Gefangener in ein entfernteres Eingeborenendorf gebracht wurde.«

»Jemand deutete vorhin an, dieser wilde Mann sei vielleicht ein Mitglied jenes Stammes, der unsere Gruppe überfiel, und nur davongestürmt, um ihnen, also seinen Leuten, zu helfen«, erlaubte sich Leutnant Charpentier zu bemerken.

Jane blickte Clayton schnell an.

»Das klingt wesentlich wahrscheinlicher«, meinte Professor Porter.

»Da stimme ich Ihnen nicht zu«, wandte Mr Philander ein. »Er hatte

unendlich viele Möglichkeiten, uns zu schaden oder seine Leute gegen uns zu führen. Stattdessen ist er während unseres Aufenthaltes hier stets seiner Rolle als Beschützer und Beschaffer von Lebensmitteln treu geblieben.«

»Richtig«, bemerkte Clayton. »Dennoch dürfen wir die Tatsache nicht übersehen, dass die einzigen menschlichen Wesen außer ihm im Umkreis von hundert Meilen wilde Kannibalen sind. Er war genau so wie sie bewaffnet, das deutet darauf hin, dass er doch in gewissen Beziehungen zu ihnen stand, und ein Zahlenverhältnis von eins zu möglicherweise tausend lässt den Schluss zu, dass diese Beziehungen kaum anders als freundschaftlich sein können.«

»Es ist wirklich unwahrscheinlich, dass es keine Verbindung zwischen ihnen geben sollte«, bemerkte der Kapitän. »Vielleicht ist er ein Mitglied dieses Stammes.«

»Außerdem muss er ziemlich lange unter den wilden Bewohnern des Dschungels, Tieren und Menschen, zugebracht haben. Wie hätte er sich sonst derart umfangreiche Kenntnisse in der Waidmannskunst oder im Gebrauch afrikanischer Waffen aneignen können.«

»Sie beurteilen ihn nach Ihren Normen, Gentlemen«, sagte Jane. »Ein durchschnittlicher Weißer so wie jeder von Ihnen – entschuldigen Sie, bitte, so wollte ich es nicht sagen – vielmehr: Selbst ein hinsichtlich Körperbau und Intelligenz über dem Durchschnitt stehender Weißer hätte niemals auch nur ein Jahr allein und unbekleidet in diesem tropischen Dschungel überleben können, dessen bin ich sicher; dieser Mann übertrifft jedoch nicht nur den Durchschnittsweißen an Körperkraft und Gewandtheit, sondern sogar unsere hochtrainierten Athleten und ›starken Männer‹ in ebensolchem Maß, wie sie einem winzigen Baby überlegen sind, und sein Mut und Ungestüm im Kampf entsprechen dem eines wilden Tieres.«

»Er hat in Ihnen gewiss eine loyale Verteidigerin gefunden, Miss Porter«, sagte Kapitän Dufranne lachend. »Ich bin überzeugt, dass jeder der hier Anwesenden dem Tod selbst in seiner schrecklichsten Gestalt gern hundertfach ins Auge sehen würde, nur um die Hochachtung einer auch nur halb so loyalen – oder so schönen – Person zu erringen.«

»Hätten Sie ihn so erlebt, wie ich ihn gesehen habe, als er mit der riesigen, behaarten Bestie um mich kämpfte, so würden Sie sich nicht wundern, dass ich ihn verteidige«, sagte die junge Frau. »Wären Sie Zeuge gewesen, als er das Ungeheuer angriff, wie ein Stier einen Grizzly angreift, ohne das geringste Anzeichen von Furcht oder Zaudern – so würden Sie ihn auch für ein überdurchschnittliches Wesen halten. Hätten Sie die ungeheuren Muskeln gesehen, die sich unter der braunen Haut zusammenzogen – hätten Sie gesehen, wie er die furchtbaren Fangzähne zurückdrückte – Sie würden ihn gleichfalls für unbesiegbar halten. Und hätten Sie die ritterliche Behandlung mit angesehen, die er der fremden Frau einer fremden Rasse angedeihen ließ, so hätten Sie ihm ebenso vollkommenes Vertrauen entgegengebracht, wie ich es tat.«

»Sie haben Ihren Prozess gewonnen, Sie faire Verteidigerin«, sagte der Kapitän. »Dieser Gerichtshof befindet den Genannten für unschuldig, deshalb soll der Kreuzer noch ein paar Tage warten, damit der Waldmensch Gelegenheit erhält, herzukommen und der göttlichen Portia zu danken.«

»Um Himmels willen«, schrie Esmeralda. »Sie alle woll'n mir damit doch nicht sag'n, dass Sie weiter hier in dem Land da bleib'n wollen, wo's kabbinalische Tiere gibt, wenn Sie alle die Möglichkeit hab'n, mit dem Boot dort davonzumach'n? Sag'n Sie mir das nich'!«

»Also Esmeralda! Du solltest dich was schämen!«, sagte Jane vorwurfsvoll. »Zeigst du so deine Dankbarkeit für den Mann, der dir zweimal das Leben rettete?«

»Das is' ja alles in Ordnung, Miss Jane, nur, der Waldmensch da hat uns nich' gerettet, damit wir hierbleib'n. Er hat uns gerettet, damit wir alle hier *wegkomm'n*! Ich könnte mir denken, der ist mächtig verdattert, wenn er rauskriegt, dass wir nicht mehr Verstand hab'n, als hierzubleib'n, nachdem er uns doch die Chance gegeb'n hat, uns auf die Socken zu mach'n. Ich hoffe, dass ich keine Nacht mehr hier in diesem geologischen Garten schlaf'n un' mir die einsam'n Geräusche mit anhör'n muss, die aus dem Dschunl komm'n, kaum dass es dunkel is.«

»Ich mache dir keinen Vorwurf, Esmeralda«, sagte Clayton. »Und du hast die Sache wirklich auf den Punkt gebracht mit deinen ›einsamen‹ Geräuschen. Ich habe immer nach dem richtigen Wort gesucht, und genau das ist es, weißt du, ›einsame Geräusche‹.«

»Sie gehen mit Esmeralda am besten auf den Kreuzer und bleiben dort«, sagte Jane mit leichter Verachtung. »Was würden Sie denken, wenn Sie Ihr ganzes Leben hätten im Dschungel verbringen *müssen*, wie unser Waldmensch es getan hat?«

»Ich fürchte, ich würde als wilder Mann einen rechten Trottel abgeben«, sagte Clayton betreten. »Bei den Geräuschen nachts haben mir die Haare zu Berge gestanden. Vermutlich sollte ich mich schämen, das zuzugeben, aber es ist die Wahrheit.«

»Ich weiß da nicht so Bescheid«, sagte Leutnant Charpentier. »Ich habe nie groß über Furcht und dergleichen nachgedacht – niemals versucht festzustellen, ob ich ein Feigling bin oder ein tapferer Mann; aber als wir neulich nachts im Dschungel lagen, nachdem der arme d'Arnot entführt worden war, und all die Geräusche um uns mal anschwollen, mal abebbten, habe ich mir doch Gedanken gemacht, ob es mir nicht an Mut fehle. Es war weniger das Gebrüll und das Knurren der großen Tiere, das mich beeindruckte, als vielmehr die kaum vernehmbaren Laute – solche, die man plötzlich ganz in der Nähe hörte, und wo man dann vergebens lauschte, dass sie sich wiederholten – die unbeschreibbaren Laute eines großen Körpers, der sich fast geräuschlos bewegt, und die Erkenntnis, dass man eigentlich nicht *weiß*, wie nahe er ist, oder ob er näher herangeschlichen ist, nachdem man ihn nicht mehr gehört hat. Es waren jene Geräusche – und die Augen. *Mon Dieu*! Mein Lebtag werde ich sie im Dunkel vor mir sehen – Augen, die man sieht, und solche, die man nicht sieht, aber spürt – weiß Gott, sie sind das Schlimmste.«

Alle schwiegen einen Augenblick, dann sagte Jane mit ehrfurchtsvollgedämpfter Stimme:

»Und er ist dort draußen. Jene Augen werden ihn heute Nacht ansehen, ihn und Ihren Kameraden Leutnant d'Arnot. Wollen Sie sie wirklich zurücklassen, Gentlemen, ohne ihnen zumindest die passive Unterstützung zu gewähren, die einige weitere Tage Aufenthalt hier vor der Insel ihnen sichern könnte?«

»Aber, aber, Kindchen«, sagte Professor Porter. »Kapitän Dufranne ist bereit zu bleiben, und ich für meinen Teil bin es auch – wie ich ja stets deinen kindlichen Launen nachgegeben habe.«

»Wir können den morgigen Tag darauf verwenden, die Truhe wiederzubeschaffen, Professor«, schlug Mr Philander vor.

»Ganz recht, ganz recht, Mr Philander, den Schatz hatte ich fast vergessen«, rief Professor Porter. »Vielleicht können wir uns bei Kapitän Dufranne ein paar Männer ausleihen, die uns helfen, und einen der Gefangenen, damit er uns das Versteck der Truhe zeigt.«

»Aber gewiss, mein lieber Professor, wir stehen Ihnen alle zu Diensten«, sagte der Kapitän.

So wurde vereinbart, dass eine Gruppe von zehn Mann unter dem Kommando von Leutnant Charpentier am nächsten Tag mit einem der Meuterer der *Arrow* als Führer den Schatz ausgraben und dass der Kreuzer noch eine volle Woche in dem kleinen Hafen verbleiben sollte. Am Ende dieser Zeit war anzunehmen, dass d'Arnot nicht mehr am Leben sein und der Waldmensch nicht zu ihnen zurückkehren würde. Dann sollten beide Schiffe mit allen Beteiligten abfahren.

Professor Porter ließ die Schatzsucher am nächsten Tag allein losziehen, aber als er sie gegen Mittag mit leeren Händen zurückkehren sah, eilte er ihnen entgegen – die ihm eigene zerstreute Gleichgültigkeit war spurlos verschwunden und einem nervösen, aufgeregten Gebaren gewichen.

»Wo ist der Schatz?«, fragte er Clayton, obwohl dieser noch hundert Fuß entfernt war.

Clayton schüttelte den Kopf.

»Verschwunden«, sagte er, als der Professor näher heran war.

»Verschwunden? Das kann nicht sein. Wer könnte ihn an sich genommen haben?«, fragte Professor Porter.

»Das weiß Gott allein, Professor«, erwiderte Clayton. »Erst dachten wir, der Bursche, der uns hingeführt hat, hätte uns hinsichtlich des Verstecks etwas vorgelogen, aber seine Überraschung und Verwirrung, als wir unter der Leiche des ermordeten Snipes keine Truhe fanden, war zu echt, als dass er sie uns vorgetäuscht haben könnte. Außerdem zeigten unsere Spaten dann, dass unter der Leiche etwas vergraben gewesen war, denn da war ein Loch gewesen, und man hatte es mit lockerer Erde gefüllt.«

»Wer könnte ihn an sich genommen haben?«, wiederholte Professor Porter.

»Natürlich muss man auch an die Leute vom Kreuzer denken«, sagte Leutnant Charpentier, »doch Unterleutnant Janviers hier versichert mir, dass niemand Landgang hatte – dass, seit wir hier ankern, niemand an Land war, außer unter dem Kommando eines Offiziers. Ich weiß nicht, ob Sie unsere Leute verdächtigt haben, bin jedoch froh, dass dafür jede Grundlage fehlt«, bemerkte er abschließend.

»Nie wäre mir der Gedanke gekommen, den Männern zu misstrauen, denen wir so viel verdanken«, antwortete Professor Porter freundlich. »Ebenso könnte ich meinen lieben Clayton oder Mr Philander hier verdächtigen.«

Sowohl die französischen Offiziere als auch die Matrosen lächelten. Man konnte ihnen ansehen, dass ihnen ein Stein vom Herzen gefallen war.

»Der Schatz ist schon seit einiger Zeit verschwunden«, fuhr Clayton fort. »Der Leichnam fiel auseinander, als wir ihn anhoben. Das deutet darauf hin, dass die Truhe entfernt wurde, als die Leiche noch frisch war, denn sie war intakt, als wir sie freischaufelten.«

»Ferner müssen mehrere beteiligt gewesen sein«, sagte Jane, die zu ihnen getreten war. »Sie erinnern sich doch, dass vier Mann vonnöten waren, sie zu tragen.«

»Weiß Gott, das stimmt!«, rief Clayton. »Das muss eine ganze Gruppe von Schwarzen gewesen sein. Wahrscheinlich hat einer von ihnen beobachtet, wie die Männer die Truhe vergruben, und ist unmittelbar danach mit ein paar Kumpanen zurückgekommen, um sie wegzubringen.«

»Vermutungen anzustellen ist nutzlos«, sagte Professor Porter bekümmert. »Die Truhe ist verschwunden. Wir werden sie nie wiedersehen, ebenso wenig den Schatz, der darin war.«

Nur Jane wusste, was der Verlust für ihren Vater bedeutete, und keiner der Anwesenden ahnte, was er für sie bedeutete.

Sechs Tage später gab Kapitän Dufranne bekannt, sie würden am nächsten Morgen in der Frühe auslaufen.

Jane hätte um weiteren Aufschub gebeten, wäre sie inzwischen nicht selbst zu der Überzeugung gelangt, dass ihr Geliebter aus dem Wald nicht mehr zurückkehren würde.

Innerlich widerstrebend, hegte sie nun selbst gewisse Zweifel und Befürchtungen. Die Argumente dieser unbeteiligten französischen Offiziere leuchteten ihr ein und überzeugten sie entgegen ihren Wünschen.
Nie würde sie glauben, dass er Kannibale sei, aber dass ein wilder Stamm ihn einst adoptiert haben könnte, erschien ihr möglich.
Auch der Gedanke, er könne tot sein, kam ihr abwegig vor. Unmöglich, dass ein so vollendeter Körper, der von Lebenskraft strotzte, jemals nicht mehr den Funken des Lebens in sich tragen könnte – ebenso gut könnte man behaupten, Unsterblichkeit sei Staub.
In dem Maße, wie Jane diese Gedanken zuließ, drängten sich ihr andere auf, die ihr ebenso unwillkommen waren.
Gehörte er einem wilden Stamm an, dann hatte er auch eine Eingeborene zur Frau – vielleicht sogar ein Dutzend davon – und wilde Mischlinge als Kinder. Sie schauderte, und als man ihr mitteilte, der Kreuzer würde morgen in See stechen, war sie fast froh darüber.
Gleichwohl geschah es auf ihre Anregung, dass Waffen, Munition, Lebensmittelvorräte und andere Dinge im Haus zurückgelassen wurden, scheinbar für jene nicht greifbare Persönlichkeit, die mit **Tarzan von den Affen** unterschrieb, und für d'Arnot, sollte er noch am Leben sein, doch in Wirklichkeit für ihren Waldgott, wie sie hoffte.
In letzter Minute hinterließ sie ihm eine Nachricht, die Tarzan von den Affen ihm übermitteln sollte.
Sie verließ das Haus als Letzte und kehrte unter einem trivialen Vorwand noch einmal zurück, als die anderen schon zum Boot gingen. Sie kniete vor dem Bett nieder, in dem sie so viele Nächte verbracht hatte, und betete um Schutz für ihren Urzeitmenschen. Dann drückte sie sein Medaillon an die Lippen und murmelte:
»Ich liebe dich, und weil ich dich liebe, glaube ich an dich. Selbst wenn ich nicht glaubte, würde ich dennoch lieben. Wärst du zurückgekommen, um mich zu holen, und hätte es keine andere Möglichkeit gegeben, so wäre ich mit dir in den Dschungel gegangen – für immer.«

Mit dem Krachen des Schusses sah d'Arnot die Tür auffliegen und die Gestalt eines Menschen der Länge nach zu Boden fallen. In Panik hob er das Gewehr, um noch einmal auf die ausgestreckte Gestalt zu schießen, da erkannte er plötzlich im Halbdunkel der offenen Tür, dass der Mann hellhäutig war, und wurde sich einen Augenblick später klar, dass er seinen Freund und Beschützer, Tarzan von den Affen, erschossen hatte.

Mit einem Schrei des Entsetzens kniete er neben dem Affenmenschen nieder, nahm dessen Kopf in seine Arme und rief laut seinen Namen. Keine Antwort war zu hören. Da legte er sein Ohr auf die Brust des Mannes. Zu seiner Freude vernahm er steten Herzschlag.

Behutsam schleppte er Tarzan zum Feldbett, und nachdem er die Tür geschlossen und verriegelt hatte, entzündete er eine der Lampen und untersuchte die Wunde.

Sie rührte von einem Streifschuss am Kopf her. Die Kugel hatte eine hässliche Fleischwunde hinterlassen, doch war kein Bruch der Schädeldecke zu erkennen.

D'Arnot atmete erleichtert auf und ging daran, Tarzan das Blut vom Gesicht zu waschen.

Bald brachte das kalte Wasser seine Lebensgeister zurück, er schlug die Augen auf und blickte d'Arnot überrascht und fragend an.

Letzterer hatte die Wunde mit Fetzen eines Tuchs verbunden, und als er sah, dass Tarzan das Bewusstsein wiedererlangt hatte, stand er auf, ging zum Tisch und schrieb ein paar Zeilen, die er dem Affenmenschen aushändigte. Darin klärte er den schrecklichen Irrtum auf, der ihm unterlaufen war, und gab seiner Freude Ausdruck, dass die Wunde nicht allzu schwer war.

Tarzan las die Zeilen, setzte sich auf die Liege und lachte.

»Das ist gar nichts«, sagte er auf Französisch und schrieb weiter, da sein Wortschatz nicht ausreichte:

Du hättest sehen sollen, wie Golgani mich zurichtete, und Kerchak, und Terkoz, ehe ich alle tötete – dann würdest du über so einen Kratzer nur lachen?

D'Arnot übergab Tarzan die beiden Briefe, die für ihn zurückgelassen worden waren.

Tarzan las den ersten mit trauriger Miene. Dann drehte er den zweiten in den Händen und suchte nach einer Öffnung – er hatte noch nie einen Brief im Umschlag gesehen. Schließlich gab er ihn an d'Arnot zurück.

Der Franzose hatte ihn beobachtet und erkannt, dass der Umschlag ihm Probleme bereitete. Wie seltsam, dass ein erwachsener Weißer nicht mit einem Briefumschlag umgehen konnte! Er öffnete ihn und händigte Tarzan den Brief aus.

Auf einem Feldstuhl sitzend, entfaltete der Affenmensch das beschriebene Blatt und las:

An Tarzan von den Affen

Ehe ich abreise, möchte ich mich dem Dank Mr Claytons anschließen für die Freundlichkeit, mit der Sie uns erlaubt haben, Ihr Haus zu benutzen.

Dass Sie nie hergekommen sind, um sich mit uns anzufreunden, haben wir sehr bedauert. Nur zu gern hätten wir unseren Gastgeber kennengelernt und uns bei ihm bedankt.

Es gibt noch jemanden, dem ich gern danken möchte, aber er ist nicht zurückgekommen, obwohl ich mir nicht vorstellen kann, dass er tot ist. Ich kenne seinen Namen nicht. Es ist ein großer, hellhäutiger Hüne mit einem Diamantmedaillon auf der Brust.

Sollten Sie ihn kennen und seine Sprache sprechen, so übermitteln Sie ihm doch meinen Dank und sagen Sie ihm, dass ich sieben Tage auf seine Rückkehr gewartet habe.

Sagen Sie ihm auch, dass er in meiner Heimat in Amerika, in der Stadt Baltimore, stets willkommen sein wird, falls er mich gern besuchen möchte.

Ich habe unter einem Baum in der Nähe des Hauses zwischen Blättern den Brief gefunden, den Sie mir geschrieben haben. Ich weiß nicht, auf welche Weise Sie mich liebgewonnen haben, da Sie doch nie mit mir gesprochen haben, und ich bin sehr traurig, falls es wahr sein sollte, aber ich habe mein Herz bereits einem anderen geschenkt. Sie sollten jedoch wissen, dass ich stets Ihre Freundin bleiben werde.

Jane Porter.

Tarzan starrte etwa eine Stunde vor sich auf den Fußboden.
Aus beiden Briefen ging für ihn eins deutlich genug hervor: Die Verfasserin wusste nicht, dass er und Tarzan von den Affen ein und derselbe waren.
Dann liebte sie ihn gar nicht? Wie konnte sie dann Liebe vortäuschen und in ihm so große Hoffnungen erwecken, um ihn danach nur in äußerste Tiefen der Verzweiflung zu stürzen!
Vielleicht waren ihre Küsse nur Zeichen der Freundschaft gewesen? Woher sollte er es wissen, da er von den Sitten der Menschen keine Ahnung hatte.
Plötzlich stand er auf, sagte d'Arnot gute Nacht, wie er es gelernt hatte, und ließ sich auf seine Lagerstatt aus Farnkraut fallen, die einst Jane Porter gehört hatte.
D'Arnot löschte die Lampe und legte sich auf das Feldbett.
Eine Woche lang widmeten sie sich nur der Ruhe, wobei d'Arnot Tarzan in Französisch unterwies.
Als sie eines Abends vor dem Schlafengehen im Haus saßen, fragte Tarzan d'Arnot:
»Wo ist Amerika?«
D'Arnot wies nach Nordwesten.
»Viele tausend Meilen jenseits des Ozeans«, antwortete er. »Warum?«
»Ich will dorthin.«
D'Arnot schüttelte den Kopf.
»Das ist unmöglich, mein Freund«, sagte er.
Tarzan stand auf, ging zu einem der Schränke und kehrte mit einem reichlich zerlesenen Geographielehrbuch zurück.
Er schlug die Weltkarte auf und sagte:
»Ich habe das alles nie richtig verstanden, erläutere es mir, bitte.«
Als d'Arnot dies getan und ihm erklärt hatte, dass das Blau alle Wasserflächen der Erde bezeichnete und die andersfarbigen Stücke die Kontinente und Inseln, bat Tarzan, ihm die Stelle zu zeigen, wo sie sich jetzt befanden.
D'Arnot tat es.
»Nun zeige mir Amerika«, sagte Tarzan.
Als d'Arnot seinen Finger auf Nordamerika setzte, lächelte Tarzan, legte die Hand auf die Buchseite und überspannte den großen Ozean,

der zwischen den beiden Kontinenten lag, mit Daumen und kleinem Finger.
»Wie du siehst, ist es nicht sehr weit«, sagte er. »Kaum die Breite meiner Hand.«
D'Arnot lachte. Wie konnte er es diesem Mann begreiflich machen? Er nahm den Bleistift und setzte einen winzigen Punkt auf die Küste Afrikas.
»Dieses kleine Zeichen ist auf dieser Karte um ein Vielfaches größer als dein Haus auf der Erde. Siehst du nun, wie ungeheuer weit weg es ist?«
Tarzan dachte lange nach.
»Leben weiße Menschen in Afrika?«, fragte er.
»Ja.«
»Wo sind die nächsten?«
D'Arnot wies auf eine Stelle an der Küste nördlich von ihnen.
»So nahe bei uns?«
»Ja«, sagte d'Arnot. »Aber es ist nicht nahe.«
»Haben Sie große Boote, um den Ozean zu überqueren?«
»Ja.«
»Dann werden wir morgen dorthin gehen«, verkündete Tarzan.
Abermals lächelte d'Arnot und schüttelte den Kopf.
»Es ist zu weit. Wir wären längst tot, ehe wir sie erreichten.«
»Willst du denn für immer hierbleiben?«, fragte Tarzan.
»Nein«, antwortete d'Arnot.
»Dann wollen wir morgen aufbrechen. Mir gefällt es hier nicht mehr. Ich würde lieber sterben als hierbleiben.«
»Nun, das Einzige, was ich weiß, ist, dass ich genauso empfinde«, antwortete d'Arnot schulterzuckend. »Wenn du gehst, gehe ich auch.«
»Das wäre abgemacht«, sagte Tarzan. »Morgen werde ich nach Amerika aufbrechen.«
»Wie willst du hinkommen, wenn du kein Geld hast?«, fragte d'Arnot.
»Was ist Geld?«, wollte Tarzan wissen.
Es dauerte geraume Zeit, ehe er eine auch nur unvollkommene Vorstellung davon hatte.
»Wie kommen die Menschen zu Geld?«
»Sie arbeiten dafür.«

»Sehr schön. Dann werde ich dafür arbeiten.«

»Nein, mein Freund«, erwiderte d'Arnot. »Du brauchst dir über Geld keine Sorgen zu machen und musst auch nicht dafür arbeiten. Ich besitze genug für zwei – genug für zwanzig. Viel mehr, als für einen einzelnen Menschen gut ist, und du wirst alles haben, was du brauchst, falls wir die Zivilisation je wieder erreichen.«

Also machten sie sich am folgenden Tag die Küste entlang nach Norden auf den Weg. Jeder von beiden trug ein Gewehr und Munition, daneben Bettzeug sowie einige Lebensmittel und Kochgeräte.

Letztere schienen Tarzan eine höchst nutzlose Behinderung zu sein, deshalb warf er sie weg.

»Aber du musst lernen, gekochte Nahrung zu essen, mein Freund«, belehrte ihn d'Arnot. »Kein zivilisierter Mensch isst rohes Fleisch.«

»Dazu wird noch genug Zeit sein, wenn wir die Zivilisation erreichen«, sagte Tarzan. »Ich mag dergleichen Dinge nicht, sie verderben nur den Geschmack von gutem Fleisch.«

Einen Monat lang wanderten sie nordwärts. Manchmal fanden sie Nahrung in Hülle und Fülle, dann hatten sie wieder tagelang nichts zu essen.

Sie sahen keine Anzeichen von Eingeborenen, auch wilde Tiere belästigten sie nicht. Ihr Marsch verlief erstaunlich unbehelligt.

Tarzan stellte viele Fragen und lernte schnell. D'Arnot lehrte ihn zahlreiche Feinheiten der Zivilisation – sogar, mit Messer und Gabel zu essen; ab und zu freilich ließ Tarzan beides angewidert fallen, nahm die Speisen in seine starken, braunen Hände und riss mit den Zähnen daran wie ein wildes Tier.

Dann machte d'Arnot ihm Vorhaltungen und sagte:

»Du darfst nicht wie ein Tier essen, Tarzan, während ich gerade dabei bin, einen Gentleman aus dir zu machen. *Mon Dieu*! Gentlemen essen nicht so – es ist schrecklich.«

Zumeist grinste Tarzan dann töricht und nahm Messer und Gabel wieder zur Hand, im Grunde verabscheute er sie jedoch.

Während ihres Marsches erzählte er d'Arnot von der großen Truhe, die die Matrosen vor seinen Augen vergraben hatten und die er dann

wieder ausgegraben, zur Versammlungsstätte der Affen getragen und dort erneut in die Erde gesenkt hatte.
»Das muss die Schatztruhe von Professor Porter sein«, sagte d'Arnot. »Es ist zu schade, aber woher hättest du es wissen sollen.«
Da entsann Tarzan sich des Briefes, den Jane an ihre Freundin geschrieben hatte – den, den er gestohlen hatte, als sie das erste Mal zu seinem Haus gekommen waren. Nun wusste er, was die Truhe enthielt, und was sie für Jane bedeutete.
»Morgen gehen wir zurück und holen sie«, verkündete er.
»Zurückgehen?«, rief d'Arnot. »Aber mein lieber Freund, wir sind jetzt drei Wochen unterwegs. Wir würden drei weitere brauchen, um zurückzukehren, und danach würde es angesichts des enormen Gewichts, das, wie du sagtest, zum Transport vier Seeleute erforderte, Monate dauern, ehe wir wieder hier sind.«
»Es muss getan werden, mein Freund«, beharrte Tarzan. »Du kannst weiter in Richtung Zivilisation marschieren, ich werde den Schatz holen. Allein komme ich viel schneller voran.«
»Ich habe einen besseren Plan, Tarzan«, wandte d'Arnot ein. »Wir bleiben bis zur nächsten Siedlung zusammen, dort mieten wir ein Boot und segeln die Küste entlang zurück, um den Schatz zu holen. So lässt er sich leicht transportieren. Das ist sicherer und geht schneller, außerdem brauchen wir uns nicht zu trennen. Was denkst du darüber?«
»Das ist gut«, sagte Tarzan. »Den Schatz nimmt uns dort keiner weg, und wenn ich ihn jetzt hole und erst in ein, zwei Monaten wieder bei dir bin, würde ich mir Sorgen um deine Sicherheit machen, wenn du allein weitergehst. Sehe ich, wie hilflos du bist, d'Arnot, dann frage ich mich oft, wie die menschliche Rasse in all den Jahrhunderten, von denen du mir erzählt hast, der Vernichtung entging. Allein Sabor könnte Tausende von euch ausrotten.«
D'Arnot musste lachen.
»Du wirst eine höhere Meinung von unserer Gattung haben, wenn du unsere Armeen und Kriegsflotten, die großen Städte und die riesigen Industrieanlagen siehst. Dann wirst du erkennen, dass es der Geist ist, nicht der Muskel, der die menschliche Kreatur mächtiger macht als die stärksten Tiere deines Dschungels. Allein und unbe-

waffnet kann ein einzelner Mensch es mit keinem der größeren Tiere aufnehmen; aber wenn zehn Menschen sich zusammentun, dann vereinen sie ihren Verstand und ihre Muskeln gegen ihre wilden Feinde, während die Tiere, unfähig zum Denken, es sich niemals einfallen lassen würden, sich gegen die Menschen zu verbünden. Wäre es anders, wie lange hättest du dann in dieser grausamen Wildnis überleben können, Tarzan von den Affen?«

»Du hast recht, d'Arnot«, erwiderte Tarzan. »Denn wäre in jener Nacht am Dum-Dum Kerchak dem Tublat zu Hilfe gekommen, wäre es mit mir aus gewesen. Aber der konnte nie weit genug vorausdenken, um eine solche Gelegenheit auszunutzen.

Selbst Kala, meine Mutter, konnte nie vorausplanen. Sie aß, was sie benötigte, zu dem Zeitpunkt, da sie es benötigte, und wenn die Nahrung knapp war und sie plötzlich auf reichlich Essbares stieß, legte sie sich dennoch keine Vorräte an. Ich entsinne mich noch, dass sie mich für sehr dumm hielt, weil ich mir extra Nahrung für den Marsch auflud, obwohl sie später sehr froh war, sie mit mir verspeisen zu können, als wir unterwegs nichts mehr zu essen fanden.«

»Dann kennst du deine Mutter, Tarzan?«, unterbrach ihn d'Arnot überrascht.

»Ja, sie war eine große, schöne Äffin, größer als ich, und wog zweimal so viel.«

»Und dein Vater?«

»Den habe ich nie gekannt. Kala erzählte mir, er war ein weißer Affe und unbehaart wie ich. Ich weiß nun, dass er ein hellhäutiger Mensch gewesen sein muss.«

D'Arnot blickte seinen Gefährten lange und ernst an.

»Tarzan, es ist unmöglich, dass die Äffin Kala deine Mutter war«, sagte er schließlich. »Ginge dies an, was ich bezweifle, dann hättest du einige Merkmale des Affen geerbt, aber das hast du nicht – du bist ein reinrassiger Mensch und dazu Abkömmling intelligenter Eltern von vornehmer Herkunft. Hast du nicht den geringsten Anhaltspunkt hinsichtlich deiner Vergangenheit?«

»Nicht den geringsten«, antwortete Tarzan.

»War nichts Schriftliches in dem Haus, das etwas über das Leben der ursprünglichen Bewohner aussagen könnte?«

»Ich habe alles gelesen, was dort war, mit Ausnahme eines Buches, das, wie ich jetzt weiß, in einer anderen Sprache als Englisch geschrieben wurde. Vielleicht kannst du es lesen.«

Tarzan förderte das kleine schwarze Tagebuch aus der Tiefe seines Köchers und gab es seinem Begleiter.

D'Arnot warf einen Blick auf die Titelseite.

»Das ist das Tagebuch von John Clayton, oder Lord Greystoke, einem englischen Adligen, und es ist Französisch geschrieben«, sagte er.

Dann begann er, das Tagebuch zu lesen, das vor über zwanzig Jahren abgefasst wurde und die Einzelheiten der uns bereits bekannten Geschichte enthielt – den Bericht über die Abenteuer, Strapazen und Sorgen von John Clayton und seiner Gattin Alice von dem Tag an, da sie England verließen, bis eine Stunde vor dem Moment, da er von Kerchak erschlagen wurde.

D'Arnot las laut. Manchmal versagte seine Stimme, und er musste innehalten, weil zu viel Leid und Hoffnungslosigkeit aus den Zeilen sprach. Ab und zu warf er einen Blick auf Tarzan, aber der Affenmensch hockte regungslos wie eine Statue und blickte vor sich hin.

Nur als das kleine Baby erwähnt wurde, änderte sich der Ton, in dem der Bericht verfasst war, und verlor etwas von der sonst spürbaren Verzweiflung, die nach den ersten zwei Monaten an der Küste immer mehr die Oberhand gewonnen hatte.

Nun waren die Zeilen geprägt von stiller Glückseligkeit, die sogar trauriger machte als der Rest.

Eine Eintragung ließ fast so etwas wie Hoffnung erkennen.

> **Heute ist unser kleiner Junge sechs Monate alt. Er sitzt auf Alices Schoß neben dem Tisch, an dem ich schreibe – ein glückliches, gesundes, vollkommenes Kind.**
>
> **Es ist wider alle Vernunft, aber in gewisser Weise betrachte ich ihn als Erwachsenen, der seines Vaters Platz in der Welt einnimmt – der zweite John Clayton – und dem Hause Greystoke zu weiteren Ehren verhilft.**
>
> **Als wolle er meine Prophezeiung bekräftigen, hat er soeben meinen Federhalter in seine rundlichen Fäustchen genommen und mit tintebeschmutzten kleinen Fingern das Siegel ihrer winzigen Abdrücke auf die Seite gesetzt.**

Am Seitenrand waren die teils verwischten Abdrücke von ganz kleinen Fingern und der äußeren Hälfte des Daumens zu erkennen.
Als d'Arnot das Tagebuch durchgelesen hatte, saßen beide Männer eine Minute in völligem Schweigen.
»Nun, Tarzan von den Affen, was meinst du?«, fragte d'Arnot. »Enthüllt das kleine Buch nicht das Geheimnis deines Elternhauses? Jawohl, mein Lieber, du bist Lord Greystoke.«
Tarzan schüttelte den Kopf.
»Das Buch spricht nur von einem Kind«, erwiderte er. »Sein kleines Skelett lag in der Wiege, wo es bestimmt, um Nahrung schreiend, gestorben ist. Es lag schon dort, als ich das Haus zum ersten Mal betrat, bis Professor Porters Trupp es mit seinem Vater und seiner Mutter neben der Hütte begrub. Nein, das war das Baby, von dem das Buch erzählt – und das Geheimnis meiner Herkunft ist mehr denn je in Dunkel gehüllt. Ich habe in letzter Zeit oft an die Möglichkeit gedacht, dass das Haus vielleicht die Stätte meiner Geburt ist. Nun fürchte ich, Kala hat die Wahrheit gesagt«, schloss er bekümmert.
D'Arnot schüttelte den Kopf. Er war nicht überzeugt und fasste plötzlich den Entschluss, die Richtigkeit seiner Theorie zu überprüfen, denn er hatte den Schlüssel entdeckt, mit dem er das Geheimnis lösen oder für immer in die Bereiche des Unergründlichen verweisen konnte.

Eine Woche später stießen die beiden Männer plötzlich auf eine Lichtung im Wald.
In der Ferne standen mehrere Gebäude, die von einem starken Palisadenzaun umgeben waren. Zwischen den Häusern und der Einzäunung erstreckte sich ein bebautes Feld, auf dem mehrere Neger arbeiteten.
Die beiden blieben am Rand des Dschungels stehen. Tarzan setzte einen vergifteten Pfeil auf den Bogen, aber d'Arnot legte die Hand auf seinen Arm.
»Was willst du tun, Tarzan?«, fragte er.
»Sie werden versuchen, uns zu töten, wenn sie uns sehen«, antwortete Tarzan. »Ich bin lieber der, der tötet.«
»Vielleicht sind sie friedlich gesonnen«, gab d'Arnot zu bedenken.

»Sie sind dunkelhäutig«, war Tarzans einzige Antwort.

Wieder spannte er den Bogen.

»Das darfst du nicht, Tarzan!«, rief d'Arnot. »Weiße töten nicht mutwillig. *Mon Dieu*! Du hast wirklich noch viel zu lernen. Mir tut schon jetzt der Grobian leid, der dir über den Weg läuft, mein lieber Wilder, wenn ich dich mit nach Paris nehme. Ich werde alle Hände voll zu tun haben, um deinen Hals vor der Guillotine zu retten.«

Tarzan senkte den Bogen und lächelte.

»Ich sehe nicht ein, warum ich die Dunkelhäutigen zu Hause in meinem Dschungel töten sollte, die hier jedoch nicht. Angenommen Numa, der Löwe, fällt über uns her. Dann soll ich vermutlich sagen: Guten Morgen, Monsieur Numa, wie geht es Madame Numa? Oder?«

»Warte, bis sie über uns herfallen«, erwiderte d'Arnot. »Dann kannst du sie töten. Geh nicht von der Annahme aus, dass Menschen deine Feinde sind, solange sie es dir nicht bewiesen haben.«

»Komm, lass uns hingehen und uns ihnen zum Hinmetzeln anbieten«, sagte Tarzan und ging geradeswegs über das Feld, den Kopf hoch erhoben, und die Tropensonne sengte seine glatte, braune Haut.

D'Arnot folgte ihm. Er trug einige Kleidungsstücke, die Clayton im Haus hatte liegenlassen, nachdem die Offiziere des französischen Kreuzers ihn in ansehnlicherer Weise ausgestattet hatten.

Da blickte einer der Neger auf, entdeckte Tarzan und wandte sich schreiend zur Flucht hinter die Palisade.

Im Nu war die Luft erfüllt vom Schreckensgeschrei der fliehenden Gärtner, aber noch ehe einer die Palisade erreicht hatte, trat ein weißer Mann heraus, das Gewehr in der Hand, um den Grund des Aufruhrs zu erfahren.

Was er sah, veranlasste ihn, es anzulegen, und Tarzan von den Affen hätte beinahe wieder kaltes Blei zu spüren bekommen, hätte d'Arnot dem Mann nicht laut zugerufen:

»Nicht schießen! Wir sind Freunde!«

»Dann bleiben Sie stehen!«, war die Antwort.

»Halt, Tarzan!«, rief d'Arnot. »Er glaubt, wir wären Feinde.«

Tarzan fiel in eine langsamere Gangart und ging mit d'Arnot auf den weißen Mann am Tor zu.

Dieser musterte sie verwirrt und erstaunt.
»Was für Leute sind Sie?«, fragte er auf Französisch.
»Weiße«, antwortete d'Arnot. »Wir sind lange im Dschungel umhergeirrt.«
Der Mann hatte sein Gewehr gesenkt und kam nun mit ausgestreckter Hand auf sie zu.
»Ich bin Pater Constantine von der hiesigen französischen Mission«, sagte er, »und ich freue mich, Sie willkommen zu heißen.«
»Dies ist Monsieur Tarzan, Pater«, antwortete d'Arnot und wies auf den Affenmenschen, und als der Priester diesem die Hand hinstreckte, fügte er hinzu: »Und ich bin Paul d'Arnot von der französischen Marine.«
Pater Constantine nahm die Hand, die Tarzan, seinem Beispiel folgend, ihm hinhielt, und musterte dessen vollendeten Körperbau und das schöne Gesicht mit einem kurzen, scharfen Blick.
So gelangte Tarzan von den Affen zum äußersten Vorposten der Zivilisation.
Sie blieben eine Woche dort, und der mit scharfer Beobachtungsgabe ausgestattete Affenmensch lernte vieles von der Lebensweise der Menschen; inzwischen nähten die dunkelhäutigen Frauen weiße Segeltuchkleidung für ihn und d'Arnot, so dass sie ihre Reise in angemessener Kleidung fortsetzen konnten.

Ein weiterer Monat brachte sie zu einer kleinen Häusergruppe an der Mündung eines breiten Flusses, und dort sah Tarzan viele Boote, und wieder bemächtigte sich seiner die alte Scheu des wilden Geschöpfes angesichts vieler Menschen.

Allmählich gewöhnte er sich an die seltsamen Geräusche und absonderlichen Ausdrucksformen der Zivilisation, so dass sehr bald schon niemand mehr auf die Idee gekommen wäre, dieser attraktive Franzose im makellosen weißen Anzug, der mit ihnen lachte und schwatzte, hätte sich noch vor knapp zwei Monaten halbnackt durch den Urwald geschwungen, um auf ein argloses Opfer herabzustoßen, das in rohem Zustand seinen Bauch füllen sollte.

Er handhabte Messer und Gabel, die er vor einem Monat noch verächtlich beiseitegeschoben hatte, nun ebenso gewandt wie der elegante d'Arnot.

Er war ein so gelehriger Schüler, dass der junge Franzose in seinem Eifer noch mehr angestachelt wurde, aus Tarzan von den Affen einen wohlerzogenen Gentleman zu machen, so weit es die guten Manieren und eine gewandte Redeweise betraf.

»Gott hat dich mit dem Herzen eines Gentleman ausgestattet, aber wir müssen trachten, dass du auch äußerlich als sein Geschöpf erscheinst.«

Kaum hatten sie den kleinen Hafen erreicht, setzte d'Arnot seine Regierung in Kenntnis, dass er in Sicherheit sei, und erbat einen dreimonatigen Urlaub, der ihm auch gewährt wurde.

Ferner telegraphierte er seinen Bankiers, sie sollten ihm Geld schicken. Die folgende einmonatige Wartezeit, die beide nur schwer ertrugen, war einfach darauf zurückzuführen, dass es ihnen nicht gelang, ein Schiff zu chartern, mit dem sie in Tarzans Dschungel zurückkehren und den Schatz holen konnten. Während ihres Aufenthaltes in der Küstenstadt setzte »Monsieur Tarzan« Schwarze wie Weiße mehrfach durch Dinge in Erstaunen, die in seinen Augen wahre Lappalien darstellten.

Einmal lief ein riesiger Neger, infolge Trunkenheit seiner Sinne nicht mehr mächtig, Amok und terrorisierte die Stadt, bis sein Unglücksstern ihn zu der Stelle führte, wo sich der schwarzhaarige französische Hüne auf der Veranda seines Hotels rekelte.

Der Eingeborene stürmte mit gezücktem Messer die breite Treppe herauf und geradeswegs auf eine Gruppe von vier Männern zu, die an einem Tisch dem unvermeidlichen Absinth zusprachen.

Die vier schrien entsetzt auf und gaben Fersengeld, da entdeckte der Eingeborene Tarzan.

Mit Gebrüll fiel er über den Affenmenschen her, während an die fünfzig Köpfe, hinter Fenstern und in Toreinfahrten verborgen, mit ansehen wollten, wie der riesenhafte Neger den armen Franzosen niedermetzelte.

Tarzan trat dem Angreifer mit jenem kämpferischen Lächeln entgegen, das die Streitlust stets bei ihm hervorrief.

Als der Neger dicht vor ihm stand, packten stahlharte Muskeln die Hand, die das Messer hielt, am Gelenk, und nach einer einzigen schnellen Drehung baumelte sie am gebrochenen Knochen hin und her.

Schmerz und Überraschung brachten den Eingeborenen zur Besinnung, und während Tarzan sich wieder in seinen Sessel fallen ließ, machte der Bursche kehrt und rannte, brüllend vor Schmerz, wie besessen in sein Heimatdorf zurück.

Bei anderer Gelegenheit saßen Tarzan und d'Arnot mit einer Anzahl Weißer beim Essen und kamen auf Löwen und die Löwenjagd zu sprechen.

Man war geteilter Ansicht, was die Tapferkeit des Königs der Tiere anbetraf – einige behaupteten, er sei ein ausgesprochener Feigling, aber alle stimmten überein, dass sie sich mit dem Schnellfeuergewehr in den Händen wesentlich sicherer fühlten, wenn der Herrscher des Dschungels des Nachts brüllend um ihr Lager strich.

D'Arnot und Tarzan waren übereingekommen, über seine Vergangenheit völliges Stillschweigen zu bewahren, und so wusste außer dem französischen Offizier niemand, wie bewandert der Affenmensch im Umgang mit Tieren des Dschungels war.

»Monsieur Tarzan hat sich noch nicht geäußert«, sagte einer aus der Gruppe. »Ein Mann von seiner Kühnheit, der, wenn ich ihn richtig verstanden habe, längere Zeit in Afrika verbracht hat, muss doch auch Erfahrungen mit Löwen gesammelt haben – oder?«

»Stimmt«, bemerkte Tarzan trocken. »Jedenfalls genug, um zu wissen, dass jeder von Ihnen recht hat in der Beurteilung der Merkmale der Löwen – die Ihnen begegnet sind. Aber ebenso könnte man alle Schwarzen nach dem Burschen beurteilen, der letzte Woche Amok lief, oder behaupten, dass alle Weißen Feiglinge sind, nur weil man mal einem feigen begegnet ist.
Es gibt unter den niederen Arten von Lebewesen ebenso viel Individualität wie unter uns, Gentlemen. Heute mögen wir ausziehen und über einen Löwen stolpern, der überängstlich ist – er läuft vor uns davon. Morgen begegnen wir dann seinem Onkel oder Zwillingsbruder, und dann wundern sich unsere Freunde, warum wir aus dem Dschungel nicht zurückkehren. Ich persönlich gehe immer von der Annahme aus, dass ein Löwe ein wildes Tier ist, und so bin ich stets auf der Hut.«
»Wenn sich jemand vor dem Wesen, das er jagt, fürchtet, wird ihm die Jagd wenig Spaß machen.«
D'Arnot lächelte. Tarzan und sich fürchten!
»Ich begreife nicht ganz, was Sie unter Furcht verstehen«, sagte Tarzan. »So verschiedenartig wie die Löwen sind auch die Erscheinungsformen der Furcht bei den einzelnen Menschen. Für mich besteht das einzige Vergnügen bei der Jagd in der Erkenntnis, dass das von mir gejagte Lebewesen ebenso imstande ist, mir Schaden zuzufügen, wie ich es bei ihm vermag. Würde ich in Begleitung eines Trägers, der mir mehrere Gewehre nachschleppt, und mit zwanzig oder dreißig Treibern auf Löwenjagd gehen, so hätte ich das Gefühl, dass der Löwe keine großen Chancen hätte, und damit würde sich meine Freude an der Jagd in dem Maße verringern, in dem meine persönliche Sicherheit gewährleistet ist.«
»Dann möchte ich fast glauben, dass Monsieur Tarzan am liebsten halbnackt und nur mit einem großen Taschenmesser bewaffnet in den Dschungel gehen würde, um den König der Tiere zu töten«, sagte der andere und lachte gutmütig, aber ein gewisser Sarkasmus lag schon in seinen Worten.
»Und einem Seil«, fügte Tarzan hinzu.
Gerade in dem Augenblick ertönte von weit her aus dem Dschungel das tiefe Gebrüll eines Löwen, als fordere er jeden zum Kampf, der es mit ihm aufnehmen wolle.

»Das ist Ihre Gelegenheit, Monsieur Tarzan«, stichelte der Franzose.

»Ich bin nicht hungrig«, sagte Tarzan ruhig.

Alle lachten außer d'Arnot. Er allein wusste, dass durch den Mund des Affenmenschen soeben ein wildes Tier seine einfache Begründung geliefert hatte.

»Aber Sie fürchten sich wie jeder von uns, halbnackt und nur mit einem Messer und einem Seil bewaffnet dorthin zu gehen«, sagte der Stichelnde. »Stimmt es nicht?«

»Nein«, erwiderte Tarzan. »Aber nur ein Tor handelt grundlos.«

» Fünftausend Franc sind ein Grund«, sagte der andere. »Ich wette mit Ihnen um diesen Betrag, dass Sie unter den Bedingungen, die wir benannt haben – halbnackt und nur mit einem Messer und einem Seil bewaffnet –, keinen Löwen aus dem Dschungel holen können.«

Tarzan blickte zu d'Arnot und nickte kurz.

»Sagen wir zehntausend«, bemerkte d'Arnot.

»Abgemacht«, erklärte der andere.

Tarzan stand auf.

»Ich werde meine Kleidung am Rand der Siedlung ablegen müssen, damit ich, sollte ich nicht schon vor Tagesanbruch zurück sein, etwas anzuziehen habe, wenn ich durch die Straßen gehe.«

»Sie wollen doch nicht jetzt losgehen, nachts?«, fragte der die Wette Haltende.

»Warum nicht?«, fragte Tarzan. »Numa streift nachts umher – da wird es leichter sein, ihn zu finden.«

»Nein, Ihr Blut soll nicht über mich kommen«, erwiderte der andere. »Es wäre töricht genug, wenn Sie bei Tageslicht auf Pirsch gingen.«

»Ich gehe jetzt«, erklärte Tarzan und begab sich in sein Zimmer, um Messer und Seil zu holen.

Die Männer begleiteten ihn zum Rand des Dschungels, wo er seine Kleidungsstücke in einem kleinen Lagerhaus zurückließ.

Aber als er sich anschickte, in das pechschwarze Unterholz zu tauchen, versuchten sie abermals, ihn davon abzubringen, und derjenige, der die hohe Summe gesetzt hatte, bestand am hartnäckigsten darauf, dass Tarzan sein törichtes Wagnis aufgab.

»Ich will anerkennen, dass Sie gewonnen haben, und die zehntausend Franc gehören Ihnen, wenn Sie von Ihrem wahnwitzigen Vorhaben ablassen, das nur mit Ihrem Tod enden kann.«

Tarzan lachte, und einen Moment später hatte der Dschungel ihn verschluckt.

Die Männer standen einige Augenblicke schweigend, kehrten dann langsam um und zum Hotel zurück.

Kaum hatte Tarzan den Dschungel betreten, schwang er sich in die Bäume, und sogleich bemächtigte sich seiner ein Gefühl des Triumphes und der Freude, weil er sich noch einmal durch die Wipfel fortbewegen konnte.

Das war das Leben, wie er es liebte! Die Zivilisation konnte ihm nichts dergleichen bieten mit ihrer eng umgrenzten und beengten Sphäre, eingeschnürt von Vorschriften und Konventionen. Selbst die Kleidung war belastend und unsinnig.

Endlich war er frei. Jetzt erst wurde ihm bewusst, dass er ein Gefangener gewesen war.

Wie leicht wäre es jetzt, im weiten Bogen zur Küste zurückzukehren und dann Richtung Süden zu seinem heimatlichen Dschungel und seinem Haus zu wandern.

Da erfasste er die Witterung von Numa, denn er bewegte sich gegen den Wind vorwärts. Bald darauf erfasste sein feines Gehör das vertraute Geräusch weicher Pranken und das Rascheln eines großes, in ein Fell gekleideten Körpers durch das Unterholz.

Tarzan langte lautlos über dem nichtsahnenden Tier an und folgte ihm schweigend, bis er an eine kleine, vom Mondschein erhellte Stelle kam.

Dann legte sich blitzschnell die Schlinge um die braune Kehle und zog sich zu, Tarzan befestigte das Ende an einem starken Ast, wie er es in der Vergangenheit hundertmal getan hatte, ließ sich, während das Tier mit krallenbewehrten Pranken um sich schlug und sich befreien wollte, hinter ihm zu Boden fallen, sprang auf seinen breiten Rücken und stieß ihm die lange, dünne Messerklinge mehrmals ins Herz.

Alsdann setzte er den Fuß auf Numas toten Körper und erhob die Stimme zu dem furchterregenden Siegesschrei seines wilden Stammes.

Einen Augenblick lang stand er unentschlossen, hin- und hergerissen von widerstreitenden Empfindungen der Loyalität gegenüber d'Arnot und einem mächtigen Verlangen nach der Freiheit des heimatlichen Dschungels. Schließlich ließ die Vision eines schönen Antlitzes und die Erinnerung an warme Lippen, die sich an seine drückten, das faszinierende Bild in den Hintergrund treten, das er von seinem früheren Leben gemalt hatte.

Der Affenmensch nahm den noch warmen Körper von Numa auf die Schultern und schwang sich abermals in die Bäume.

Die Männer saßen fast wortlos eine Stunde lang auf der Veranda. Vergebens hatten sie versucht, über verschiedene Dinge zu sprechen, und stets hatte das Unternehmen, das jeden am meisten bewegte, die Unterhaltung zum Stocken gebracht.

»*Mon Dieu*«, sagte der auf das Wetten Erpichte schließlich. »Ich halte es nicht länger aus, sondern gehe mit meinem Schnellfeuergewehr in den Dschungel und bringe den verrückten Menschen wieder her.«

»Ich gehe mit Ihnen«, sagte einer.

»Ich auch ...«, »Und ich ...«, »Und ich ...«, tönte ein Chor von Stimmen. Als hätte dieser Vorschlag den Bann eines schrecklichen Alptraums gebrochen, eilten sie in ihre verschiedenen Quartiere, und kurze Zeit später waren alle auf dem Weg zum Dschungel – jeder schwer bewaffnet.

»O Gott! Was war das?«, rief plötzlich einer aus der Gruppe, ein Engländer, als Tarzans wilder Schrei von ferne schwach an ihre Ohren drang.

»Ich habe so etwas schon einmal gehört, als ich im Gorillaland war«, sagte ein Belgier. »Meine Träger sagten mir, es sei der Schrei eines großen Affenmännchens, das soeben getötet hat.«

D'Arnot dachte an Claytons Schilderung des schrecklichen Gebrülls, mit dem Tarzan seine todbringenden Siege verkündet hatte, und musste fast lächeln, ungeachtet des Entsetzens, das ihn bei dem Gedanken befiel, dass dieser unheimliche Laut der Kehle eines Menschen entspringen könne – der seines Freundes.

Als die Gruppe schließlich am Rand des Dschungels anhielt und über die passende Verteilung der Kräfte debattierte, wurden sie durch ein tiefes Lachen in ihrer Nähe aufgeschreckt, und als sie sich umwandten,

sahen sie eine riesenhafte Gestalt auf sie zukommen, die einen toten Löwen auf den breiten Schultern trug.
Selbst d'Arnot stand wie vom Donner gerührt, denn es erschien ihm unmöglich, dass ein Mensch mit derart erbärmlichen Waffen, wie Tarzan sie mitgenommen hatte, so schnell einen Löwen erledigen und das tote Tier anschließend allein durch das Gewirr des Dschungels schleppen konnte.
Die Männer überfielen Tarzan mit vielen Fragen, aber seine einzige Antwort war ein geringschätziges Lachen.
Für ihn war es, als preise jemand einen Fleischer für sein Heldentum beim Töten einer Kuh, denn er hatte so oft aus Notwehr getötet oder um Nahrung zu beschaffen, dass er darin nichts Bemerkenswertes sehen konnte. In den Augen dieser Männer, die an Großwildjagd gewöhnt waren, stellte er dennoch einen Helden dar.
Nebenbei hatte er zehntausend Franc gewonnen, denn d'Arnot bestand darauf, dass er alles behielt.
Dies war ein sehr wichtiger Punkt für Tarzan, der gerade begann, die Macht zu erkennen, die in den kleinen Metallstücken oder Papierfetzen steckte. Ständig wechselten sie den Besitzer, ob die menschlichen Wesen nun ritten oder aßen oder schliefen oder sich kleideten oder tranken oder arbeiteten oder spielten oder vor dem Regen, der Kälte oder der Sonne Schutz suchten.
Er hatte inzwischen erkannt, dass man ohne Geld sterben musste. Zwar hatte d'Arnot ihm gesagt, er solle sich keine Sorgen machen, da er für sie beide mehr als genug besitze, aber der Affenmensch hatte viele Dinge gelernt, darunter auch, dass die Leute auf jemanden herabsahen, der von einem anderen Geld annahm, ohne ihm etwas Gleichwertiges dafür zu geben.
Kurz nach dem Vorfall mit der Löwenjagd gelang es d'Arnot, einen uralten Kahn für die Fahrt entlang der Küste zu Tarzans Hafenbucht zu mieten.
Es war ein glücklicher Morgen für sie beide, als das kleine Fahrzeug Anker lichtete und auf die offene See hinausfuhr.

Die Fahrt zu jener Küste verlief ereignislos, und am Morgen, nachdem sie dem Haus gegenüber Anker geworfen hatten, machte sich

Tarzan, der wieder seine Dschungelkleidung angelegt und einen Spaten beschafft hatte, allein auf den Weg zum Amphitheater der Affen, wo der Schatz vergraben lag.
Spät am nächsten Tag kehrte er zurück, die große Truhe auf der Schulter, und bei Sonnenaufgang arbeitete sich das kleine Schiff wieder durch die Hafeneinfahrt und nahm Kurs nach Norden.

Drei Wochen später waren Tarzan und d'Arnot Passagiere an Bord eines französischen Dampfschiffes auf dem Weg nach Lyon, und nach einigen Tagen Aufenthalt in dieser Stadt nahm d'Arnot Tarzan mit nach Paris.
Dem Affenmenschen war sehr daran gelegen, nach Amerika weiterzureisen, aber d'Arnot bestand darauf, dass er ihn erst nach Paris begleitete, ohne dass er ihm eine Erklärung lieferte, weshalb er so auf dieser Forderung beharrte.
Das Erste, was d'Arnot nach ihrer Ankunft in Paris tat, war, dass er einen Besuch bei einem hohen Beamten der Polizeibehörde vereinbarte, einem alten Freund von ihm, zu dem er Tarzan mitnahm.
Geschickt lenkte d'Arnot das Gespräch von einem Punkt zum anderen, bis der Polizeibeamte dem interessierten Tarzan viele der damals üblichen Methoden zur Festnahme und Identifizierung von Kriminellen erläutert hatte.
Von besonderem Interesse in dieser faszinierenden Wissenschaft war für Tarzan die Rolle der Fingerabdrücke.
»Aber welchen Wert haben sie denn, wenn die Linien an den Fingern nach mehreren Jahren durch Abnutzen des alten Gewebes und Nachwachsen des neuen völlig verändert sind?«, fragte er.
»Die Linien wechseln nie«, erwiderte der Beamte. »Von frühester Kindheit bis zum Greisenalter verändern sich die Fingerabdrücke des Einzelnen nur in der Größe, sieht man von Verletzungen ab, die die Schlingen und Wirbel umgestalten können. Doch wenn von den Daumen und den vier Fingern beider Hände Abdrücke genommen wurden, muss jemand schon alle Finger verlieren, um einer Identifikation zu entgehen.«
»Das ist erstaunlich«, sagte d'Arnot. »Möchte wissen, wie die Linien von meinen wohl aussehen.«

»Das lässt sich leicht feststellen«, antwortete der Polizeioffizier und klingelte nach seinem Assistenten, dem er einige Anweisungen erteilte.
Der Mann verließ den Raum, kam jedoch in Kürze mit einem kleinen Kästchen aus Hartholz zurück und stellte es auf den Schreibtisch seines Vorgesetzten.
»In einer Sekunde werden uns Ihre Fingerabdrücke vorliegen«, sagte der Offizier.
Er entnahm dem Kästchen eine viereckige Glasplatte, eine kleine Tube mit dickflüssiger Tinte, einen Gummiroller und einige schneeweiße Karten.
Sodann drückte er einen Tropfen Tinte auf das Glas und verteilte ihn durch Hin- und Herbewegen des Gummirollers, bis die gesamte Oberfläche der Scheibe zu seiner Zufriedenheit mit einer sehr dünnen und gleichmäßigen Tintenschicht bedeckt war.
»Setzen Sie die vier Finger Ihrer rechten Hand auf das Glas, so«, sagte er zu d'Arnot. »Nun den Daumen. Das ist richtig. Und nun drücken Sie sie in derselben Haltung auf diese Karte hier, nein, ein bisschen weiter rechts. Wir müssen für den Daumen und die Finger der linken Hand Platz lassen. So, das hätten wir. Nun dasselbe mit der Linken.«
»Komm, Tarzan, wir wollen mal sehen, wie deine Wirbel ausschauen«, sagte d'Arnot.
Tarzan kam der Aufforderung bereitwillig nach, wobei er dem Beamten während der Prozedur eine Menge Fragen stellte, zum Beispiel:
»Weisen Fingerabdrücke besondere Rassenmerkmale auf? Könnten Sie zum Beispiel allein anhand der Fingerabdrücke bestimmen, ob der Betreffende Neger oder Kaukasier war?«
»Ich glaube nicht«, antwortete der Offizier.
»Könnte man die Abdrücke eines Affen von denen eines Menschen unterscheiden?«
»Wahrscheinlich, weil die des Affen viel einfacher sein werden als die höherer Organismen.«
»Die Kreuzung zwischen Affen und Menschen könnte jedoch Merkmale beider Elternteile zeigen, nicht wahr?«
»Ja, höchstwahrscheinlich«, entgegnete der Beamte. »Die Wissenschaft ist jedoch noch nicht genügend vorangeschritten, um in solchem

Falle genaue Aussagen zu machen. Ich wäre dagegen, ihren Erkenntnissen mehr zuzumuten als die Unterscheidung zwischen Einzelpersonen. Da sind absolute Aussagen möglich. Wahrscheinlich wird man nirgends in der Welt zwei Menschen finden, deren Finger und Zehen identische Linien aufweisen. Es ist sehr zweifelhaft, ob ein einzelner Fingerabdruck je genau von einem anderen Finger als dem ursprünglichen reproduziert werden kann.«

»Erfordert der Vergleich viel Zeit oder Arbeit?«, fragte d'Arnot.

»Gewöhnlich nur wenige Augenblicke, wenn die Abdrücke schön deutlich sind.«

D'Arnot holte ein kleines, schwarzes Buch aus der Tasche und blätterte die Seiten langsam durch.

Tarzan sah das Buch erstaunt an. Wie war es in seine Hände gelangt?

D'Arnot schlug es auf der Seite auf, wo fünf winzige, kleine Schmierflecke zu erkennen waren.

Er händigte dem Polizeioffizier das aufgeklappte Buch aus.

»Sind das hier meine Abdrücke oder die Monsieur Tarzans, oder können Sie sagen, ob sie mit unseren identisch sind?«

Der Offizier holte ein starkes Vergrößerungsglas von seinem Schreibtisch und untersuchte alle drei Abdrücke genau, wobei er sich zwischendurch auf einem Block etwas notierte.

Jetzt dämmerte Tarzan der eigentliche Grund ihres Besuchs bei dem Polizeibeamten.

Die Antwort auf das Rätsel seines Lebens lag in diesen winzigen Flecken.

In äußerster Spannung lehnte er sich in seinem Stuhl nach vorn, aber dann lockerte sich seine Haltung, und er ließ sich zurückfallen.

D'Arnot blickte ihn überrascht an.

»Du vergisst, dass der tote Körper des Kindes, das diese Fingerabdrücke hinterlassen hat, zwanzig Jahre im Haus seines Vaters lag und dass ich es mein Leben lang dort habe liegen sehen«, stieß Tarzan bitter hervor.

Der Polizist blickte überrascht auf.

»Fahren Sie in Ihren Untersuchungen fort, Capitain«, sagte d'Arnot. »Wir werden Ihnen die Geschichte später erzählen – vorausgesetzt, Monsieur Tarzan hat nichts dagegen.«

Dieser nickte.
»Du bist wirklich verrückt, mein lieber d'Arnot«, fuhr er beharrlich fort. »Diese kleinen Finger liegen an der Westküste Afrikas begraben.«
»Da wäre ich mir nicht so sicher, Tarzan«, erwiderte d'Arnot. »Durchaus möglich. Aber wenn du nicht der Sohn John Claytons bist, wie um Himmels willen hat es dich dann in diesen gottverlassenen Dschungel verschlagen, in den außer ihm kein weißer Mann je seinen Fuß gesetzt hat?«
»Du vergisst Kala«, sagte Tarzan.
»Ich verschwende keinen Gedanken an sie«, lautete d'Arnots Antwort.
Die Freunde waren an das breite Fenster getreten und blickten während des Gesprächs auf den Boulevard. Sie standen geraume Zeit dort und sahen auf das geschäftige Treiben unter ihnen, und jeder hing eigenen Gedanken nach.
Es dauert doch eine Weile, Fingerabdrücke zu vergleichen, dachte d'Arnot und wandte sich nach dem Polizeioffizier um.
Zu seinem Erstaunen hatte sich der Beamte auf seinem Stuhl zurückgelehnt und verschlang gebannt den Inhalt des kleinen, schwarzen Tagebuchs.
D'Arnot räusperte sich. Der Polizist blickte auf, sah den auf ihn gerichteten Blick und hob zum Schweigen mahnend den Finger.
D'Arnot wandte sich wieder dem Fenster zu, aber da hüstelte der Polizeioffizier.
Beide wandten sich zu ihm um.
»Gentlemen, hier stehen wirklich sehr bedeutende Dinge auf dem Spiel, die mehr oder weniger von der absoluten Genauigkeit dieses Vergleichs abhängen«, sagte er. »Ich möchte Sie deshalb bitten, die ganze Sache mir zu überlassen, bis Monsieur Desquerc, unser Experte, zurückkommt. Das ist eine Sache von wenigen Tagen.«
»Ich hatte gehofft, wir könnten es sofort erfahren«, sagte d'Arnot. »Monsieur Tarzan fährt morgen zu Schiff nach Amerika.«
»Ich verspreche Ihnen, dass Sie ihm binnen zwei Wochen telegraphisch Bescheid erteilen können«, antwortete der Beamte. »Aber wie der lauten wird, möchte ich noch nicht sagen. Es gibt Ähnlichkeiten, jedoch – aber überlassen wir die Lösung des Problems besser Monsieur Desquerc.«

Ein Taxi hielt vor einem altmodischen Wohnhaus am Rand von Baltimore.
Ein etwa vierzigjähriger Mann stieg aus, gut gebaut und mit markanten, regelmäßigen Gesichtszügen. Er bezahlte den Fahrer und entließ ihn.
Einen Moment später betrat er die Bibliothek des ehrwürdigen Hauses.
»Hallo, Mr Canler!«, rief ein alter Mann und erhob sich, um ihn zu begrüßen.
»Guten Abend, mein lieber Professor«, sagte der Ankömmling und hielt ihm freundlich die Hand hin.
»Wer hat Sie eingelassen?«, fragte der Professor.
»Esmeralda.«
»Dann weiß Jane jetzt bestimmt schon, dass Sie da sind«, sagte der alte Mann.
»Nein, Professor«, erwiderte Canler, »mein Besuch gilt in erster Linie Ihnen.«
»Oh, ich fühle mich geehrt«, sagte Professor Porter.
»Professor«, fuhr Robert Canler bedächtig fort, als wäge er seine Worte sorgfältig ab. »Ich bin heute Abend hergekommen, um mit Ihnen über Jane zu sprechen. Sie kennen meine Bestrebungen, und Sie sind großzügig genug gewesen, meinen Antrag zu billigen.«
Professor Archimedes Q. Porter rutschte nervös in seinem Armsessel hin und her. Das Thema versetzte ihn stets in Verlegenheit. Er wusste selbst nicht recht warum. Canler war ein durchaus annehmbarer Bewerber.
»Aber Jane ...«, fuhr dieser fort. »Ich kann sie nicht verstehen. Erst gibt sie mir aus dem einen Grund einen Korb, dann aus einem anderen. Ich habe das Empfinden, dass sie immer heilfroh ist, wenn ich mich wieder verabschiede.«
»Aber, aber«, sagte Professor Porter. »Aber, aber, Mr Canler. Jane ist eine höchst folgsame Tochter. Sie wird genau das tun, was ich ihr sage.«
»Also kann ich weiterhin auf Ihre Unterstützung zählen?«, fragte Canler, und eine gewisse Erleichterung klang aus seinen Worten.

»Aber gewiss, Sir, gewiss«, bekräftigte Professor Porter. »Wie könnten Sie daran zweifeln?«
»Da ist doch der junge Clayton, wissen Sie«, bemerkte Canler. »Seit Monaten hält er sich in ihrer Umgebung auf. Ich weiß nicht, ob Jane etwas für ihn empfindet, aber es heißt, neben dem Titel hat er von seinem Vater ein sehr beträchtliches Vermögen geerbt, und es wäre nicht verwunderlich, wenn er letztendlich den Sieg davonträgt, es sei denn ...« Canler hielt inne.
»Aber, aber, Mr Canler. Es sei denn was?«
»Es sei denn, Sie halten es für angemessen zu verlangen, dass Jane und ich sofort heiraten«, sagte Canler langsam und deutlich.
»Ich habe Jane gegenüber bereits angedeutet, dass das höchst wünschenswert wäre«, sagte Professor Porter bekümmert. »Wir können es uns nämlich nicht länger leisten, dieses Haus in Baltimore zu unterhalten und so zu leben, wie es ihre gesellschaftliche Stellung erfordert.«
»Und was hat sie darauf geantwortet?«, fragte Canler.
»Sie sagte, noch wäre sie nicht bereit, irgendjemanden zu heiraten«, erwiderte der Professor. »Außerdem könnten wir ja ins nördliche Wisconsin ziehen und auf der Farm leben, die ihre Mutter ihr hinterlassen hat. Sie wirft etwas mehr ab, als zum Unterhalt erforderlich ist. Die Pächter hatten stets ihr Auskommen und konnten Jane darüber hinaus jedes Jahr eine kleine Summe zukommen lassen. Sie plant, dass wir Anfang der Woche dorthin übersiedeln. Philander und Mr Clayton sind bereits dort, um dafür zu sorgen, dass alles für den Einzug vorbereitet ist.«
»Clayton ist schon dort?«, rief Canler sichtlich verärgert. »Warum hat man mir davon nichts gesagt? Ich wäre gern nach Wisconsin gefahren und hätte dafür gesorgt, dass alles so behaglich wie möglich ist.«
»Jane hat das Empfinden, dass wir schon zu sehr in Ihrer Schuld stehen, Mr Canler«, sagte Professor Porter.
Noch ehe Canler etwas darauf erwidern konnte, hörte man Schritte aus der Halle, und Jane kam herein.
»Oh, ich bitte um Entschuldigung!«, sagte sie und blieb in der Tür stehen. »Ich dachte, du wärst allein, Papa.«

»Ich bin's nur, Jane«, sagte Canler, der sich erhoben hatte. »Wollen Sie nicht hereinkommen und sich unserem familiären Gespräch anschließen? Wir reden gerade von Ihnen.«
»Vielen Dank«, sagte Jane, trat ein und setzte sich auf den Stuhl, den Canler ihr hinrückte. »Ich wollte meinem Papa nur sagen, dass Tobey morgen vom College herkommt, um seine Bücher einzupacken. Ich möchte, dass du genau vermerkst, welche du bis zum Herbst entbehren kannst. Schleppe bitte nicht die ganze Bibliothek mit nach Wisconsin, wie du sie auch mit nach Afrika genommen hättest, wenn ich es nicht verhindert hätte.«
»War Tobey hier?«, fragte Professor Porter.
»Ja, ich habe ihn gerade verlassen. Er tauscht jetzt auf der rückseitigen Veranda mit Esmeralda religiöse Erfahrungen aus.«
»Aber, aber, ich muss ihn sofort sprechen!«, sagte der Professor. »Entschuldigt mich bitte einen Moment, Kinder.« Damit stürzte er aus dem Zimmer.
Kaum war er außer Hörweite, wandte sich Canler an Jane.
»Sagen Sie, wie lange soll das nun noch so weitergehen, Jane?«, fragte er unverblümt. »Wohl haben Sie meinen Antrag nicht rundweg abgelehnt, aber Sie haben mir auch keine Zusage gemacht. Ich möchte mir gern morgen die Ehegenehmigung besorgen, so dass wir in aller Ruhe heiraten können, ehe Sie nach Wisconsin gehen. Mir liegt nichts an einem großen Brimborium, und ich bin sicher, dass Sie genauso denken.«
Der jungen Frau wurde eiskalt, aber sie behielt tapfer den Kopf oben.
»Ihr Vater wünscht es auch, Sie wissen es«, fügte Canler hinzu.
»Ja.«
Es war fast ein Wispern.
»Sehen Sie nicht, dass Sie mich kaufen wollen, Mr Canler?«, fragte sie schließlich in kaltem, ruhigem Ton. »Für ein paar läppische Dollar? Natürlich sehen Sie das, Robert Canler, und genau das haben Sie im Sinn gehabt, als Sie Papa das Geld für die gedankenlose Eskapade liehen, die erstaunlich erfolgreich gewesen wäre, hätte es da nicht einen höchst mysteriösen Umstand gegeben. Am meisten hätten jedoch Sie gestaunt, Mr Canler. Sie rechneten überhaupt nicht damit, dass das Unternehmen Erfolg haben würde. Dafür sind Sie ein zu

guter Geschäftsmann. Auch sind Sie zu geschäftstüchtig, um Geld für die Suche nach einem vergrabenen Schatz zu leihen oder überhaupt Geld ohne Sicherheit zu verleihen – es sei denn, Sie hätten ein besonderes Ziel im Auge. Sie wussten, dass Ihnen die Ehre der Porters durch Ihren Verzicht auf Sicherheiten in weit höherem Maße ausgeliefert war als ohne diesen. Sie hatten den besten Weg erkannt, mich zur Heirat mit Ihnen zu zwingen, scheinbar ohne dabei Zwang auszuüben. Sie haben das Darlehen nie erwähnt. Bei jedem anderen Mann hätte ich darin die Eingebung eines großzügigen und edlen Charakters gesehen. Aber Sie sind schlau, Mr Robert Canler. Ich kenne Sie besser, als Sie glauben. Selbstverständlich werde ich Sie heiraten, wenn es keinen anderen Ausweg gibt, mir liegt jedoch daran, dass wir ein für alle Mal über einander Bescheid wissen.«

Robert Canler war bei ihren Worten abwechselnd rot und blass geworden, und als sie geendet hatte, erhob er sich und sagte mit einem zynischen Lächeln:

»Sie überraschen mich, Jane. Ich dachte, Sie besäßen mehr Selbstbeherrschung, mehr Stolz. Natürlich haben Sie recht. Ich kaufe Sie, und ich wusste, dass Ihnen das klar war, aber ich dachte, Sie würden lieber so tun, als ob es anders wäre. Ich hätte geglaubt, Ihre Selbstachtung und der Stolz der Porters würden Sie von dem Eingeständnis zurückhalten, und sei es nur sich selbst gegenüber, dass Sie als Frau gekauft werden. Aber wie Sie wünschen, meine Dame«, fügte er respektlos hinzu. »Ich jedenfalls werde Sie haben, und das ist das Einzige, was mich interessiert.«

Die junge Frau wandte sich wortlos um und verließ den Raum.

Die Hochzeit fand dennoch nicht vor ihrer Abreise nach Wisconsin statt, und als sie sich kühl von Robert Canler verabschiedete, während der Zug langsam anfuhr, rief er ihr zu, dass er in ein, zwei Wochen bei ihnen sein werde.

Am Zielort nahmen Clayton und Mr Philander sie, ihren Vater und Esmeralda in Empfang und ließen sie in einen großen Reisewagen steigen, der Clayton gehörte und sie in schneller Fahrt durch die dichten nördlichen Wälder zu der kleinen Farm brachte.

Jane hatte sie seit ihrer Kindheit nicht wieder aufgesucht.

Das Farmhaus stand auf einer kleinen Anhöhe etwa hundert Meter vom Haus der Pächter entfernt und war in den drei Wochen, in denen Clayton und Mr Philander schon hier waren, völlig umgestaltet worden.

Clayton hatte aus der entfernten Stadt eine kleine Armee von Zimmerleuten und Stuckateuren, Installateuren und Malern kommen lassen, und was bei seinem Eintreffen nur ein baufälliger Kasten gewesen war, hatte sich in ein hübsches, kleines, zweistöckiges Haus verwandelt, das mit jedem modernen Komfort ausgestattet war, so weit er sich in so kurzer Zeit beschaffen ließ.

»Mr Clayton, was haben Sie getan?«, rief Jane Porter ganz verzagt, da sie sich ausrechnen konnte, was das alles gekostet haben mochte.

»Psst«, machte Clayton. »Lassen Sie Ihren Vater nicht ins Grübeln geraten. Wenn Sie ihn nicht darauf aufmerksam machen, wird er es gar nicht bemerken. Mir war die Vorstellung einfach zuwider, dass er in diesem schrecklichen Schmutz und Unrat, den Mr Philander und ich vorgefunden haben, hätte leben sollen. Es war so wenig, wo ich doch gern noch mehr getan hätte, Jane. Erwähnen Sie es bitte um seinetwillen niemals.«

»Aber Sie wissen, dass wir Ihnen das nie zurückzahlen können«, wandte sie ein. »Warum verpflichten Sie mich Ihnen gegenüber in solchem Maße?«

»Sagen Sie das nicht, Jane«, erwiderte Clayton bekümmert. »Wäre es nur für Sie gewesen, glauben Sie mir, dann hätte ich es nicht getan, denn mir war von Anfang an klar, dass mich das in Ihren Augen herabsetzen würde. Ich konnte mir einfach nicht vorstellen, dass dieser liebe alte Mann in dem Loch hausen sollte, das wir hier vorfanden. Glauben Sie mir doch bitte, dass ich es für ihn tat, und lassen Sie mir zumindest diese kleine Freude!«

»Ich glaube Ihnen, Mr Clayton«, sagte sie, »denn ich weiß, Sie sind großmütig und freigebig genug, um so etwas zu tun, und, ach, Cecil, ich wollte, ich könnte es Ihnen entgelten, wie Sie es verdienen – und sich wünschen.«

»Und warum können Sie nicht, Jane?«

»Weil ich einen anderen liebe.«

»Canler?«

»Nein.«

»Aber Sie werden ihn heiraten. Er sagte mir so etwas, ehe ich Baltimore verließ.«

Sie zuckte zusammen.

»Ich liebe ihn nicht«, sagte sie fast stolz.

»Ist es des Geldes wegen, Jane?«

Sie nickte.

»Warum bin ich dann weniger erstrebenswert als er? Ich besitze Geld genug und weit mehr für jede Notwendigkeit«, sagte er bitter.

»Ich liebe Sie nicht, Cecil, aber ich respektiere Sie«, erklärte sie. »Wenn ich mich durch so einen Handel mit irgendeinem Mann erniedrigen muss, dann soll es besser einer sein, den ich jetzt schon verachte. Ich würde denjenigen verabscheuen, dem ich mich ohne Liebe verkauft habe, wer immer das sein mag. Sie werden glücklicher allein sein«, sagte sie zum Schluss, »allein mit meiner Hochachtung und Freundschaft, und nicht mit mir und meiner Verachtung.«

Er betrieb die Sache nicht weiter, aber wenn je ein Mann von Mordlust erfüllt war, dann William Cecil Clayton, oder Lord Greystoke, als Robert Canler eine Woche später mit seinem surrenden Sechszylinderwagen vor dem Farmhaus vorfuhr.

Eine Woche verstrich, eine gespannte, ereignislose, aber höchst unangenehme Woche für alle Bewohner des kleinen Farmhauses in Wisconsin.

Canler bestand darauf, dass Jane ihn sofort heirate.

Schließlich gab sie nach, weil sie sein fortgesetztes widerliches Drängen nicht länger ertragen konnte.

Man kam überein, dass Canler am Morgen zur Stadt fahren und die Ehegenehmigung und einen Geistlichen besorgen sollte.

Clayton wäre am liebsten sofort abgefahren, als das Vorhaben angekündigt wurde, aber Janes müdes, resigniertes Aussehen hielt ihn zurück. Er konnte sie nicht im Stich lassen.

Vielleicht kommt noch etwas dazwischen, versuchte er sich zu trösten, und tief in seinem Innersten erkannte er wohl, dass es nur eines winzigen Funkens bedurfte, um seinen Hass auf Canler in blutdürstige Mordlust zu verwandeln.

Früh am nächsten Morgen fuhr Canler in die Stadt.

Im Osten sah man Rauch über dem Wald liegen, denn seit einer Woche wütete nicht weit von ihnen entfernt eine Feuersbrunst, aber noch kam der Wind von Westen, so dass ihnen keine Gefahr drohte.

Gegen Mittag unternahm Jane einen Spaziergang. Sie wollte nicht, dass Clayton sie begleite, denn sie wollte allein sein, wie sie sagte, und er respektierte ihren Wunsch.

Im Haus waren Professor Porter und Mr Philander in eine fesselnde Diskussion über ein bedeutsames wissenschaftliches Problem vertieft. Esmeralda döste in der Küche vor sich hin, und Clayton, dem nach einer schlaflosen Nacht ständig die Augen zufielen, legte sich im Wohnzimmer auf die Couch und sank bald in einen unruhigen Schlummer.

Im Osten stiegen die schwarzen Rauchwolken höher in den Himmel, plötzlich wogten sie durcheinander und begannen, schnell nach Westen zu ziehen.

Sie kamen näher. Die Bewohner des Pächterhauses waren nicht da, denn es war Markttag, und so war niemand zugegen, der den schnell nahenden Feuerdämonen bemerkte.

Bald schon hatten die Flammen die Straße nach Süden überquert und Canler den Rückweg abgeschnitten. Ein kleines Hin- und Herschwenken des Windes lenkte die Bahn des Waldbrands jetzt nach Norden, dann schlug der Wind wieder um, und die Flammen standen nahezu unbeweglich, als hätte die Hand ihres Meisters sie an die Kandare genommen.

Plötzlich kam von Nordost ein großer, schwarzer Wagen in rasendem Tempo die Straße entlang.

Er hielt mit einem Ruck vor dem Haus, und ein schwarzhaariger Hüne sprang heraus und eilte die Stufen zur Veranda hinauf. Er stürmte ohne innezuhalten ins Haus. Clayton lag auf der Couch. Der Mann blieb erst überrascht stehen, war jedoch im Nu neben dem Schläfer.

Er rüttelte ihn grob und rief:

»Mein Gott, Clayton, sind Sie von allen guten Geistern verlassen? Wissen Sie nicht, dass Sie vom Feuer nahezu eingeschlossen sind? Wo ist Miss Porter?«

Clayton sprang auf. Er erkannte den Mann nicht, verstand jedoch die Worte und war mit einem Satz auf der Veranda.
»Scott!«, rief er, rannte dann zurück ins Haus und schrie laut: »Jane! Jane! Wo bist du?«
Einen Augenblick später waren Esmeralda, Professor Porter und Mr Philander bei den beiden Männern.
»Wo ist Miss Jane?«, fragte Clayton, packte Esmeralda bei den Schultern und schüttelte sie kräftig.
»O Gaberelle, Mister Clayton, sie's zu 'nem Spaziergang losgegang'n.«
»Und ist noch nicht zurück?« Ohne die Antwort abzuwarten, sprang Clayton in den Hof, gefolgt von den anderen.
»Welche Richtung hat sie eingeschlagen?«, erkundigte sich der schwarzhaarige Hüne bei Esmeralda.
»Dort die Straße runter«, antwortete die verängstigte Frau und wies nach Süden, wo eine mächtige Wand aus brüllenden Flammen die Sicht versperrte.
»Setzen Sie diese Leute in den anderen Wagen«, rief der Fremde Clayton zu. »Ich sah einen, als ich vorfuhr – und bringen Sie sie über die Straße nach Norden hier heraus. Lassen Sie meinen Wagen hier. Falls ich Miss Porter finde, werden wir ihn brauchen. Wenn nicht, wird keiner ihn brauchen. Tun Sie, was ich sage«, fügte er hinzu, weil Clayton zögerte, und dann sahen sie die geschmeidige Gestalt über die Lichtung nach Nordwesten davonlaufen, wo der Wald von den Flammen noch nicht erfasst war.
Alle hatten das unerklärliche Empfinden, dass ihnen eine große Verantwortung abgenommen worden war, eine Art kindliches Vertrauen in die Macht des Fremden, Jane zu retten, wenn jemand sie noch retten konnte.
»Wer war das?«, fragte Professor.
»Keine Ahnung«, antwortete Clayton. »Er nannte mich beim Namen, und er kannte Jane, denn er fragte nach ihr. Und er hat auch Esmeralda beim Namen genannt.«
»Aber, aber!«, sagte Professor Porter. »Höchst bemerkenswert! Wer mag das gewesen sein, und warum habe ich das Empfinden, dass Jane in Sicherheit ist, nachdem er sich jetzt auf die Suche nach ihr gemacht hat?«

»Ich kann es Ihnen nicht sagen, Professor«, sagte Clayton nüchtern. »Ich weiß nur, dass ich dasselbe Gefühl habe. Doch kommen Sie«, fügte er laut hinzu. »Wir müssen selbst machen, dass wir wegkommen, sonst werden wir abgeschnitten.« Die Gruppe rannte zu Claytons Wagen.

Als Jane ihre Schritte wieder heimwärts lenken wollte, stellte sie besorgt fest, wie nahe der Rauch des Waldbrands zu sein schien, und als sie ihr Tempo beschleunigte, schlug ihre Besorgnis fast in Panik um, denn sie bemerkte, wie die vorwärtsstürmenden Flammen sich schnell zwischen sie und das Haus schoben.

Schließlich war sie gezwungen, ins Dickicht zu dringen und zu versuchen, sich einen Weg nach Westen zu bahnen, um so die Flammen zu umgehen und das Haus zu erreichen.

Kurze Zeit später wurde ihr klar, wie vergeblich dieses Unterfangen war. Nun lag ihre einzige Hoffnung darin, ihre Spur zur Straße zurückzuverfolgen und aus Leibeskräften nach Süden Richtung Stadt zu laufen.

Die zwanzig Minuten, die sie brauchte, um wieder die Straße zu erreichen, hatten genügt, ihr den Fluchtweg ebenso wirksam zu versperren wie vorher ihr weiteres Vordringen.

Ein kurzer Lauf die Straße entlang ließ sie plötzlich entsetzt innehalten, denn vor ihr ragte eine andere Feuerwand. Aus dem Kern der Feuersbrunst hatte sich eine Bahn eine Meile südwärts geschoben, um dieses kleine Stück Straße in ihre gnadenlose Arme zu schließen.

Sie wusste, wie sinnlos der Versuch war, sich wieder durchs Unterholz zu zwängen.

Sie hatte es einmal probiert, und es war fehlgeschlagen. Nun erkannte sie, dass es nur eine Sache von Minuten sein würde, ehe die gesamte Fläche zwischen Norden und Süden ein einziges tosendes Flammenmeer darstellen würde.

Gefasst kniete sie im Staub der Straße nieder und betete um die Kraft, ihrem Schicksal tapfer zu begegnen, und um die Rettung ihres Vaters und ihrer Freunde vor dem Flammentod.

Plötzlich hörte sie ihren Namen durch den Wald hallen.

»Jane! Jane Porter!« Es klang laut und deutlich, aber die Stimme erschien ihr fremd.
»Hier!«, meldete sie sich. »Hier! Auf der Straße!«
Dann sah sie eine Gestalt sich mit der Geschwindigkeit eines Eichhörnchens durch die Zweige der Bäume schwingen.
Ein Windstoß blies eine Rauchwolke über sie, so dass sie den Mann nicht mehr sehen konnte, der ihr zu Hilfe eilte, aber plötzlich spürte sie, wie ein starker Arm sie umfasste. Dann wurde sie hochgehoben, und fühlte, wie der Wind wehte und ab und zu ein Zweig sie streifte, während sie davongetragen wurde.
Sie schlug die Augen auf.
Tief unter ihr lagen Unterholz und harte Erde.
Um sie herum schaukelten die Blätter des Waldes.
Von Baum zu Baum schwang sich die hünenhafte Gestalt, die sie trug, und es kam Jane vor, als durchlebe sie im Traum noch einmal etwas, was sich in jenem fernen afrikanischen Dschungel abgespielt hatte.
Ach, wäre es doch derselbe Mann, der sie an jenem Tag so geschwind durch das dichte Grün getragen hatte! Aber das war unmöglich! Dennoch, wer sonst auf der ganzen Welt verfügte über die Kraft und Gewandtheit, um das zu tun, was dieser Mann jetzt tat?
Sie blickte verstohlen in das Gesicht, das so nahe dem ihren war, und stieß einen kleinen, erschreckten Seufzer aus. Er war es!
»Mein Urwaldmensch!«, murmelte sie. »Nein, bestimmt habe ich Fieber!«
»Jawohl, dein Mann, Jane Porter. Dein wilder Urwaldmann ist aus dem Dschungel gekommen, um sich seine Gefährtin zu holen – die Frau, die vor ihm geflüchtet ist«, fügte er fast grimmig hinzu.
»Ich bin nicht geflüchtet«, wisperte sie. »Ich habe erst eingewilligt, mit abzufahren, nachdem sie eine Woche auf deine Rückkehr gewartet hatten.«
Sie hatten inzwischen eine Stelle außerhalb des Waldbrands erreicht, und er wandte sich wieder der Lichtung zu.
Seite an Seite gingen sie auf das Haus zu. Der Wind hatte wieder einmal umgeschlagen, und der Brand zog seine frühere Bahn zurück – noch eine Stunde solchen Windes, und er würde von sich aus erlöschen.

»Warum bist du nicht zurückgekommen?«, fragte sie.
»Ich habe d'Arnot gesund gepflegt. Er war schwer verwundet.«
»Das hab ich mir gedacht!«, rief sie. »Die anderen meinten aber, du hättest dich den Dunkelhäutigen angeschlossen – es wären deine Leute.«
Er lachte.
»Das hast du doch nicht geglaubt, Jane?«
»Nein ... wie soll ich dich nennen?«, fragte sie. »Wie ist dein Name?«
»Als du mich kennenlerntest, war ich Tarzan von den Affen«, sagte er.
»Tarzan von den Affen?«, rief sie. »Also war das dein Brief, den ich beantwortet habe, als ich abfuhr?«
»Ja. Wessen Brief sollte es sonst gewesen sein?«
»Ich wusste es nicht, war nur überzeugt, dass es nicht deiner sein konnte, denn Tarzan von den Affen hat Englisch geschrieben, und du verstandest kein Wort irgendeiner Sprache.«
Abermals musste er lachen.
»Das ist eine lange Geschichte. Aber ich war es, der schrieb, was er nicht sprechen konnte – und nun hat d'Arnot die Sache noch verschlimmert, indem er mir beibrachte, Französisch zu sprechen statt Englisch. Komm, steig in meinen Wagen«, fügte er hinzu. »Wir müssen deinen Vater einholen, sie sind nur ein kleines Stück voraus.«
Während der Fahrt fragte er:
»Als du in deinem Brief an Tarzan von den Affen schriebst, du liebtest einen anderen, hast du wohl mich gemeint?«
»Ja«, sagte sie schlicht.
»Aber in Baltimore – oh, wie habe ich da nach dir gesucht! – sagte man mir, du wärst inzwischen vielleicht schon verheiratet. Ein Mann namens Canler wäre gekommen, um dich zur Frau zu nehmen. Stimmt das?«
»Ja.«
»Liebst du ihn?«
»Nein.«
»Liebst du mich?«
Sie vergrub ihr Gesicht in den Händen.
»Ich bin einem anderen versprochen. Ich kann dir nicht antworten, Tarzan von den Affen«, erwiderte sie.

»Du hast mir schon geantwortet. Nun sage mir, warum du jemanden heiraten willst, den du nicht liebst.«
»Mein Vater schuldet ihm Geld.«
Da erinnerte sich Tarzan plötzlich an den Brief, den er gelesen hatte, an den Namen Robert Canler und an Janes Befürchtung, die er damals nicht verstehen konnte.
Er lächelte.
»Hätte dein Vater den Schatz nicht verloren, so würdest du dich jetzt nicht an das Versprechen gebunden fühlen, das du Canler gegeben hast, stimmt's?«
»Ich könnte ihn bitten, mich freizugeben.«
»Und wenn er sich weigert?«
»Ich habe ihm mein Versprechen gegeben.«
Er schwieg einen Augenblick.
Der Wagen rumpelte mit leichtfertiger Geschwindigkeit die Straße entlang, denn links von ihnen sah man wieder bedrohliche Flammen züngeln, und ein weiteres Umschlagen des Windes konnte bewirken, dass das Feuer in rasender Wut über diese einzige Straße fegte, die ihnen zur Flucht offen stand.
Schließlich hatten sie die gefährliche Stelle hinter sich, und Tarzan verringerte die Geschwindigkeit.
»Wenn ich ihn nun fragte?«, schlug Tarzan vor.
»Er wird schwerlich auf die Forderung eines Fremden eingehen«, sagte sie. »Zumal wenn dieser mich für sich haben will.«
»Terkoz ist darauf eingegangen«, antwortete Tarzan grimmig.
Sie schauderte und blickte ängstlich auf die riesige Gestalt neben sich, denn sie wusste, dass er den großen Menschenaffen meinte, den er getötet hatte, um sie ihm zu entreißen.
»Hier ist nicht der afrikanische Dschungel«, sagte sie. »Und du bist nicht mehr ein wildes Tier. Du bist ein Gentleman, und Gentlemen töten nicht kaltblütig.«
»In meinem Herzen bin ich noch ein wildes Tier«, sagte er in unterdrücktem Ton wie zu sich selbst.
Abermals schwiegen sie eine Weile.
»Wenn du frei wärst, würdest du mich dann heiraten, Jane?«, fragte er schließlich.

Sie antwortete nicht sogleich, aber er wartete geduldig.
Jane versuchte, ihre Gedanken zu ordnen.
Was wusste sie eigentlich über dieses seltsame Geschöpf an ihrer Seite? Was wusste er selbst von sich? Wer war er? Wer waren seine Eltern?
Schon sein Name verwies auf seine geheimnisvolle Herkunft und sein wildes Leben. Er hatte keinen Namen. Könnte sie mit diesem Findelkind des Dschungels glücklich werden? Hatte sie etwas gemein mit einem Gatten, der sein Leben in den Baumwipfeln der afrikanischen Wildnis verbracht, mit schrecklichen Menschenaffen seine Possen getrieben oder gekämpft, seine Nahrung aus der noch zuckenden Flanke eines frischgetöteten Beutetieres gerissen, seine starken Zähne in rohes Fleisch geschlagen und seinen Anteil herausgefetzt hatte, während seine Stammesgenossen knurrend mit ihm um ihren Anteil gekämpft hatten? Könnte er je in ihre gesellschaftliche Sphäre aufsteigen? Konnte sie den Gedanken ertragen, auf seine herabzusinken? Würden beide in solch grauenvoller Verbindung ihr Glück finden?
»Du antwortest nicht«, sagte er. »Scheust du davor zurück, mich zu verletzen?«
»Ich weiß nicht, was ich antworten soll«, sagte sie traurig. »Ich weiß nicht, was ich will.«
»Demnach liebst du mich nicht?«, fragte er ruhig.
»Frag mich nicht. Du wirst ohne mich glücklicher sein. Du bist einfach nicht bestimmt für die herkömmlichen Beschränkungen und Konventionen der Gesellschaft – die Zivilisation wäre eine Belastung für dich, und nach einer Weile würdest du dich nach der Freiheit deines alten Lebens sehnen – eines Lebens, für das ich ebenso wenig geeignet bin wie du für meines.«
»Ich glaube, ich verstehe dich«, erwiderte er still. »Ich werde dich nicht drängen, denn mir liegt mehr daran, dich glücklich zu sehen, als selbst glücklich zu sein. Ich erkenne nun, dass du nicht glücklich sein könntest – mit einem Affen.«
Die Worte klangen ein ganz klein wenig bitter.
»Sag das nicht«, erwiderte sie vorwurfsvoll. »Du verstehst nicht.«
Doch bevor sie fortfahren konnte, führte eine plötzliche Biegung der Straße sie mitten in ein kleines Dorf.

Vor ihnen stand Claytons Wagen, umringt von den Leuten, die er aus dem Haus gebracht hatte.

Beim Anblick von Jane bekundeten alle laut ihre Freude und Erleichterung, und als Tarzans Wagen neben dem anderen hielt, schloss Professor Porter seine Tochter in die Arme.

Einen Augenblick beachtete niemand Tarzan, der schweigend auf seinem Sitz hockte.

Clayton war der Erste, der an ihn dachte. Er wandte sich um und streckte ihm die Hand hin.

»Wie können wir Ihnen jemals danken?«, sagte er. »Sie haben uns alle gerettet. Im Haus haben Sie mich beim Namen genannt, aber ich glaube, Ihrer ist mir entfallen, obwohl Sie mir sehr vertraut vorkommen. Mir ist, als hätten wir uns vor langer Zeit unter gänzlich anderen Bedingungen kennengelernt.«

Tarzan lächelte und ergriff die ausgestreckte Hand.

»Sie haben vollkommen recht, Monsieur Clayton«, sagte er auf Französisch. »Entschuldigen Sie bitte, wenn ich nicht Englisch mit Ihnen rede, ich bin gerade dabei, es zu lernen, und obwohl ich es recht gut verstehe, radebreche ich doch noch ganz schön.«

»Aber wer sind Sie?«, fragte Clayton beharrlich, diesmal auch auf Französisch.

»Tarzan von den Affen.«

Clayton trat überrascht zurück.

»Weiß Gott, es stimmt!«, rief er.

Nun drängten sich Professor Porter und Mr Philander ungeduldig nach vorn, um sich Claytons Danksagung anzuschließen und ihre überschwängliche Freude und Überraschung auszudrücken, weil sie ihren Freund aus dem Dschungel so fern seiner wilden Heimat vor sich sahen.

Alsdann betrat die Gruppe die bescheidene kleine Gastwirtschaft, wo Clayton sogleich veranlasste, dass man sie bewirtete.

Sie saßen in der engen, stickigen Gaststube, als das entfernte Knattern eines sich nähernden Autos sie aufhorchen ließ.

Mr Philander, der am Fenster saß, blickte hinaus, als der Wagen in Sicht kam und schließlich neben dem anderen hielt.

»Mein Gott, es ist Mr Canler«, sagte Mr Philander in leicht verärgertem Ton. »Ich hatte gehofft ... hm, ich hatte geglaubt oder ... hm, ja, wir sollten doch glücklich sein, dass das Feuer ihn nicht erwischt hat«, fügte er kleinlaut hinzu.

»Aber, aber! Mr Philander!«, sagte der Professor. »Aber, aber! Meine Schüler habe ich oft ermahnt, bis zehn zu zählen, ehe sie den Mund auftaten. An Ihrer Stelle würde ich mindestens bis tausend zählen und dann noch diskret schweigen, Mr Philander.«

»Mein Gott, ja!«, beschwichtigte ihn Mr Philander. »Aber wer ist der Herr im geistlichen Gewand neben ihm?«

Jane wurde blass.

Clayton rutschte unruhig auf seinem Stuhl hin und her.

Professor Porter nahm nervös die Brille ab, hauchte sie an, setzte sie jedoch wieder auf, ohne sie geputzt zu haben.

Die allgegenwärtige Esmeralda grunzte.

Nur Tarzan verstand nicht.

Da kam Robert Canler auch schon hereingestürmt.

»Gott sei Dank!«, rief er. »Ich hatte schon das Schlimmste befürchtet, bis ich Claytons Wagen sah. Ich wurde auf der Straße nach Süden abgeschnitten, musste in die Stadt zurückfahren und dann östlich bis zu dieser Straße. Ich glaubte schon, wir würden das Haus nie erreichen.«

Niemand schien besonders begeistert zu sein. Tarzan beäugte Robert Canler wie Sabor ihre Beute.

Jane blickte ihn kurz an und räusperte sich nervös.

»Mr Canler, das ist Monsieur Tarzan, ein alter Freund«, sagte sie.

Canler wandte sich zu ihm und hielt ihm die Hand hin. Tarzan erhob sich und verbeugte sich auf eine Weise, wie nur d'Arnot einen Gentleman gelehrt haben konnte, schien die Hand jedoch nicht zu sehen. Canler schien wiederum dies zu übersehen.

»Das ist Reverend Mr Tousley, Jane«, sagte Canler und wandte sich an den Geistlichen hinter ihm. »Mr Tousley, Miss Porter.«

Mr Tousley verbeugte sich strahlend.

Canler stellte ihn den anderen vor.

»Wir können sofort mit der Trauungszeremonie beginnen, Jane«, sagte Canler. »Dann erwischen wir beide noch den Mitternachtszug in die Stadt.«

Tarzan erkannte mit einem Mal, worum es ging. Er beobachtete Jane mit halbgeschlossenen Augen, rührte sich jedoch nicht.
Die junge Frau zögerte. Im Raum herrschte gespannte Stille.
Alle blickten Jane an und warteten auf ihre Antwort.
»Können wir nicht noch ein paar Tage warten?«, fragte sie. »Ich bin ganz außer mir, habe heute so viel durchgemacht.«
Canler spürte die Feindseligkeit, die jeder Anwesende ihm entgegenbrachte, und das machte ihn zornig.
»Wir haben länger gewartet, als ich eigentlich wollte«, sagte er barsch. »Sie haben mir versprochen, mich zu heiraten. Länger lasse ich nicht mit mir spielen. Hier ist die Genehmigung, und da steht der Geistliche. Kommen Sie, Mr Tousley, kommen Sie, Jane! Zeugen sind mehr als genug vorhanden«, fügte er in unangenehmem Ton hinzu. Dann nahm er Jane Porters Arm und wollte sie zu dem wartenden Geistlichen führen.
Kaum hatte er jedoch den ersten Schritt getan, schloss sich eine schwere Hand in stahlhartem Griff um seinen Arm.
Eine andere Hand fuhr ihm an die Kehle, und einen Augenblick später wurde er hoch über dem Fußboden geschüttelt, wie eine Katze es mit einer Maus tut.
Jane wandte sich überrascht und erschrocken zu Tarzan um.
Und als sie in sein Gesicht sah, bemerkte sie den karmesinroten Streifen auf seiner Stirn, den sie an jenem Tag im fernen Afrika entdeckt hatte, als Tarzan von den Affen den mächtigen Menschenaffen Terkoz im tödlichen Kampf umfasste.
Sie wusste, ihm stand der Sinn nach Töten, und mit einem unterdrückten Schrei des Entsetzens trat sie vor, um ihn von seinem Vorhaben abzubringen. Dabei bangte sie mehr um ihn als um Canler. Sie wusste schließlich, welche harte Sühne die Justiz einem Mörder auferlegt.
Doch bevor sie die beiden erreichte, war Clayton schon mit einem Satz neben Tarzan und versuchte, Canler seinem Griff zu entreißen. Ein einziger Stoß von Tarzans starkem Arm schleuderte den Engländer durch den Raum. Da legte Jane ihre weiße Hand fest auf Tarzans Handgelenk und blickte ihm in die Augen.
»Um meinetwillen«, sagte sie.

Der Griff um Canlers Kehle lockerte sich.
Tarzan blickte in das schöne Gesicht vor ihm.
»Möchtest du wirklich, dass so etwas weiterlebt?«, fragte er überrascht.
»Ich möchte nicht, dass er unter deinen Händen stirbt, mein Freund«, erwiderte sie. »Ich möchte nicht, dass du ein Mörder wirst.«
Tarzan löste die Hand von Canlers Hals.
»Entbinden Sie sie von ihrem Versprechen?«, fragte er. »Es ist der Preis für Ihr Leben.«
Canler nickte, nach Atem ringend.
»Werden Sie fortgehen und sie nie mehr belästigen?«
Abermals nickte der Mann, das Gesicht entstellt von Todesfurcht, da er seinem Ende so nahe gewesen war.
Tarzan gab ihn frei, und Canler taumelte zur Tür. Im Nu war er verschwunden und der angsterfüllte Prediger mit ihm.
Tarzan wandte sich zu Jane um.
»Kann ich dich bitte einen Moment allein sprechen?«, fragte er.
Sie nickte und ging zu der Tür, die auf die schmale Veranda der kleinen Gastwirtschaft führte. Sie trat hinaus, um auf ihn zu warten, und konnte so das Gespräch nicht hören, das drinnen folgte.
»Warten Sie!«, rief Professor Porter, als Tarzan ihr nachgehen wollte. Der Professor war durch die überraschenden Vorgänge der letzten Minuten wie gelähmt gewesen.
»Ehe wir hier fortfahren, hätte ich gern eine Erklärung für die Vorgänge, die sich soeben hier abgespielt haben. Mit welchem Recht haben Sie sich in die Angelegenheiten meiner Tochter und Mr Canlers eingemischt, Sir? Ich hatte ihm die Hand meiner Tochter versprochen, und ob Sie persönlich das nun gutheißen oder nicht, Sir, das Versprechen muss gehalten werden.«
»Ich habe mich eingemischt, weil Ihre Tochter Mr Canler nicht liebt – ihn gar nicht heiraten möchte«, erwiderte Tarzan. »Da brauche ich nicht mehr zu wissen.«
»Sie sind sich nicht im Klaren, was Sie angerichtet haben«, hielt Professor Porter ihm vor. »Nun wird er sich zweifellos weigern, sie zu heiraten.«
»Darauf können Sie sich verlassen«, sagte Tarzan mit Nachdruck und fuhr fort: »Sie brauchen auch nicht zu befürchten, dass Ihr Stolz

dadurch Schaden nimmt, denn Sie werden, sobald Sie daheim sind, in der Lage sein, diesem Canler das Darlehen zurückzuzahlen.«

»Aber, aber, Sir!«, bemerkte Professor Porter. »Was meinen Sie damit?«

»Ihr Schatz ist gefunden worden«, sagte Tarzan.

»Was ... was sagen Sie da?«, rief der Professor. »Sie sind von Sinnen, Mann. Das ist doch nicht möglich.«

»Und ob. Schließlich war ich es, der ihn gestohlen hat, wobei ich weder den Wert kannte, noch wusste, wem er gehörte. Ich sah, wie die Seeleute ihn vergruben, und musste ihn nach Art der Affen ausgraben und woanders wieder vergraben. Als d'Arnot mir erzählte, was es mit dem Schatz auf sich hatte und was er für Sie bedeutete, bin ich in den Dschungel zurückgekehrt und habe ihn geholt. Er hat nun so viele Verbrechen, so viel Leid und Kummer heraufbeschworen, dass d'Arnot es für das Beste hielt, gar nicht erst zu versuchen, den Schatz selbst hierherzubringen, wie es meine Absicht gewesen war, sondern stattdessen einen Kreditbrief ausstellen zu lassen. Hier ist er, Professor Porter.« Damit zog er einen Umschlag aus der Tasche und überreichte ihn dem verblüfften alten Mann. »Zweihunderteinundvierzigtausend Dollar. Experten haben den Schatz genauestens geschätzt, aber damit bei Ihnen keine Fragen entstehen, hat d'Arnot ihn selbst gekauft und für Sie aufgehoben, falls Sie den Schatz dem Kreditbrief vorziehen.«

»Da stehen wir nun schon über die Maßen in Ihrer Schuld, und nun haben Sie uns noch diesen allergrößten Dienst erwiesen«, sagte Professor Porter mit zitternder Stimme. »Sie haben mir die Mittel beschafft, meine Ehre zu retten.«

Clayton hatte den Raum kurz nach Canler verlassen und kam nun zurück.

»Entschuldigen Sie, bitte«, sagte er. »Ich halte es für besser, wir versuchen, die Stadt zu erreichen, ehe es dunkel wird, und den ersten Zug zu nehmen, der aus diesem Wald fährt. Soeben kam ein Ortskundiger aus dem Norden vorbeigeritten, der berichtete, dass sich das Feuer langsam auf uns zubewegt.«

Diese Nachricht unterband jedes weitere Gespräch, und die ganze Gruppe begab sich zu den wartenden Autos.

Clayton stieg mit Jane, dem Professor und Esmeralda in seinen Wagen, während Tarzan Mr Philander mitnahm.

»Gott der Gerechte!«, rief dieser, als der Wagen Clayton folgte. »Wer hätte das je für möglich gehalten! Als ich Sie das letzte Mal sah, waren Sie ein richtiger Wilder, der in den Zweigen eines afrikanischen Tropenwalds umhersprang, und jetzt fahren Sie mich in einem französischen Auto eine Straße in Wisconsin entlang. Gott der Gerechte! Aber das ist wirklich höchst bemerkenswert.«

»Stimmt«, pflichtete Tarzan ihm bei und fügte nach einer Pause hinzu: »Mr Philander, können Sie sich noch an Einzelheiten der Entdeckung und Beerdigung jener drei Skelette erinnern, die in meinem Haus am Rand des Dschungels gefunden wurden?«

»Sehr gut sogar, Sir, sehr gut«, erwiderte Mr Philander.

»Wies irgendeines davon etwas Besonderes auf?«

Mr Philander sah Tarzan mit schmalen Augen an.

»Warum fragen Sie?«

»Es bedeutet sehr viel für mich«, erwiderte Tarzan. »Ihre Antwort kann vielleicht ein Geheimnis aufklären. Zumindest könnte sie keinen größeren Schaden anrichten, als wenn alles ein Geheimnis bliebe. In den vergangenen zwei Monaten habe ich hinsichtlich dieser Gebeine eine bestimmte Theorie entwickelt, und ich möchte Sie bitten, meine Frage so gut Sie können zu beantworten: Stammen die drei Skelette, die Sie begraben haben, alle von Menschen?«

»Nein«, sagte Philander. »Das kleinste, das wir in der Wiege fanden, war das eines Menschenaffen.«

»Vielen Dank«, sagte Tarzan.

Im Wagen vor ihnen dachte Jane fieberhaft und voll Verbitterung nach. Sie ahnte sehr wohl, aus welchem Grund Tarzan sie gebeten hatte, einige Worte mit ihr sprechen zu dürfen, und sie wusste, dass sie vorbereitet sein musste, ihm in kürzester Zeit eine Antwort zu geben.

Er war nicht der Mensch, der sich von etwas abbringen ließ, und genau dieser Gedanke gab ihr Anlass, sich zu fragen, ob sie ihn im Grunde nicht fürchtete. Und konnte sie jemanden lieben, den sie fürchtete?

Sie erkannte, welchem Zauberbann sie in jenem weit entfernten Dschungel erlegen war, doch hier im nüchternen Wisconsin war davon nichts zu spüren.

Auch sprach der tadellos gekleidete junge Franzose das Weib in ihr keineswegs so an, wie der urzeitliche Waldgott es getan hatte.

Liebte sie ihn? Sie wusste es nicht – jetzt jedenfalls nicht.

Sie musterte Clayton aus dem Augenwinkel. War hier nicht ein Mann, der dieselbe Schule von Leuten ihres Standes durchlaufen hatte, die auch sie geformt hatte – ein Mann von solch gesellschaftlicher Stellung und Kultur, wie man ihr als wesentlichstes Erfordernis für eine kongeniale Verbindung dargestellt hatte?

Verwies ihr Urteilsvermögen sie nicht auf diesen jungen, englischen Adligen als logischen Lebensgefährten für sie, dessen Liebe, das wusste sie, von jener Art sein würde, wie eine zivilisierte Frau sich nur wünschen konnte?

Konnte sie Clayton lieben? Sie sah keinen Grund, warum das nicht der Fall sein sollte. Jane war von Natur aus keine kühle Rechnerin, aber Erziehung, Milieu und Erbgut im Verein hatten sie gelehrt, sich selbst in Herzensangelegenheiten vom Verstand leiten zu lassen.

Dass sie von der Kraft dieses jungen Riesen so hingerissen gewesen war, als seine mächtigen Arme sie im fernen afrikanischen Dschungel und heute abermals in den Wäldern Wisconsins umfasst hatten, ließ sich allem Anschein nach nur einem zeitweiligen Atavismus von ihr zuschreiben – der psychologischen Wirkung des urzeitlichen Mannes auf die urzeitliche Frau in ihr.

Sollte er sie nie wieder berühren, so würde sie sich auch nie wieder zu ihm hingezogen fühlen, sagte sie sich. Damals hatte sie ihn nicht geliebt. Es war nichts weiter gewesen als eine vorübergehende Sinnesverwirrung, ausgelöst durch übergroße Aufregung und persönlichen Kontakt.

Würde sie ihn heiraten, so wäre ihre künftige Beziehung keineswegs von ständiger Aufregung geprägt, und die Wirkung persönlichen Kontakts würde schließlich durch Vertrautheit zurückgedrängt werden.

Abermals musterte sie Clayton. Er sah sehr gut aus und war jeder Zentimeter ein Gentleman. Sie sollte auf solch einen Gatten sehr stolz sein.

Da ergriff er das Wort. Wäre es eine Minute früher oder eine Minute später geschehen – das Leben von ihnen dreien wäre vielleicht völlig anders verlaufen, aber der Zufall mischte sich ein und wies Clayton den psychologisch einzig richtigen Moment.

»Sie sind jetzt frei, Jane«, sagte er. »Könnten Sie nicht ›ja‹ sagen? Ich würde mein Leben dem alleinigen Ziel widmen, Sie sehr glücklich zu machen.«

»Ja«, wisperte sie.

Tarzan gelang es, Jane an jenem Abend im kleinen Warteraum des Bahnhofs einen Augenblick allein zu sprechen.

»Du bist jetzt frei, Jane«, sagte er, »und ich bin in Jahrhunderten aus nebelhafter und ferner Vergangenheit vom Lagerplatz des urzeitlichen Menschen gekommen, um Anspruch auf dich zu erheben – um deinetwillen bin ich ein zivilisierter Mensch geworden – um deinetwillen habe ich Ozeane und Kontinente überquert – um deinetwillen will ich werden, was immer du willst. Ich kann dich auch in dem Leben glücklich machen, das du kennst und am meisten liebst, Jane. Willst du mich heiraten?«

Zum ersten Mal wurde ihr bewusst, wie tief die Zuneigung dieses Mannes war – das alles hatte er in so kurzer Zeit nur wegen seiner Liebe zu ihr vollbracht. Sie wandte sich ab und vergrub ihr Gesicht in ihren Armen.

Was hatte sie getan? Weil sie befürchtet hatte, dem Antrag dieses Hünen letztendlich stattzugeben, hatte sie die Brücken hinter sich verbrannt – in ihrer unbegründeten Besorgnis, einen schrecklichen Fehler zu begehen, hatte sie einen noch schlimmeren begangen.

Und dann erzählte sie ihm alles, die ganze Wahrheit Wort für Wort, ohne jeden Versuch, sich in Schutz zu nehmen oder für ihren Irrtum Vergebung zu erflehen.

»Was können wir tun?«, fragte er. »Du hast zugegeben, dass du mich liebst. Du weißt, dass ich dich liebe; ich aber kenne die ethischen Grundsätze der Gesellschaft nicht, von denen du dich leiten lässt. Ich werde die Entscheidung dir überlassen, denn du weißt am besten, was für dein letztendliches Wohlergehen vonnöten ist.«

»Ich kann es ihm nicht sagen, Tarzan«, erklärte sie. »Er liebt mich auch, und er ist ein guter Mensch. Nie könnte ich dir oder irgendeinem

anderen ehrenwerten Mann ins Antlitz sehen, wenn ich das Mr Clayton gegebene Versprechen zurücknehmen würde.
Ich muss es halten – und du musst mir helfen, diese Bürde zu tragen, obwohl wir uns nach heute Abend möglicherweise nie wiedersehen werden.«
Die anderen kamen jetzt herein, und Tarzan wandte sich dem kleinen Fenster zu.
Aber er sah nichts da draußen – innerlich jedoch ein Stück Rasen, umgeben von einer dichten Masse üppig wuchernder tropischer Pflanzen und Blumen, und darüber das hin und her wogende Blattwerk mächtiger Bäume, und über allem den blauen Himmel des Äquators.
In der Mitte des Rasenstücks saß eine junge Frau auf einem kleinen Erdhügel, und neben ihr ein junger Hüne. Sie aßen köstliche Früchte und schauten einander in die Augen und lächelten. Sie waren sehr glücklich, und sie waren ganz allein.
Seine Gedanken wurden durch das Erscheinen des Bahnhofsvorstehers unterbrochen, der hereintrat und fragte, ob unter den Anwesenden ein Gentleman namens Tarzan sei.
»Ja, das bin ich«, sagte der Affenmensch.
»Hier ist eine Nachricht für Sie, sie wurde uns aus Baltimore zugeleitet. Es ist ein Telegramm aus Paris.«
Tarzan riss den Umschlag auf. Die Mitteilung stammte von d'Arnot und lautete:

Fingerabdrücke beweisen, du bist Greystoke. Glückwunsch.
D'Arnot

Als Tarzan das gelesen hatte, kam Clayton herein und mit ausgestreckter Hand auf ihn zu.
Das war der Mann, der Tarzans Titel trug, Tarzans Güter besaß und die Frau heiraten würde, die Tarzan liebte – und von der Tarzan geliebt wurde. Ein einziges Wort von ihm würde das Leben dieses Mannes grundlegend verändern.
Es würde ihm den Titel wegnehmen, seine Ländereien und seine Schlösser, und – es würde dies alles auch Jane Porter wegnehmen.
»Hör mal, Alter«, rief Clayton. »Ich hatte überhaupt noch keine Gelegenheit, dir für all das zu danken, was du für uns getan hast. Sieht ganz so aus, als wärst du immer nur damit beschäftigt gewesen, uns

das Leben zu retten, in Afrika und auch hier. Ich freue mich mächtig, dass du hergekommen bist. Wir müssen uns unbedingt besser kennenlernen. Weißt du, ich habe oft an dich denken müssen und an die erstaunlichen Bedingungen jener Welt, in der du gelebt hast. Eigentlich geht's mich ja nichts an, aber was zum Teufel hat dich in diesen vermaledeiten Dschungel verschlagen?«
»Ich wurde dort geboren«, antwortete Tarzan ruhig. »Meine Mutter war ein Affe, und natürlich konnte sie mir nicht viel darüber erzählen. Meinen Vater habe ich nie kennengelernt.«

ENDE

TARZAN BEI DEN AFFEN

Edgar Rice Burroughs, geboren am 1. September 1875 in Chicago, Illinois, arbeitete u.a. als Goldschürfer, Viehtreiber, Hausierer, Verkehrspolizist und Vertreter, bevor er mit seinem ersten Tarzan-Roman berühmt, erfolgreich und bald auch sehr wohlhabend wurde.
Burroughs verfasste insgesamt 24 Romane, in denen Tarzan die Hauptrolle spielte; dazu kamen 67 weitere Bücher: Science Fiction, Fantasy-Geschichten, historische Romane und Western.

Patric Sandri, geboren in Uster, lebt und arbeitet als Illustrator in London. Er studierte Visual Communication an der HGK FHZ in Luzern und Kunst am Royal College of Art.
2011 erschien bei WALDE+GRAF der von ihm illustrierte Roman *Das Fest des Monsieur Orphée* des spanischen Schriftstellers Javier Márquez Sánchez.

Die amerikanische Originalausgabe erschien 1912 unter dem Titel **TARZAN OF THE APES** im All-Story Magazine und wurde uns von der Literarischen Agentur Liepman, Zürich, vermittelt.

Übersetzung: **Dr. Ruprecht Willnow**, Leipzig
Illustrationen: **Patric Sandri**, London, www.patricsandri.com
unter Verwendung alter Filmstills aus diversen Tarzan-Filmen
Gestaltung, Satz und Initialen: **2xGoldstein**, Karlsruhe
Druck & Bindung: **CPI** – Clausen & Bosse, Leck

ISBN 978-3-03774-044-6

www.waldegraf.ch